De schaker en het meisje

ALEX REEVE

DE SCHAKER EN HET MEISJE

De Fontein

Eerste druk december 2019

Oorspronkelijke titel *The House on Half Moon Street*
Oorspronkelijke uitgever Raven Books, onderdeel van Bloomsbury Publishing

Vertaling Noor Koch
Omslagontwerp en omslagbeeld © Studio Jan de Boer
Stadsplattegrond © Martin Lubikowski, ML Design, 2018
Opmaak binnenwerk ZetSpiegel, Best
ISBN 978 90 261 4792 0
ISBN e-book 978 90 261 4793 7
NUR 302, 305

www.uitgeverijdefontein.nl

Voor Michelle, voor alles

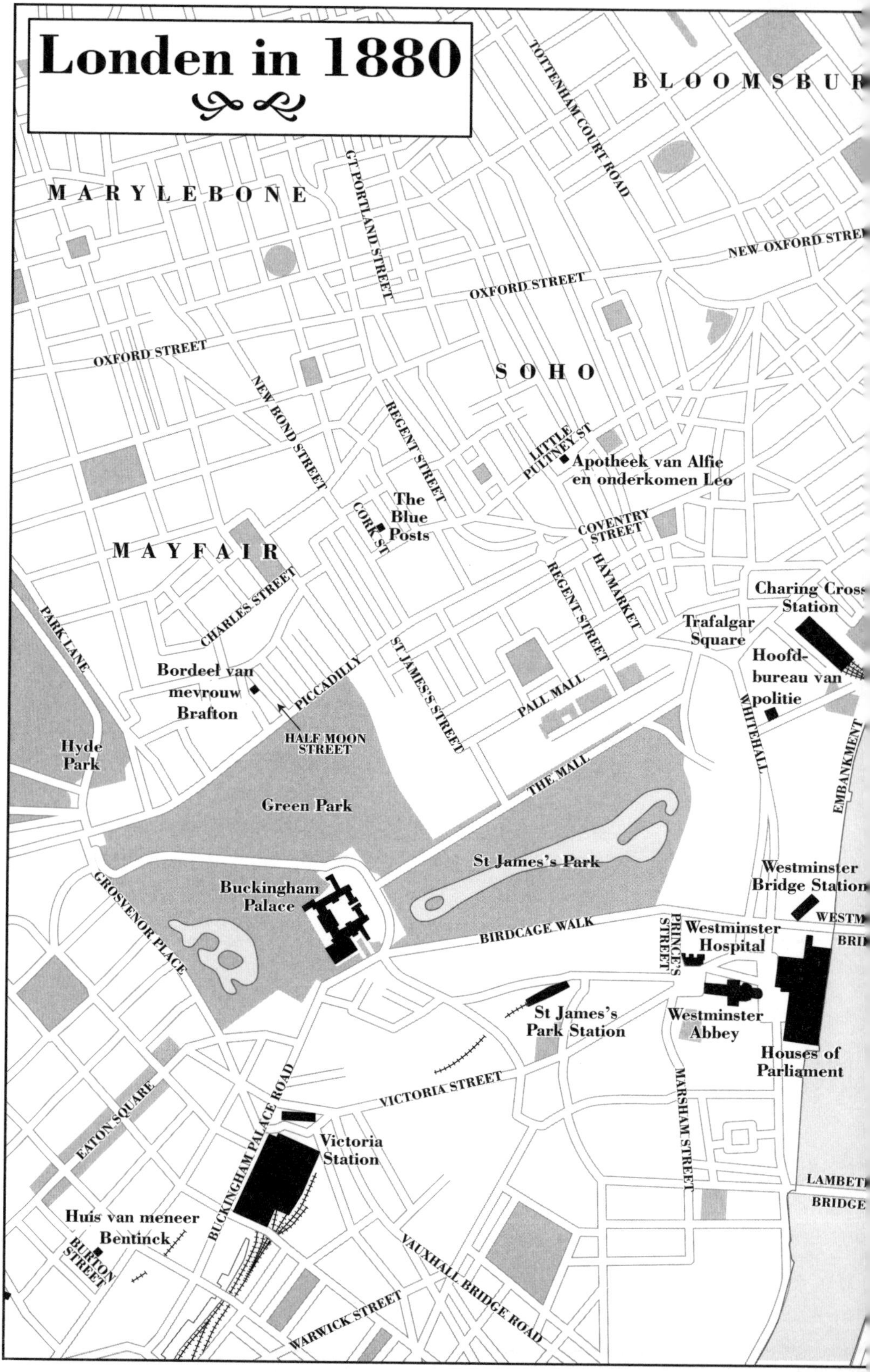
Londen in 1880
BLOOMSBUR
MARYLEBONE
TOTTENHAM COURT ROAD
GT PORTLAND STREET
NEW OXFORD STRE
OXFORD STREET
OXFORD STREET
SOHO
NEW BOND STREET
REGENT STREET
LITTLE PULTNEY ST
Apotheek van Alfie en onderkomen Leo
The Blue Posts
CORK ST
COVENTRY STREET
MAYFAIR
HAYMARKET
REGENT STREET
Charing Cross Station
Trafalgar Square
PARK LANE
CHARLES STREET
ST JAMES'S STREET
Hoofdbureau van politie
Bordeel van mevrouw Brafton
PICCADILLY
PALL MALL
WHITEHALL
HALF MOON STREET
Hyde Park
THE MALL
EMBANKMENT
Green Park
St James's Park
Westminster Bridge Station
Buckingham Palace
GROSVENOR PLACE
BIRDCAGE WALK
PRINCE'S STREET
Westminster Hospital
WESTM
BRI
St James's Park Station
Westminster Abbey
Houses of Parliament
VICTORIA STREET
EATON SQUARE
BUCKINGHAM PALACE ROAD
MARSHAM STREET
Victoria Station
LAMBET
BRIDGE
Huis van meneer Bentinck
BURTON STREET
VAUXHALL BRIDGE ROAD
WARWICK STREET

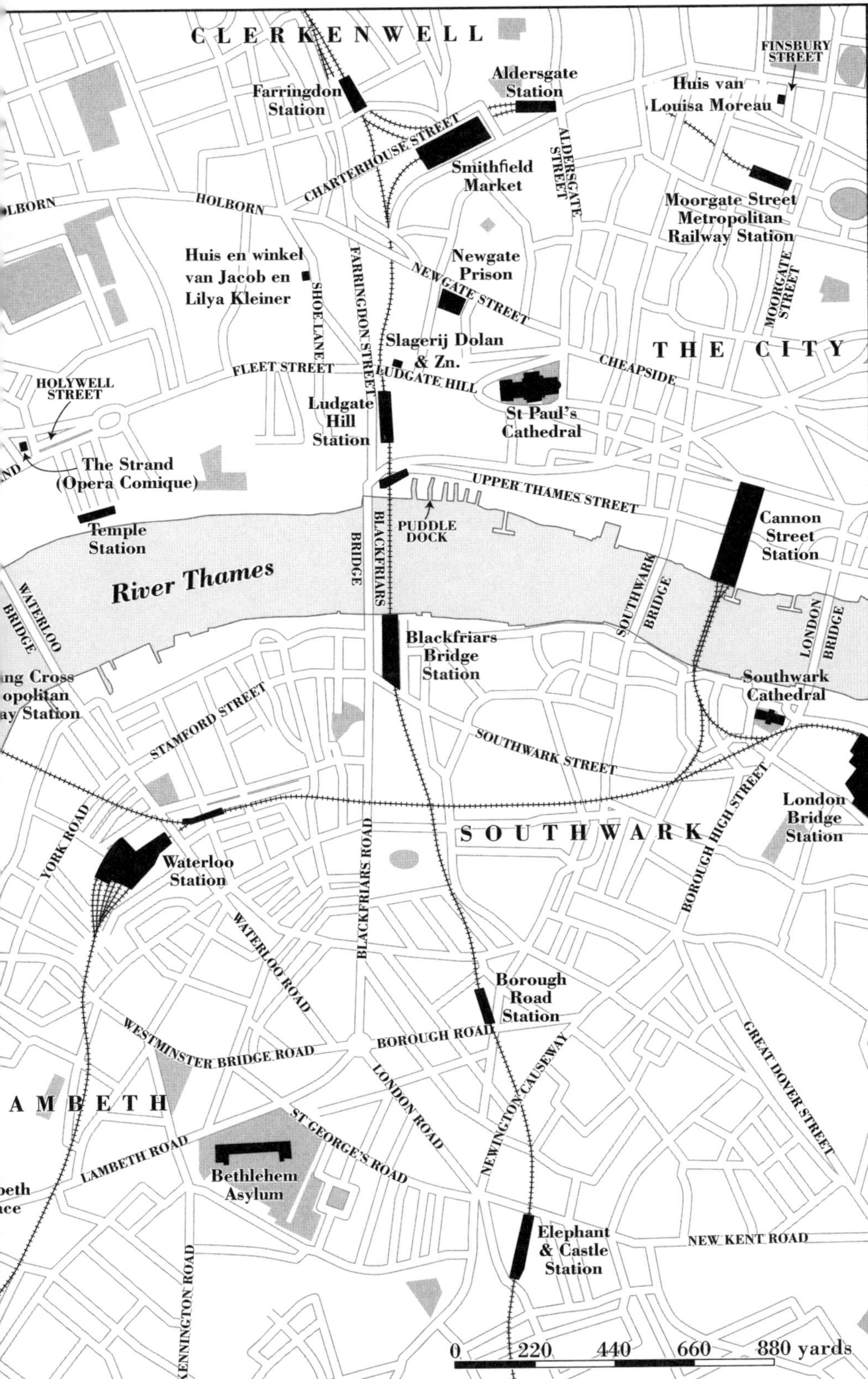
CLERKENWELL
Farringdon Station
Aldersgate Station
FINSBURY STREET
Huis van Louisa Moreau
CHARTERHOUSE STREET
Smithfield Market
ALDERSGATE STREET
HOLBORN
Moorgate Street Metropolitan Railway Station
Huis en winkel van Jacob en Lilya Kleiner
SHOE LANE
FARRINGDON STREET
Newgate Prison
NEWGATE STREET
MOORGATE STREET
Slagerij Dolan & Zn.
THE CITY
CHEAPSIDE
FLEET STREET
LUDGATE HILL
HOLYWELL STREET
Ludgate Hill Station
St Paul's Cathedral
The Strand (Opera Comique)
UPPER THAMES STREET
Temple Station
PUDDLE DOCK
BLACKFRIARS BRIDGE
Cannon Street Station
River Thames
WATERLOO BRIDGE
SOUTHWARK BRIDGE
LONDON BRIDGE
Blackfriars Bridge Station
Southwark Cathedral
STAMFORD STREET
SOUTHWARK STREET
London Bridge Station
YORK ROAD
SOUTHWARK
BOROUGH HIGH STREET
Waterloo Station
BLACKFRIARS ROAD
WATERLOO ROAD
Borough Road Station
BOROUGH ROAD
WESTMINSTER BRIDGE ROAD
NEWINGTON CAUSEWAY
GREAT DOVER STREET
LONDON ROAD
ST GEORGE'S ROAD
LAMBETH ROAD
Bethlehem Asylum
Elephant & Castle Station
NEW KENT ROAD
KENNINGTON ROAD
0 220 440 660 880 yards

1

Meneer Hurst waste in de gootsteen het bloed van zijn handen, die hij daarna afdroogde met een doek waar hij roze vegen op achterliet. Het was januari, ijskoud, en nergens was een aangename plek waar ik me kon warmen. De snijzaal bevond zich in de krochten van het ziekenhuis; de vier wanden waren betegeld en het enige daglicht kwam van de hooggeplaatste melkglazen ramen die vlak boven straatniveau zaten. Meneer Hurst had geen last van de kou; hij zat veel ruimer in zijn vel dan ik, hield de warmte ongetwijfeld als een schoorsteenmantel vast en werd bovendien verwarmd door de innerlijke gloed van zijn faam. Hij was de beste chirurg binnen zijn vakgebied, wat werd erkend door eenieder wiens mening ertoe deed, ook al zouden zijn patiënten minder snel klagen dan anderen, want zij waren al dood. Hij was gespecialiseerd in aangespoelde, neergeknuppelde, opgegraven en vergiftigde Londenaren, alle arme sloebers die onder verdachte omstandigheden waren overleden. Hij sneed ze open om hun ingewanden aan een onderzoek te onderwerpen; ik naaide ze weer dicht, zodat ze er bijna weer zo goed als nieuw uitzagen, en noteerde zijn bevindingen voor de politie.

'Verdronken. Rivierwater in de longen. Gezwollen. Geen tekenen van een vechtpartij. Geen kneuzingen, steekwonden of ligaturen. Er is geen misdaad in het spel geweest. Heb je dat allemaal?' Rillend zat ik ineengedoken op mijn stoel aan het opklapbare bureautje te knikken. 'Ongetwijfeld dronken van een brug af gevallen. Eén dwaas minder op de wereld.' Hij keek op zijn zakhorloge. 'Maak jij het af? Ik heb een eetafspraak.' Hij trok zijn jas aan en was weg.

De dode kerel heette Jack Flowers, voorheen woonachtig in Ludgate Hill, was pas zesentwintig jaar – ongeveer van mijn leeftijd – en was zes jaar getrouwd. Heel even voelde ik een steek van afgunst.

Nu was hij naakt, maar hij was volledig gekleed aangetroffen, dobberend voor een kade in Limehouse, met in zijn jaszak een fles Barclay's bier waar de dop nog op zat. Zijn portefeuille was doorweekt. Ik telde vijf penny's en één duit, een teken dat de schipper die hem had opgevist uitzonderlijk eerlijk was. Hij had ook een ansichtkaart op zak, vervaagd en haast doorzichtig van het vocht. Geen handschrift, maar ik kon nog wel een foto onderscheiden van een strand en twee vrouwen die onder een fraaie pier aan het pootjebaden waren, met daarboven de opdruk *Southend-on-Sea*. De arme donder, dromen van een dagje in de zon en dan eindigen op een metalen snijtafel met een opengelegde borst, als een bloem die vlak voor de herfst is ontloken.

Ik vroeg me af of hij beseft had wat er op die laatste momenten van zijn leven gebeurde: de stank van het slib in zijn neus, het klotsen van de Theems tegen zijn gezicht, de roetzwarte kaaien en de mensen in de verte – onbereikbaar, buiten gehoorsafstand – en zijn armen die steeds krachtelozer werden toen hij bevangen werd door de kou.

'Ik mag hopen dat je inderdaad straalbezopen was,' zei ik.

Mijn stem weerkaatste tegen de wanden en mijn adem dampte. Jack Flowers had geen adem meer. Meneer Hurst had zijn longen uitgenomen en gewogen – de rechter was negen ons, de linker acht ons – en had ze vervolgens teruggestopt in zijn lijf.

Hij deed me aan een beer denken, deze Jack Flowers. Hij had stevige knieën, dikke armen en zwart krulhaar dat zijn hele lichaam bedekte: zijn hoofd, zijn gezicht en zijn borst, rond zijn piemel was het wat dikker en vandaar waaierde het uit naar zijn benen en voeten. Zelfs op zijn tenen zaten toefjes haar.

Geslacht: man, schreef ik op mijn foliovel.

Ik waste de wondhaak af en hing hem aan de muur. Ik had elk instrument gemerkt, zodat alles een vaste plaats had: krompassers, zagen, vijlen, scharen, tangen en een rij scalpels in allerlei maten. Het water was ijskoud; mijn handen waren opgezet en pijnlijk toen ik ze afdroogde. Had ik maar handschoenen, een dikker vest en een sjaal die ik om mijn hals kon knopen.

Ik legde zijn portefeuille en sleutels opzij om ze aan zijn weduwe te geven. Alle andere spullen deed ik in een mand; die zouden worden verbrand of aan de armen worden gegeven, behalve het flesje bier. Dat zou waarschijnlijk worden toegeëigend door een ziekenhuisknecht die het niet kon schelen dat het in de zak van een dooie man in de Theems had rondgedobberd. Terwijl ik het boven de gootsteen afspoelde zag ik dat er iets op het etiket stond geschreven. Ik kneep mijn ogen samen om het beter te kunnen lezen en ontcijferde één woord: *Hope*. Het leek raar om zoiets op te schrijven. De fles was nog vol, dus misschien had hij gehoopt verlost te worden van de demon van de drank, een laatste poging tot onthouding, of misschien hoopte hij dat God hem zou vergeven. Hoe het ook zij, het was ijdele hoop geweest.

'Ik ben bijna klaar, Jack.'

Bij de eerste steek gleed de naald soepel door de huid van zijn borst.

Zodra ik hem had dichtgenaaid reed ik hem terug naar het mortuarium en ging ik naar Pallett, de jongen die door de politie was gestuurd om een exemplaar van het autopsierapport op te halen. Het was vroeg in de avond, in het ziekenhuis was het stil. Dit uur van de dag, waarop de meeste artsen en chirurgen naar huis waren en de verpleegsters rust konden nemen zonder dat iemand tegen hen brulde om spalken te halen of hem bij te lichten – nee, niet daar, dáár – vond ik het fijnst.

Ik hoorde stemmen op de mannenafdeling, zacht geroezemoes, zo nu en dan onderbroken door een kreet als *three of a kind* de slag won van *two pairs*. Ze wachtten op het avondeten. Later, als ze hun buik rond hadden gegeten, zouden ze drukker worden. Ruzies konden lelijk uit de hand lopen. Het zou niet voor het eerst zijn dat iemand aan iets anders overleed dan aan de kwaal waarvoor hij gekomen was en ik een rapport over hem moest schrijven.

Ik trof Pallett aan bij de zusterpost, die bestond uit een bureau, een schoolbord en talloze kastjes achter de hoofdingang. Zuster Coften keek op en glimlachte. Ze gedroeg zich waardig en vriendelijk, alsof ze een verdwaalde hertogin was uit een ver land.

‘Kom je voor hem?’ Ze wees met haar pen naar Pallett, die tegen de muur stond geleund en zich ongemakkelijk leek te voelen. ‘Hij loopt met zijn ziel onder zijn arm en wacht op Cecilia, zuster Rasmussen, bedoel ik.’

Pallett bloosde tot achter zijn oren. ‘Helemaal niet,’ zei hij. ‘Ik moet toch ergens wachten?’

‘Hij is tegenwoordig in uniform,’ vervolgde ze, haar pen op en neer bewegend om haar woorden te benadrukken. ‘Hij denkt dat hij daarmee indruk op haar kan maken.’

Het uniform was nieuw voor hem, maar nieuw was het niet. De helm stond als een kers op een taart op zijn hoofd en het jasje moest al door heel wat mannen zijn gedragen. Het was te klein voor zijn grote postuur, de knopen waren allemaal verschillend en er zat een vlek op die bloed zou kunnen zijn. Niettemin bleek eruit dat het hem als rekruut gelukt was na drie pogingen op te klimmen in de rangen van Harer Majesteits politiekorps, iets waar ik aan was gaan twijfelen. Het was een eerlijke knaap, maar geen licht. Ze stuurden niet hun beste mannen eropuit om een rapport over een drenkeling op te halen dat was opgesteld door iemand als ik.

Ik las het voor, wat me wel een hele minuut kostte.

‘De familie is in de kapel.’ Zuster Coften wees weer met haar pen en keek ons over de rand van haar bril aan. ‘De weduwe zal willen weten wat er is gebeurd.’

‘Is dat niet een taak van het ziekenhuis?’ sputterde Pallett tegen. ‘Er is geen sprake van een misdrijf.’

‘Nee. Hij is op verzoek van de rechter van instructie onderzocht. Hij is jullie verantwoordelijkheid, niet de onze. Wat zou juffrouw Rasmussen wel niet denken?’

Pallett liet zijn hoofd hangen. ‘Maar ik weet niet wat ik moet zeggen.’

‘Zeg dat het een ongeluk was. Zeg dat hij in de rivier is gevallen en dat het geen misdrijf was. Dat hij niet is neergeslagen, niet is bestolen. Dat willen ze weten.’

‘En geef ze dit,’ zei ik. ‘Sleutels en een portefeuille. En vertel dat hij niet heeft geleden.’

‘Is dat zo?’

'Waarschijnlijk niet, maar het biedt troost.'

Pallett knikte en streek over zijn snor. Voor iemand van zijn postuur was het maar een flossig ding. Ik zou een vollere kunnen laten groeien. 'Verdronken, niet neergeslagen, geen misdrijf, niet geleden.'

'Precies, goed zo, jongen.'

Hij kwam nog steeds niet in beweging. Zuster Coften en ik keken elkaar aan. 'Ik heb nog administratie te doen,' zei ze.

Ik slaakte een zucht en richtte me tot Pallett. 'Goed dan, ik ga wel met je mee, meneer de agent, maar jij voert het woord. En zet in godsnaam die helm af.'

Pallett deed zijn helm af en klemde hem tegen zijn borst. 'Ik ben u zeer erkentelijk, meneer Stanhope,' zei hij. 'U bent een echte heer.'

De kapel was achter in het ziekenhuis, een vertrek met witte muren waar een kruis op was geschilderd; de kerkbanken die er stonden, afdankertjes van Westminster Abbey aan de overkant van de straat, kraakten en konden het elk moment begeven. Er rende een klein jongetje rond, achternagezeten door zijn zus, en een nog jonger ventje zat ondanks het kabaal ineengekropen naast zijn moeder te slapen. Ze was ongeveer van mijn leeftijd, mollig rond haar middel, droeg een sjaal en een bril en keek met een wanhopige blik naar haar kroost. Toen we aan kwamen lopen en ze opstond, reikte ze slechts tot mijn schouder. Nadat we ons hadden voorgesteld, bedankte ze ons voor de moeite die we ons hadden getroost.

'Hij is verdronken,' verklaarde Pallett. 'Het was een ongeluk. Hij is niet neergeslagen of zo.'

Ze sloot haar ogen. Op haar rechterjukbeen zat een blauwe plek. 'Dus u beweert dat hij in het water is gevallen?'

'Precies,' zei Pallett. 'Toen hij werd opgevist zat dit in zijn zakken.'

Hij gaf haar de sleutels en portefeuille. Ze keek er niet eens naar. 'En waar is z'n pukkel? Hij had altijd z'n pukkel bij zich. Die nam hij elke dag mee.'

'Het spijt me,' zei ik. 'Die hebben we niet gevonden. Waarschijnlijk is die gezonken.'

Ze knikte en keek naar haar kinderen die tussen de banken door renden. 'Dus dit is alles? Er wordt verders niets gedaan?'

'Verwachtte u dan iets anders?'

Ze lachte flauwtjes. 'Hij ging met verkeerde mensen om, da's alles.'

'Ik kan u verzekeren dat meneer Hurst geen tekenen van geweld heeft geconstateerd. Ik heb het rapport zelf geschreven.'

'Dan zal 't wel waar zijn, niet?'

Haar houding schokte me een beetje. Nabestaanden knikken doorgaans zonder iets te zeggen en gaan er vervolgens zo snel mogelijk vandoor. Heel soms werd ik zelfs *sir* genoemd, maar ik betwijfelde of dat woord tot het vocabulaire van mevrouw Flowers behoorde.

'Het was een tragisch ongeluk,' voegde Pallett eraan toe. Een moment dacht ik dat hij verder niets troostends wist te zeggen, maar toen herinnerde hij het zich weer: 'Hij heeft ook geen pijn geleden.'

Ze haalde diep adem en tilde haar kleinste kind op, dat nog steeds diep in slaap was. 'Jack was een geweldige kerel toen ik 'm leerde kennen, een echte grapjas, hij maakte me altijd aan het lachen. Hij werkte bij Smithfields en ik in de slagerij van m'n vader, dus zag ik 'm vaak. 's Zomers gingen we samen met z'n broers naar Hackney en dan zwommen ze in de vijver.'

'Dat klinkt heel fijn,' zei ik, in de hoop dat het niet lang meer zou duren. Ik was met mijn gedachten al bij de avond die voor me lag en was te opgewonden om veel geduld op te brengen.

'Dat was 't ook. Ze zwommen de hele middag, uren achter elkaar.' Ze keek me scherp aan. 'Da's namelijk 't punt. Hij was een echte waterrat, mijn Jack.'

Stoeiend met mijn jas verliet ik aan het einde van mijn dienst via de personeelsuitgang het ziekenhuis. Toen ik nog maar net in het Westminster Hospital werkte ging ik altijd via de hoofdingang en staarde ik vol bewondering naar Westminster Abbey en de Houses of Parliament; ik voelde me bijzonder als ik op die plek stond. De route was echter niet alleen langer maar ook drukker en algauw gaf ik die gewoonte op.

Zelfs de stank werd gedempt door de kou. Ik hoefde niet ver, hooguit anderhalve kilometer, en ik rende haast naar huis, zo graag wilde ik me klaarmaken voor de avond, terwijl ik al voor me zag hoe die zou verlopen. Ik zigzagde door de mensenmassa op Trafalgar Square, kwam langs de arme Lord Nelson, die voor altijd op zijn sokkel stond zonder het gezelschap van een uit steen gehouwen Lady Hamilton, ging naar Haymarket, en glipte in Charles Street, met zijn prachtige huizen die waren opgesierd met glanzende zwarte voordeuren, pilaren van lichtgekleurde steen en klimop in hangmandjes, tussen de rijtuigen door.

Ten noorden van Coventry Street maakten de herenhuizen plaats voor vervallen huurkazernes die pal aan de straat stonden, met tralies voor de ramen en zware sloten op de deuren. Werklui waren een pand aan het neerhalen om de weg te verbreden; met zware hamers sloopten ze de muren waarbij grote stofwolken opstegen. Ondanks de kou waren ze in hun blote bast; hun broek werd opgehouden door bretels die ze over hun naakte schouders hadden getrokken, of door een stuk touw dat ze om hun middel hadden gebonden. Zelfs als kind had ik nooit in het openbaar mijn hemd uitgetrokken. Mijn moeder had dat ooit voorgesteld toen we op een warme, klamme dag aan het spelen waren in de tuin, maar mijn vader stak daar een stokje voor. Er zou een parochiaan langs kunnen komen en wat zou die wel niet denken? Predikant Ivor Pritchard vond dat we onze naaktheid moesten bedekken. Dat was een van de weinige dingen waar we het over eens waren.

Mijn kamer was boven een sjofele apotheek in Little Pulteney Street in Soho, een buurt die ternauwernood geen sloppenwijk was geworden. De zaak werd bestierd door Alfie Smith, een voormalig militair en weduwnaar, en zijn elfjarige dochter Constance, een zeer bijdehand, mager scharminkel dat altijd alles in de smiezen had.

Alleen zij was in de winkel; zich met haar handen afzettend tegen de toonbank zat ze op haar kruk te draaien en zwierde met haar voeten over de stoffige korfflessen met gekleurd water, waardoor ze glanzende sporen achterliet op het glas. Zodra ze me zag sprong ze op. Ze wankelde duizelig en riep: 'Fijngemalen Coleoptera!'

'Fijngemalen wat?'

'Coleoptera. Kevers! Wat denkt u, meneer Stanhope?'

'Ik weet het niet. Eens denken.' Ik keek naar de schappen. Die stonden van de vloer tot aan het plafond vol met potten en drankjes, maar ik kon er niets uit opmaken. 'Hartkloppingen?'

'Fout.' Ze wipte op haar voeten op en neer en grijnsde schelms: 'Geeft u het op?'

'Nee, ik heb nog twee kansen.' Ik kneep mijn ogen samen en keek haar aan, maar ze gaf niets prijs. 'Zou het tegen huiduitslag zijn? Nee, nee, dat telt niet, dat was geen echt antwoord.'

'Jawel. U mag nog één keer raden.'

'Eén keer maar? Je bent niet bepaald welgemanierd. Anderen hebben meer respect voor ouderen. En sommige mensen zijn ruimhartig en geven een hint.'

'Dat doen domme mensen, ik niet. Nog één kans.'

'Goed dan. Is het tegen zweren?'

'Nee!' Ze klapte in haar handen. 'Tegen blaren! Je kunt er blaren mee genezen. Ik heb weer gewonnen. Nu staat het 8-5 voor mij.'

'Ik zou maar niet zo hard juichen als ik jou was,' zei ik, echter zonder veel overtuiging.

Ik vermoedde dat ik haar binnenkort een roomgebakje zou moeten laten uitkiezen bij de Franse tearoom in Regent's Street. Toen ze haar vragen nog stelde op basis van haar eigen kennis, had ik de eerste vier achter elkaar goed, vooral omdat ze een voorkeur had voor ongezonde, beruchte middelen, zoals fosfor, dat helpt tegen buikpijn, maar dat ook de beenderen aantast, en arseen, waar malarialijders baat bij hebben, maar dat ook een dodelijk gif is. De apotheek had beide op voorraad en ik kon ze makkelijk raden, maar toen ze in de farmaceutische boeken van haar vader dook en naar de werking van meer onbekende middelen vroeg, had ze me snel ingehaald. Fijngemalen kevers? Het moest niet gekker worden.

Terwijl ik naar boven liep bedacht ik dat ik zaterdagochtend naar de wasserette moest. Als ik had gewonnen, had zij al mijn overhemden moeten wassen; toen ik de weddenschap aanging had me dat een redelijke tegenprestatie geleken.

Mijn kamertje keek uit op het achterplaatsje. Bij het raam stond een stoel, zodat ik kon lezen bij het licht, verder had ik een houten bed met een doorgezakte matras, een ladekast met daarop een vrijwel complete schaakset van Staunton (de witte koningin was door haar afgunstige onderdanen lang geleden afgezet en in een opwelling van satirische rebellie vervangen door een wijnkurk), en een te grote mahoniehouten kledingkast die de overleden vrouw van Alfie prachtig had gevonden maar waar hij niet meer naar kon kijken.

Ik hing mijn jas en bolhoed op en gooide mijn overhemd op de bodem van de kledingkast. Dit was het moment van de dag waar ik de grootste hekel aan had: de twee meter verband afdoen die om mijn borst gewikkeld zat. Op de plekken waar de stof in de huid onder mijn armen had gesneden was het windsel bezaaid met oude bloedvlekken. Elke dag probeerde ik een nieuw windsel te vinden, en elke dag kwamen er twee vlekken op. Mijn boetekleed noemde ik het, naar de paardenharen hemden die monniken droegen als boetedoening voor hun zonden, hoewel het mij toescheen dat ik niet de zondaar, maar het slachtoffer was van Gods gemene streek, en dat Hij dat vervloekte ding moest dragen, niet ik.

Die man van vandaag, dat lijk, Jack Flowers, was gisterochtend waarschijnlijk opgestaan, had zich aangekleed en was naar zijn werk gegaan, of op zoek gegaan naar werk, en had zich 's avonds een stuk in zijn kraag gezopen. Hij had zich nooit druk hoeven maken om zijn lichaam; niet om zijn haar, niet om zijn huid, de grootte van zijn neus of de dikte van zijn vingers. Hij had geen idee wat een bofkont hij was. Ik kende die luxe niet. Ik moest me voortdurend bezighouden met mijn lichaam.

Toen ik zalf op de wonden aanbracht trok ik een grimas, zo erg schrijnde het. Daarna ging ik op mijn bed liggen om te genieten van de koelte. Dat ik kippenvel kreeg, nam ik op de koop toe.

Na tien minuten gelukzaligheid pakte ik een ander windsel uit de lade en wond het om mijn borst om de door God geschonken welving van mijn boezem plat te drukken. In mijn ondergoed was ik jongensachtig rank, zonder opvallende rondingen. Als ik mijn ogen dichtdeed, voelde ik hoe ik had moeten zijn: brede schouders, grote voeten, smalle heupen en het gewicht van dat díng tussen mijn benen. Maar als ik ze weer opendeed leek ik nog steeds op een stakerige kindertekening van een man, zonder vorm, zonder kracht, zonder die lichaamsdelen die een man tot een man maken.

Ik trok mijn broek aan en duwde het rolletje stof dat ik in het kruis had genaaid op zijn plaats. Ik was eraan gewend dat het daar zat en dat het een bobbel vormde die tegen mijn bovenbeen drukte als ik ging zitten. Aanvankelijk had ik niet geweten waar ik het moest stoppen, omdat ik niets over het mannelijke lichaam wist. Ik had mijn oudere broer Oliver slechts één keer naakt gezien. Hij was nog een jongen toen ik op een keer de badkamer binnen wilde lopen en op hem stuitte. Stokstijf bleef ik in de deuropening staan om gebiologeerd naar het visje dat tussen zijn benen zwom te staren. Ik wist dat het ding groter werd als een jongen uitgroeide tot een man, maar ik wist niet hoe groot, dus experimenteerde ik met de lengte en dikte van het rolletje stof, wat soms bevreemde blikken opleverde van voorbijgangers en een aanbieding voor tijdelijk werk van een weerzinwekkende fotograaf.

Vanavond zou ik een schoon overhemd dragen van zuiver wit katoen, dat ik de afgelopen zomer in een winkel in Carnaby Street op de kop had getikt. Op de allerbelangrijkste avond van mijn leven zou ik een overhemd dragen met in de kraag het merkje *J. Kingsmill, vierde klas.*

Ik was zo snel naar huis gegaan dat ik vroeg klaar was. Ik kon niets anders doen dan wachten. Ik bekeek mijn kleine boekenplank, waar voornamelijk werk van Dickens en Meredith op stond, maar ook van Thackeray, Trollope en Butler, en koos het boek dat me de meeste troost bood en dat ik het beste kende: een stijf, smoezelig exemplaar van *Barnaby Rudge,* dat aan het einde van de plank stond en waar ik het gemakkelijkst bij kon.

Al mijn kennis had ik opgedaan uit boeken. Op elfjarige leeftijd was ik door mijn vader van top tot teen bekeken en met zijn blik afkeurend rustend op de lichte, maar onmiskenbare welving van mijn prille boezem had hij verklaard dat het gedaan was met school. Ik was de beste van de klas, werd zelfs gevraagd om de anderen les te geven als de onderwijzer weg moest, en toch werd ik van school gehaald en moest ik het doen met onze huisbibliotheek, waar ik, als ik niet krassend viool leerde spelen of de zaailingen in de bloemperken ter dood veroordeelde, gestolen uurtjes doorbracht. Mijn vader, een snelle lezer met een brede belangstelling, las Hardy, Homerus, Browning en Carlyle, Darwin en John Stuart Mill, en boeken over anatomie en ornithologie – zijn andere grote passie naast honden en God, in die volgorde – waardoor ik al op achtjarige leeftijd een spreeuw kon onderscheiden van een winterkoninkje, maar de genoegens van mijn moeder – muziek, tuinieren en snoeien – niet onder de knie kreeg. Dat ik zo sterk op mijn vader leek was voor haar een bron van verdriet en voor mij een bron van verbijstering, maar ik denk niet dat hij het in de gaten had.

Eindelijk sloeg de klok zeven uur en was het tijd om op pad te gaan. Terwijl ik de achterdeur openmaakte hoorde ik Constance roepen: 'Gaat u nog meer geneesmiddelen leren, meneer Stanhope?'

'Nee, juffrouw Smith. Ik ga schaken. Een spel dat ik wel kan winnen.'

Maar dat was een leugen. Gekromd tegen de kou en de kletterende regen liep ik wel westwaarts naar mijn schaakclub, maar zoals elke woensdag liep ik daaraan voorbij en begaf ik me in de wirwar van steegjes ten noorden van Piccadilly.

De stoep was verlaten en de straatlantaarns waren weer eens kapot. Een trippelende hond haalde me met zijn tong bungelend uit zijn bek in. Als hij op zijn achterpoten ging staan, zou hij even groot zijn als ik. Hij leek te weten waar hij moest zijn. Ik kon mijn lach niet inhouden en volgde hem in de duisternis. Op dat moment leek alles mogelijk. Als ik maar mijn ene voet voor de andere blijf zetten, dacht ik, bereik ik mijn hartsverlangen.

Het bordeel van Elizabeth Brafton was in Half Moon Street, die van de hooghartige weelde van Mayfair naar het onophoudelijke rumoer en de drukte van Piccadilly leidde. Het huis stond een eindje van de stoep achter een ijzeren hek, weggedrukt tussen grootsere panden, als een dun boek op een plank met dikkere exemplaren. Het prees zichzelf niet aan. Ik had meer doorsnee-hoerenkasten uitgeprobeerd voor ik die van mevrouw Brafton ontdekte, en allemaal waren ze even vreselijk. De meisjes deden waar ze voor werden betaald maar begrepen er niets van. De meeste meisjes probeerden me te bejegenen als een vrouw of lagen er verward en sprakeloos bij. Twee of drie deden hun best, werkten koppig hun repertoire af en schreeuwden het uit van genot, maar meer zoals een krantenverkoper de naam van zijn dagblad roept; goedbedoeld maar zo vaak herhaald dat het geen enkele betekenis meer heeft.

Het advies om het bordeel van mevrouw Brafton uit te proberen kwam van mijn vriend Jacob van de schaakclub, een wijze oude Jood met een eigenaardige voorkeur, die spilzuchtig omsprong met zijn pionnen. Sindsdien ging ik er, nu bijna twee jaar, elke week heen. Een keer per week, vaker kon ik me niet veroorloven, maar als ik rijker was geweest, als ik al het geld van de wereld had bezeten, zou ik er elke dag, elk uur komen, enkel en alleen om bij mijn Maria te zijn.

Mevrouw Brafton was in de salon; opgedirkt leunde ze met een arm tegen de schoorsteenmantel. Ze was weduwe, een jaar of vijfenveertig, eerlijk maar bikkelhard, en had roodbruin haar dat in een schooljufknot zat om de grijze strepen te verdoezelen. In een andere omgeving had je nooit geraden wat voor vrouw ze was. Ze behandelde de meisjes als haar kinderen en deed het graag voorkomen dat haar klanten vrienden waren die een bezoekje kwamen brengen. We speelden het spel allemaal mee.

'Goedenavond, meneer Stanhope,' zei ze. 'Hoe gaat het met u? Heel goed, mag ik hopen?' Haar stem was melodieus en verfijnd. Ergens in het verleden, lang voordat ze geworden was wat ze nu was, had ze een goede opvoeding genoten.

'Ja, dank u.'

De Kolonel zat ineengedoken en onderuitgezakt in een stoel, nauwelijks meer dan een hoop kleren en een kale knikker, zo glad en roze als het vlees van een ongekookte vis. Ik betwijfelde of hij werkelijk kolonel was geweest, maar zo noemde zij hem altijd. Hij was de enige klant met wie ze zich persoonlijk onderhield, uit gewoonte of uit medelijden. De meisjes, van wie de een een nog grotere roddeltante was dan de andere, hadden me verteld dat hij tegenwoordig te oud was om nog iets klaar te maken en enkel betaalde voor haar gezelschap. Ze zeiden dat je haar breinaalden door de slaapkamerdeur kon horen tikken.

'Juffrouw Milanes wacht op u in de kamer op de eerste verdieping,' zei ze glimlachend. Ze had de mond van een meisje en de oogopslag van een bankier. Ik wierp twee halve kronen in de porseleinen schaal met het wilgenmotief die op het dressoir stond.

Op de trap knipoogde de kleine Audrey naar me toen ze met een klant in haar kielzog langs me heen liep. Hij had een dikke pens, was buiten adem en stonk naar zweet. Zijn vrouw aanbad hem waarschijnlijk, deze winkelier met zijn vochtige voorhoofd en afgetrapte schoenen, maar wilde niet voor hem doen wat Audrey voor hem deed. Ik was één keer bij Audrey geweest, een van de eerste keren, toen ik Maria nog niet kende. De wanden van haar kamer hingen vol handboeien en op de planken lagen touwen, gespen en rottingen met een gevlochten handgreep. Ze mocht dan petieterig zijn, voor een florijn sloeg ze je vrolijk bont en blauw, en voor zes shilling extra mocht jij haar ervanlangs geven. Maar daar had ik niets mee. Ik was van de oude stempel.

En ik was verliefd. Vandaag zou ik dat bewijzen.

In de andere kamers klonken zachte geluiden: voetstappen en diepe stemmen, een vrouwenlach die rimpelend overging in wulps gegiechel. Voor Maria's deur bleef ik staan. Zo dadelijk zou ik in haar armen liggen en ik wilde deze laatste seconden ten volle genieten. Ik had de hele week gewacht. *Maria Milanes.* Al bij het zien van haar naam in mijn dagboek sprong mijn hart op van vreugde en proefde ik de smaak van pruimen in honing op mijn tong: *Maria Milanes.*

Ze had een Italiaanse oma gehad, had ze me ooit verteld, die hun achternaam had uitgesproken in drie lettergrepen, waarvan de laatste rijmde op 'nies'. Maar haar overleden moeder vond dat dit te buitenlands klonk en had de naam teruggebracht tot twee lettergrepen, waarvan de laatste rijmde op 'eens' of, (en Maria aarzelde om het woord uit te spreken alsof ze niet zeker wist of ik het grapje zou waarderen) 'wijdbeens'. Toen ik daar inderdaad niet om kon lachen, duwde ze haar neus tegen mijn hals in een poging het goed te maken.

Ik klopte aan, twijfelend of ik dat wel moest doen, of mijn roffel niet te frivool, te lichtzinnig was. Het maakte niet uit. Ze deed open en vloog me om de hals.

'Leo,' fluisterde ze in mijn oor. 'Ik hou van je, Leo lief.' En toen kuste ze me.

2

‘Ik ben zo blij dat je er bent,’ zei ze. ‘Ik was de hele dag bang dat je niet zou komen.’

‘Natuurlijk ben ik er. Ik kom altijd.’

‘Eén keer niet. Toen heb ik eindeloos gewacht.’

‘Ik voelde me beroerd. Dat heb ik je verteld.’ Het maandelijkse bloed was eerder gekomen dan ik had verwacht, en geestelijk en lichamelijk gekweld was ik thuisgebleven. ‘Is er iets aan de hand, mijn lief?’

Ze zat op de rand van het bed en schopte met haar blote hielen tegen het onderstel: boem, boem, boem. Haar kamer was heel anders dan die van Audrey; hier geen gruwelijke werktuigen, alleen kanten ruches aan de gordijnen en de beddensprei, een vergulde klok op de schoorsteenmantel en een kaptafel met een ovale spiegel en honderden flesjes en potjes. Een mooie kamer voor een mooi meisje.

Ze was een en al ronding, mijn Maria. Ze had nergens een hard of knokig plekje en haar zachtheid was altijd in beweging, in haar wangen als ze lachte, in haar borsten als ze inademde, in haar kuiten als ze schopte. Zelfs haar haar bewoog voortdurend, het viel van haar schouder als ze haar hoofd bewoog of kriebelde tegen mijn gezicht als ze in mijn armen lag.

Haar enige onvolkomenheid – in haar ogen, niet in de mijne – was haar wijnvlek. Die spreidde zich als gemorst bessensap op wit tafellinnen van haar neus neerwaarts uit naar haar wang en kin. Ze maskeerde hem met poeder en de linten van haar bonnet, en soms met haar handen of zelfs met een waaier, wat ik schattig vond omdat het zo dwaas geaffecteerd overkwam.

Ietwat bedroefd haalde ze haar schouders op. 'Ik kijk nu eenmaal altijd naar je uit. Ik mis je als je er niet bent. De week lijkt zo lang en ik maak me zorgen als je te laat bent. Ik weet dat het stom is.'

'Ik ben niet te laat.' De wijzers van de klok stonden precies op halfacht.

'Hoelang heb ik je voor mezelf?'

'Voor eeuwig.'

'Nee, serieus. Hoelang?'

'Vanavond twee uur.'

Ik pakte haar kin vast en gaf haar een kuis kusje op de mond, heel zacht, maar zij reageerde heftig, met warme natte lippen en een warme natte tong. In de wetenschap dat het moment bijna daar was trok ik me terug om even van het vooruitzicht te genieten.

'Nog niet.'

Op de kaptafel stond een kan bier. Ze schonk twee glazen in en gaf er een aan mij. 'Op Leo en Maria,' zei ze. 'Voor altijd.'

We gingen naast elkaar op het bed zitten en klonken en dronken onze glazen leeg. De afgelopen maanden hadden we hier uren gezeten, zij pratend en ik luisterend; gevleid door het vertrouwen dat ze me schonk, laafde ik me aan elk woord dat ze zei tot ik het gevoel kreeg dat ik helemaal niet samen met iemand anders was, maar een innerlijke gedachtegang volgde, nauwelijks onderbroken door de tijd die we niet samen doorbrachten. Ze ging altijd aan dezelfde kant zitten, met haar vlek van me af, hoewel ik haar talloze malen had verteld dat die prachtig was en dat ze zich nergens voor hoefde te schamen.

'Ik wil je iets vertellen,' zei ik. 'Een idee voor ons tweetjes.'

'Wat is het? Is het iets wat we nu kunnen doen?'

Lachend schudde ik mijn hoofd. Ze leek enigszins opgelucht. 'Zoiets is het helemaal niet. Het is een cadeau. We hebben het er dadelijk nog wel over.'

Toen ze mijn wang aanraakte kon ik me niet meer inhouden. Ik kuste haar weer, liet mijn hand over haar rug gaan en zij stond met een lachje op haar gezicht op om de haakjes van haar lijfje los te maken. Even later stapte ze uit haar onderrokken en stond ze naakt voor me; met haar lippen op mijn voorhoofd leunde ze tegen me aan. De holte tussen haar borsten geurde naar zweet en edelmunt. Ze kuste me vurig, haar tong raakte de mijne en ze beet zachtjes in mijn lippen. Haar handen lagen op mijn armen, gingen naar mijn schouders, rukten mijn colbert uit en maakten de knoopjes van mijn overhemd los. Daarna ging ze op haar knieën zitten om mijn schoenen uit te trekken, terwijl ze me met grote ogen aanstaarde – uitnodiging en uitdaging tegelijk.

Ze moest lachen om mijn verlangende blik en kwam overeind om mijn windsel los te maken.

'O, Leo, je bloedt!'

Ik kromp ineen toen ze met een vingertop en haar tong mijn wonden aanraakte.

'O, lief, wat moet dat pijn doen.'

Ze liep naar haar kaptafel waar ze zich op zo'n manier overheen boog dat ik dacht dat ik het niet meer hield, en zocht iets tussen haar parfums en zalfjes. De potten stonden rond een pop die ik niet eerder had gezien. Ze had starende, porseleinen ogen en een rode, kusvormige mond. Ik had altijd een hekel aan poppen gehad, kille nepbaby's die me waren opgedrongen door mijn tantes. Waarom had zij er een hier, zo in het zicht?

Ze kwam terug met een potje en depte balsem op mijn wonden. Ik streelde haar haren en ze troonde me mee naar het bed en maakte de knopen van mijn broek los, zodat ik naakt was, een graatmager monster vergeleken bij haar weelderige pracht. Ik bedekte me met mijn handen.

'Niet doen,' zei ze terwijl ze het haar tussen mijn benen aanraakte.

Op het hoofdkussen lag mijn instrument: een staaf van zacht leer die met banden rond mijn middel tussen mijn dijen kon worden gebonden. Maria genoot ervan als ik hem voordeed. Ze greep hem beet en duwde hem op zijn plaats en soms nam ze hem in haar mond en hoewel ik het niet kon voelen, raakte ik er onverdraaglijk opgewonden van. Ze deed nog meer balsem op haar handen en masseerde de staaf, wreef eroverheen.

'Zal ik hem niet een keer omdoen?' fluisterde ze.

Dat idee was te gruwelijk om in overweging te nemen. 'Ik wil je er niet mee zien.'

'Maar misschien vind je het wel fijn.'

'Dat vind ik niet.'

Ze grijnsde en ik dacht dat ze me nog even zou blijven plagen, maar toen ze weer sprak klonk ze serieus: 'Waarom hou je wel van mijn lichaam, maar niet van dat van jezelf?'

Ik trok haar teder naar me toe. 'Omdat jouw lichaam volmaakt is.'

'Nee, ik meen het, waarom?'

Ik keek naar mijn lichaam, wat ik doorgaans liever niet deed. Het was te mager en hoekig voor een vrouwenlichaam, het resultaat van mijn hongeren om te voorkomen dat ik feminiene vormen zou krijgen. Maar het was ook geen mannenlichaam. Wat was het dan wel? Iets wat los stond van mij, dacht ik, een vat voor mijn hersenen en ziel, dat onderhouden en gevoed moest worden, maar verder geen enkele waarde had. Dat iemand daarvan híéld – ik kon het me niet voorstellen.

'Dit ben ik niet,' zei ik. 'Niet zoals ik zou moeten zijn.'

Ze vouwde haar handen om mijn wangen en keek me in de ogen. 'Leo, ik wou...' Ze viel stil en peinsde een moment, daarna kuste ze me heel zacht. 'Ik wens je alle goeds van de wereld toe.'

Maar ik had het gevoel dat dit niet was wat ze had willen zeggen.

Toen we volledig bevredigd waren deed ik mijn instrument af en liet het uit het zicht op de grond vallen. Samen lagen we hijgend en met een glanzende huid op de lakens te luisteren naar het geratel van karren en rijtuigen. Ze schoof naar me toe en legde haar hoofd op mijn schouder en haakte haar knie om mijn been. Ik voelde haar adem en de lichte streling van haar wimpers als ze met haar ogen knipperde. Ze rook naar ons.

Na een paar minuten ging ze rechtop zitten en ze trok het laken om zich heen. Haar haar waaierde uit over haar schouders. 'Heb je nooit eens de benen willen nemen, Leo? Spoorloos verdwijnen, bedoel ik.'

'Zo vaak. Waarom vraag je dat?'

'Wanneer heb je het voor het eerst gedaan?'

'De eerste keer... was het te vroeg. Het lukte me niet.' Mijn vingers begonnen weer te jeuken. Ik kon de stugge stof van de colberts en broeken in de kledingkast van mijn broer haast voelen.

'Wat gebeurde er? Vertel.'

'Ik was twaalf. Mijn moeder had Oliver en Jane mee uit lunchen genomen. Ik had om een of andere reden straf gekregen en moest thuisblijven en de preek van mijn vader opschrijven, die hij me dicteerde. Toen dat klaar was, liep hij de tuin in om te oefenen en bleef ik alleen achter in de pastorie.'

Ik aarzelde. Er waren dingen die ik absoluut niet wilde uitleggen, zelfs niet aan haar.

Die dag was mijn vader met zijn luide bariton buiten aan het preken en sprak hij de eksters en lijsters vermanend toe over hun zonden. Er was niemand anders in huis. Ik wilde me verkleden, gewoon een paar momenten doen alsof. Ik wist dat het verkeerd was, maar kon de verleiding niet weerstaan.

Ik haalde een overhemd van Oliver van het hangertje, deed hem over mijn blouse aan en koesterde me erin. Hij was veel te groot en heerlijk vormeloos. Zonder erbij na te denken deed ik mijn rok uit en trok een grijze flanellen broek aan en een blauwe blazer met zwarte knopen. Ik rolde de mouwen op, kortte de bretels in en duwde mijn haar onder zijn tweed pet.

In de spiegel werd ik aangekeken door een jongen met een lang gezicht en kleine ogen. Ik was nooit knap geweest, maar híj klópte gewoon. Als ik lachte, lachte hij terug, en als ik mijn handen in mijn zakken stopte zoals ik jongens had zien doen, deed hij hetzelfde. Hij stond er met rechte schouders en geheven kin bij. Tikte tegen zijn pet. Ging wijdbeens staan, nam een trekje van een denkbeeldige sigaar en blies de rook onbekommerd de kamer in. Hij keek me in de ogen en toen ik hem een knipoog gaf en hij terug knipoogde, besefte ik dat niet ík echt was en hij een spiegelbeeld, maar andersom.

'Ik besloot de straat op te gaan,' zei ik tegen Maria. 'Het was een totaal nieuwe gewaarwording. Ik kon gaan en staan waar ik wilde, gewoon op de trein stappen en een nieuw mens worden.'

Zelf zou ik daar nooit de moed voor hebben gehad. Ik zou doodsbang zijn geweest om te worden betrapt, rilde al bij de gedachte aan de reactie van mijn ouders en deinsde terug voor de schande. Ik zou het nooit hebben gedurfd.

Maar hij deed het gewoon.

Hij was als alle andere jongens, slenterde zwierend met zijn armen over de stoep. Hij probeerde zelfs te fluiten. Het was een openbaring: geen rokken die ik naar beneden moest houden, geen bonnet waaraan ik altijd friemelde, geen ruw ondergoed dat knelde en kriebelde. Tijdens die korte wandeling veranderde er iets. Ik kon het niet eens voor mezelf onder woorden brengen, maar ergens vanbinnen wist ik dat ik deze naamloze jongen was. Ik was degene in die gestolen broek en fladderende blazer – ik was precies zoals ik moest zijn.

De euforie was van korte duur.

'Het bleek dat Oliver mijn moeder en Jane tijdens de lunch alleen had gelaten om met zijn vrienden de hort op te gaan. Ze kwamen de hoek om en toen ze me zagen dwongen ze me terug te gaan naar de pastorie. Daarna heeft het lang geduurd voor ik het weer probeerde.'

Ze joegen me door de straat en loeiden toen mijn haar losraakte. Mijn broer keek me vol walging aan. Toen ze er genoeg van hadden, liepen ze weg. Ik rende naar huis en kleedde me weer om, wierp me op mijn bed en huilde een uur lang tot mijn moeder en Jane terugkwamen en me verplichtten naar hun pianospel te luisteren.

Maria pakte mijn handen vast en zei: 'Arme Leo.'

'Als je wilt, zouden we er samen vandoor kunnen gaan, jij en ik. Ik zeg mijn baan bij het ziekenhuis op en dan mag jij zeggen waar we heen gaan.'

'Wat een heerlijke gedachte.' Ze kneep zachtjes in mijn hand, maar gaf er geen blijk van dat ze op mijn voorstel in wilde gaan. Ik zou daar geen moment over geaarzeld hebben. Ik zou meteen met haar mee zijn gegaan en in de enige kleren die ik bij me had met haar de nacht in zijn gelopen zonder te weten waar onze voetstappen ons brengen zouden.

Ze stapte uit bed en trok haar onderbroek aan. Normaal gesproken zouden we naakt in het halfduister blijven liggen en zou ik haar vertellen hoe mijn week was geweest, welke mensen ik had gezien en gesproken. Dat vond ik het fijnste moment, haast nog fijner dan de momenten ervoor. En we hadden nog meer dan een uur.

'Ik vraag me af hoe je het volhoudt,' zei ze, zittend op de rand van het bed. 'Je bent de hele dag met doden in de weer, raakt ze aan. Dat moet vreselijk zijn. Voorheen waren het mensen en nu zijn ze niks.'

Ik ging overeind zitten, sloeg mijn arm om haar heen en snoof haar geur op toen ze haar hoofd tegen mijn schouders liet rusten. Haar moeder was het jaar ervoor gestorven en zo nu en dan speelde haar verdriet op.

'Ze zijn niet niks. Ik zorg voor ze. We moeten weten wat er gebeurd is, hoe ze zijn overleden. Dat zijn we de doden en hun familie verschuldigd.'

'Was er vandaag een familie?'

'Een weduwe met een paar kinderen. Die waren nog te klein om het te begrijpen.'

Nog meer dan vanmiddag voelde ik een steek van medelijden. Zittend in de aangename koelte ervoer ik het verlies van hun vader merkwaardig scherp. Toch kon ik het vermoeden niet van me afzetten dat deze plotselinge teerhartigheid de zoveelste streek van mijn eierstokken was.

'Hoe heette ze?'

Ik moet bekennen dat het me moeite kostte om me dat te herinneren. 'Eh... Flowers. Haar man heette Jack. Hij is verdronken. Wat is er?'

Ik dacht dat ik al haar gezichtsuitdrukkingen kende, van een onbedaarlijke schaterlach tot kwellend verdriet, maar deze uitdrukking was nieuw voor me. Haar blik was leeg, alsof ze met haar gedachten elders was en ze de kamer, het bed en alle andere dingen helemaal niet zag.

Ze hernam zich en werd weer mijn speelse Maria.

'Jack Flowers. Wat een schattige naam.'

'Dat kan wel zijn, maar meneer Hurst dacht dat hij een dronkenlap was. Er zat een fles bier in zijn zak.

'In zijn zak? Zijn ze dan gekleed als jullie ze krijgen? Dat wist ik niet.'

'Alleen bij aankomst. De mortuariumassistente kleedt ze uit, en anders doe ik dat.'

Ze zette grote ogen op. 'Ook dames? Dan zie je al hun ondergoed en zo. Is dat het cadeautje dat je voor me hebt? De onderrok van een dode vrouw? Dat is geen leuk soort cadeau.'

'Hoeveel soorten cadeaus zijn er?'

'Cadeaus die ik leuk vind en die ik niet leuk vind – de cadeaus die eigenlijk voor de man zijn die ze aan me geeft. Die krijg ik veel.'

Ze grijnsde en plaagde me weer, maar ik vond het niet fijn dat ze over haar klanten begon, ook al was het indirect. Ik zag mezelf niet als een klant van haar.

'Ik heb een leuker cadeau, veel leuker. Ik heb bedacht dat we samen naar het theater zouden kunnen gaan. Er is een musical, *HMS Pinafore*. Ik heb kaartjes.' In al mijn opwinding kwam ik naakt uit bed en haalde ze uit mijn jaszak. 'Hij moet fantastisch zijn. Ik zou het een eer vinden om je mee te nemen. Ga je mee?'

'O, Leo, dat meen je niet. Je weet hoe mevrouw Brafton is, je kent haar regels. En ze mag me toch al niet.'

'Dan vertellen we haar niets. Ik heb kaartjes voor zaterdag, de matineevoorstelling, om twee uur.' Ik stopte er een in haar hand en vouwde haar vingers eromheen. 'Naar het theater, alleen dat.'

Ze bekeek het kaartje. 'Leo...'

'Er worden liedjes gezongen. Je vindt het heerlijk om te zingen. Ik hoor je soms.'

'Je weet waarom ik dat heerlijk vind. Ik ben onder een podium geboren. Het zit in mijn bloed.'

'Precies. Je zingt zo goed dat je zelf op het podium kan staan. Dat zou best nog weleens kunnen gebeuren.'

Lachend wees ze naar haar wijnvlek. 'Mallerd! Met dit ding?'

'Dat zou niemand iets kunnen schelen. Ze zouden je horen en... maar goed, zeg alsjeblieft dat je meegaat. We gaan op ons paasbest. Dan zijn we net als andere mensen.'

Ze slaakte een zucht. 'O, Leo.'

'Toe.'

'Goed dan. Ik ga mee. Dank je wel.'

Ze kuste me en dat had meer betekenis dan al het andere dat we samen hadden kunnen doen, omdat het zo eenvoudig was: de kus van een vrouw voor haar minnaar. Ze kroop weer in mijn armen en ik was me van niets anders bewust tot ze me wakker schudde.

'Leo! Het is bijna tien uur! Je moet gaan.'

Ik keek wazig, had moeite om me los te maken uit mijn droom: we waren 's ochtends vroeg samen in ons eigen huis, waar het licht langs de hoeken van de muren streek en we niets anders te doen hadden dan slapen, lezen en vrijen.

Ze schudde me weer door elkaar. 'Dadelijk wordt mevrouw Brafton nog boos op me.'

Ik geeuwde. 'Misschien houdt ze de tijd niet in de gaten.'

Maria vouwde haar handen om mijn gezicht. 'Dat doet ze wel. Ik heb een andere klant, Leo. Toe, wees niet boos. Je weet wat ik ben.'

'Ja, je bent het allerliefste meisje van de wereld.' Maar het was een loos compliment en ze lachte niet.

Ik kwam uit bed, trok mijn broek aan, worstelde met mijn windsel en hupte met mijn schoenen door de kamer. Bij het afscheid kuste ik haar. 'Kom je? De Opera Comique aan de Strand. Zaterdag om twee uur.'

'Ik zal er zijn.'

'Zeg het, alsjeblieft.'

'Opera Comique. Zaterdag om twee uur.'

'Helemaal goed. Niet vergeten dat ik van je hou.'

Beneden zat mevrouw Brafton in een leunstoel met haar bril op het puntje van haar neus een folder te lezen. De Kolonel was weg en er zaten drie andere mannen te wachten. Een van hen, lang, goed gekleed met een keurig bijgewerkt baardje, keek me boos aan.

Mevrouw Brafton tuitte haar lippen. 'U bent laat, meneer Stanhope. Dat is niet netjes van u, ook niet van juffrouw Milanes.'

'Straf haar alstublieft niet. Het is mijn schuld. Ik ben in slaap gevallen.'

'In slaap gevallen?' Ze keek me aan alsof ik niet goed bij mijn hoofd was en een van de heren rolde met zijn ogen.

'Ik zal de tijd vergoeden.'

Ze wuifde dat voorstel weg. 'Daar gaat het niet om.' Een heel klein beetje milder zei ze: 'Maar zorg dat het niet nog een keer gebeurt. Begrepen?'

Ze keek de lange heer aan, die even knikte en naar boven ging.

Met groeiende haat keek ik hem na. Ik hoorde Maria opendoen en het zachte gemompel van hun stemmen. Ik wilde dat ze hem in het gezicht spoog en hem vertelde dat ze nooit, maar ook echt nooit meer met iemand anders zou zijn dan met mij. Ik wilde dat ze schreeuwde zodat ik naar boven kon rennen om hem bij haar weg te trekken en de trap af te smijten. Ik wilde hem zo verrot slaan dat hij het huis uit kroop en in de goot vol paardenpis ging liggen. Ik wilde haar hand vastpakken en er met haar vandoor gaan naar een afgelegen stad waar niemand iets over ons wist en we samen zouden kunnen zijn.

Mevrouw Brafton schraapte haar keel. 'Volgende week, dezelfde tijd, meneer Stanhope?' Ze had haar zwarte lederen afsprakenboek voor zich liggen.

'Die meneer –'

'Is haar volgende klant, meneer Stanhope.'

Als ik niet wegging zou ze Hugo roepen, de portier en het manusje van alles, die drie decennia ouder was dan ik maar nog steeds zo driest en sterk was als een neushoorn. Hij hield ervan om, weer of geen weer, in een onderhemd halters te tillen bij zijn korven terwijl de bijen over zijn ontzagwekkende onderarmen kropen.

'Ja, natuurlijk. Volgende week, zelfde tijd.'

Op de stoep boog ik mijn hoofd. Soms tikte Maria tegen het raam en blies ze een kusje naar me toe als ik wegliep, maar vandaag niet. Ik kon het niet verdragen om achterom te kijken en een vreselijk silhouet te zien. Met mijn jas strak om me heen getrokken beende ik de duisternis in.

Aangekomen bij mijn huis ontdekte ik dat ik mijn sleutels niet bij me had. In mijn haast me aan te kleden moesten ze in Maria's kamer uit mijn zak zijn gevallen. Maar ik kon niet terug om ze te gaan halen. Ik moest er niet aan denken om mevrouw Brafton weer onder ogen te komen.

Ik wierp kiezeltjes tegen het raam van Alfie en smeekte hem om naar beneden te komen en me binnen te laten, wat hij uiteindelijk deed, onderwijl iets mompelend over dronken kostgangers die zich geen ene moer gelegen lieten liggen aan andermans nachtrust. Maar hij meende het niet echt en gaf me een klapje op de schouder en wenste me welterusten voor hij weer de trap op liep.

Ik ging aan de tafel in de achterkamer zitten, omringd door de voorraaddozen met geneesmiddelen die daar zoals gewoonlijk stonden opgeslagen, en liet mijn hoofd op mijn armen rusten. Ik vond het vreselijk dat Maria zo de kost verdiende, maar als ze dat niet had gedaan, had ik haar niet ontmoet. Ik hield mezelf voor dat ik alleen haar lichaam hoefde te delen, alleen haar lichaam, verder niets. Met mij had ze zaterdag om twee uur afgesproken bij de Opera Comique. Met mij zou ze in de stalles toffees eten. En daarna zou ik degene zijn die haar thuisbracht terwijl we over van alles en nog wat keuvelden en onze vingers elkaar tijdens het lopen misschien zouden raken.

Ik was degene van wie ze hield.

3

Op donderdagavond ging ik naar mijn schaakclub. Dit was het enige mannenleven dat ik had. Ik had me uit de verfijning van het meisjesbestaan gewurmd om de ruwe mannenwereld te omhelzen, maar was erachter gekomen dat die nog steeds buiten mijn bereik lag. Ik zou het heerlijk hebben gevonden om te proberen een bal naar een teamgenoot te trappen of tijdens een worstelwedstrijd een tegenstander tegen de grond te werken, maar dat kon ik niet. Ik zou onmiddellijk ontmaskerd worden. Maar schaken kon wel.

De club was boven de Blue Posts in Cork Street, die populair was bij kledinghandelaren en drukkers die hun bierkroes op de vensterbank hadden gezet en met hun hand om hun pijp gevouwen op de stoep stonden. Ik kwam tegelijk aan met een ander clublid wiens naam ik niet kende en die zich voor mij uit een weg door de menigte baande.

Boven prikte de rook in mijn ogen en sloeg op mijn keel; er hing een dikke walm boven de spelers die gebogen over hun bord een strategie aan het uitdokteren waren. Jacob was al verdiept in een spel met Berman, een student met sluik haar, die de ergerlijke gewoonte had om een stuk op te pakken, het net zo lang vast te houden tot hij het bord van alle kanten had bekeken en het dan pas weer neer te zetten. Jacob gaapte en tikte de askegel van zijn sigaar, waarbij hij as morste op het colbertje dat hij dag in, dag uit droeg, waardoor het met hem vergroeid leek en naar rook, bier, whisky en de metalige geur van zijn juwelierszaak was gaan stinken.

Zelfs op zijn best was Berman een middelmatige speler en mijn aanwezigheid werkte hem zo op de zenuwen dat hij pardoes zijn paard offerde in een onbezonnen poging een toren van Jacob te slaan. Daarna waren zijn kansen verkeken en sloeg Jacob snel achter elkaar zijn overgebleven paard en loper, als een buldog die verwend wordt met een sappig bot. Nog geen tien minuten later droop Berman chagrijnig af naar de bar.

Jacob bestelde twee bier bij de jongen die de taak had de trap op en af te rennen, stelde de schaakstukken op en stak omstandig zijn sigaar weer aan, waar hij luidruchtig aan lurkte. Hij genoot ervan om me te laten wachten, maar ik liet me niet opfokken. Dit was de aanloop naar zijn favoriete spel, en dat was geen schaak, hoewel we dat ondertussen wel speelden.

Het was mijn beurt om te openen met wit. Ik verplaatste de pion voor mijn koning naar E-4, waarop Jacob een sissend geluid tussen zijn tanden maakte. 'Altijd conventioneel, hè Leo?'

Ik gebaarde naar zijn kant van het bord. 'Jij kunt nu een zet doen met je paard als je wilt. Toe dan, haal mijn conventionele spel maar onderuit.'

Hij mompelde iets en verplaatste zijn pion in een Siciliaanse verdediging. Toen ik met mijn ogen rolde haalde hij zijn schouders op, en hij zei: 'Jij speelt met wit. Ik moest jouw openingszet wel volgen.'

Ik deed een zet met mijn linkerpaard, waarop hij een andere pion verplaatste en achteroverleunde in zijn stoel. 'En?' vroeg hij. 'Hoe was het?'

'Het was geweldig. Maria heeft ja gezegd.' Ik kon het niet laten zelfgenoegzaam te grijnzen.

'En jij neemt haar mee naar Gilbert en Sullivan. Naar dat zingen en dansen. Mijn Lilya is er om een of de andere reden weg van.'

Ik verplaatste mijn andere paard en een tijdje speelden we in stilte; snel achter elkaar deden we bekende zetten. Het spel kon nog in ieders voordeel uitpakken toen de jongen aan kwam lopen met ons bier. Ik had nog geen slok genomen of Jacob bestelde twee whisky's en nog een bier voor zichzelf.

Hij boog naar voren en liet zijn stem dalen in een poging te fluisteren. 'En zij begrijpt het? Hoe het zit met jou?' Afgezien van Maria, mevrouw Brafton en haar meisjes was hij de enige, plus nog een ander, die wist dat ik niet als man geboren was.

'Natuurlijk. Wat dacht je dan?'

Hij haalde zijn schouders op. 'Ik weet niet wat je met haar doet, hoe het gaat, wat waar in gaat. Ik ben twintig jaar getrouwd. Meer dan twintig jaar. Denk je dat wij nog iets nieuws uitproberen? Het is net alsof je oude sokken aantrekt.'

'Lilya is een goede vrouw.'

'Ja, ja, natuurlijk, een goede vrouw, een goede echtgenote. Meestal verdraagt ze me.'

'Ze is een heilige.'

'Ha! Zie je wel? Een kind van een predikant en toch weet je niets. Wij hebben geen *heiligen*.' Hij dronk zijn kroes leeg en pakte de mijne. Het was minstens zijn vierde. 'Maar als we die wel hadden,' vervolgde hij, 'had je gelijk, dan zou ze een heilige zijn. Lilya, de beschermheilige van de verdraagzaamheid.'

'Schaak,' zei ik. Zo ging het wel vaker. Als hij nuchter was speelde hij behoedzaam en methodisch, maar later op de avond werd hij roekeloos en stormde hij naar voren, waardoor ik zijn stukken kon slaan.

Hij weerde mijn aanval af met een pion die beschermd werd door zijn dame, waarop ik mijn paard naar voren schoof. Hij rokeerde, maar dat had ik verwacht, en ik zette hem weer schaak met mijn loper. Met een zuur gezicht keek hij naar het bord. 'Jij bent de laatste tijd de betere speler. Voorheen kon ik nog weleens winnen, nu niet meer. Hoelang is het geleden? Minstens een maand.'

'De laatste keer had je geen slok op.'

'Spelen zonder een slok op, dat is niks. Maar goed, dat meisje, die... Maria.' Hij bevochtigde zijn lippen. 'Denk je dat ze om je geeft?'

'Is dat zo moeilijk voor te stellen?'

'Ha! Dat is de vraag, hè?' Zijn stem begon te slepen. 'Jij bent niet de prins op het witte paard waar meisjes van dromen, mijn vriend. Zelfs niet voor een hoer. Het spijt me, maar zo is het nu eenmaal. En je hoeft niet zo'n gezicht te trekken, je weet dat het waar is.'

Zwijgend stelde ik de schaakstukken weer op. Deze keer zou ik met zwart spelen. Hij deed op de koningsvleugel een zet met de pion die voor zijn toren stond en als tegenzet verplaatste ik de pion voor mijn dame, waarna ik een slok whisky nam. Als hij zulke dwaze zetten bleef doen, zou het spel snel afgelopen zijn.

Hij bestelde nog twee whisky's en een schaaltje pinda's.

'Ze geeft echt om me,' zei ik.

Hij trok een grimas. 'Misschien wel. Wie weet wat vrouwen denken?'

Hij bulderde van het lachen en sloeg met zijn hand op de armleuning van zijn stoel. Toen hij naar me keek moest hij nog harder lachen, nu haast zonder geluid, en liep rood aan tot hij uiteindelijk naar adem hapte.

'Wie weet wat vrouwen denken?' herhaalde hij. 'Jij niet, hoe merkwaardig het ook klinkt.' Weer grinnikte hij om zijn eigen grap.

'Leuk, hoor.'

'Sorry.' Met zijn mouw veegde hij zijn ogen af. 'Ik ben een oude man en jij bent jong en romantisch, en verliefd op een meisje. Wat is er natuurlijker en dwazer?'

'We houden van elkaar.'

'En jij wilt haar redden, toch? Haar weghalen uit dat verdorven leven.'

Hij had gelijk maar ik was niet van plan om het toe te geven. 'We gaan alleen maar naar het theater.'

'Ja, naar een matinee. Hoe verzín je het? Daar gaan alleen kinderen naartoe.' Hij maakte een wegwerpgebaar met zijn hand. 'Geen kans om je hand op haar knie te leggen tijdens een matinee. Hoe duur waren de kaartjes?'

'Wat doet dat ertoe?'

'Tien shilling per stuk? Ja, toch? Je hebt te veel betaald. Voor een kwart daarvan kun je haar beminnen wanneer je maar wilt en hoef je haar nooit mee uit eten te nemen of met haar te trouwen of zo'n vervloekte opera uit te zitten.' Weer lachte hij.

Het scheelde niet veel of ik was opgestaan en weggelopen of had het schaakbord omvergegooid. Als hij jonger was geweest, had ik hem misschien zelfs een dreun verkocht, wat ik nog nooit bij iemand had gedaan. 'Je wordt stinkvervelend als je dronken bent.'

‘Ik zal je een hoop ellende besparen,’ zei hij alsof hij me niet had gehoord. ‘Ik koop die kaartjes van je over en neem de heilige Lilya er mee naartoe. Jij blij dat ik niet moeilijk doe over de sjabbat. Ik zit die afschuwelijke *Pinafore* wel voor je uit.’

‘Speel nou maar.’

Dat spel won ik ook; gedreven door een kille woede werkte ik me door zijn pionnen heen, bracht zijn dame in het nauw en sloeg zijn twee lopers die hij inzette om haar te verdedigen en eindigde het spel met een aanval van mijn twee torens.

Wankelend stond hij op. ‘Pissen,’ zei hij. Zwalkend liep hij naar de deur.

Ik stelde de schaakstukken weer op en wachtte. Portas-Meyer, een betere speler dan ik, nodigde me uit voor een spel, maar ik sloeg dat af in de verwachting dat Jacob elk moment zou terugkomen. Ik wilde hem nog een keer inmaken. Toen hij niet terugkwam ging ik schoorvoetend naar het privaat, alleen om te kijken of hij nog ademde. Ik wist niet of ik hem het liefst dood of levend zou aantreffen.

Ik vond hem in een hokje met zijn broek rond zijn enkels, zacht snurkend met zijn kin op borst. Ik gaf hem een klap in zijn gezicht, harder dan strikt noodzakelijk was, en hij deed zijn ogen open.

‘Je moet naar huis,’ zei ik.

Zwaaiend op zijn benen stond hij op; ik dacht dat hij me onder zou kotsen, maar hij slikte moeizaam en leek zijn maag onder controle te hebben.

‘Je hebt gelijk,’ mompelde hij. Hij probeerde te lopen, maar zijn broek lag nog om zijn enkels; hij viel tegen de muur en sloeg met zijn voorhoofd tegen een hoek. Hij betastte de wond en staarde naar het bloed op zijn vingers alsof het van een ander was.

Buiten werd ik licht in mijn hoofd van de bittere kou. Ik had meer gedronken dan ik van plan was geweest en helemaal niets gegeten. Het huis van Jacob in Shoe Lane was bijna twee kilometer verderop.

Vergeefs probeerde hij zijn hoed van de stoep op te rapen.

‘Wees niet beledigd,’ zei hij bedachtzaam. ‘Ik denk soms niet na bij wat ik zeg. Maar ik heb het beste met je voor.’

‘Dat weet ik.’

Hij wiebelde met zijn vinger voor mijn neus. 'Lieg niet. Je bent van streek.'

Van streek, wat een typisch vrouwelijke uitdrukking. Ik was niet van streek, ik was bóós.

'Ik loop wel met je mee naar je huis.'

Hij schudde zijn hoofd. 'Dat hoeft niet. Ik red me wel.'

'Je bent oud en dronken.'

'Ik kan je niet tegenhouden, hè? En ik heb kinderen waarvoor ik moet zorgen. Zeven kinderen.'

'Waarvan er vier al uit huis zijn.'

En zo liepen we tussen de lichtpoelen van de straatlantaarns door, ik met mijn hoed over mijn voorhoofd getrokken en mijn handen diep in mijn zakken, en Jacob heen en weer zwalkend, met zijn hemd uit zijn broek en een bretel bungelend rond zijn knieën.

'Ik heb niets tegen hoeren,' zei hij na een tijdje.

'Dat is me duidelijk geworden, ja.' Mevrouw Brafton was me aangeraden door Jacob.

Hij pookte met een vinger naar me. 'Wie is er nu aan het sneren?'

'Dat doe ik helemaal niet. Loop door.' Ik voelde de eerste regenspatten op mijn gezicht en moest ondertussen zelf hoognodig naar het privaat. Ik had moeten teruggaan naar de schaakclub, maar ik was te druk bezig geweest met Jacob en in tegenstelling tot hem kon ik niet tegen een muur pissen.

'Wat kon ik anders? Zeven kinderen maar liefst. Lilya is nu eenmaal zoals ze is. Ik heb het voor haar gedaan. Maar goed, dat is nu verleden tijd. Ze is tegenwoordig te oud, dus kunnen we neuken als vossen zonder dat er een achtste komt.'

Ik versnelde mijn pas, waardoor hij moest hollen.

We kwamen langs de bloemenmarkt waarvan alle stallen gesloten waren, maar zelfs in de winter hing er een bedwelmende geur. Haast onzichtbaar tegen de grauwe achtergrond keilden een paar jongens tussen de pilaren steentjes over het plaveisel. Ze staakten hun spel om naar ons te kijken.

'Een hoer is alleen niet te vertrouwen. Ik veroordeel ze niet, maar het is nu eenmaal zo. Ze verdienen de kost met bedrog. Ze hoereren namelijk ook met hun mond.' Grinnikend bleef hij staan terwijl hij me schuins aankeek; zijn baard glinsterde in de regen. 'Je weet wat ik bedoel. Ze zeggen tegen je wat je wilt horen.'

'Je begrijpt niet wat wij samen hebben.'

'Ik geloof je meteen.' Hij pakte mijn hand vast. Hij bromde, was narrig en toch was het een merkwaardig teder gebaar. 'Je hebt je hart aan dat meisje verpand, Leo, maar misschien is ze niet zoals je denkt. Dat wil je alleen niet horen, mijn vriend. Oude mannen proberen vrouwen altijd het hof te maken, maar die minachten ons. Dat zijn we inmiddels gewend. Wij zijn dankbaar als ons de waarheid wordt gezegd. Maar zo steek jij niet in elkaar.'

Enigszins gebeten liet ik zijn hand los. 'Hoe steek ik dan in elkaar?'

Hij schudde zijn hoofd. 'Zo bedoel ik het niet. Niet lichámelijk. Je hebt het eerder gedaan, dat is alles wat ik zeg. Je hebt een verleden dat van stommiteiten aan elkaar hangt.' Ik liep door en hij moest hollen om me in te halen. Het goot inmiddels en paraplu's ontvouwden zich in de lucht. Ik raakte doorweekt en mijn behoefte om te plassen werd steeds dringender. 'Ik hoop dat het deze keer anders gaat. Dat hoop ik echt.' Hij spreidde zijn armen en riep in de regen: 'Laat het deze keer anders gaan voor Leo! Hij verdient het om gelukkig te zijn!'

'Stíl, Jacob.'

'Maar waarom niet? Het kan toch? Hoeren kunnen toch niet eeuwig hoer blijven? Wat doen ze daarna, huh? Ze bouwen een bestaan op met een idioot zoals jij en niemand die er iets van weet. De helft van alle vrouwen in Londen is op een gegeven moment waarschijnlijk hoer geweest.' Een heer die samen met zijn echtgenote langsliep staarde Jacob aan, maar die was zich nergens van bewust. 'Alleen, hou iets achter de hand, Leo mijn vriend. Voor het geval het niet van een trouwpartij in een rozenprieel komt.'

'Je begrijpt het niet. Ze is... Verdomme, Jacob.' Hoe kon ik hem in godsnaam uitleggen wat Maria en ik voor elkaar betekenden? Ik bleef staan en in mijn keel kwam een snik naar boven. Door mijn neus ademend slikte ik hem weg. Mijn hoofd bonkte, mijn oksels deden zeer van het windsel en mijn blaas stond op springen. Ik moest er niet aan denken dat ik het niet op kon houden.

‘Vanaf hier loop je maar alleen naar huis.’

‘Leo? Wat is er? Waar ga je heen?’

Ik gaf geen antwoord. Ik wilde alleen nog maar naar huis.

Toen ik eindelijk in bed lag was het laatste wat ik dacht: nog achtendertig uur en dan zijn we samen.

4

De entree van de Opera Comique was lang niet zo groots als het Savoy of het Olympic en bestond uit niet veel meer dan een houten luifel en een uitgezaagde, jolige admiraal met een uitschuifbare verrekijker voor zijn oog. Ik was er wel twintig keer langsgekomen maar er nooit binnen geweest. Nu ik er een halfuur te vroeg in mijn mooiste broek en overhemd en met gewassen haar, gepoetste schoenen en een doos toffees in mijn hand voor stond, zag het er havelozer uit dan ik me herinnerde en ik vroeg me af of het wel goed genoeg was voor Maria.

Ik was van plan haar na de voorstelling mee te vragen voor een wandelingetje in het St James's Park. Daar was een vogelhuis bij het meer, vol exotische waadvogels en felgekleurde eenden, en voor een kwart penny konden we een zakje graan kopen om ze te voeren. Ik hoopte dat we daar de tijd voor zouden hebben. Ik hoopte dat het een gewoonte zou worden. Iedere week naar het theater gaan kon ik me niet veroorloven, maar een wandeling in het park kostte niets en dan konden we elkaar aanraken en praten en schuilen onder de bomen als het regende en zo nu en dan een kusje stelen als niemand keek.

Te opgewonden om te blijven staan beende ik heen en weer. Dit was voor mij de eerste keer. Nooit eerder had ik het genoegen gesmaakt een meisje het hof te maken.

En als ik dit kon, wat kon er dan nog meer?

De mensen dromden samen op de stoep. Jacob had gelijk gehad; er waren heel veel kinderen met hun ouders, maar ook een paar stelletjes en een grote groep druk kletsende vrouwen. Een van hen had de voorstelling eerder gezien en zong zwaaiend met haar armen voor de anderen een refrein en beeldde een paar scènes uit. Ik speurde de gezichten af. Ik wilde haar ogen en lach zien als ze aan kwam lopen.

Een kwartier voor aanvang deed een jongeman in een opzichtig gilet de deur open en loodste iedereen naar binnen.

'Hé gozer, kom jij ook?'

'Ik wacht op iemand.'

'Is je meissie niet komen opdagen? Dat gebeurt wel vaker.'

Ik mocht de vent niet en bedacht dat ik maar beter op zoek kon gaan naar Maria.

Ik snelde door Holywell Street. Het smalle trottoir stond vol mannen die de etalages in gluurden van viezeboekjeswinkels; de panden waarin deze vunzige zaakjes gevestigd waren, helden zo ver voorover dat de schunnige koopwaar op straat dreigde te vallen. Maria was in geen velden of wegen te bekennen.

Tegen de tijd dat ik terug was bij de Opera Comique stond de portier op het punt om de deur te sluiten. Omdat Maria misschien naar binnen was gegaan toen ik naar haar op zoek was, gaf ik hem mijn kaartje en ik rende de gang door en liep de trappen af.

Het doek ging net op. Op het toneel was een vrolijke havenscène te zien met opgerolde trossen en houten vaten, daarachter de zon aan de hemel en zeilen aan de horizon. De toneelspelers kwamen op en begonnen te zingen, maar ik luisterde niet. Langs een haag van knieën baande me ik een weg naar mijn plaats, zonder acht te slaan op het gezucht en de afkeurende geluidjes terwijl ik iedereen aankeek in de hoop Maria's gezicht te herkennen.

Nadat het liedje was afgelopen begonnen de matrozen een vrolijk gesprek. Het publiek lachte. Ik keek achterom naar de deur, in de verwachting dat ze misschien zenuwachtig en zich verontschuldigend binnen zou komen. En natuurlijk zou ik haar vergeven.

De vrouw die aan de andere kant van de lege stoel zat keek me met een meelevend lachje aan, waarop de ruimte tussen ons enorm uitdijde tot een hartverscheurende leegte in het verder volgepakte theater. Ik zakte onderuit en vatte gaandeweg zelfs sympathie op voor de onder de duim gehouden Ralph, die wil vechten voor zijn geliefde maar bij haar weggehouden wordt door kleinburgerlijke regels en conventies. Er was een zekere overeenkomst en ik had er de pest over in dat ik zat te snotteren.

Toen tijdens de pauze het licht aanging stond iedereen op. Meteen kreeg ik het benauwd. Al deze mensen hadden iemand met wie ze konden praten, iemand aan wie ze hun mening konden vertellen. Ook al had ik nog maar de helft gezien, het was me allang duidelijk dat de liefde door een of andere speling van het lot zou zegevieren en dat Ralph zou trouwen met zijn hoe-ze-ook-mocht-heten en dat er nog veel meer lawaaierige liedjes zouden volgen. Dat werd me te veel.

Ik rende de heuvel af naar de Embankment, waar ik op een bankje ging zitten en naar de Theems staarde, die zwart en koud was als smeedijzer. Het leek er in de verste verte niet op de voorstelling; meeuwen die weekdieren uit schelpen pikten, sputterende scheepsmotoren, stank van teer in mijn neusgaten, groepjes stug kijkende mensen en alles onder het roet en het vuil van Londen.

De tijd die ik samen met Maria had doorgebracht had me een korte glimp geboden op een leven dat bijna onder handbereik was; dat het zo kwellend nabij was maakte het des te wreder. En ik was dwaas genoeg om hoop te koesteren. Geen plan, zelfs geen voornemen, maar de hóóp dat Maria en ik op een dag als normale mensen konden samenleven. Ik hunkerde niet naar faam of rijkdom, maar slechts naar de huiselijke alledaagsheid die iedere andere man vanzelfsprekend vindt: sokken die bij de haard te drogen hangen, een boek om te lezen, een hond om uit te laten en iedere dag van ons leven de lach van Maria. Was dat te veel gevraagd?

Misschien hield ik mezelf voor de gek. In de loop der jaren had ik geleerd om voor een man door te gaan, met een lage stem te praten, met mijn benen uit elkaar te gaan zitten en nooit mijn handen in mijn zij te zetten. Maar een natuurlijke man had een bulderende lach en een pik die niet vastzat met gespen. Die hoefde zijn boezem niet met een windsel plat te persen of zijn schoenen op te vullen met krantenpapier.

Naarmate de zon verder daalde werd de Theems steeds donkerder en vormde zich mist boven het water. Ik voelde haast de ademnood, de bijtende kou, het gewicht van mijn kleren, en de kracht van de stroming, die me meesleurde. Ik proefde de machineolie die als gecorrodeerd koper op het water glinsterde.

Maar deze gedachten waren niet van mij, niet meer. Het waren slechts echo's van jaren geleden. Ik speelde ermee, hield ze omhoog, bestudeerde ze aandachtig en stopte ze weer terug. Ik vond mezelf hysterisch en dwaas. Als elke kerel wiens meisje zich niet aan een belofte hield, zich in de Theems wierp, zou meneer Hurst een zeer drukbezet man zijn.

Toen ik nog ziekenhuisknecht was, bleek een van de patiënten op de vrouwenafdeling mannelijke lichaamsdelen te bezitten hoewel hij lang haar had en een zijden jurk en een korset met baleinen droeg. We waren allemaal geschokt, zelfs ik. Toen ik bij deze bleke, eenzame jongen langsging stelde hij zich voor als Eliza. Ik stak hem mijn hand toe, maar die kon hij niet schudden omdat dat hij met zijn polsen vastgebonden was aan het bed.

'Ik ben niet echt bang,' zei hij. 'Ik ben een vlinder en vlinders leven nu eenmaal niet lang. Je kunt maar beter één dag een vlinder zijn dan eeuwig een rups.' Het klonk als een zin waarop hij lang in stilte had geoefend.

Het was de eerste keer dat ik iemand tegenkwam met een vergelijkbare aandoening als ik; het was zelfs de eerste keer dat ik erachter kwam dat er nog meer van zulke mensen bestonden. Ik kreeg de aanvechting hem over mezelf te vertellen. Ik wilde weten of hij hetzelfde gevoel had, of hij zich net als ik de hele dag bewust was van zijn bewegingen en voortdurend alert was op zijn stembuigingen. Ik wilde weten of hij ook weleens melancholisch was en doodmoe werd van die onophoudelijke waakzaamheid.

Maar het risico was te groot en bovendien kreeg ik de kans niet. Hij werd opgehaald door de politie en in een mannengevangenis gezet en vervolgens ondergebracht in een gekkengesticht, zoals de *Pall Mall Gazette* wist te melden, waar de artsen stroomstoten door zijn schedel joegen en daar ook gaatjes in zouden hebben geboord als hij niet had verklaard hen dankbaar te zijn en dat hij voor altijd genezen was.

Dit zou ook mijn voorland zijn als ik werd betrapt.

Ik was vijftien toen ik de manspersoon werd die ik altijd had moeten zijn. Niet lang daarvoor had zich in Enfield een welgestelde familie gevestigd, waar iedereen het over had. De pater familias had zich ingekocht in de jutefabriek in Ponder's End en had de gewoonte om met een achteloos zwierig gebaar briefjes van een pond in de collecteschaal te werpen. Mijn vader deed er alles aan om indruk op hem te maken en had het in zijn preken over de grote waarde van de industrie en over het belang van een ordelijke samenleving, en mijn moeder nodigde niet alleen het echtpaar uit op de thee, maar ook hun zoon die een jaar of twee ouder was dan ik. Ze gebaarde dat we naast elkaar op de bank moesten gaan zitten en keek ons telkens schuins aan terwijl de mannen de tekortkomingen van de liberale regering bespraken. De zoon had een smal gezicht en was plomp, maar rolde grappig met zijn ogen als zijn vader even niet keek. Ik mocht hem wel en was graag met hem opgetrokken, maar het idee hem te kússen of met hem te tróúwen was weerzinwekkend. Pure waanzin.

Het werd me duidelijk dat ik zo snel als ik kon een nieuw leven als man moest beginnen.

Voor drie penny's per persoon had ik een paar kinderen uit de buurt die moeite hadden met rekenen, geholpen met het leren van de tafels, en toen ik genoeg had gespaard, ging ik naar de markt, waar ik een pet, een kniebroek, een wit overhemd en een paar stevige veterschoenen kocht. De kleding zag er allemaal nog goed uit, maar een fatsoenlijke jas kon ik me niet veroorloven. Ik vond wel een versleten geval waar twee knopen af waren en waarvan de voering was gescheurd. Die jas kon ik na lang afpingelen voor zes penny's meekrijgen.

Ik was alleen thuis. Voor de spiegel in de badkamer knipte ik mijn haar af en met mijn kleine tas in mijn handen sloop ik naar beneden. Ik had vijf boeken ingepakt en een roosvormige zilveren broche die ik van mijn moeder had gekregen. Al het andere liet ik achter. Het zou moeilijk worden, maar ik was ervan overtuigd dat het me zou lukken. Voor standvastige, intelligente jonge mannen was er in Londen altijd werk, was me verteld. Dit was het grote begin.

Het was een steenkoude dag in november; op de ramen stonden ijsbloemen. Ik dacht aan mijn jas zonder knopen, die ik niet eens dicht kon doen. Toevallig had mijn vader een paar weken daarvoor een prachtige jas met grote zwarte knopen gekocht en ik overwoog die mee te nemen, maar mijn vader was meer dan 1 meter 80 lang en had een omvangrijke buik; bovendien wilde ik niets van hem hebben. Niets behalve die grote, zwarte, mooie knopen.

Ik pakte de schaar en knipte er twee vanaf, waardoor er twee rafelige draadjes achterbleven. Met garen uit de naaidoos van mijn moeder naaide ik ze op mijn eigen jas en ook op mijn jas oogden ze zeer fraai.

Ik hoorde de voordeur opengaan, mensen die de hal in kwamen en hun schoenen uitdeden. Ik glipte de keuken in en deed net de achterdeur heel zacht open toen mijn moeder binnenkwam. Aanvankelijk herkende ze de magere jongeman met een pet in zijn hand niet. Haar mond ging open, ze stond op het punt iemand erbij te roepen toen het tot haar doordrong.

Ze legde haar hand op mijn gekortwiekte haar. 'Lottie... lieverd. Wie heeft je dit aangedaan? Wat is er gebeurd?'

Ik had niet gewild dat ze me zou zien, want ik wist dat ik dan in de verleiding zou komen om te blijven, voor haar.

'Ik heb zelf mijn haar afgeknipt.'

Met een onzeker lachje bekeek ze me opnieuw, alsof ik haar voor de gek hield en ik een paardenstaart onder mijn kraag had verstopt. 'Ik begrijp het niet.'

'Het spijt me, mammie. Ik moet gaan.'

Ze fronste haar wenkbrauwen, ze begreep het nog steeds niet. 'Lottie, wat ben je toch een tegendraadse meid. Ga je onmiddellijk omkleden. Snel naar boven voor je vader thuiskomt.'

Ze liep al naar de deur alsof ze alles terug kon draaien, alsof deze vurige wens voldoende was om dat te bewerkstelligen: zolang ik maar deed wat zij zei, zou mijn haar weer aangroeien, zouden de kleren worden weggegooid en zou mijn kortstondige dwaasheid worden vergeten.

Maar ik kon het niet.

Met een bewust mannelijk gebaar stak ik mijn handen in mijn zakken, ook om te verdoezelen dat ze trilden. 'Dit is wie ik ben.'

'Naar boven, en vlug wat. Hij kan elk moment thuiskomen.'

'Dat weet ik. Voor die tijd moet ik hier weg zijn.'

'Hier weg? Waar heb je het over? Waar ga je heen?' Haar vingers bewogen alsof ze mijn kleren daar ter plekke, in de keuken, wilde losmaken om een einde te maken aan deze waanzin.

'Maakt me niet uit. Maar hier kan ik niet leven.'

Tranen drongen, maar ik wist ze binnen te houden. Als ik huilde, zou ik haar moeten omhelzen en dan zou het me niet meer lukken weg te gaan. Ik moest standvastig zijn, ook al was het onbeschrijflijk gemeen om haar achter te laten bij mijn vader, die zo weinig tegen haar zei, en bij Jane, die met haar gedachten al elders was omdat ze plannen had om zelf een gezin te stichten.

'Je kunt niet weggaan. Je bent maar een meisje.'

Maar een meisje. Ik moest erom lachen, al besefte ik hoe harteloos het overkwam. Zij was nog meer een kind dan ik: onschuldig, op haar zeventiende getrouwd met mijn vader, aan wie ze door haar eigen vader was overgedaan als een ziekelijk veulen dat het naar verwachting niet lang meer zou maken. Tegen alle verwachtingen in overleefde ze het evenwel, en op een of andere manier was het haar gelukt immuun te blijven voor de situatie en ontwikkelde ze een hardnekkige blinde vlek voor de onverschilligheid van haar echtgenoot.

Ze smeekte. Ze zei dat ik niet zo egocentrisch mocht zijn en dat ik haar van streek bracht terwijl ik toch wist hoe zwak van gestel ze was. Hoe kon ik zo onaardig zijn, en nog wel op een zaterdag, als we als gezin samen moesten zijn?

Toen ik haar vertelde dat ik onder de oppervlakte altijd een jongen was geweest, liet ze zich met haar handen voor haar gezicht neervallen op een stoel en ze zei dat we allemaal door God waren geschapen en dat we helemaal niets te *kiezen* hadden. Die gedachte alleen al was waanzinnig, idioot, *godslasterlijk*. Waarom deed ik haar zo'n verdriet?

Ik was bijna gebleven. Het zou zo gemakkelijk zijn geweest; zij had die knopen er weer af kunnen knippen en ze aan de jas van mijn vader kunnen naaien terwijl ik naar boven rende om me om te kleden en een bonnet te zoeken om mijn schande te verbergen. Nog geen halfuur later zouden we samen in de salon een legpuzzel kunnen maken.

Maar wat dan? Ik zou nooit anders zijn dan ik was. Als ik niet op dat moment wegging, zou ik het een week of een maand later doen. Ik had geen keuze.

Ik deed mijn pet op en pakte mijn tas.

Jane kwam de keuken binnen; met gekruiste armen staarde ze me boos aan. 'Ik had nooit gedacht dat je het echt zou doen,' zei ze.

Mijn moeder kon nauwelijks iets zeggen van het huilen. 'Zeg jij het haar, Jane. Naar jou luistert ze wel. Zeg haar dat ze niet weg kan gaan.'

'Ik kan niet anders,' zei ik op een toon die kalmer klonk dan ik me voelde.

'Wacht even,' zei Jane.

'Waarom?'

'Heel even, verdomme.' Nooit eerder had ik haar in het bijzijn van mijn moeder horen vloeken.

Jane liep de keuken uit en mijn moeder en ik keken elkaar aan. Toen Jane terugkwam, drukte ze me iets in de hand. 'Uit de collecteschaal.'

'Dat kun je niet doen,' zei ik. 'Vijf pond! Hij gaat door het lint. En ik heb al zijn knopen gestolen voor mijn jas.'

Instinctief bekeek mijn moeder mijn naaiwerk.

'Ziet u wel?' zei ik, haar hand vastpakkend. 'Ik heb uiteindelijk toch nog iets geleerd.'

'Hou het geld,' zei Jane. 'Als je echt weg wilt, ga dan nu.'

Ze was woedend op me. Maar ze was en bleef mijn zus.

En ze had gelijk; het was beter dat ik mijn vader niet tegen het lijf liep. Alle angst die ik ooit voor hem had gekoesterd, had in de loop der tijd een harde korst gekregen die vaak was opengehaald maar telkens weer was dichtgegroeid en nu was er alleen littekenweefsel van overgebleven. Mijn moeder daarentegen was niet bij machte in opstand te komen. Ik wist niet wat mijn vader zou doen als zij tussen ons in zou gaan staan.

Op het allerlaatste moment kon ik het niet laten mijn moeder naar me toe te trekken, maar het was een andere omhelzing dan anders. Het was een kort, ingehouden gebaar.

'Je weet dat je altijd...' *Mijn oogappel bent geweest* had ze willen zeggen.

'Zodra ik aangekomen ben, zal ik schrijven. Beloofd.'

Maar dat heb ik nooit gedaan. Eerst wist ik niet wat ik moest schrijven en toen de weken overgingen in maanden leek het te laat en daarna was het echt te laat. Ze stierf vier jaar later; haar door tyfus aangetaste borst was niet bestand geweest tegen een longontsteking. Jane vertelde me later dat mijn vader zijn vrouw in de laatste weken van haar leven nauwelijks had bezocht; hij besteedde zijn tijd liever aan het verrichten van goede werken in de stad en uiteindelijk vroeg mijn moeder niet meer naar hem. Maar om haar kleine Lottie, haar lieve, lastige dochter bleef ze huilen en tot aan haar laatste snik smeekte ze hun me te vinden. In die tijd wisten ze echter niet waar ik was en misschien hebben ze ook niet hun uiterste best gedaan.

Daarna was ik een tijdlang van slag.

Sinds die dag wist ik echter één ding zeker: hoe verloren ik me ook zou voelen, hoe vertwijfeld ik ook zou zijn, in mijn intense haat jegens predikant Ivor Pritchard zou ik altijd mijn poolster, mijn gidslicht, weten te vinden.

Hij woonde inmiddels in Hampstead. Ik zag hem voor me, met de *Young's Concordance* en zijn roodbruine pijp zittend in zijn leunstoel bij de open haard, en een trouwe hond aan zijn voeten. Misschien had hij een koudvleesgerecht als souper gegeten, als een van zijn parochianen zo vriendelijk was geweest hem dat te brengen.

En op een of andere manier was daarmee voor mij de kous af. Ik droogde mijn tranen. Wie bij de eerste de beste hobbel opgeeft bereikt niets. Ik zou aandringen bij Maria. Ik zou haar net zo lang meevragen tot ze met mij naar het theater wilde.

En dan op een dag, wie weet?

We waren voor elkaar bestemd. Daar was ik van overtuigd.

5

Op maandagochtend had de klok nog geen zes uur geslagen toen ik al beneden kwam. Alfie zat in zijn kamerjas achter de toonbank zijn inkomsten te tellen, zijn flakkerende kaars wierp kiekeboe-schaduwen achter de pakken en flessen op de schappen. Constance was ook al op en was op handen en voeten de vloer aan het boenen met een mengsel van bijenwas en terpentine dat ze zelf had samengesteld en waarvan de stank even onaangenaam was als mijn stemming.

'Pyrogalluszuur!' riep ze, zodra ze me zag.

'Straks.'

'Straks bent u niets wijzer,' antwoordde ze half spottend, half ernstig. 'U hangt, meneer Stanhope.'

'Dat weet ik.'

'En u mag niet valsspelen en het opzoeken. Ik heb nog tientallen andere geneesmiddelen die ik u kan vragen.'

'Laat die arme man met rust,' mompelde Alfie, die met zijn neus in zijn kasboek zat. 'Excuses, Leo.'

'Maakt niet uit. Je bent trouwens vroeg uit de veren.'

'Ik moet vanochtend naar de bank.' Hij gebaarde mistroostig naar de bankbiljetjes en munten die voor hem lagen. 'Net als je een bank nodig hebt, kun je ze niet terugbetalen.'

Ik keek wat beter – het stapeltje geld bestond voornamelijk uit muntjes: penny's en halve penny's. 'Ik kan de huur eerder betalen als je dat wilt. Een maand vooruit.'

‘Nee, het komt wel goed, dank je. Ik ben op een idee gekomen. En dat zal ervoor zorgen dat ons leven in beter vaarwater terecht komt, dat weet ik zeker.’

‘O?’

‘Je zult het nog wel zien.’ Hij richtte zich weer op zijn boekhouding; ik vond dat hij er vermoeid en op een of andere manier ouder uitzag; in zijn donkere baard schemerde grijs door, als een haard die hoognodig schoongeveegd moet worden.

Op weg naar mijn werk zette ik de pas er goed in. Meneer Hurst was punctueel en streng. Zijn vorige assistent, die twaalf jaar bij hem in dienst was geweest, had hij ontslagen omdat hij te laat was gekomen. Nog steeds noemde hij mij soms Nicholson.

De sneeuw van de vorige nacht was een uur voor het krieken van de dag, het moment dat de hemel aan de horizon een rode gloed kreeg, al deels gesmolten en had zich opgehoopt op de rand van de stoep, alsof de wereld aan het roesten was.

Ted Boyd, die naast de apotheek een kruidenierswinkel had, sjouwde kratten met bloemkool, spinazie en rabarber naar buiten. Zijn winkel was ruim en kleurrijk; daarbij vergeleken was de apotheek van Alfie maar klein en saai. Hij gaf me een klap op mijn schouder.

‘Vroeg naar het werk, meneer Stanhope?’

Ik kocht een melige, smakeloze appel van hem, die ik op weg naar het ziekenhuis met moeite naar binnen werkte.

Meneer Hurst stond voor zijn kantoor met een politieman te praten. Gezien de aard van ons werk was dat niet opmerkelijk, maar ik kende de man niet. Hij was ouder dan de andere politiemensen die ik had ontmoet, had gemillimeterd, rossig haar en een kille oogopslag.

‘Ah, Stanhope. Dit is –’

‘Brigadier Cloake,’ zei de politieman zonder me een hand toe te steken. ‘Er is ingebroken in het mortuarium.’

‘O?’

‘Alleen ingebroken, er is niets gestolen,’ vulde meneer Hurst hem aan.

‘Maar er zijn wel dingen stukgemaakt. Vernieling van andermans eigendommen. Hij heeft een raam ingeslagen en een fles bier kapotgegooid.’

Ik wist nog welke fles bier dat was. Die had ik op een plank neergezet voor de ziekenhuisknechten. 'Wie heeft het gedaan?'

'Dat weten we niet.' Met een vooruitgestoken kin keek hij me aan. 'Hebt u toegang?'

'Nee,' zei meneer Hurst voor ik de kans kreeg antwoord te geven. 'Hij is mijn secretaris. Alleen de mortuariumassistente en ik hebben een sleutel.'

'Is alles goed met Flossie?' vroeg ik.

'We denken dat het vannacht is gebeurd,' zei meneer Hurst. 'Toen was ze er niet. En het raam is niet ingeslágen, brigadier, het is geforceerd. En nog op een slimme manier ook. Het valt niet mee om een raam van de buitenkant open te krijgen en niemand heeft iets gemerkt; het is pas vanochtend ontdekt.'

Cloake zette een vuil gezicht. 'Waarschijnlijk waren het lijkendieven. Walgelijk.'

'Dat is absurd. Er is helemaal geen lichaam geroofd. Er ontbreekt niet één lijk.' Meneer Hurst keek op zijn zakhorloge. 'We zullen u verder niet storen bij uw deskundige onderzoek naar het misdrijf. We moeten aan het werk.'

Zijn kantoor was tegenover de snijzaal, het bureau was bedolven onder stapels kranten en boeken en zo groot dat de kamer eromheen leek te zijn gebouwd. Heen en weer benend dicteerde hij me de hele ochtend de tekst voor zijn artikel over kneuzingen. Door jarenlange ervaring kon ik zijn grammaticale fouten en feitelijke inconsistenties corrigeren terwijl ik aan iets totaal anders dacht, zoals de vraag of ik de volgende keer voor Mary een pasteitje mee zou nemen, of een doos met in honing gedrenkte pruimen van de markt die we zouden delen, waardoor onze vingers plakkerig zouden worden van het sap. Nergens was ze zo verzot op als op pruimen.

Klokslag drie uur deed meneer Hurst zijn schort voor en wist ik dat het tijd was voor het echte werk.

Het mortuarium was koud. Achterin plaatste een werkman met een schroevendraaier en een Engelse sleutel in zijn gereedschapsgordel een ladder onder het raam. Ik besefte dat de indringer zeer behendig moest zijn geweest; het raam zat minstens tweeënhalve meter boven de stenen vloer. Waarom zou je een gebroken enkel riskeren en niets stelen?

'De vandalen,' mopperde Flossie, die naar me opkeek. Ze had altijd een twinkeling in haar ogen, wat je gezien haar baan niet zou verwachten. Ze was verpleegster geweest, maar had een stapje teruggedaan en voor de minder veeleisende taak gekozen om overledenen in- en uit te schrijven, formulieren klaar te maken en zonder te klagen de stank van ontbinding te verdragen. Ze had een bochel en deed haar werk in het halfduister als een vrolijke kabouter.

De ruimte was lang en smal, een grotere versie van de snijzaal, met rijen tafels en brancards op wieltjes. Twee jaar eerder, toen een plezierboot in aanvaring was gekomen met een kolenschuit, waren er zo veel lijken geweest dat ze zelfs in de hal hadden moeten worden gelegd en had het er naar slib en rioolwater gestonken. Meestal waren er slechts een paar lichamen, vandaag maar zes, die afgedekt met een laken op de brancards lagen.

'Is er iemand bij voor meneer Hurst?' vroeg ik.

'Zeker.' Ze wees naar de dichtstbijzijnde brancard. 'Er komt maar geen eind aan, hè?'

Ze trok een laken weg en onthulde een kleine man met een hoofd dat zo kaal was als een knikker. Hij was magerder dan ik, zijn huid spande om zijn beenderen en in zijn hals zat een grote jaap, waarvan het bloed was gestold en bruin verkleurd.

'Blijkbaar heeft zijn vrouw hem de strot afgesneden toen hij sliep. Ze had genoeg van hem. We komen allemaal weleens in die verleiding.'

'Hoe gaat het met meneer Liddle?'

'Hetzelfde, helaas. Maar dank dat je ernaar vraagt.'

Het duurde niet lang. We vormden een goed geolied team, meneer Hurst en ik. Hij zaagde, ik naaide. Ik maakte notities zonder dat hij ook maar een woord hoefde te zeggen. Hij las ze door en zette er daarna kordaat zijn handtekening onder.

'Snel door met de volgende. Ik heb een vergadering.'

Ik reed de brancard terug naar Flossie, die al een andere had klaarstaan.

'Een vrouw,' zei ze, treurig kijkend naar de contouren van een lichaam onder het laken. 'Afgetuigd en aangespoeld bij de pakhuizen in de buurt van de London Bridge. Op weg hierheen kom ik daar iedere dag langs. Dat zet je aan het denken, hè?'

Ik reed de brancard naar de snijzaal. Meneer Hurst kreunde. Hij had er een hekel aan om vrouwen te onderzoeken.

Ik trok het laken van het gezicht van de overledene – het was Maria. Het was Maria. Drie woorden die dit moment bij lange na niet weergeven. Maria lag daar, dood. *Mijn Maria.*

Zelfs nu zie ik haar nog voor me. Ik ben haar niet echt verloren, niet helemaal. Als ik aan haar denk is ze er.

Haar hoofd rust op één kant alsof ze slaapt. Met de gedachte dat ze misschien haar ogen opendoet, raak ik haar wang aan, maar die is koud. Haar haar valt voor haar gezicht, bedekt haar wijnvlek. Dat haar op haar gezicht moet kriebelen, denk ik, waarom veegt ze het niet weg? Ik doe het voor haar maar het valt terug. Ze kan nu elk moment haar ogen opendoen, en opspringen en lachen, en me vertellen dat het allemaal maar spel was en dat het heel dwaas van me is om bang te zijn. Haar lach is als die van een kind: ongedwongen en met wijd open mond. Maar ze ligt daar maar, roerloos. Ik raak de plek aan waar ik haar hart zou moeten voelen kloppen.

'Wat doe jij nou?' vraagt meneer Hurst, me aankijkend met een scherpe blik.

'Ik... Ik weet het niet. Excuses.'

Ik pak mijn foliant en pen, maar laat de pen op de grond vallen. Mijn handen tintelen en mijn vingertoppen doen zeer. Ik ben me van mijn hele lichaam bewust, zelfs van de huid onder mijn kleren.

Meneer Hurst leest het formulier voor. 'Zaterdagmiddag aangetroffen bij de London Bridge, aan de noordzijde.' Met zijn wijsvinger duwt hij in haar wangen. Ze geeft niet mee. 'Wijnvlek. Ook enige antemortem-hematomen, zeer secundair.' Hij duwt een ooglid omhoog en tuurt eronder. 'Rigor mortis voorbij. Ontstoken conjunctiva, waarschijnlijk veroorzaakt door het water. Heb je dat allemaal?'

Ik noteer: *Rigor mortis voorbij, wijnvlek, ontstoken conjunctiva, lichte hematomen, niet de doodsoorzaak.*

Hij trekt het laken helemaal weg en ze dekt zich niet toe. Ze is onbeschaamd. Haar armen liggen langs haar zij en de rondingen van haar dijen rusten op het metaal.

Haar benen zijn bedekt met opgedroogde modder. Ook op haar voeten zitten modderkorsten, en spatten gitzwarte teer. Ik haal een sliert zacht rivierwier weg dat aan haar is blijven kleven.

'Verdomme,' zegt meneer Hurst. 'Moet je dit nou zien.' Hij slaakt een zucht, blaast zijn wangen leeg en kijkt op zijn zakhorloge. 'Dit wordt niks. Zo kan ik haar niet onderzoeken.'

'Ik zal haar wassen,' zeg ik zacht.

'Goed. En snel graag. Laat me weten wanneer je klaar bent. Ik ben op mijn kantoor.'

Ik vul een kom onder de kraan. Het water is ijskoud, maar Maria geeft geen krimp. Ze rilt niet. Ze ligt er stil bij als ik met een spons de modder en teer van haar kuiten en dijen en uit de kuiltjes in haar knieën veeg. Het zit zelfs in haar haar. Ik haal het weg tussen haar vingers, van haar polsen. Ze laat me begaan. Ik pak haar hand vast zoals ik honderden keren eerder heb gedaan, zittend op haar bed, terwijl zij met haar hielen tegen het onderstel schopt – boem, boem, boem – en onophoudelijk praat. Ik hou van haar stem. Ik vind het heerlijk dat zij praat, want dan hoef ik het niet te doen.

Haar vingernagels zijn paars verkleurd door de livor mortis. Ze verzorgt ze altijd goed; keurige rondjes. Ik merk dat ik beef. Ik kan er niet mee ophouden. Mijn ademhaling is te snel en ik krijg hem niet rustig. Ik houd me vast aan haar hand, uit angst dat ik anders vooroverval, dat ik door het lint ga en alles kort en klein sla, tierend mijn bureau stuktrap, de stoelen kapot ram en dat ik daar net zo lang mee door zal gaan tot ze me afvoeren.

Maar het gaat over. Ik kan weer ademen.

Het water is inmiddels vuil. Ik gooi het weg en vul de kom opnieuw, terwijl ik naar het water kijk dat stijgt, over de rand stroomt en de gootsteen in loopt. Ik steek mijn handen erin, mijn huid wordt ongevoelig, de sensatie kruipt omhoog naar mijn armen.

Ik ga terug naar Maria en buig me om haar mond te kussen en ze kust me terug, heel lichtjes, haar droge lippen plakken tegen de mijne.

Ze is koud. Niet alleen haar handen, die altijd koud zijn – kleine ijsblokken op mijn warme buik, waarvan ik moet rillen en lachen – alles aan haar is koud: haar schouders, haar kin, haar boezem. Ze is zo koud als de snijzaal. Ik draai haar op haar zij. Ze is zwaarder dan ik verwacht, lastig te bewegen. Haar arm valt terug op het metaal; het geluid weerkaatst tegen de muren. En dan zie ik de wond.

Haar achterhoofd is verbrijzeld. Ingedeukt, bewerkt met iets zo groot als een mannenvuist, maar dan harder. Veel harder.

Ik zie het allemaal. Ze is zich nergens van bewust. Het gebeurt onverwachts. Ze hoort iets achter zich en nog voor ze zich kan omdraaien, gebeurt het. Zachte voetstappen, een korte stilte, en dan de plotselinge gewelddadigheid, de val van haar verwrongen lichaam in het ondiepe water, het bloed dat uit haar wegtrekt als ze daar ligt.

Ik zie het voor me, steeds weer, tot ik niets anders meer zie dan dat en de snijzaal en de wereld verdwenen zijn.

Liggend op een bank kwam ik bij. Heel even duizelde het me, daarna drong de waarheid zich beklemmend aan me op.

'Toe,' hoorde ik een vrouw zeggen. 'Wat hebt u? Wat is er met u aan de hand?'

Ik was in de zusterpost. Ik lag op hun bank, die tussen de kluisjes en de kasten tegen de muur stond. Alleen zuster Coften was er; met een bezorgde blik keek ze op me neer, haar zwarte haar, dat haar gezicht omlijstte, nam het licht weg.

'U bent flauwgevallen,' zei ze. 'Bent u misselijk? Hebt u wel genoeg gegeten? U bent graatmager. Vel over been.'

Ze was als een wesp die om mijn hoofd zoemde. Ik kon me er nauwelijks toe brengen antwoord te geven. Ik vroeg me af of ik het allemaal had gedroomd, maar toen zag ik het levenloze gezicht van Maria weer voor me.

Ik ging overeind zitten en gaf over op de grond.

Een diepe zucht slakend haalde zuster Coften een doek. Ze hurkte voor mijn voeten neer, ruimde het braaksel op en veegde mijn schoenen af. Het hele vertrek rook ernaar.

Ik wilde Maria nog één keer aanraken, maar meneer Hurst zou inmiddels wel zijn begonnen met de lijkschouwing en het idee haar in die toestand te zien was onverdraaglijk. Ik moest er niet aan denken.

'U moet u laten onderzoeken,' zei ze. 'Door mij, of door een van de doctoren. Het gaat overduidelijk niet goed met u. Het duurt niet lang.'

'Nee.'

Mijn keel was schor van het braken. Ik stond op van de bank en strompelde de gang op met zuster Coften in mijn kielzog. 'Toe nou, meneer Stanhope...'

'Laat me met rust.'

Op een of andere manier lukte het me de hoofdingang te bereiken waar ik op de treden nog een keer moest overgeven. Er stapte net jongeman uit een taxi; ik wierp me er zowat in.

Op mijn bed lag ik naar een spin te staren die over het plafond kroop. Ik was me er niet van bewust geweest dat ik in slaap viel en toch moet ik zijn ingedommeld want badend in het zweet en happend naar adem werd ik wakker; de spin was naar een ander plekje gekropen.

Op een gegeven moment dacht ik dat ik weer in Maria's kamer was en dat ze loom naast me lag, maar toen ik haar wilde aanraken en haar koortsachtig tussen de verfrommelde lakens zocht, was ze er niet.

Eindelijk huilde ik. Niet om de herinnering aan haar gezicht, of aan haar verwonding, maar om de vluchtige gedachte aan die vochtige sliert wier die op haar voet plakte.

Eenmaal begonnen met huilen, kon ik niet meer ophouden.

Uren verstreken. De zon ging onder, kwam op en ging weer onder. Buiten klonken luide stemmen, paardenhoeven klosten in de straat en regen kletterde tegen het raam. Ik registreerde het allemaal niet. Als ik niet van tijd tot tijd boven de nachtspiegel had moeten hurken, zou ik nooit meer uit bed zijn gekomen.

Het was vroeg in de ochtend. Mijn raam was een plusteken tegen een achtergrond van wit licht en de spin kroop langzaam over de muur naar me toe. Ik vroeg me af of zijn bewegingen door de kamer deel uit maakten van een groter plan, een vaste route vormden, of dat hij slechts doelloos rondkroop in de hoop op een kleiner insect te stuiten dat hij kon verorberen. Dit patroon bleef zich herhalen: even vergat ik het en dacht ik aan iets anders, en dan kwam de herinnering terug en moest ik met mijn vuisten de lakens vastgrijpen of ze in mijn mond stoppen om te voorkomen dat ik zou schreeuwen.

Er werd zacht op mijn deur geklopt. Ik reageerde er niet op. Weer werd er geklopt en nu klonk de stem van Constance.

'Meneer Stanhope? Hoe voelt u zich?' Als het iemand anders was geweest, had ik niet gereageerd. Maar ze was zo jong en beschroomd. En het was Constance. 'Wanneer komt u uit bed? U ligt er al twee dagen in.'

Ik had gedacht dat het langer was, maar dat deed er niet toe. 'Ik voel me niet goed. Ik heb rust nodig. Laat me alsjeblieft alleen.' Mijn hele lichaam deed zeer. Mijn huid tintelde, mijn spieren waren pijnlijk en mijn borst schrijnde van het huilen.

'Ik heb muntthee voor u gemaakt. Zal ik die hier voor u achterlaten?' Ze stond pal voor mijn deur. In de kier eronder zag ik haar schaduw. Natuurlijk zou ze de slaapkamer van een man nooit binnenkomen en toch kroop ik dieper onder de dekens.

'Dank je, Constance.'

'Hij staat hier. Wilt u dat ik een kopje inschenk?'

'Nee, dat lukt me wel.'

Er volgde een stilte; ik hoorde geen beweging. 'Ik schenk een kopje in en schuif het naar binnen.' Een tel later ging de deur op een kier open en zette ze een kop met schoteltje neer. 'Het staat hier,' zei ze. 'Niet over struikelen, hoor.'

'Zal ik niet doen. Dank je wel.'

Weer volgde er een stilte, daarna hoorde ik haar tegen de deur leunen en naar beneden glijden tot ze op de grond zat. 'Ik neem zelf ook een kopje,' zei ze. 'Ik zal u gezelschap houden als u dat wilt.'

Ik besefte dat ik dorst had. De geur van de munt was overweldigend. Ik kroop over het kleed en nam een slokje van de thee en zij moet het getinkel van het porselein hebben gehoord, want ze zei 'goed zo', alsof ik een peuter was die een medicijn moest slikken.

Ik ging ook tegen de deur zitten, waardoor we rug tegen rug zaten. Ik voelde het als ze bewoog.

'Is dat niet beter?' zei ze. 'U houdt van een lekker kopje thee.'

'Het is heerlijk, dank je.'

'Graag gedaan.'

Ze zweeg een poosje en zei toen: 'Wilt u raad-de-werking spelen? Die van het laatste geneesmiddel hebt u nog niet geraden. Dat was pyrogalluszuur.'

Ik slaakte een zucht. Ik had er geen zin in. Dat dwaze gedoe, dat spel dat we speelden, was iets van daarvóór.

'Ik ben moe, Constance.'

'Toe dan,' zei ze. 'Wat komt er het eerst bij u op?'

'Goed dan. Pyrogalluszuur. Brengt het de doden tot leven?'

'Nee! Doe niet zo eng.'

'Je hebt gelijk. Sorry. Is het tegen hoofdpijn?'

'Nee. Nog één kans.' Ze hield zich in en klonk minder triomfantelijk dan anders.

'Tegen maagzweren?'

'Weer mis. Waarom noemt u toch altijd maagzweren? Dat is het nooit. Pyrogalluszuur voorkomt ontstekingen.'

'Echt waar? Dat wist ik niet, maar nu wel. Gefeliciteerd, jij hebt gewonnen. Dank je voor de thee. Nu moet ik weer gaan slapen.'

'Goed. Roept u straks maar naar beneden als u wilt dat ik u een blad met eten kom brengen. En meneer Stanhope?'

'Ja, Constance.'

'Het staat nu 9-5 voor mij.'

Ze ging weg en ik kroop weer in bed. Ik sliep drie uur zonder te dromen tot ik gewekt werd door geklop op de deur, deze keer snel, luid en hardnekkig.

'Leo!' Het was Alfie. 'Er zijn twee politiemannen, ze willen je spreken.'

Ze stonden in de winkel met een houding die uitstraalde dat het om een ernstige aangelegenheid ging en dat ze meteen ter zake wilden komen. Ik had ze laten wachten omdat ik me moest aankleden. Alfie stond achter de toonbank en Constance zat te draaien op haar kruk en keek gefascineerd toe. Ik was nog zo slaperig dat het even duurde voor ik zag dat een van hen de jonge Pallett was, nog steeds gekleed in zijn slecht zittende uniform, waar hij elk moment uit kon barsten.

'Ik ben brigadier Cloake,' zei de ander, die me blijkbaar niet herkende, hoewel we elkaar na de inbraak in het mortuarium hadden ontmoet. Dat deerde me echter niet in het minst. Ik had hem toen niet gemogen en mocht hem nu ook niet. 'En dit is... hoe heet je ook alweer, jongen?'

'Pallett,' zei Pallett.

'Juist. Dit is agent Hallett. We hebben een paar vragen voor u.'

'Waarover?' wilde Alfie weten. Dat bracht me in herinnering dat hij ooit sergeant was geweest in het leger.

'Er is een meisje vermoord.'

'En wat heeft meneer Stanhope daarmee te maken?'

'Dat weten we niet precies,' zei Pallett. 'We hebben de opdracht gekregen om hem te halen. Waarvoor weten we niet.'

Cloake keek geërgerd. Het was niet de bedoeling dat wij wisten dat ze slechts loopjongens waren. 'Meekomen, anders moeten we u arresteren,' zei hij.

'Op grond waarvan?' vroeg Alfie, maar ik legde een hand op zijn arm.

'Het is goed.' Ik draaide me om naar Pallett. 'Ik moet alleen nog even naar het privaat.'

Voor ze bezwaren konden maken ging ik naar het plaatsje. Het privaat was een krakkemikkig hok van schots en scheef op elkaar gestapelde bakstenen en een half losliggend, rammelend zinken dak. Ik trok de deur achter me dicht, ging zitten om mijn behoefte te doen en keek door een spleet in de muur naar het huis. Ik huiverde, en niet alleen van de ijskoude zitting onder mijn achterwerk.

Als ik met ze meeging, zou ik ontmaskerd worden. Dat stond vast.

De afgelopen tien jaar had ik plaatsen die me niet vertrouwd waren gemeden, was ik zelden dronken geweest, had ik mijn windsel en menstruatiedoekjes altijd bij de hand gehad en ervoor gezorgd dat er een afsluitbaar privaat in de buurt was. Ik had een plattegrond in mijn hoofd en wist altijd waar ik uitkwam. In verband met mijn werk was ik echter talloze keren op het politiebureau geweest, waar ik rijen mannen naar voren had zien schuifelen om zich te laten registreren, waarna ze naar de cellen werden afgevoerd. Daar kon ik de situatie niet naar mijn hand zetten. Op een zeker moment zou ik gefouilleerd worden of andere kleren moeten aantrekken of moeten plassen. En welbeschouwd was ik ook een crimineel. Elke keer dat ik mezelf Leo noemde en een broek aantrok overtrad ik de wet. Mijn misdaad was niet iets wat ik had gedáán, uit hebzucht of ongenoegen, maar iets wat ik wás. Elke minuut van de dag spotte ik met de wil van God, die me geschapen had als vrouw.

Ik moest weg zien te komen. Het maakte niet uit waarheen. Ik had het eerder gedaan.

Zo zacht als ik kon verliet ik het privaat, deed het poortje geruisloos open en glipte ongezien het steegje achter de winkels en huizen in. Toen ik bij de hoek kwam waar ik rechtsaf moest om naar de straat te gaan, hoorde ik een geluid achter me en daarna een stem.

'Meneer?' Het was Pallett.

Bijna had ik de benen genomen. De steeg voor me vormde een tunnel tussen de huizen, een langwerpige strook bleek licht met aan het einde de contouren van een vervallen hek: de dienstingang van de hemel.

'U moet met ons meekomen, meneer Stanhope.' Zelfs zonder helm was Pallett vijftien centimeter langer dan ik en zo breed dat hij de steeg vulde. 'Sommige lui raken verward als ze een politieman zien.'

'Ja, dat moet het geweest zijn.'

'Maakt niet uit. Maar we zullen 't maar niet tegen brigadier Cloake vertellen, hè? Die kan nooit veel begrip opbrengen voor zoiets. Alleen lijkt 't me beter dat u het niet nog een keer doet.'

En ik maar denken dat hij de hersens van een gummiknuppel had.

Hij deed een pas opzij zodat ik me langs hem heen kon wurmen, en liep achter me aan terug naar de winkel. Constance zat nog steeds met grote ogen op haar kruk, en Alfie stond met een strak vertrokken mond en met mijn jas over zijn arm te wachten. 'Het komt goed, Leo.'

Geflankeerd door de twee politiemannen ging ik weg. Hoewel ik niet in de boeien was geslagen kon ik me niet aan de indruk onttrekken dat ik werd bewaakt. Ik bukte om in het rijtuig te stappen.

6

Met zijn hand stevig op mijn schouder leidde Pallett me door de zware houten deuren van het hoofdbureau van politie in Whitehall. Ik merkte dat ik beefde. Hij ging me voor naar het kloppend hart van het bureau, een lange gang met door sigarettenrook vergeelde ramen, waar aan weerszijden politiemannen aan bureaus formulieren zaten in te vullen of te typen, met een oorverdovend geratel van duizenden hamertjes tot gevolg. We gingen een trap af naar een andere gang, onder de grond deze keer, met kunstlicht en stinkend naar schimmel, en hielden uiteindelijk stil voor een eenvoudig kantoor met een reusachtige tafel, lege schappen en een verkleurd vierkant op de achterwand, waar ooit een foto had gehangen. De hand die ik op de stoel legde, werd vochtig. Het hele vertrek was vochtig, de hele kelder waarschijnlijk. Condens, waarvan de schappen en de leidingen boven ons hoofd waren gaan roesten, parelde op het metaal als op het voorhoofd van een schuldig man. Ik trok mijn jas strak om me heen en tastte in mijn zak naar een sigaret, louter en alleen om de warmte van de droge rook in mijn keel te voelen.

'Waarom ben ik hier?'

'Er komt zo iemand,' zei Pallett, alsof ik een imbeciel was. 'Rechercheur Ripley. Ik ken 'm niet zo goed, maar ik heb gehoord dat 't een aardige man is. Maakt u zich maar geen zorgen, meneer Stanhope.'

Gedenigreerd worden door het medelijden van Pallett. Dat kon ik niet over mijn kant laten gaan. 'En, hoe gaat het met dat zustertje van je? Hoe heet ze ook alweer?'

Hij bloosde. 'Juffrouw Rasmussen. Ik ga zondag bij haar ouders op de thee.'

'Dat klinkt veelbelovend. Fijn voor je!'

'Dank u, meneer. Heel vriendelijk van u.'

Hij liet me alleen, maar deed de deur niet op slot.

Minuten verstreken; terwijl ik door het kleine vertrek ijsbeerde, om de stoel heen liep en telkens als ik langs de tafel kwam er met mijn knokkels een roffel op gaf, probeerde ik zicht te krijgen op de situatie. Ze waren er al achter dat ik Maria kende, want waarom was ik anders hier? Waarschijnlijk hadden ze mevrouw Brafton gesproken. Wat zou ze hun hebben verteld? Normaal gesproken zou ze de privacy van haar klanten beschermen – niets zo belangrijk als discretie, zei ze altijd – maar dit was geen normale situatie. En ik was geen normale klant.

Ik kruiste mijn armen om de pijnlijke plekken aan te raken waar het windsel in mijn huid sneed en priemde mijn nagels erin. Het hielp niet.

Tegen de tijd dat rechercheur Ripley binnenkwam was van mijn sigaret niet veel meer over dan een gloeiende punt. Ripley was een grote man in een slecht zittend pak, dat eruitzag alsof hij het niet alleen iedere dag, maar ook iedere nacht droeg, met op het vest een glimmende veeg eiwit van zijn ontbijt. Hij gaf me geen hand maar pakte een dossier, bevochtigde zijn vinger en bladerde erdoorheen. Ik ging zitten; vergeleken bij hem voelde ik me sierlijk en fatterig, zo zittend op het puntje van mijn stoel terwijl hij onderuitgezakt tegenover me zat.

Ripley had een papieren zak bij zich; hij maakte hem open en haalde er een pasteitje uit. Ineens kreeg ik honger.

Uiteindelijk keek hij op en hij staarde me met bleekblauwe ogen aan, een loom geloken ooglid wekte de indruk dat hij half sliep. Zijn slome manier van doen had iets berekenends en dat gaf me een ongemakkelijk gevoel.

'Ik ben rechercheur Ripley,' zei hij. Ik herkende een noordelijk accent, dat me aan mijn zus deed denken die me altijd aan het lachen maakte met haar imitatie van de arme Jane Eyre. 'U komt gespannen over, meneer Stanhope.'

Meneer Stanhope. Dus niemand had hem verteld wat ik was, nog niet in elk geval. Toch zou hij er waarschijnlijk snel achter komen. Ik ben de

Pikloze man, enig in mijn soort. Breng me onder in een dierentuin bij de pandaberen en de reuzenschildpadden en ik zet mijn bolhoed op en grom tegen de bezoekers.

'Dat ik hier ben maakt me een beetje onzeker, rechercheur.'

'Dat gebeurt wel vaker.' Hij brak zijn pasteitje doormidden en gaf een helft aan mij. 'Kip met aardappel. Ik trakteer.'

'Dank u.' Beleefdheid kan nooit kwaad.

'U hebt mooie tanden. Niet zoals de mijne.' Hij lachte zijn tanden bloot – ze waren zwart en afgebrokkeld. 'Te veel drank en rugby. Te veel knokpartijen. Maar dat heb ik afgeleerd. U lijkt me geen vechtjas, met die tanden, of vergis ik me?'

'Nee.'

'Welgemanierd. Onderlegd.' Hij haalde een velletje tevoorschijn; het autopsierapport van meneer Hurst, zag ik. 'Begrijpt u waarom u hier bent?'

'Niet echt.'

Hij sprak met volle mond. 'U kende dat vermoorde meisje, niet? Zeg maar niets, ik weet dat u haar kende. U was klant van het bordeel in...' Hij keek in zijn aantekeningen. 'In Half Moon Street. Wanneer hebt u haar voor het laatst gezien?' Toen ik geen antwoord gaf, leunde hij achterover in zijn stoel en snoof. 'Als u open kaart speelt, gaat het een stuk gemakkelijker. Zeden interesseren me niet. Ik ben niet uw predikant. Uw naam stond in het afsprakenboek. U was daar vaste klant, toch?'

'Zo zou je het kunnen noemen. Ik heb Maria vandaag een week geleden voor het laatst gezien. 's Avonds.'

'Fijn. Het eerste antwoord is altijd het moeilijkst. U kwam twee jaar lang elke week bij hetzelfde meisje. Dan zult u haar wel goed hebben leren kennen.'

'Ja. We hadden een hechte band.'

'Juist, ja.' Uit zijn gezicht sprak hoegenaamd niets, alleen leek zijn halfgesloten oog naar me te willen knipogen. 'Dus er was meer aan de hand. U gaf om haar.'

'Wat heeft dat ermee te maken?'

Hij glimlachte. Dat bracht me van mijn stuk.

'U zou ervan staan te kijken hoe vaak het gebeurt.'

'Ik weet niet wat u bedoelt.'

'Misschien hebt u haar met een andere vent gezien en kon u dat niet hebben. En toen u weer bij zinnen kwam stond u met bloed aan uw handen over haar heen gebogen en vroeg u zich af wat u gedaan had. U zou niet de eerste zijn die dat overkomt.'

Ik staarde hem aan. Wat hij zei was belachelijk. 'U begrijpt het niet... Ik zou haar nooit iets aandoen.'

'Niet bewust. U bent gewoon door het lint gegaan en voor u het wist –'

'Nee! We waren altijd lief voor elkaar.' Toen ik ooit een schram in haar nek aanraakte en ze een grimas trok, had ik erop aangedrongen zalf op de plek te smeren. Die had ik zelf aangebracht terwijl zij haar haar opzij hield en telkens zei dat ik zo lief was.

'Bezit u een wapen, meneer Stanhope? Een knuppel of zo?'

'Nee! U moet niet denken dat ik Maria ook maar iets zou aandoen.'

'O nee? Waarom niet?'

'Omdat...' Er waren zo veel redenen dat ik er niet één uit wist te kiezen: omdat ik van haar hield, omdat ik mijn leven met haar wilde delen, omdat zij de enige was die wist wat ik was en daar niets om gaf. Uiteindelijk kwam ik met het stomst mogelijke antwoord op de proppen. 'Omdat ik dat nooit zou doen.'

'Maar íémand moet het toch gedaan hebben. En als u dat niet was, wie was het dan wel?'

Ik deed mijn mond open om iets te zeggen, maar er kwam niets over mijn lippen. Het was niet bij me opgekomen dat ze was omgebracht door iemand die ze kende, door iemand die ík misschien kende. Mensen werden neergestoken, in elkaar geslagen of gewurgd. Ik zag ze vrijwel dagelijks in het ziekenhuis en de meesten hadden het leven gelaten doordat iemand het op iets onbeduidends als hun portemonnee of ring had gemunt. Zij waren de tienden die de stad opeiste. De mannen die op de snijtafel belandden misten soms alleen maar hun schoenen. Ik had er geen moment bij stilgestaan dat Maria vermoord was door een individu. Dat ik me niet had afgevraagd wie dat was geweest, voelde haast als verraad aan haar. Ik had alleen maar in bed gelegen, me gewenteld in zelfmedelijden.

'Ik weet het niet. Ik kan het nog steeds niet geloven. Echt niet. Iedereen was dol op haar.' Toen ik mezelf in de verleden tijd hoorde spreken tastte ik naar de wond onder mijn rechteroksel en kneep er even heel hard in.

'O, ik geloof zo dat ze een snoesje was,' zei Ripley. 'Maar ik heb feiten nodig.'

Feiten? Hoe konden kale féiten ooit weergeven hoe ze was? Maar dat wilde hij ook niet horen. Ik had tientallen keren eerder feiten opgesomd voor politiemannen die te ongeletterd of te lui waren om mijn rapporten te lezen.

'Goed dan. Beroep: prostituee. Leeftijd: twintig jaar. Vader onbekend, moeder overleden. Wijnvlek op de linkerkant van haar gezicht.' Ik hoorde dat mijn stem beefde en haalde diep adem. 'Hoofd ingeslagen met een stomp voorwerp. Lichte hematomen – dat zijn bloeduitstortingen – op de rug, enige dagen ante mortem toegebracht. Ontstoken conjunctiva...'

'Ontstoken wat?'

'Het bovenste oogvlies,' zei ik, wijzend naar mijn eigen oog. 'Zijn dat genoeg feiten? Ik weet zeker dat het daar allemaal in staat, als u tenminste wijs kunt worden uit de grammatica en het handschrift van meneer Hurst. Plus de lengte van haar vingernagels, het gewicht van haar longen en de inhoud van haar maag.'

Fronsend keek hij naar het velletje en draaide het om. 'Hier staat niets over ingewanden.'

Ik herinnerde me dat meneer Hurst haast had gehad, en hoewel hij dol was op organen, ze graag opmat en er stukjes van afsneed om ze onder zijn microscoop te bestuderen, had hij er een hekel aan om het lichaam weer dicht te naaien. Toen hij ontdekte dat ik behendig was met mijn vingers – 'bijna even behendig als een vrouw,' zei hij – delegeerde hij die taak aan mij, omdat hij die beneden zijn waardigheid achtte. 'Ik ben verdomme geen begrafenisondernemer,' zei hij altijd.

Ripley krabbelde iets in zijn aantekeningenboekje, maar de punt van zijn potlood brak af en vloekend rukte hij de bureaulade open en zocht naar iets. Zwijgend luisterde ik naar het sputteren en gorgelen van de leidingen boven mijn hoofd – luchtbellen die zich vormden en uit elkaar barstten. Uiteindelijk vond hij een puntenslijper en begon hij omstandig zijn potlood te slijpen; kleine houtkrullen belandden op de grond. Toen hij klaar was hield hij het potlood omhoog om de punt te controleren.

'We hebben uw meneer Hurst gesproken. Hij zei dat u onwel was geworden en twee dagen bent weggebleven. Maar op mij komt u gezond over.'

'Het kwam door de schok haar zo te zien. Natuurlijk was ik van slag.'

'Natúúrlijk,' bauwde hij me na. 'Als je het mij vraagt, is die meneer Hurst een windbuil, maar hij was ons graag van dienst. Hij zei dat u een goede assistent was, zeer degelijk. Normaal gesproken nooit te laat.'

'Wat wilt u daarmee zeggen?'

'Hij zei dat u veel over lijken weet. Over doodsoorzaken en zo.'

'Ze heeft een klap op haar hoofd gehad. Om die toe te brengen hoef je niet veel verstand van doodsoorzaken te hebben.'

Het kwam eruit voor ik er erg in had. Wat harteloos van me. Dit was geen partijtje schaak. Dit ging om de laatste minuut van Maria's leven.

Wrijvend over zijn kin peilde Ripley me. Hij had geen baard, alleen een onverzorgde snor zoals vrijwel alle politiemannen in Londen. 'Een crime passionnel, dan. Een opwelling. Waar was u zaterdag?'

Ik dacht terug aan die dag en mijn maag verkrampte toen ik weer helder voor de geest had waar ik geweest was. 'Ik was in het theater. De Opera Comique.'

'Met wie?'

'Alleen. De vrouw die naast me zat herinnert me zich misschien nog wel. En ik heb met de portier gepraat.'

'Hoe heette de voorstelling?'

'*HMS Pinafore*.' Ik vertelde er niet bij dat ik alleen het deel voor de pauze had gezien.

Ripley rolde met zijn ogen. 'Bent u in uw eentje naar die flauwekul wezen kijken? Waarom in godsnaam?'

'Ik had twee kaartjes gekocht, een voor mij en een voor Maria. Maar ze kwam niet opdagen. Nu weet ik waarom niet.' Dat ik zo ontstemd was geweest, me alleen had beziggehouden met mezelf! Het was helemaal niet bij me opgekomen dat ze gewond kon zijn, laat staan vermoord.

'En dat vond u niet merkwaardig? U vroeg zich niet af waar ze bleef?'

'Jawel, maar ik wist niet zeker of ze zou komen. Ik hoopte het wel, maar daarvóór had ik haar alleen bij mevrouw Brafton gezien.' Ik voelde dat mijn wangen verdacht rood werden. Ripley zou wel vinden dat ik er meelijwekkend uitzag.

Hij haalde een blikje uit zijn zak en nam er een sigaret en lucifer uit. Zonder mij een sigaret aan te bieden stak hij er een op en terwijl hij diep inhaleerde en vervolgens een kringetje rook uitblies, sloot hij zijn ogen. De rook zweefde tussen ons in. 'Niet goedkoop, hè, het theater. Minstens vijf shilling. Hoe dacht u dat het zou gaan, huh? Wilde u haar redden en haar meenemen naar een cottage op het platteland. Was dat uw bedoeling?'

'Zo was het niet.'

Ik had nooit gehoopt op een eigen huis met blauweregen boven de veranda en een tuin waar Maria de rozen zou verzorgen. Dat was de droom van mijn vader, niet van mij. Ik wist dat het ploeteren zou worden voor ons, geen collecteschaal, laat staan een kom met een wilgenpatroon om in ons levensonderhoud te voorzien. In de paar minuten voor ik in slaap viel zag ik iedere avond voor me dat we in een kleine stad ver van hier samen in een winkel zouden werken, en dat we op een dag onze eigen zaak zouden openen, een boekhandel misschien, waar we boven zouden wonen. En we zouden gelukkig zijn. Of beter gezegd: we zouden gelukkig zijn geweest.

'Hoe zit het dan? Waarom hebt u geen gewoon meisje het hof gemaakt?'

Omdat een gewoon meisje niets van mij zou moeten hebben. 'Ze heeft niet voor dat leven gekozen. Haar moeder was bardanseres, u kent dat type wel, altijd dronken. Ze heeft Maria verkocht toen ze elf jaar was. Kunt u zich dat voorstellen? Ik wilde haar een beter leven bieden. Bent u getrouwd, rechercheur?'

'Zeker, en als een of andere hufter het in zijn hoofd haalt ook maar een vinger naar haar uit te steken, maak ik hem af. Subiet. Maar u bent voor een meisje gevallen dat iedereen voor een paar penny's kon krijgen, echt iedereen. Dat moet u toch hebben dwars gezeten?'

Ik wist dat hij me zat te stangen. Maar hij wist van niets, had geen verbeeldingskracht.

'Toen ik haar leerde kennen, was ze achttien en zat ze al vier jaar in het leven. Als u ervan uitgaat dat ze driehonderd dagen per jaar drie klanten per dag had, waren dat er bijna vierduizend voor ik haar ontmoette. Misschien nog wel meer.'

Ripley leunde achterover en keek me aandachtig aan. Ik had hem duidelijk verrast, maar ik wist niet of dat kwam omdat ik die berekening had gemaakt of omdat de uitkomst zo hoog was.

'Dat is een zeer... rationele benadering.'

'Een feitelijke. En ja, ik wilde haar weghalen uit dat leven, natuurlijk wilde ik dat. Maar dat neemt niet weg dat ik het bewonderenswaardig vond dat ze zich staande hield. Ieder ander zou hard zijn geworden of eraan onderdoor zijn gegaan, maar zij was lief, aardig en prachtig. Weet u dat ze heeft gehuild om de dood van haar moeder, ondanks alles wat die haar had aangedaan?'

Ik was moe. Ik wilde terug naar mijn bed en er nooit meer uitkomen. Maar Ripley was nog niet klaar. Hij krabde op zijn hoofd en bekeek zijn papieren weer, hoewel hij ze naar mijn idee niet echt las.

'Wat houdt u achter, meneer Stanhope?'

'Niets.'

'Ik zou het uit u kunnen wringen.'

'Waarschijnlijk wel, als u dat zou willen, maar het zou niet de waarheid zijn.' Mijn handen werden vochtig bij het zien van zijn vuisten die op het bureau rustten. Maar ik was niet bang. Eerder afstandelijk, zou ik zeggen.

'Dat is weer heel rationeel.'

'Feitelijk.'

'Goed, feitelijk dan. U bent een man van feiten.' Hij nam een stevige trek van zijn sigaret en wierp hem vervolgens op de grond zonder hem uit te trappen, waardoor de peuk bleef smeulen en er een dunne rooksliert omhoogkringelde die oploste in de lucht. 'Op zich niet onredelijk, maar nu ben ik wel genoodzaakt voor een hardere aanpak te kiezen. Kom mee.'

'Laat u me gaan?'

Hij lachte, maar zonder enige humor. 'Nee, meneer Stanhope, ik laat u niet gaan. U bent mijn hoofdverdachte, en er klopt iets niet. Een goed onderlegde jongeman als u, met een goede baan, welgemanierd, en met mooie tanden, die voor zo'n soort meisje valt? Dat gaat er bij mij niet in. Maar uiteindelijk zal ik de waarheid boven tafel krijgen, dat lukt me vrijwel altijd.'

Ik liep achter hem aan de trap op naar het daglicht. Hij banjerde door de dubbele deuren en liep zonder te wachten een gang in, waardoor het me moeite kostte hem bij te houden. Het was waanzin: ik rende naar mijn gevangenis, terwijl degene die haar had vermoord vrij was als een vogeltje in de lucht.

Ripley liep bijna helemaal terug naar de ingang, maar daar vlak voor gingen we een metalen deur door die werd bewaakt door een zwaargebouwde agent met een pistool in zijn holster. Aan de andere kant van de deur was een steenkoud, naar poep ruikend vertrek dat was verdeeld in twee cellen met elk een hooggeplaatst raam en tralies die van de grond tot aan het plafond reikten. In de cel rechts zat een groepje mannen; ik hoopte dat hij me in de andere zou stoppen. Dat deed hij niet.

'Naar achteren,' zei hij tegen een al wat oudere gevangene die de tralies omklemde en me aanstaarde toen de deur van het slot werd gedaan. Ik meed zijn blik. Een andere man lag roerloos, alsof hij bewusteloos was, op de grond en twee anderen zaten met hun armen om hun knieën op de bank. De emmer in de hoek was de bron van de penetrante stank die er hing.

Ripley pakte weer een sigaret, klemde hem tussen zijn lippen en deed er een eeuwigheid over om een lucifer af te strijken. Hij scheen nergens haast mee te maken. 'Waardevolle spullen bij u?' vroeg hij. 'Geld, zakhorloge, vulpen of zoiets? Die kunt u maar beter aan mij geven want anders zult u ze straks aan dit zootje moeten afstaan.'

Ik gaf hem mijn portefeuille. 'Maar als dit voorbij is wil ik hem terug.'

Toen ik hem zag aarzelen besefte ik dat hij niet dacht dat dit ooit *voorbij* zou zijn. 'Prima. Maar u blijft hier tot u in staat van beschuldiging bent gesteld, daarna gaat u naar het cellencomplex van de rechtbank en vervolgens waarschijnlijk naar Newgate, waarbij vergeleken dit hier een paradijs is.'

De deur sloeg achter hem dicht en ik bleef achter bij de gevangenen, en bij die emmer.

De oudste man staarde weer tussen de tralies door naar de muur en trok met zijn duim en wijsvinger haren uit zijn neus. De twee mannen op de bank, die me broers leken, zaten zachtjes te mompelen. Een van hen had een schuine snee en blauwe plekken op zijn gezicht. Praten kostte hem moeite en hij raakte telkens de centimeterlange hechtingen aan die moesten voorkomen dat de wond open zou gaan. De vent op de grond lag er nog steeds roerloos bij. Met mijn rug tegen de muur ging ik naast hem zitten, om aan te geven dat ik onder aan de pikorde stond.

Ik was bang. Ik kon niet lang bij deze mannen blijven, en al helemaal niet in de gevangenis in Newgate. Ik zou zeker ontmaskerd worden.

Hoe kon dit gebeurd zijn? Het was pas woensdag, toch? Nog maar vier dagen geleden had ik voor het theater op Maria staan wachten in de overtuiging dat mijn nieuwe leven binnenkort zou beginnen, en nog maar een week geleden had ik haar voor het laatst gesproken.

Ik zou haar nooit meer zien. Ik wist dat het waar was en toch leek het onmogelijk. Als ik bij haar zou aankloppen en ze naar de deur snelde om open te doen, zou ik haar voetstappen horen. Om een of andere reden geloofde ik dat nog steeds. Ik zou haar armen om mijn hals voelen en haar haar tegen mijn wangen en ik zou haar geur opsnuiven. Ze zou naar edelmunt ruiken.

Maar toen zag ik haar gezicht in het ziekenhuis voor me, bleek en verstild. Ik had het recht niet om bang te zijn. Wat stelde mijn situatie voor vergeleken bij haar lijden?

'Kop dicht.' De man bij de tralies keek me boos aan. Zijn stem klonk als een kolenkit die over een betonnen vloer wordt gesleept. 'Dat gezucht van je.'

'Sorry.'

'Ben je ziek?'

'Nee, alleen maar... bang.'

'Pis dan in je broek, maar laat je niet horen.'

Ik knikte en liet mijn voorhoofd op mijn armen rusten. Maar hij had gelijk. Ik moest echt pissen.

Toen de duisternis inviel kwam een jonge diender binnen om helemaal achterin een lamp aan te doen die nauwelijks licht verspreidde. Hij ging zitten en binnen een paar minuten zakte zijn kin op zijn borst. Het was duidelijk dat ik hier de hele nacht zou blijven. Ik ging op de harde grond liggen en vroeg me af waarom ik ooit geklaagd had over mijn doorgezakte matras – ik was verwend, blasé. Hunkerend naar slaap deed ik mijn ogen dicht om mijn ellende een paar uur te kunnen ontvluchten.

Maar ik moest nog steeds pissen. Een van de anderen had een paar keer een walgelijke straal in de emmer geloosd, dat wil zeggen, min of meer in de emmer, en was zonder een woord te zeggen teruggegaan naar zijn plaats. Ik kruiste mijn benen en kneep mijn bovenbenen tegen elkaar.

Toen het eenmaal stil was en mijn celgenoten leken te slapen liep ik naar de emmer en maakte mijn gulp open. Ik trok mijn broek naar beneden en wilde gaan zitten.

'D'r wordt hier niet gescheten, want dan douw ik je de stront door je strot.'

De oudste man was niet meer dan een silhouet maar ik zag dat hij zijn kin naar voren stak. Ik trok mijn broek omhoog en ging weer liggen, smekend dat ik mijn plas op kon houden.

Ik schrok wakker toen de man met de snee in zijn gezicht begon te kermen en zijn broer met een zware stem brulde: 'Hé, smeris! Hij bloedt weer!'

'Neem me niet kwalijk,' zei ik, wensend dat ik klonk als hij, en niet als een personage in een toneelstuk, zo'n geaffecteerde fat die maar niet aan de vrouw komt. 'Ik heb ervaring met hechten. Mag ik naar hem kijken?'

Ik had het idee om een doorn uit de klauw van de leeuw te halen waardoor hij een vriend voor het leven zou worden, maar zijn broer spoog een kwat voor mijn voeten.

'Waag 't niet 'm aan te raken want dan breek ik al je vingers.'

En dat was dat. Uiteindelijk vielen de twee mannen weer snurkend en snuivend in slaap.

Toen de ochtend mistroostig begon te gloren en ik er zeker van was dat ze allemaal sliepen kroop ik naar de emmer en deed er zachtjes mijn behoefte op. Ik perste net zo lang tot ook het allerlaatste druppeltje uit mijn blaas zou zijn gesijpeld. Maar zelfs dat leek te veel lawaai te maken, het geluid weerkaatste tegen de stenen muren, daarom hield ik de emmer wat scheef zodat de straal zachtjes langs de binnenwand kon stromen. Wat een opluchting! Ik was bijna klaar toen ik mijn evenwicht iets verloor en mijn voet wat naar achteren zette om overeind te blijven. Maar de onderkant van de emmer gleed weg en met een luide klap viel het ding om, waardoor een grote golf naar de oudste man stroomde. Een moment dacht ik dat hij zou doorslapen, maar zodra hij het vocht voelde sprong hij op, staarde naar de doorweekte mouw van zijn jasje, vervolgens naar mij en naar mijn broek die rond mijn enkels hing.

'Excuses,' zei ik haastig. 'Ik zal betalen voor alle –'

'Kijk nou wat je hebt gedaan, stom uilskuiken.'

Hij duwde me tegen de muur, bracht zijn gezicht naar het mijne maar deed vervolgens een stap naar achteren. Ik dacht dat het daarmee klaar was, maar hij gaf me een trap tegen mijn knie; de pijn schoot door mijn been omhoog en ik viel op mijn zij. Hij schopte me zo hard in mijn maag dat mijn adem stokte. Ik was me er vaag van bewust dat ik in de pis rolde, maar het enige wat ertoe deed was dat ik lucht binnen kreeg. Toen ik eindelijk weer kon ademen deed dat godvergeten zeer.

De oude man hurkte neer en hief zijn vuist. Ik probeerde weg te schuiven, maar waarheen? Waar kon ik naartoe in deze cel? Van het een zou het ander komen, ze zouden ontdekken wat ik was en dan zou ik nog voor de politie kon ingrijpen worden verkracht. Ik dacht niet dat ik dat zou overleven, maar wilde ik dat eigenlijk wel?

De dreun kwam echter nooit aan.

Er klonk een geluid buiten de cel en een agent kwam binnen met een emmer en een paar kommen. Nooit van mijn leven was ik zo blij geweest iemand te zien.

'Pap!' riep hij uit.

De oudste man stapte met gebalde vuisten en tot spleetjes toegeknepen ogen naar achteren. Drijfnat en met pijn in mijn hele lijf kon ik eindelijk opstaan en mijn broek omhoogtrekken.

'Agent,' zei ik tegen de jonge politieman. 'Ik wil rechercheur Ripley spreken.'

'Die is er nog niet,' antwoordde hij op een lichtelijk afkeurende toon.

Ik trok mijn doorweekte colbertje recht en zette me schrap. Ik had nog maar één optie. 'Ik wil een bekentenis afleggen.'

Ik zou geen moord bekennen, maar uitkomen voor mijn geslacht. Ik kon het Ripley maar beter nu vertellen dan dat deze klootzakken zich op me zouden uitleven en ik bij meneer Hurst zou eindigen om opengesneden en gewogen te worden. Maar ik was me er terdege van bewust wat dit betekende: vervolging en vernedering, en voor Ripley zou het een reden te meer zijn om me te verdenken van het zwaardere delict. Een anders geaard individu met liefdesverdriet was per definitie verdacht.

Het ergste van alles was echter dat zich ergens iemand hevig zat te verkneukelen.

Op dat moment ging de deur open en kwam Ripley zelf binnen. Gezien zijn gezicht was hij vroeg uit zijn bed gehaald en was hij daar niet blij mee.

'Stanhope,' zei hij. 'U kunt gaan.'

'Wat zegt u?'

Speelde hij soms een spelletje met me? Ik wilde heel graag weg, maar waarom hij me liet gaan begreep ik niet. Ik verwachtte dat hij de deur voor mijn neus zou dichtgooien of me zou vastgrijpen en terug de cel in zou smijten, maar niets van dat alles. Zonder een woord te zeggen gaf hij me mijn portefeuille terug.

Verdwaasd liep ik achter hem aan naar de binnenplaats en ik hapte naar adem toen de ijskoude lucht tegen mijn kleren sloeg die drijfnat waren van de pis.

Een paard was ingestort op de kasseien en een groep politiemannen en stalknechten stond om het hijgende dier heen. Ripley aanschouwde het tafereel. 'Ze zullen 'm moeten afmaken, het arme beest.'

'Hebt u de moordenaar van Maria gevonden?'

'Morgen zal er paardenstoof op het menu staan. En nee, ik ben nog steeds van mening dat u het hebt gedaan.'

'Maar waarom laat u me dan...'

Hij nam een flinke trek van het stompje dat over was van zijn sigaret. 'Er is me te verstaan gegeven dat ik u moest laten gaan. De hoge pieten hebben besloten dat u geen verdachte bent. Blijkbaar weten zij het beter dan ik.'

'Ik begrijp er niets van.'

'U hebt blijkbaar invloedrijke vrienden, meneer Stanhope. Maar wees gerust, voor u het weet bent u hier weer terug. Uiteindelijk krijg ik u te pakken.' Hij wierp zijn sigaret op de grond en wilde een nieuwe pakken uit zijn blikje, maar dat was leeg. Fronsend met zijn wenkbrauwen betastte hij zijn zakken. 'Verdomme, heb ik mijn peuken op mijn bureau laten liggen. Die zullen inmiddels wel gejat zijn, daar kun je donder op zeggen. Dienders, dieven zijn het, allemaal.'

Precies op het moment dat het paard schril begon te janken liep ik weg.

Ik begreep het nog steeds niet. Wie waren die invloedrijke vrienden die ik zou hebben? De schaarse vrienden die ik had wisten niet eens dat ik gevangen had gezeten en het predicaat 'invloedrijk' was op geen van hen van toepassing. De enige die ik kende die nog enigszins als invloedrijk was te bestempelen was meneer Hurst, maar de politie zou nooit een gevangene vrijlaten omdat hij het zei en bovendien zou hij zich niet om mij bekommerd hebben. Ik deed er niet toe.

Waarom hadden ze me laten gaan?

De volgende dag werd ik om elf uur wakker met een stekende pijn in mijn buik. Ik besefte meteen dat opoe die nacht op bezoek was gekomen. Al die benamingen voor dat maandelijkse bloed – de rode vlag, lekken van onderen, zelfs de zegening, godbetert – waren voor mij een bezoeking. Ik werd er altijd door overvallen, telkens weer, alsof het aan mij voorbij zou gaan zolang ik er maar niet bewust op anticipeerde. Maar het ging niet aan me voorbij. Om een reden die ik nooit zou begrijpen, had God me in een vrouwenlichaam met vrouwelijke afscheiding gestopt. Wellicht was het een vorm van goddelijke humor, maar een grap die zo vaak wordt herhaald, wordt op een gegeven moment vervelend.

Ik waste mezelf en boende mijn onderbroek net zo lang tot het water rood kleurde. Ik hing hem te drogen over een waslijn die ik in de kledingkast had gespannen en stopte een schoon doekje in mijn broek. Ik hield me zelf voor dat het gewoon een zaak van onderhoud was. Ik moest het uitvoeren, meer niet. Mijn handen waren ook rood, besmeurd met mijn eigen bloed en toch voelde het niet alsof het van mij was.

Ik wist dat ik weer naar mijn werk moest, maar ik had al drie dagen verzuimd, wat maakte een dag extra dan nog uit? Volgens mij niets. Toen ik op pad ging en naar Piccadilly liep voelde ik het vochtige, warme doekje tegen mijn huid schuren.

Bij de standplaats van de huurrijtuigen stonden de paarden te hinniken en te stampen met hun hoeven, geïrriteerd door de stofnevel die vanaf de bouwplaats in The Quadrant kwam aanwaaien.

'London Bridge,' riep ik tegen de koetsier. 'De noordzijde, bij de pakhuizen. Ik wil naar de rivier.'

Net toen er regendruppels op de huif van het zeildoek begonnen te spetteren reden we oostwaarts naar de Strand. Bij de Opera Comique keek ik weg, bevreesd dat ik me er niet van zou kunnen weerhouden om de gezichten van de wachtende mensen af te speuren naar haar. We reden door. Iets verderop was St Paul's Cathedral te zien, die als een strenge schoolmeester op de drukke straten neerkeek alsof het ongezeglijke leerlingen waren. We hielden rechts aan, zwenkten af en stopten bij een pad vol voren dat tussen de pakhuizen door naar beneden liep. Ik had de pakhuizen alleen vanuit de verte gezien, gehuld in mist, als een rij rouwende begrafenisgasten. Van dichtbij waren ze enorm en donker, minstens acht verdiepingen hoog, en loodrecht, met hoge ramen waar luiken voor zaten om ze te beschermen tegen de elementen. Het regende minder hard, maar de goten stroomden nog steeds over en door een poel waadde ik naar de kade.

In de stenen van de London Bridge was een trap aangebracht. Me vasthoudend aan de metalen reling liep ik hem af, waarbij ik mijn voeten voorzichtig op de glibberige treden plaatste. De wind gierde om me heen en mijn jas sloeg tegen mijn benen. Naarmate ik lager kwam werd de stank sterker; op de bogen van de brug zag ik groen slijm en flakkerende weerkaatsingen van het water. Door de wind stoof water op van de rivier dat zich vermengde met de regen; het sijpelde mijn kraag in en droop langs mijn nek.

De trap kwam uit bij een strandje van zware stenen die bij laagtij droogvielen en glad waren van de motorolie en bezaaid lagen met drijfhout, teer en kluwen vislijn. Ik bevond me onder het niveau van de stad; het geratel van rijtuigen werd gedempt door het gieren van de wind en het breken van de golven die tegen de pijlers van de brug sloegen. Vanaf deze laaggelegen plek leek de rivier breder. Kleine sloepen werden slechts een paar meter de rivier op geroeid, in het diepere water lagen schuiten en grote schepen met wapperende vlaggen aan hun mast.

Mijn armen strekkend om mijn evenwicht te bewaren liep ik voorzichtig over de stenen. De bocht in de Theems en de draaikolken bij de brugpijlers hadden een lagune gecreëerd, ondiep en kwalijk riekend; hier in de luwte was het water rustiger en groen van het wier.

Dat zo'n mooie vrouw hier aan de oever van de Theems had gelegen, dat ze hier was gestorven.

Ik hurkte neer en pakte een blad van een varen op en liet het terugvallen. Ik wist niet wat ik verwacht had te voelen: een herinnering aan haar, gevat in de stenen, haar ziel, die hier nog rondwaarde? Ik bracht mijn vinger naar mijn lippen; hij smaakte zilt.

Een zeemeeuw streek neer en begon ergens aan te trekken, aan een krab of een eendenmossel, en even later streek een andere naast hem neer. Ze keken me verbolgen aan en vlogen niet weg, zelfs niet toen ik overeind kwam. Ze kan hier nooit lang hebben gelegen, dacht ik. De meeuwen hadden haar niet gepikt.

Ik deed mijn bolhoed af en sloeg er een paar keer mee tegen mijn jas om het water eraf te schudden en de meeuwen op de vlucht te jagen.

Ik had gedacht dat ik hier langer zou willen blijven, dat het meer voor me zou betekenen. Maar op deze plek was niets van Maria. Het was hier naargeestig, kil, alsof deze plek van de rand van de stad was gevallen, en zij was warm en teder geweest, de aardigste vrouw die ik ooit had gekend.

Het begon harder te regenen, glinsterend spetterden de druppels in de plassen. Er was geen huurrijtuig te bekennen en daarom liep ik tussen de nors ogende pakhuizen door naar huis. Ik kwam door donkere, kronkelige straten en meer dan eens verdwaalde ik, maar ik was niet bang. Ik genoot er zelfs van. Het was bevrijdend om me niet druk te maken over wat er zou kunnen gebeuren.

Ik moest denken aan iets wat Jacob me ooit 's avonds laat had verteld toen Lilya en de kinderen al lang naar bed waren en wij whisky zaten te drinken. Voorovergebogen en wiebelend met zijn vinger had hij me aangekeken met die spottende blik die hij altijd in zijn ogen kreeg als hij op het punt stond iets te zeggen wat hij goochem vond, en hij zei: 'Zolang je nog stukken op het bord hebt staan, Leo, kun je de partij nog altijd winnen. Zelfs een pion kan uiteindelijk een dame worden.' En toen had hij gelachen en ik had met hem meegelachen.

7

Ik ontdekte dat mijn verdriet grillig was. Het ene moment spoelde het koud en overweldigend over me heen, en even later zat het als een harde knoop in mijn maag, een ondenkbare zekerheid. Soms lachte ik en zong ik zelfs; andere keren wist ik dat ik niet zonder haar kon en moest ik in mijn polsen knijpen om niet te huilen.

Ik kreeg geen uitnodiging voor de begrafenis. Dat had ik ook niet verwacht; vanwege haar beroep konden ze moeilijk iedere kerel die ze had gekend een zwart omrande envelop sturen. Een poosje was ik opgelucht, maar de wetenschap dat ze in een hermetisch afgesloten doodskist lag, vond ik beangstigend. Ik kon het beeld van wat er van haar over was niet van me afzetten: lichaamsdelen, huid en beenderen, spierweefsel en hersenen die inmiddels allemaal in een staat van ontbinding verkeerden. Ik had het eerder gezien: nagels die in hun bed wegrotten, tanden die uitvielen, ingewanden die veranderden in een stinkende vloeistof. Dat was wat er in de kist lag, louter lichaamsdelen. Niet Maria. Alles wat ze in wezen was, was weg.

Ik kon raden wat Jacob gezegd zou hebben, hoorde zijn knorrige stem in mijn oor: 'Foei! Je gaat niet naar de begrafenis van een hoer. Dat is net zoiets als biefstuk eten en vervolgens treuren om de koe.'

En toch wist ik dat ik het mezelf nooit zou vergeven als ik er niet heen ging. Daarom stuurde ik een briefje aan de kleine Audrey, waar ik een halve kroon bijsloot, en ontving per kerende post een antwoord, geschreven in een rond, zorgvuldig handschrift waarin ze me de datum, tijd en plaats liet weten. Het stoffelijk overschot van Maria zou niet in het huis in Half Moon Street worden opgebaard maar regelrecht naar de begraafplaats in West-Londen worden gebracht.

Ik wierp het briefje in het vuur.

Constance had met meer toewijding dan vaardigheid een ontbijt klaargemaakt, maar ik proefde het nauwelijks, wat ik voorheen een zegening zou hebben gevonden. Alfie, die vroeg was opgestaan, kroop met een meetlint rond en bracht met krijt kruisen aan op de winkelvloer.

'Hoe was het bij de bank?'

Zijn gezicht betrok. 'Het viel tegen. Je weet hoe dat gaat.'

'Mijn aanbod staat nog steeds, hoor.'

'Dank je, Leo, maar we redden het wel. Ik heb een plan bedacht.' Hij wees naar mijn zondagse kleren. 'Ter ere waarvan is dat?'

'Ik ga naar een begrafenis. Van een kennis.'

Het leugentje zat me niet lekker, maar ik moest er niet aan denken dat ik de situatie volledig uit zou moeten leggen. Ik keek hem aan met mijn beste triest-maar-het-is-niet-anders-lachje en ging op pad met het gevoel dat al mijn weke delen uit me verwijderd waren, zoals bij de lijken op de snijtafel van meneer Hurst, en dat er niets van me restte dan een met huid omhuld skelet.

Het huurrijtuig schoot niet op. Ik zou het prima gevonden hebben als de rit eeuwig had geduurd, maar uiteindelijk bereikten we mijn bestemming. De begraafplaats lag aan de Old Brompton Road, was ommuurd en had een naargeestige toegangspoort die met een fronsende latei, zuilen als kaken en een gapende, vraatzuchtige boog boven de stoep uit torende.

Er stond een groepje mensen samengedromd. Mevrouw Brafton zag er schitterend uit in haar zwarte begrafeniskledij: een bombazijnen gewaad dat om haar indrukwekkende gestalte heen leek gebouwd en een reusachtige bonnet die als een kanon op haar hoofd stond. Ze was samen met de Kolonel, die zich in een gala-uniform had gehuld dat veel te groot voor hem was. Achter hen stonden de meisjes op een kluitje, van wie ik alleen Audrey bij naam kende.

Zijn dit alle mensen, dacht ik. Is dit alles wat ze waard is?

Mevrouw Brafton sprak me met een nietszeggende uitdrukking op haar gezicht aan. 'Meneer Stanhope. Ik had u helemaal niet verwacht!'

'Ik weet dat ik niet ben uitgenodigd, maar ik moest komen.'

'Ik dacht dat u vastzat op het politiebureau.'

'Ze hebben me gesproken, dat klopt.'

'Waarom hebben ze u laten gaan?' Ze tuitte haar lippen; ik besefte dat ze mij er niet bij wilde hebben.

'U denkt toch niet... Ik had er niets mee te maken. Maria en ik hielden van elkaar.'

'Dat is absurd.'

Ik was niet in de stemming om me te laten kleineren. 'Ik gaf meer om haar dan u. U wilde haar niet eens in het huis opbaren.'

'Uit respect voor onze klanten.'

'Uit respect voor hun geld.'

Ze haalde diep adem om me van repliek te dienen, maar die kans kreeg ze niet want de Kolonel bemoeide zich ermee. 'Nu moet je eens goed luisteren, jongeman, je gedraagt je of anders krijg je het met mij aan de stok.'

Het was een loze bedreiging, want het enige wat hem overeind hield was zijn stijve uniform. Ik was veel bevreesder voor mevrouw Brafton, die twee keer zo groot was als hij. Maar zijn opmerking brak wel de spanning en ze wendde zich van me af.

Het leek erop dat ik de begrafenis mocht bijwonen.

Een poosje stond ik er met prikkende ogen wat verweesd bij tot ik een hand op mijn arm voelde; het was Audrey. Ze was echt petieterig en kon met gemak aangezien worden voor een meisje van twaalf. Ze was knap noch lelijk, maar straalde een merkwaardig zelfvertrouwen uit, wat wellicht noodzakelijk was voor haar beroep.

'U mot 't mevrouw Brafton niet kwalijk nemen,' zei ze. 'Ze gaat eronder gebukt als iemand van ons wat overkomt.'

'Wat ze zei was niet waar –'

'Al goed, ik weet dat u 't niet heb gedaan. Vrouwen plegen dit soort misdrijven niet. Je mot 'n man zijn om zoiets te kennen doen en onder uw vermomming bent u 'n vrouw.'

Ik zuchtte. Het had nauwelijks zin haar op haar misvatting te wijzen en ik was allang blij dat er tenminste íémand was die me niet verdacht, ook al klopte haar logica niet.

Er kwam een rijtuig aan, schommelend reed het over de kasseien. Het kwam naast ons tot stilstand en er stapte een vijftal vrouwen uit. Opkijkend naar het winterzonnetje staken ze een parasol op of schermden hun ogen af. Daarna stapte een predikant uit. Hij moest zo doof zijn als een kwartel, want telkens als er iets tegen hem werd gezegd hield hij met een vragende blik een gehoorhoorn tegen zijn oor.

'Wie zijn dat?' fluisterde ik tegen Audrey.

'Mensen van de kerk. Een moord brengt altijd mensen van allerlei slag op de been. Ze bekommeren zich alleen om meisjes als wij als we dood zijn. Daarvóór zijn we 't werk van de duivel. Quakers, baptisten, methodisten, katholieken, jezuïeten, 't is één pot nat. Zelfs 't Leger des Heils heeft ooit zwaaiend met protestborden bij ons voor de deur staan zingen. Maar u wil niet weten hoe vaak de heren na het donker terugkomen.'

Een vrouw op leeftijd kwam naar voren gestrompeld; ze had een tandeloze glimlach en was gehuld in een verwassen jurk. Uit haar verdwaasde gezichtsuitdrukking maakte ik op dat ze onnozel was, zich niet bewust van wat er gaande was. Ze had waterige ogen en de rooddooraderde huid van een zware drinker, maar haar lippen waren vol en rood. Ik wist zeker dat ik haar ooit eerder had gezien.

'Wie is dat?'

'Maria's moeder, of wat daar nog van over is.'

Dit sloeg nergens op. 'Maria's moeder is dood.'

Audrey schudde haar hoofd. 'Nee, 't is 'r echt. Maria nam 'r 's zondags meestal mee naar de kerk. Ze ging altijd bij het krieken van de dag op pad en liep helemaal naar Bow, maar als ze daar aankwam bleek mevrouw Mills meestal te beroerd om mee te gaan. Ze is nog steeds niet vies van 'n glas of twee, of vijf of zes, zelfs nu niet.' Die laatste zin fluisterde Audrey me vertrouwelijk toe. 'Ik zweer 't: d'r stroomt geen bloed door haar aderen maar gin.'

'Weet je zeker dat het haar moeder is? Niet een tante of vriendin?'

'Absoluut. Triest eigenlijk. Wie mot 'r nu naar de kerk brengen?'

Ik wist niet wat ik hoorde. Ik had Maria urenlang getroost als ze verdrietig was om de dood van haar moeder. Ik probeerde er wijs uit te worden.

'En ze heet Mills?'

'Ja, Maria heette Mills van achteren. Maria Mills. Milanes was haar artiestennaam, om 't zo te noemen. Ze was een geweldige actrice. Toneelspelen was 'r met de paplepel ingegoten beweerde ze en volgens mij zou dat best weleens waar kennen zijn. Ze was heel anders dan ik. Ik kan dat niet, heb 't niet in me. Ben waarschijnlijk te eerlijk. Maar Maria was op 'n dag naar een winkel geweest waar ze maar over door bleef ratelen... Dat die Milanes heette, en dat ze er tasjes en schoenen en zo verkochten, en dat die naam zo exótisch klonk.' Ze lachte triest en vouwde haar handen samen. 'Vanaf die dag noemde ze zich Milanes, en de heren schenen dat leuk te vinden. Maar voor mij is 't niks. Ik ben gewoon Audrey Kerry.'

'Tegen mij zei ze dat haar moeder dood was.'

'Denk niet al te slecht over haar.' Audrey veegde haar tranen weg met haar mouw, iets waar mijn moeder me altijd een standje voor gaf toen ik zeven was. 'Ze kon er niets aan doen dat ze zo was.'

Ik schuifelde wat meer naar mevrouw Mills toe. Nu ik haar goed kon zien was de gelijkenis frappant – hetzelfde driehoekige gezicht en krullende haar, dezelfde scherpe neus en kleine handen, maar dan bij een ouder vrouwspersoon met een aanzienlijk roder gezicht. Ze was alles wat er restte van Maria, een link met haar verleden en een afschuwelijke voorbode van haar toekomst, als ze die nog zou hebben gehad.

Ik vond het ongepast van mezelf dat ik boos was op Maria tijdens haar begrafenis, maar ik kon er niets aan doen. Waarom had ze gelogen, en nog wel tegen mij? Ze wist dat ik niet onder de naam Leo Stanhope in het geboorteregister stond. Ze wist alles van me.

Het rijtuig met de baardragers kwam aangereden; zes jonge mannen, gekleed in hetzelfde begrafenistenue. Ze waren vrolijk, fluisterden en grinnikten achter hun hand. De koetsier sprak hen streng toe, maar hij had zich nog niet omgedraaid of ze grijnsden weer schaapachtig.

En daar was dan eindelijk de lijkkoets, een glazen bak op wielen, getrokken door twee paarden. Hij naderde langzaam en tegen de tijd dat hij bij ons aankwam was ons kleine gezelschap onrustig. De lijkkist was zo klein dat ik niet kon geloven dat ze daarin lag. Ook al had ik haar zelf dood gezien, ik hoopte nog steeds dat er sprake was geweest van een afgrijselijke persoonsverwisseling, dat ze thuis in haar kamer zat en zich afvroeg waar iedereen heen was.

Voorbijgangers bleven op het trottoir staan en namen hun hoed af; de koetsier van een rijtuig minderde respectvol vaart. Ik zag twee schimmige gezichten tegen de raampjes gedrukt, die geboeid toekeken: de plechtigheid, de ceremonie, het wenen, de dood.

De jonge kerels schoven de doodskist van het rijtuig en tilden hem onhandig op hun schouders. Even was ik bang dat ze haar pijn zouden doen.

De menner van de lijkkoets en de predikant gingen ons voor naar de begraafplaats, gevolgd door de statig schrijdende mevrouw Brafton, de Kolonel en mevrouw Mills – die laatste onzeker waggelend – de meisjes en de dames. Ik liep in mijn eentje achteraan.

Het pad werd aan weerszijden omzoomd door iepen, daarachter waren perken met paars struweel en lappen gazon die de doden opwachtten. In de verte tekende zich tegen de wolkeloze hemel de koepel van de kapel af.

Het is zover, dacht ik. Nu gaan ze haar begraven. Maria wordt hier ter aarde besteld. En wat moet ik dan?

Na vijf minuten lopen rezen er, stijf en glad, grafstenen, beelden en kruisen op uit het gras, die schaduwen over elkaar heen wierpen. Hoe verder we liepen, hoe talrijker en verweerder ze werden, een gedenkwoud met korstmos dat de namen en de geboorte- en sterfdata van de overledenen overwoekerde.

Bij een kruising sloegen we links af naar een lege, vochtige en lommerrijke plek, waar reeds een rechthoekig graf was gedolven. De jongens plaatsten de kist op een houten baar. Mevrouw Brafton en mevrouw Mills gingen naast de predikant staan, vooraan, bij het hoofdeinde van het graf. Ik werd naar de andere kant geduwd.

De predikant schraapte zijn keel, maar precies op dat moment klonk achter ons geluid. Een dame en heer kwamen uit de kapel aangelopen. Hij was fraai gekleed, droeg een hogehoed en een modieuze geklede jas en had een opgerolde paraplu in zijn hand die hij liet rondzwieren.

Toen hij naderbij kwam, zag ik dat hij breedgebouwd en stevig was, met een rossig gezicht en een verzorgde baard waar grijs doorheen schemerde.

Naast hem, of hooguit een pas achter hem, was zij een bevallig miniatuurtje dat aandachtig luisterde naar wat hij zei. Haar jurk was zwart en gemaakt van de fijnste zijde die zelfs de japon van mevrouw Brafton in glans overtrof en zo soepel was dat de contouren van haar benen zichtbaar waren als ze liep. De jurk was bij de hals afgezet met kant, had een strakke taille en waaierde achter haar uit in een veelheid van plooien en laagjes die leken te zweven in de lucht. Haar mond was breed, haar huid bleek en net voldoende door de jaren getekend om lichte lachrimpeltjes te vertonen. Ik kon mijn ogen niet van haar afhouden, zelfs hier niet, zelfs nu niet. Geen enkele man zou dat kunnen.

'Goedemiddag allemaal! Wat een opkomst, hè, voor Maria?' riep de heer ons toe op een toon die je te allen tijde in het chique Mayfair zou verwachten. En toch associeerde ik de manier waarop hij de 'r' in Maria's naam uitsprak eerder met glooiende velden en kabbelende beekjes dan met een gerenommeerde Engelse kostschool. Jane, die een veel beter oor had voor sociale dissonanten dan ik, zou precies hebben geweten bij welk graafschap zijn accent hoorde, maar zelfs voor mij was het duidelijk dat de man geboren en getogen moest zijn in een streek die veel westelijker lag dan Londen.

Ik had mevrouw Brafton nooit zo vergenoegd zien kijken. 'Meneer Bentinck,' zei ze, terwijl ze mevrouw Mills en de meisjes zo ver opzijduwde dat er naast haar plaats was voor hem, maar er voor de dame geen ruimte overbleef. 'Wat geweldig dat u gekomen bent.'

'O nee, ú moet vooraan staan, mevrouw Brafton,' zei meneer Bentinck. Met zijn paraplu wees hij de plek aan. 'Juffrouw Gainsford en ik staan hier prima.'

Zich ongemakkelijk voelend ging mevrouw Brafton weer naast de predikant staan, maar ze wendde zich half van hem af, alsof ze duidelijk wilde maken dat dit eigenlijk niet meer haar plaats was. Juffrouw Gainsford mengde zich intussen onder de groep, gaf de meisjes in continentale stijl op iedere wang een kus en stond zelfs toe dat de Kolonel haar hand naar zijn droge lippen bracht. Toen ze bij mij was aanbeland keek ze me recht in de ogen en kuste ook ik haar hand, me verbazend over de zachtheid van haar handschoen en de lichtheid van haar aanraking.

'Nancy Gainsford,' zei ze. Ondanks haar goede manieren wees er toch iets op dat ze was opgegroeid bij de havens. De geur van kokkels laat zich nooit helemaal wegwassen. 'En u bent?'

'Leo Stanhope,' antwoordde ik, me onbehaaglijk voelend omdat ik niet formeel was uitgenodigd. Ze fronste lichtjes haar wenkbrauwen alsof ze zich iets probeerde te herinneren.

Toen ze iedereen had begroet, ging ze tussen de dames staan, die zenuwachtig bewogen, als wilde eenden naast een sierlijke, witte stern.

'Ga verder, beste kerel,' zei Bentinck tegen de predikant, die begon te spreken, of beter gezegd, door zijn doofheid begon te schreeuwen.

Hij vertelde ons dat Maria een goede, christelijke vrouw was geweest en een fatsoenlijk leven had geleid. Een paar meisjes – ik telde er zeven in totaal, hoewel het er meer leken – wierpen elkaar een blik toe. Hij vervolgde zijn betoog en schreeuwde dat Maria ons op wrede wijze was ontnomen, slachtoffer was van een geweldsdaad, waar alleen de duivel een hand in kon hebben gehad, en dat de dader – hier zweeg hij even en meende ik dat hij mij aankeek – veroordeeld zou worden, zo niet in deze wereld, dan toch zeker in het hiernamaals. Vervolgens bladerde hij door zijn bijbel; ik priemde mijn nagels in mijn handpalmen. Hij vond de juiste tekst en ging verder, waarbij hij de duiven uit de bomenkruinen boven ons joeg. Ik had het hoofdstuk vaak gehoord – het was de lievelingstekst van mijn vader – en had met gemak in kunnen vallen, maar de verzen over *een tijd om te helen, te omhelzen en te lachen* hoorde ik nauwelijks; ik richtte mijn aandacht op *een tijd om te doden, te scheuren, te haten en oorlog te voeren*. Deze woorden van de oude Salomo vonden meer weerklank bij me.

De meisjes en mevrouw Brafton huilden openlijk en zelfs juffrouw Gainsford depte haar ogen. Alleen mevrouw Mills leek onaangedaan; ze neuriede en grijnsde als een imbeciel.

De dragers regen touwen door de handvatten van de kist. Mijn mondhoeken gingen naar beneden en mijn kin begon te trillen. Ik klemde mijn kaken stevig op elkaar. Natuurlijk wist ik dat mannen ook kunnen huilen – ik was erbij geweest als mannen het stoffelijk overschot van hun vrouw identificeerden, en ik had Alfie ooit discreet een zakdoek geleend toen hij bij de laatste hoofdstukken van *De oude rariteitenwinkel* was aanbeland – maar ik zou niet huilen. Onder geen beding. Ik mocht geen aandacht trekken.

De dragers lieten de touwen zachtjes vieren; op het moment dat de kist in de aarde zakte, zag ik vanuit mijn ooghoek iets bewegen. Verderop, minstens tachtig meter bij ons vandaan, stond een vrouw. Ze was niet in het zwart en beende weifelend heen en weer alsof ze zich bij ons wilde voegen maar niet wist of ze welkom zou zijn. Uiteindelijk viel haar oog op een bankje. Ze ging zitten en keek van een afstand toe.

Mevrouw Brafton zag haar ook; op gedempte toon zei ze iets tegen meneer Bentinck en wees ze naar de vrouw. Hij knikte en stevende op haar af, maar voor hij bij haar was, was de vrouw al snel weggelopen naar de kapel.

De predikant eindigde met een zegening en kondigde vervolgens aan dat er in de Station Tavern aan Lillie Road bier, broodjes en taart klaarstonden, een vriendelijk gebaar van de achtenswaardige meneer Bentinck.

Ik bleef bij het graf. Ik wilde niet als eerste bij de pub aankomen, hoewel ik dan de longen uit mijn lijf had moeten rennen om een paar dragers in te halen die die richting op gingen, alsof ze waren gekatapulteerd. Galant bekommerden de achterblijvers zich om de meisjes door troostend een arm om hen heen te slaan.

Ik keek in het graf en heel even was ik bevreesd dat ik erin zou vallen. Er zaten kwastafdrukken op het deksel van de kist. Ik had gedacht dat hij van mahonie of teak was, maar hij was gemaakt van licht waaibomenhout dat donker was geverfd om het duurder te laten lijken. Plotseling werd ik furieus – op mevrouw Brafton omdat ze niet iets passenders voor Maria had gekocht, en op Maria zelf omdat ze had gelogen, was gestorven, in die kist lag, en niet naast mij stond.

Er klonk een geluid achter me. Een oude kerel leunde op zijn spade.

'Ik moet dat erin gooien,' zei hij, gebarend naar de hoop aarde op het gras.

'Geef me alstublieft nog een paar minuten.'

'Goed dan, vijf minuten, maar niet langer.' Met zijn spade op zijn schouder kuierde hij weg om een ander graf dicht te gooien of te delven, of om een kop thee te drinken in zijn schuurtje. Het zou me een rotzorg zijn zolang hij me maar met rust liet.

Ik ging onder een boom op het gras zitten en haalde herinneringen op aan Maria's stem en aan haar lach toen ik de vrouw weer zag die er eerder ook was geweest en op een bankje naar ons had zitten kijken. Ze liep naar het graf, de zon achter haar omhulde haar met een halo, wat haar een heilig aanzien gaf. Toen ze dichterbij kwam, zag ik dat ze een jaar of vijftig was, een rond gezicht had en haar dat wellicht ooit zwart was geweest, maar dat zijn kleur inmiddels had verloren, en waarvan ze de flamboyante, met grijs doorschoten lokken onder haar hoed had gestopt. Haar kleding was eenvoudig, maar niet gerafeld of versteld.

Aangekomen bij het graf boog ze haar hoofd en op katholieke wijze sloeg ze een kruisje. Toen ik opstond, schrok ze; ze had me niet opgemerkt.

'Ik moet weg,' zei ze haastig. 'Ik wilde haar alleen een laatste eerbetoon brengen.'

'Natuurlijk. Waar kende u Maria van?'

'Waarom vraagt u dat?' Ze had een schrandere blik, die ze even op mijn boezem en heupen liet rusten. Daarna keek ze me in de ogen. Ik had het gevoel dat ze me de maat nam en vond dat ik niet helemaal voldeed.

'Ik wil graag meer over haar te weten komen. Het blijkt dat... dat ik haar niet zo goed kende als ik dacht. Ben u een vriendin van haar moeder?'

'Zoals gezegd, ik moet weg.' Met samengeknepen ogen keek ze de kant op waarin de anderen waren verdwenen. 'Ik ben niet welkom.'

'Waarom niet?' Ik was al dat mysterieuze gedoe beu. 'Dat zou ik graag willen weten als u het niet erg vindt.'

Ze rolde met haar ogen en viste iets uit haar handtas. 'Niet hier. Kom naar mijn huis, als u 't zo nodig wilt weten.'

Ze gaf me een visitekaartje en beende naar de uitgang zonder mijn reactie af te wachten. Het kaartje was dun, en slordig met de hand gestempeld:

```
Madame Louisa Moreau
3 Finsbury Street
Vroedvrouw
```

Plotseling wilde ik niet langer blijven. Ik wreef over mijn ogen, nam een handvol aarde van de hoop die op het gras lag en liet mijn tranen erop vallen, zodat er iets van mij altijd bij haar zou zijn. Daarna wierp ik de aarde beetje bij beetje in het graf en keek ik naar de klontjes die afketsten op het deksel.

De pub was afgeladen. De menner van de lijkkoets bleek tevens de begrafenisondernemer te zijn: meneer Atkins, de jónge meneer Atkins, verkondigde hij trots, omdat zijn vader hem deze taak had toevertrouwd, en mocht iemand zijn waardering kenbaar willen maken, bij voorkeur schriftelijk, dan zou hij daar zeer erkentelijk voor zijn.

Hij had geregeld dat de rouwbijeenkomst enkel tegen de vergoeding van de consumpties in de achterkamer van de Station Tavern plaats kon vinden en de waard had op de toog broodjes en glazen donker bier klaargezet. Ik pakte een glas en genoot van de bittere smaak in mijn keel. Er was ook cake, die door de waard met een lang mes met een benen heft in stukken werd gesneden. Ik dronk mijn glas leeg en pakte er nog een. Zalige verdoving; die had ik nodig om te voorkomen dat ik weg zou rennen.

Om me heen rees en daalde het geroezemoes als golven voor de kust. Audrey stond aan de andere kant van het vertrek met mevrouw Brafton te praten, die iets in haar oor fluisterde. Audrey knikte, maar ze staakten hun gesprek toen een van de andere meisjes bij hen kwam staan.

Ik wist niet wat ik hier te zoeken had. Ik had naar huis moeten gaan. De begrafenis was voorbij en niemand wilde met me praten; blijkbaar was het iedereen ter ore gekomen want er werd merkwaardig naar me gekeken, alsof ik ineens over de rooie zou gaan en iedereen zou afslachten.

Ik besloot mijn bier op te drinken en weg te gaan, maar een van de dames die als eerbetoon aan Maria een bord had volgeladen met broodjes en al aan haar derde glas bier bezig was, klampte me met een wellustige blik en vochtige lippen aan en vroeg of ik ooit in een gekkenhuis had gezeten. Ik wilde net vertellen dat ik nooit in een gesticht was opgenomen, maar dat ik soms wel merkwaardige aanvallen van waanzin had en dat ik dan op handen en voeten rondkroop en beet en grauwde als een wild dier, toen iemand een paar keer tegen een flesje tikte. Langzaam ebde het geroezemoes van de gesprekken weg; doof als ze waren bleven alleen de Kolonel en de predikant doorkwetteren. Tot hun verbijstering werd hen met porren in de zij het zwijgen opgelegd.

Met een minzaam lachje keek meneer Bentinck om zich heen alsof hij ons zo dadelijk zou zegenen. Hij deed denken aan een vriendelijke oom die in zijn vrije tijd modelschepen van lucifers bouwt.

'Een tragedie,' zei hij. 'Een verlies voor ons allen. Laten we het glas heffen op Maria.'

Toen hij abrupt ging zitten werd er zacht maar beleefd geapplaudisseerd. Hij was alweer in een gesprek gewikkeld met mevrouw Brafton en gebaarde met de steel van zijn pijp toen juffrouw Gainsford opstond en met een vork tegen haar glas tikte.

'Dank je, James,' zei ze zo zacht dat ik mijn oren moest spitsen om haar te verstaan. 'Heel aardig van je, maar ik heb het gevoel dat ik daar nog wat aan toe moet voegen. Maria was zo'n bijzonder mens. We waren allemaal dol op haar.' Heel even brak haar stem; ze nam een slokje bier. 'Ik kende Maria nog niet zo lang, slechts een paar jaar. Maar ze was een zonnestraaltje in ons leven, toch? Een lichtje dat nu is uitgedoofd, maar ik weet dat we haar nooit zullen vergeten. Ze was een aardig meisje en zag er snoezig uit.' Haar hand ging naar haar wang, alsof ze onwillekeurig aan Maria's wijnvlek moest denken. 'Ze had een arme jeugd, moet u weten. Dat was een van de dingen die we gemeen hadden. Ze groeide straatarm op en deed wat ze moest doen om te overleven, niet alleen voor haarzelf maar ook voor haar moeder.' Ze knikte naar mevrouw Mills, die met haar rug naar ons toe op een barkruk zat. 'En ze klaagde nooit, en dat is bijzonder in deze moderne tijd, toch?' Ze keek de aanwezigen aan en liet haar blik het langst op mevrouw Brafton rusten. 'Volgens mij kan niemand van ons aan haar tippen. En nu moeten we zonder haar verder, ook al zou ik niet weten hoe.'

Ze ging zitten en nam met een bleek gezicht een slok van haar drankje. Mevrouw Brafton verdween naar het privaat.

Van de cake was niet meer over dan wat gele kruimels, maar het mes lag nog op het bord. Ik pakte het en het lag aangenaam in de hand; niet te groot, niet te klein. Ik zag mijn gezicht weerspiegeld in het lemmet, waar deeg op zat. Ik zag voor me hoe scherp het was, hoe makkelijk het door huid zou gaan. Ik zag diepe wateren voor me, voelde de gewichtloosheid waarmee je daarin wegzinkt. De beelden joegen me geen angst aan. Ik ervoer het als een verademing. Ik kon er elk moment uitstappen. Eruit stappen en bij Maria zijn.

'Meneer Stanhope?' Ik draaide me om en daar was juffrouw Gainsford. Ze stond heel dicht bij me, ongemakkelijk dichtbij; ik had in het decolleté van haar jurk kunnen kijken als ik dat had gewild, maar dat wilde ik niet, niet echt. Ik legde het mes neer. 'Ik vind het spijtig te horen dat u lastiggevallen bent door de politie. Ze weten nog steeds niet wie het heeft gedaan, hè?'

'Nee, ze hebben geen idee.'

'We leven in een chaotische wereld, vindt u ook niet?' Blijkbaar had ze de gewoonte om elke zin te formuleren als een vraag, waardoor ik was gedwongen in te stemmen met alles wat ze zei. Ik vroeg me af wat ze zou doen als ik dat niet deed. 'U was dol op Maria, niet?'

'We waren dol op elkaar.'

'Natuurlijk. Ze was bijzonder, ik aanbad haar. Ik liet haar altijd als eerste kiezen uit mijn jurken en sieraden en zo, hoewel ik dat niet al te openlijk kon doen, want je wilt geen afgunst wekken en meisjes kunnen heel kleingeestig zijn.' Ze veegde tranen weg, staarde naar de grond en hernam zich. 'De jurk die ze nu draagt was van mij. Zijde met kant. Die had ik laten maken voor een reis naar het continent en ik heb hem maar twee keer gedragen. Ik had nooit gedacht dat hij deze bestemming zou krijgen. Maar zoiets kun je ook niet bedenken, toch?'

'Dat is heel aardig van u.'

'Het was wel het minste wat ik kon doen, het minste. Niet alleen als haar werkgeefster, maar ook als haar vriendin.'

'O, ik dacht dat –'

'Wat dacht u?' Ze schuifelde nog dichter naar me toe. Ik kon haar haren ruiken.

'Ik dacht dat mevrouw Brafton haar werkgeefster was.'

'Ach, natuurlijk.' Toch leek ze verbaasd dat ik het niet wist. 'Elizabeth bestiert het huis in Half Moon Street, maar het is van meneer Bentinck. Dat huis en nog een paar andere, hoewel het huis in Half Moon Street de… zeg maar de parel in de kroon van ons imperium is. Ik help hem met van alles en nog wat, met de boekhouding en zo.'

'Dus mevrouw Brafton is slechts een soort bedrijfsleidster?'

'Zo zou je het kunnen noemen.' Ze legde een hand op mijn schouder en fluisterde in mijn oor: 'Ze is eigenlijk gewoon personeel, een soort huisbewaarder. Ze is een vreselijke snob en gedraagt zich alsof ze een kasteelvrouwe is, maar uiteindelijk is en blijft het een bedrijf en bedrijven moeten winst maken, nietwaar?' Ze wierp me een stralend lachje toe. Ik snoof haar parfum op en keek naar haar mond. Ze hield haar hoofd scheef en keek me recht in de ogen, haast alsof ze me uitnodigde haar te kussen. 'Heeft Maria het nooit over mij gehad?'

Dat vond ik een eigenaardige en enigszins ongemakkelijke vraag. Eerlijk gezegd had ik pas vandaag voor het eerst van haar bestaan gehoord en toch hoopte ze overduidelijk dat Maria het met mij over hun geweldige vriendschap had gehad.

'We hadden het niet vaak over andere mensen.'

Om precies te zijn: zíj had het niet vaak over andere mensen. Ik deed dat wel, voortdurend.

Meneer Bentinck kwam naast juffrouw Gainsford staan. Ze stelde ons aan elkaar voor, waarop hij me ongeïnteresseerd de hand schudde en zich vervolgens naar haar toe boog om haar, naar hij dacht, iets zachtjes toe te fluisteren.

'Ik ga ervandoor. Geef ze nog twee rondjes, en maak er dan een einde aan. Ik wil niet dat het de hele middag duurt, zeker niet gezien de omstandigheden.'

'Natuurlijk, James,' zei ze. 'Ze moeten vanavond weer gewoon aan het werk.'

Door het raam zag ik zijn fraaie koets: zwart, elegant en met glanzende koperen lampen.

Zodra hij weg was, richtte ze zich weer tot mij. 'Het was me een waar genoegen kennis met u te maken, meneer Stanhope. Ik had gewild dat het onder andere omstandigheden was geweest. Arme Maria, ze was een engel, niet?'

Ik keek haar na toen ze wegliep, wat in meer dan één opzicht een genoegen was. Audrey kwam met twee glazen naar me toe en gaf er een aan mij.

'Wel heb ik ooit,' zei ze. 'Juffrouw Gainsford praat niet zomaar met iedereen. We hadden 'r niet verwacht, en meneer Bentinck al helemaal niet. Het is een hele eer voor Maria dat-ie gekomen is.'

'O ja?'

'Ja, zeker. Hij is 'n belangrijke man. Familie van de Cavendish Bentincks, u weet wel.'

'Echt waar?'

'Ja,' zei ze ferm, zich ergerend aan mijn sceptische toon.

Het leek me hoogst onwaarschijnlijk. George Cavendish Bentinck was parlementslid en zijn familie behoorde tot het oude geld. James Bentinck leek geen loot van die boom. Het was onvoorstelbaar dat een bordeelhouder uit de West Country een telg van die familie was.

'En juffrouw Gainsford is zijn boekhoudster?'

'Meneer Bentinck verdient 't geld, zij telt 't voor hem.'

'Veel geld?'

'Hij heb 'n huis in Belgravia en 'n cottage op 't platteland. In Cookham, aan de rivier. Prachtig is dat. En hij heb een kunstverzameling en –'

'En juffrouw Gainsford?'

Audrey haalde haar schouders op. 'Dat weet ik niet. Ben nooit bij d'r thuis geweest, alleen bij hem.'

'O. O, ik begrijp het.'

'U bent geschokt.' Ze lachte en hield haar hoofd schuin. Het was verbazingwekkend hoe onschuldig ze kon lijken. Ze had een dienstbode van mijn moeder kunnen zijn. 'Nancy Gainsford werkt al jaren voor 'm. In het begin deden ze alles zelf, heb ik gehoord, tot ze Hugo erbij haalden, om lastige klanten aan te pakken. Hij was bokser toen ik nog klein was, een hele bekende. Hij stond op aanplakbiljetten.'

'Lost Hugo ook problemen met een meisje op, als dat nodig mocht zijn?'

'O, nee, als-ie niet bij z'n bijen is, zorgt-ie voor ons. Hij is dol op ons.' Haar kin trilde. Ze deed haar best niet te huilen. 'Ik denk niet dat ze er ooit achter zullen komen wat er is gebeurd. Niemand geeft iets om ons, de politie al helemaal niet. En 't ergste is dat ze nog zou leven als ik niet had ingestemd met haar te ruilen. Dat ken ik maar niet van me afzetten.'

'Met haar te ruilen?'

'Ze wilde die donderdag vrij en zei dat ze de volgende twee dinsdagen mijn diensten zou draaien.' Verdrietig haalde ze haar schouders op. 'Dat komt er nou niet meer van, hè.'

'Weet je ook waarom ze met je wilde ruilen?'

'Nee, ze vertelde me nooit wat. We waren niet heel hecht.' Ze nam een grote slok van haar bier en ik besefte dat ze aangeschoten was. 'Alleen… twee dooien binnen 'n paar dagen. Dat geeft te denken, da's alles.'

'Twee doden? Wie dan nog meer?'

'Jack Flowers, 'n mannetje van meneer Bentinck.'

Het duurde even voor ik me herinnerde waar ik de naam van kende. 'Die man die verdronken is? Maar dat was een ongeluk.'

'Dat zeggen ze, maar ik weet 't zo net nog niet. Twee dooien in zo'n korte tijd?'

Ik begreep er helemaal niets van. De dood van Jack Flowers was zo alledaags. Die behoorde tot mijn gewone leven: werken in het ziekenhuis, naar huis gaan en van de ene woensdagavond naar de volgende leven. Wat kon hij in godsnaam met Maria te maken hebben? Toch kon ik er niet omheen dat het wel érg toevallig was.

'Ik wist niet dat hij voor meneer Bentinck werkte.'

'O, ja. Een rotzak, die Jack. Als-ie niet dood was geweest zou ik hem als eerste van de moord op Maria verdenken.' Ze dronk haar glas in één teug leeg en zette het met een klap op de toog. 'Maar ik zeg u dit: als ik er ooit achter kom wie haar heb omgelegd, dan trek ik 'm z'n ballen af en douw ze door z'n strot.'

8

Maandagochtend ging ik weer naar mijn werk, hoewel ik veel liever in bed was blijven liggen.

Alles was normaal. Bij de personeelsingang werd ik met een vriendelijk knikje begroet door de portier, die daarna verderging met zijn puzzel. Het ziekenhuis oogde hetzelfde, rook hetzelfde, en toch voelde het onwezenlijk, alsof iemand het speciaal voor mij had laten herbouwen.

Ik trof meneer Hurst aan in zijn kantoor. Hij keek even op, wees op een stoel om aan te geven dat ik moest gaan zitten en las door in *The Lancet*. Hij liet me een paar minuten wachten voor hij zijn tijdschrift neerlegde en zijn bril afdeed.

'En?'

'Het spijt me, meneer,' zei ik. Ik ging rechtop zitten. 'Ik kende dat dode meisje; het was een enorme schok toen ik haar zag. Ik was misselijk, had tijd nodig om ervan te bekomen en daarna was de begrafenis. Ik was van slag. Ik beloof dat het nooit meer zal gebeuren.'

Ik had deze verklaring voor zonsopgang geoefend en bijgeschaafd. Ik had ook een langere versie uitgeprobeerd, waarin ik wilde uitleggen dat we van elkaar hielden; ik had zelfs een beroep willen doen op zijn menslievendheid, tot ik bedacht dat hij die niet bezat. Hij gaf alleen om dingen die hij kon ontleden.

'Betrouwbaarheid,' brulde hij ineens zo hard dat ik me rot schrok. 'Betrouwbaarheid gaat voor alles! Ik eis betrouwbaarheid. Doden nemen geen vrijaf.' Ik meende daar met rede tegenin te kunnen brengen dat doden wel degelijk vrijaf nemen, tot het einde der tijden zelfs, maar hij leek me niet in de stemming voor een verbaal steekspel. 'Wat heb je aan een man die zich niet aan zijn woord houdt, die je niet kunt vertrouwen? Dan kun je net zo goed een wilde voor je hebben werken.'

'Het spijt me dat ik het heb laten afweten, meneer. Ik beloof –'

'Je was een prima secretaris: beleefd, werkte hard, kon mooi schrijven, mooi hechten. Je hebt veel bijgeleerd. En je was punctueel, althans, dat dacht ik. Maar met mensen die flauwvallen en een week vrij nemen zonder daar toestemming voor te vragen heb ik geen geduld. Dit kan echt niet door de beugel, begrepen?'

'Ik begrijp het.'

Hij slaakte een zucht en zette zijn bril op zijn neus. Ik voelde dat hij iets milder werd, zij het niet veel. Hij pakte zijn tijdschrift weer, sloeg snel achter elkaar twee pagina's om zonder er een blik op te werpen, en keek geërgerd omhoog, alsof het allemaal de schuld was van het plafond. Hij deed zijn bril weer af en wreef over zijn voorhoofd.

'Wat is er gebeurd, Stanhope? De politie is langs geweest, zo'n rechercheur, hij stelde vragen over jou. En over dat dode meisje. Weet je wat ze was?'

'Ja, meneer.'

Hij blies zijn wangen leeg. 'Drommels! Is ze dan soms familie van je, een buurmeisje, een jeugdvriendin?'

'Nee.'

'Christus te paard!' Hij deed zijn bril weer op als een rechter die de zwarte kap op zet om een doodvonnis te vellen. 'Je laat me geen keuze, geen enkele keuze. Ik heb het hoofd Personeelszaken gesproken en gezegd dat ik een andere secretaris wil. Hij wou je de laan uitsturen, maar ik heb een goed woordje voor je gedaan. God mag weten waarom.'

'Dank u, meneer.'

'Als je in dit ziekenhuis wilt blijven werken, moet je je melden bij de vent die over de knechten gaat. Hoe heet die ook alweer?'

'Greatorex.'

'Ja, die bedoel ik. Als je je vanochtend bij hem meldt zal hij je werk toewijzen. En niet dat het er nog iets toedoet, Stanhope, maar het spijt me dat ik je moet wegsturen.'

Ondanks de mindere functie en het daarbij horende lagere loon vond ik het eerlijk gezegd een verademing om niet meer voor meneer Hurst te hoeven werken. Ik verwachtte niet na Maria ooit nog een lijkschouwing te kunnen bijwonen en zag uit naar de routine van het knechtenwerk. Dat bood een onweerstaanbare vrijheid. Niemand lette op de knechten.

Lloyd Greatorex was een veeleisende vent, twee keer zo oud als ik en leek tot het meubilair van het ziekenhuis te behoren. Soms had ik de indruk dat hij op twee plaatsen tegelijk was. Het ene moment zag ik hem op de mannenafdeling spalken en verbanden controleren, even later kwam hij me op de gang tegemoet, en weer een tel later deed hij een knecht in opleiding voor hoe je een karretje een trede af kon krijgen. Iedereen vond het vanzelfsprekend dat hij er was, maar als hij ooit wegging, zou het hele ziekenhuis om ons heen instorten zonder dat iemand wist hoe dat kwam.

Voorheen hadden we samen regelmatig een borrel gedronken in de Lamb and Flag. Volgens mij zag hij me op een gegeven moment als zijn protegé en was hij teleurgesteld toen ik secretaris werd. Toch wist ik dat hij er heimelijk trots op was dat een van zijn jongens het zover had geschopt. Zijn felicitatiekaartje had ik nog steeds.

Zijn kantoor was in de kelder, nog verder weg dan de snijkamer. Het stond tot de nok toe vol met dossiers en boeken, deels als barrière tegen de kwalijk riekende dampen, afkomstig uit het vertrek waar de patiënten werden gebaad. Hij keek op van zijn rooster dat hij de godganse dag bij zich had – blaadjes met namen en diensten, van elkaar gescheiden door roze vloeipapier.

'Stanhope,' zei hij. 'De verloren prins is weergekeerd.'

'Ik kon niet langer wegblijven.'

'Dat is anders niet wat ik heb gehoord. Ik heb gehoord dat je juist te lang bent weggebleven en dat je daarom terug bent bij het zootje ongeregeld dat onder mij valt.'

'Dank voor uw medeleven.'

Het was niet mijn bedoeling sarcastisch te klinken. Ik was echt dankbaar; waarschijnlijk hadden ze hem de keuze gegeven of hij me terug wilde of niet. Maar om een of andere reden spraken we altijd zo tegen elkaar, een mengeling van ogenschijnlijk wantrouwen en met tegenzin getoond respect. Die gewoonte leg je niet zomaar af.

'Uit de hemel gelazerd?' vroeg hij. 'Zal een harde landing zijn geweest. En nu denk je zeker dat je de beste diensten krijgt.'

'Daar heb ik nog helemaal niet over nagedacht.'

'Nou, Torbin is inmiddels met pensioen, zijn werk is overgenomen door Watson.'

'Krijg ik dan de oude positie van Watson op de mannenafdeling?'

'Nee, die heeft Roper nu.'

'Bedoelt u dan dat ik in het magazijn ga werken?' Dat was geen verkeerd werk, maar je moest wel zorgvuldig bijhouden wat de andere knechten meenamen, en die hadden toch al een hekel aan me.

'Pech voor je, die plek heeft de jonge Perch. Hij kan meer dragen dan Roper ooit heeft gedaan en hij laat ook veel minder scheten.'

'Arme Roper. Te veel buikgassen.'

Greatorex knikte gemelijk. 'Bewegen zal hem goeddoen en zijn winden kunnen zich maar beter door het hele gebouw verspreiden dan zich ophopen in het magazijn, vooral in de winter, als de haard aan is.'

'Dus is er helemaal geen positie vrij?'

'Dat heb ik niet gezegd.'

Prevelend bekeek hij zijn rooster. Hij nam er alle tijd voor en genoot ervan me te laten wachten. Hij begon kaal te worden, zijn haar was inmiddels peper-en-zoutkleurig en zijn vinger beefde. Maar het smerige brouwsel dat hem naar eigen zeggen op de been hield, stond nog altijd onder handbereik: een koude, waterige groentebrij, die in het hele vertrek een stank van compost verspreidde. Als hij lachte zag ik de sliertjes tussen zijn tanden zitten.

'Ik heb alleen nog de nachten. En ook niet op de afdelingen, maar bij de Ondersteunende Diensten.'

Werken voor de Ondersteunende Diensten was het ergste wat er was: boekhouding, postkamer, balie, archief, keukens, gangen, kantoren, wc's. Zowel boven als beneden, het werk besloeg het hele ziekenhuis, kende geen simpele route of regels, en waar je ook was, je kon er donder op zeggen dat je ergens anders had moeten zijn. De meeste mannen die als ziekenhuisknecht beginnen zijn bang voor ziektes, ontlasting en de stank van gal, maar daar raak je aan gewend. Het is al het lopen dat je de das omdoet.

'Goed.'

'Maar er zijn wel wat dingen veranderd. De trap achter mag je alleen gebruiken om naar beneden te gaan en er zijn geen zeven rondes meer maar acht. Verder is het magazijn anders ingedeeld, maar dat kan de jonge Perch je laten zien. Hij zal je ook een overall geven.' Hij zweeg en streek over zijn kin. 'Dit is je laatste kans, onthoud dat goed. Bij de eerste de beste klacht sta je op straat. Dan kan ik je niet meer helpen.'

'Dat weet ik.'

'De dienst voor vannacht is ingevuld, dus je begint morgen. Zorg dat je er om zes uur bent. Welkom terug.'

Rond het middaguur was ik weer thuis. Omdat ik nog steeds geen sleutel had ging ik via de winkel naar binnen. Ik knikte naar Constance, die daar bezig was, en liep snel door om haar niet de kans te geven om me de werking te vragen van een of ander obscuur geneesmiddel dat ze had gevonden.

Binnenkort zou ik iedere nacht op de been zijn. Ik ging op mijn bed liggen en probeerde te slapen, maar het lukte me niet om in te dommelen. Om de tijd te doden las ik tot het avondeten *Barnaby Rudge* en daarna ging ik naar de schaakclub. Gewoonlijk kwam ik daar alleen op donderdag, maar nu maakte ik een uitzondering omdat ik wist dat het er voorlopig niet meer van zou komen. Tot mijn verrassing was Jacob er ook.

Uiteindelijk gaf ik toe aan zijn gefleem en vertelde ik hem over de begrafenis, de speeches en over madame Moreau, de merkwaardige vroedvrouw, en wat die tegen me had gezegd. Als altijd had hij een bemoedigend woord voor me.

'Ach! Wat kan jou dat schelen?'

Hij sloeg mijn paard en zette het zó naast mijn loper, toren en drie pionnen neer dat het leek alsof het me beschuldigend aankeek.

'Vind je dat ik de politie over haar moet vertellen?'

'De smerissen?'

Sinds twee schoffies ingebroken hadden in zijn winkel en een gouden armband hadden gestolen had hij geen hoge dunk van dienders. Hij was naar beneden gegaan met een hamer en zou ze hun schedel hebben ingeslagen, beweerde hij, als hij niet de fout had gemaakt ze vooraf te waarschuwen met zijn gebrul. De politie deed weinig met zijn beschrijving van twee watervlugge schooiertjes met demonisch trekken. Tot zijn frustratie kon hij naar de armband fluiten en dat nam hij de politie nog steeds kwalijk.

Hij nam een trekje van zijn sigaar en keek me met een grimas aan. 'De politie stelt oerstomme vragen. Alsof ik te oud zou zijn om mijn winkel op slot te doen.'

Aan de andere kant van de kamer klonk gejuich toen een partij die in remise dreigde te eindigen toch werd gewonnen en de spelers elkaar de hand schudden. Jacob keek ze over zijn schouder aan en rolde daarna met zijn ogen. 'Wat zijn jullie Engelsen toch een sportieve verliezers. Het is veel gemakkelijker om beleefd te blijven bij verlies dan bij winst.' Hij keek toe terwijl ik een pion van hem sloeg, en streek over zijn baard. 'Door wie denk jíj dat Maria is vermoord?'

'Geen idee.'

'Denk na! Als het mes je op de keel werd gezegd, wie zou je dan noemen?'

Hij verplaatste zijn loper en ik had die bijna geslagen, als ik me niet net op tijd had gerealiseerd dat mijn dame dan bedreigd zou worden door zijn toren die op de linkerhelft van het bord aan kwam sluipen. Ik voelde me ongemakkelijk en kon me niet concentreren. Ik bracht mijn dame in veiligheid, waarop hij onmiddellijk zijn loper verplaatste en zo mijn enige overgebleven loper en de vakken rond mijn koning bedreigde.

'Wil je nog iets drinken?' vroeg ik.

Hij snoof. 'Geen drank meer! Je begint zelfgenoegzaam te worden, mijn vriend. Je kunt het niet hebben dat ik voor het eerst in – wat zal het zijn, weken, maanden – weer eens win. Wat is er met je?'

'Je leidt me af. Ik weet niet wie haar heeft vermoord. Misschien een van haar klanten.'

Hij kneep zijn ogen samen. 'Wíl je het niet weten?'

'Jawel, maar...'

Ik kon hem niet zeggen dat Maria me verzinsels had verteld over haar naam en haar moeder. Ik was al tot de conclusie gekomen dat het geen leugens waren. Niet echt. Ze had de wereld simpelweg zo herschapen dat ze zich er, ondanks het leven dat ze leidde, staande kon houden. Daardoor hield ik haast nóg meer van haar. Jacob zou dat niet begrijpen, het zou zijn vooroordelen die hij over haar en over ons tweeën had alleen maar bevestigen. Maar ik wist dat hij me niet met rust zou laten tot ik iets zei. Dat was een onaangenaam trekje van hem.

'Meneer Bentinck, misschien? Die leek me allesbehalve betrouwbaar.'

Jacob stak zijn sigaar opnieuw aan en wees er door een walm van rook mee naar mij. 'James Bentinck. Weet je iets van hem?' Ik schudde mijn hoofd. Ineens besefte ik dat ik mijn andere paard in gevaar had gebracht. Brommend sloeg hij het. 'Het gerucht gaat dat hij vroeger een achtenswaardige baan had en getrouwd was. Niet lang na de dood van zijn vrouw begon hij zijn eerste tent. Dat was in de jaren zestig. Niet het bordeel dat jij kent, een veel kleiner, meer naar het oosten, in Stepney. Arme wijk. Te veel Joden.' Hij grinnikte om zijn eigen grap; zijn baard zwiepte heen en weer. 'Daarvóór was hij ambtenaar of zo. Maar op een gegeven moment erfde hij wat geld en ontmoette hij die vrouw, hoe heet ze ook alweer? Die knappe?'

'Nancy Gainsford?'

'Ja, die. Die vergeet je niet snel, hè? Zij had de expertise. Andere hoerenkasten die al veel langer bestonden, vonden het maar niks dat een nieuweling hun klanten wegkaapte. Het is een harde wereld, maar hij leerde snel. Een natuurtalent. Soms kwam het tot een confrontatie en vielen er gewonden. Brandstichting, mensen die in elkaar werden geslagen, werden neergestoken. Ze hebben er zelfs ooit eentje verdronken. Slechte tijden waren dat. Slecht voor zaken. Bentinck besloot daarom onderhandelingen aan te gaan; er kwam een bestand, maar na een paar jaar ontdekten de anderen dat ze allemaal voor hém werkten. En als ze niet voor hem werkten waren ze er niet meer. Nu heb je een beeld van het soort man dat hij is.'

'Mevrouw Moreau leek inderdaad op haar hoede voor hem.'

'Verstandige vrouw.'

'Waar zou ze Maria van kennen?'

Hij haalde zijn schouders op en morste as op zijn mouw. 'Dat lijkt me nogal voor de hand te liggen. Het zal wel met haar beroep te maken hebben. Maar wat kan het jou schelen? Of je moet denken dat het van jou was, maar dan moet je jezelf nog meer in de maling nemen dan ik dacht. Jij bent aan zet.'

'Als ze zwanger was, dan moet er een vader zijn.'

'Het is niet waar. Je begríjpt het!'

'Dank je, Jacob, je weet niet half hoezeer ik je sarcasme waardeer.' Ik zette mijn loper op het enige vakje waar hij nog heen kon. 'Wat ik bedoel, is dat ze daarom zou kunnen zijn vermoord.'

'Jij hield van haar, mijn vriend, jij denkt dat ze zuiver was, maar ze was en bleef een hoer. Je hoeft niet zo te kijken, het is gewoon zo. Waarom zou een man zich er druk over maken dat ze zwanger was?'

'Dat weet ik niet. Maar iemand moet een reden hebben gehad om haar te vermoorden.'

Ik sloeg een pion van hem en hij een van mij. 'Oog om oog,' zei hij. 'En pion om pion. Je hebt haast geen stukken meer.'

'Ik had niet moeten komen. Ik kan me niet concentreren. Er is zo veel dat ik niet begrijp.'

'Ach!' Hij wees naar me met mijn pion. 'Die meisjes, allemaal even schattig, allemaal even meegaand, ze vertellen je dat je knap bent, een echte heer. En omdat je niet beter weet, wil je hun redder in de nood zijn. Maar het is allemaal nep. Ze hebben een heel ander leven dan jij; je weet helemaal niets van ze. En je mag hopen dat dat zo blijft.'

'Dat kan ik niet.'

'Dan heb je niets aan mijn advies en gaan we nu weer schaken, zeker nu ik aan de winnende hand ben. Bovendien doe je toch altijd wat je zelf wilt.'

De volgende middag was ik om halfzes in het ziekenhuis om mijn overall op te halen en me wegwijs te laten maken door Perch, die me ook de nieuwe indeling van het magazijn uitlegde: kantoorbenodigdheden achterin, medische hulpmiddelen voorin en de rest was als voorheen.

Mijn eerste taak was om de post op te halen. Daarvoor moest ik de kantoren aflopen met een mand, waarin ik de uitgaande post moest doen die klaarlag in mandjes en vervolgens moest ik mijn vracht naar de postkamer sjouwen. Omdat de mand al vol was nog voor ik halverwege mijn ronde was, ging ik naar de postkamer beneden.

Aan de wand hing een stadsplattegrond waarvan de randen los waren geraakt. Ik legde mijn vinger op de plek waar het ziekenhuis stond, bij de bocht in de rivier die door Londen kronkelt. Ik volgde de rivier naar het oosten, door Barking, Dagenham en Basildon, plaatsen waar ik nooit was geweest, en vervolgens langs Canvey Island, dat eigenlijk helemaal geen eiland is, helemaal naar Southend-on-Sea, een stadje aan de riviermond, waar de Theems het vuil van Londen uitbraakt in het Kanaal.

Ik had in de zak van Jack Flowers een ansichtkaart van Southend-on-Sea aangetroffen. Volgens Audrey had hij voor Bentinck gewerkt. Zou Maria hem hebben gekend?

De rest van mijn dienst had ik het zo druk dat ik zuster Coften niet eens hoorde toen ze me riep.

'Je wordt geroepen. Ben je soms doof?' vroeg de oude bok die ik in een rolstoel voortduwde. Moest hij nodig zeggen terwijl ik daarnet nog zijn stront van de grond had geveegd.

Ze zag er moe uit – de zusters draaiden wisseldiensten – maar was blij me te zien. 'Meneer Stanhope,' zei ze. 'Fijn dat u er weer beter bent.' Ze keek naar mijn overall met de onuitgesproken boodschap: *ook al hebben ze u gedegradeerd.*

'Het spijt me dat ik zo onbeschoft tegen u ben geweest. Ik weet dat u me alleen maar wilde helpen.'

'Ach, volgens mij was u uzelf niet.'

Toen ze weg was, draaide de oude man zich om. Hij keek me nieuwsgierig aan.

'Tegenwoordig ben ik mezelf wel,' zei ik ter verklaring. 'Maar voorheen deed ik alsof ik iemand anders was.'

Hij lachte zo hard dat hij bloed ophoestte in zijn hand.

Tegen het einde van mijn dienst kon ik haast niet meer op mijn benen staan van vermoeidheid en telde ik op elke klok die ik tegenkwam de minuten af. Mijn spieren en botten snakten naar rust. Ik ben geen man die zonder slaap kan.

Mijn laatste taak was weer een postronde; deze keer moest ik de brieven en pakjes die die ochtend waren binnengekomen, van de postkamer naar de afdelingen en kantoren brengen. Het was even interessant als het klinkt.

Mijn ronde bracht me langs de kinderafdeling, waarvan de laatste zaal vol stond met rijen ledikantjes, alsof de baby's in een etalage waren uitgestald. Je hoorde ze voor je ze zag, ze krijsten tegen de schouders van de zusters, die rustig bleven en een engelengeduld aan de dag legden.

Het dichtstbijzijnde zustertje lachte me toe. Om de baby te sussen streelde ze hem zachtjes zingend over de rug en wiegde hem, haast alsof ze danste.

Ik moest aan die merkwaardige vroedvrouw denken die ik had ontmoet. Waarvan had ze Maria gekend? Had het werkelijk alleen maar te maken met de voor de hand liggende reden? Het was al die tijd nooit bij me opgekomen dat Maria zwanger zou kunnen worden, maar Jacob had gelijk, dat risico was inherent aan haar vak. Ze moet hebben gedacht dat ze er alleen voor stond, maar dat was niet zo. Ik zou het kind samen met haar hebben grootgebracht. Ik zou alles gedaan hebben wat ze wilde.

Eenmaal thuis viel ik met kleren en al als een blok in slaap. Nog geen uur later werd ik badend in het zweet wakker uit een nachtmerrie; mijn angst hing nog in de kamer, ook al kon ik me niet herinneren waarvoor ik bang was geweest.

Het was twee weken geleden dat ik haar voor het laatst levend had gezien.

Ik was vastbesloten niet onbezonnen te handelen. Iets van Ripleys bedaagde houding moet zijn afgestraald op mij. Ik kleedde me aan, kamde mijn haar en wachtte tot mijn verstand me zei dat ik niet zo dwaas moest zijn. Toen dat echter niet gebeurde, stopte ik de reservesleutel van Alfie in mijn zak, zette mijn hoed op en ging op pad.

Ik verwachtte niet dat de politie de moordenaar van Maria ooit zou vinden. Audrey had gelijk: het interesseerde Ripley niet, niet echt. Meisjes als Maria riepen het over zichzelf af, zou hij denken. Hij had mij gearresteerd omdat ik de meest voor de hand liggende verdachte was, en had me vervolgens moeten laten gaan omdat een van zijn superieuren hem dat had opgedragen. Wie en waarom wist ik nog steeds niet. Waarom zou iemand geïnteresseerd zijn in mij?

Dat was eigenlijk de belangrijkste reden waarom ik op onderzoek uit wilde. Ik kon geen wijs uit wat er was gebeurd: Maria's dood, mijn arrestatie en onverwachte vrijlating, de raadselachtige vroedvrouw. Maar als ik Ripley over haar zou vertellen, zou hij meteen denken dat Maria zwanger was geweest, dat ze daarom was vermoord – door een jaloerse echtgenote of een boze klant. Wie het ook had gedaan, het zou hem een rotzorg zijn.

Op de Embankment volgde ik de mensenmenigte naar het Metropolitan Railway Station, een laag gebouw met boogramen, neppilaren en een merkwaardig getrapt dak. Het was klein en toch had het iets groots, als de portierswoning van een klein landgoed. Ik kocht een kaartje en liep de steile trap af. De wanden hingen vol met advertenties voor van alles en nog wat: shampoo, chocolade, Three Castles-sigaretten en Steedman's talkpoeder. Het zag er blauw van de rook, de walm kringelde in de lichtstralen die door de koepels naar binnen vielen omhoog.

Het was er druk en het werd er alleen maar nog drukker. Zigzaggend baande ik me een weg naar het einde van het perron en ging bij het bord DERDE KLAS staan.

Slechts een paar minuten later kwam de trein in een explosie van licht en lawaai uit de tunnel gestormd, voortgestuwd door een wolkende stoomwalm. Toen hij tot stilstand kwam, vlogen de deuren open en spoog hij tientallen passagiers uit.

Vanbuiten leek de trein gigantisch, maar door het gewelfde dak dat de trein in staat stelde als een oorwurm door de tunnels te glippen was hij vanbinnen nauwelijks hoog genoeg om er te kunnen staan. Ik had een paar keer eerder de metro genomen, toen ik net mijn baan in het ziekenhuis had en in Camden Town woonde, maar voelde me nog steeds niet helemaal op mijn gemak. Dat gold niet voor de kerel tegenover me die diep in slaap was en op de cadans van het treintoestel zat te knikkebollen.

Toen we snelheid maakten deed ik het raampje open om de wind in mijn gezicht te voelen; mijn ogen begonnen ervan te prikken. Het was precies zoals ik me voorstelde dat het zou zijn als je van een grote hoogte viel.

Met knarsende remmen minderde de trein een minuut later alweer vaart. Een perronwachter in uniform riep: 'Westminster Bridge.'

Een uur later en meer dan tien haltes verder kwamen we aan bij de halte Moorgate Street, waar ik uitstapte en met knipperende ogen tegen het zonlicht de straat op liep.

Gewapend met de stadsplattegrond die Alfie me had geleend ging ik op pad, nagekeken door twee oude mannen die op de stoep een lange pijp stonden te roken. De meeste panden waar ik langskwam waren vervallen en zelfs de huizen die er minder sjofel uitzagen, helden zo ver voorover dat ze elkaar boven de steegjes haast raakten.

Cripplegate deed zijn naam eer aan.

Achter de dunne gordijnen lagen mensen te slapen, wel acht of tien op een kamer, tegen elkaar aangekropen als muizenjongen. De steegjes waren smerig en troosteloos, maar ik zag schimmen bewegen in het donker. Ik kwam een oude, in het zwart geklede vrouw tegen die met een zak op haar rug, waarin ze waarschijnlijk heel haar hebben en houden meetorste, knikkend als een gewonde kraai voortschuifelde. Een klein meisje rende voor me weg en schoot barrevoets de poort van een huurkazerne in, een naargeestig pand met donkere, ondoordringbare ramen als oogkassen die in een ver verleden waren leeggehaald.

Finsbury Street, onverlicht, armoedig, en doorsneden door diepe goten vol smerig water en uitwerpselen, liep tegen een helling op. Aan het einde was nog net een pub te zien waarvoor een stel jonge kerels stond te drinken. Mannen kijken meestal niet lang naar andere mannen, maar deze deden dat wel, zich niet bekommerend om de confrontatie waar dit toe kon leiden – misschien hoopten ze er zelfs wel op. Ik was bang, maar ook lichtelijk opgewonden. Wat is er mannelijker dan een andere man van top tot teen op te nemen en hem in de ogen te kijken in de wetenschap dat hij of jij het onderspit zal delven?

Haar huis was niet moeilijk te vinden. Naast de deur van het tweede huis rechts hing een koperen bordje waarop stond: MADAME MOREAU, VROEDVROUW.

Met een schort voor en opgerolde mouwen deed ze open. 'Waar komt u voor?'

'U hebt me gezegd langs te komen. Mijn naam is Leo Stanhope. We hebben elkaar op de begraafplaats ontmoet.'

Ze knipperde drie keer met haar ogen, deed de deur verder open en keek links en rechts de straat uit. 'O. Kom maar binnen dan.'

9

Ik liep achter haar aan de voorkamer in maar deinsde onmiddellijk achteruit. Aan een wand hing een rek met instrumenten die eruitzagen als gereedschap: verschillende soorten tangen, een soort opscheplepel met een scherpe rand en een hele rij haaknaalden. In het midden stond een grote tafel, wel bijna twee meter lang en minstens negentig centimeter breed, met in de rand een gootje als in een slagersblok. In het midden zag ik een zwarte bloedvlek die zich naar de zijkanten had verspreid en aan iedere hoek hing een band die tot aan de met stro bedekte vloer reikte.

Madame Moreau gebaarde me de achterkamer binnen te gaan. Het was nauwelijks voor te stellen dat de twee vertrekken zich in een en het hetzelfde huis bevonden. Er stonden een eettafel en vier beklede stoelen en tegen een wand was een piano met daarboven een kooi waarin een vinkje rondfladderde dat me met een scheefgehouden kopje aankeek. Aan de wand ertegenover hing Christus aan een kruis te bloeden; uit zijn handen en voeten stroomde gecraqueleerde rode verf.

Ze ging aan de tafel zitten. ‘Het kost drie shilling. Vooruit te betalen.’

‘Pardon?’

‘Drie shilling. Meer als je al een paar maanden verder bent, maar zo te zien ben je dat nog niet. En met de garantie: niet goed, geld terug.’

‘Geld terug waarvoor?’

Ze sloeg haar armen over elkaar. ‘Ben je zwanger of niet?’

‘Nee! Ik ben een…’ maar mijn stem stierf weg. Na die vraag was het belachelijk om vol te houden dat ik een man was. En ze wist hoe ik heette. Ik keek achterom naar de deur.

Ze lachte flauwtjes en gaf me een klapje op mijn hand. 'Wees gerust. Mij maakt 't niet uit wat je bent. Ik ken ze van allerlei slag: vrouwen die zich in pak met das kleden, heren die jurken dragen en hun haar laten groeien en welgestelde dames die hartsvriendinnen zijn, dag en nacht met elkaar doorbrengen en verliefder zijn op elkaar dan op hun echtgenoot. Ik heb er oog voor. En oor. Weet je zeker dat je niet zwanger bent? Eén slippertje en 't is gebeurd.'

'Nee,' antwoordde ik. Ik had me vergist, besefte ik. Hier kwamen vrouwen niet om te bevallen, maar voor iets heel anders. Hier kwam je alleen als het moest, als je wanhopig was. Soms werden de vrouwen na zo'n ingreep naar het ziekenhuis gebracht en dan fluisterden de zusters met grote ogen van verontwaardiging over zo veel zondigheid: abortus! De vernietiging van een leven dat nog niet eens was begonnen.

Madame Moreau haalde een flesje met een kleurig etiket uit haar schortzak. 'Als je 't niet met een haak wil laten doen, kan 't ook met Weduwe Welch, maar da's niet altijd afdoende. En dan krijg je je geld niet terug.'

'Ik ben niet zwanger.'

'Heb je dan de sief?'

'Nee!'

Ze trok haar wenkbrauwen op en knipperde een paar keer met haar ogen. 'Waarom ben je dan in godsnaam hier?'

'U hebt me uw kaartje gegeven op de begrafenis van Maria Milanes, weet u nog wel? Van Maria *Mills*, moet ik eigenlijk zeggen. Ik wil u alleen even spreken.'

'O, nou ja. Ik dacht... ik dacht dat je problemen had. En zoiets bespreek je niet in 't openbaar.' Ze stond op en tikte tegen de kooi, waarop het vogeltje begon te fladderen van opwinding. Ze stak een nootje tussen de tralies en maakte kusgeluidjes terwijl de vink met zijn snaveltje in het nootje pikte.

'Androgyn,' zei ze. 'Da's de benaming voor mensen van jouw slag. Je bent androgyn. Iemand die denkt dat-ie anders is dan-ie is.'

Het had me niet mogen raken, maar ik vond het irritant dat iemand met een beroep als het hare zo neerbuigend en kleinerend tegen me deed. 'Niet dat het u ook maar iets aangaat, maar ik dénk niet dat ik een man ben. Ik bén een man.'

'O ja?' Ze leek totaal niet onder de indruk van mijn felle toon. 'Toevallig is vanochtend een man bij me langs geweest. Dat gebeurt niet vaak, vandaar dat ik 't vertel. Hij zat op dezelfde plek als waar jij nu zit, dronk m'n thee en liet vuile voeten op m'n vloer achter. Hij had een meisje bij zich – ze waren niet getrouwd of zo – en hij kwam meteen met geld over de brug, zonder ook maar een kwart penny af te pingelen, zoals anderen soms proberen.'

Ze zweeg even, alsof ze verwachtte dat ik zou zeggen dat hij in elk geval fatsoen in zijn donder had, maar wat is er fatsoenlijk aan? Betalen voor zoiets is niet fatsoenlijk, het is walgelijk.

Toen ik niet reageerde vervolgde ze: 'Terwijl ik bezig was kletste ik met 'r, je weet wel, om 'r af te leiden. Ze zei dat hij geprobeerd had eronderuit te komen, maar dat haar twee broers toen bij hem langs waren gegaan. Een van die broers heeft nogal een reputatie. Maar goed, daarna smeekte haar vent in elk geval om 'r te mogen meenemen naar mij, zei ze. En hij zou betalen. Ik heb 'r nog gevraagd wat ze in 'm zag, want 't was 'n mooie meid, maar hem kun je met geen mogelijkheid knap noemen en hij gedroeg zich als een ongelikte beer. Weet je wat ze zei?'

'Hoe moet ik dat nu weten?' Ik werd ongeduldig. Waarom deed ze er zo lang over om te vertellen wat ze te vertellen had?

'Ik zal het je vertellen.' Ze verstrengelde haar vingers, wat me bizar genoeg aan mijn vader deed denken, die nog eerder zijn polsen zou doorsnijden dan dat hij hier naar deze vrouw zou luisteren. 'Ze zei: "Als ik hem niet krijgen kan, heb ik niemand." Dat is wat ze zei. Ze had liever een onnozele nietsnut dan dat ze alleen was.'

'Je kunt niet alle mannen over één kam scheren.'

'Niet alle mannen, nee. Sommigen zijn nog erger. Zover ik weet heeft-ie 'r niet mishandeld of verkracht, maar ze heeft natuurlijk die broers, misschien heeft-ie zich daarom ingehouden – niet omdat-ie 't wilde, maar omdat-ie bang voor ze was.'

Ik kruiste mijn armen. 'Het is me duidelijk. U moet niets van mannen hebben.'

'Daar gaat 't niet om. Het gaat om wat ik zíé. En ik zie niet in waarom een vrouw zou willen doen alsof ze een man is. Of wou je soms premier worden? Of priester? Of voor de pub schunnige opmerkingen maken tegen elke vrouw die voorbijkomt? Is dat 't? Je kunt je wel gedragen als een man, maar je zult nooit een piswedstrijd winnen of een fatsoenlijke baard kunnen laten groeien. Je menstrueert nog steeds. Mannen vechten en zuipen en spuiten hun zaad in iedere vrouw, of ze nu vrijwillig d'r benen spreidt of niet. Waarom zou je zo willen zijn? Om aan werk te komen?'

Mijn baan bij het ziekenhuis had niets te maken met mijn man-zijn, ook al was het waar dat geen enkele vrouw dat werk ooit aangeboden zou krijgen. Ik was een man omdat er een mannenhart in mij klopte. Niets meer, niets minder. Soms hoopte ik dat ik op een avond in slaap zou vallen en de volgende dag wakker zou worden zoals ik had moeten zijn. En als dat wonder geschiedde, zou er niets veranderen en zou alles toch anders zijn. Ik zou in hetzelfde huis wonen, hetzelfde leven leiden, dezelfde gevoelens voor Maria koesteren, maar ik zou compleet zijn. Een man uit één stuk.

Maar anderen zouden dat nooit begrijpen.

'Ik ben gekomen omdat ik u een vraag wilde stellen, dat is alles. Ik wil meer te weten komen over Maria. Ze is namelijk niet over alles even eerlijk geweest.'

Madame Moreau haalde haar schouders op. 'Nou ja, dat was haar keuze. En 't gaat jou niet aan. Je moet gaan. Ik behandel alleen vrouwen.'

Gefrustreerd stond ik op. De vink tjilpte. Zijn vedertooi was helgeel met zwart op zijn vleugels en kopje, maar zijn ogen waren verschillend. Het ene was glanzend zwart, het andere melkachtig. Halfblind. Ik moest denken aan de keer dat ik op een nevelige dag door een verrekijker tuurde en mijn vader opgewonden fluisterde: 'Kijk, Lottie. Een sijs. Een sijs in onze tuin!' Maar voor ik hem goed had kunnen zien, was hij al weggevlogen.

'Is Maria hier gekomen in verband met... in verband met uw beroep?'

Ze trok haar behaarde bovenlip tot een strakke lijn. 'Heb je niet gehoord wat ik zei? Ga naar huis.'

‘Alstublieft. Ik moet het weten. Het maakt nu toch niets meer uit? Was ze zwanger? En zo ja, kunt u me dan vertellen wie de vader was? Zegt de naam Jack Flowers u iets?’

‘Nee, en doe niet zo idioot. Ze was een hoer, ze kon ’t zelf niet eens weten. Elizabeth Brafton mag dan wel denken dat ze een chic etablissement bestiert, maar ’t is en blijft een hoerenkast. En dat brengt risico’s met zich mee, ook al staat ze daar liever niet bij stil.’

‘U bedoelt het risico op zwangerschap?’

‘Ik bedoel abórtus. Ik pleeg abortussen en daar schaam ik me niet voor. En ik verkoop middeltjes tegen allerlei aandoeningen, ook tegen de sief, die jij blijkbaar niet hebt. Niemand wil iets met me te maken hebben behalve als ze me nodig hebben.’

‘Ik begrijp het.’

‘Nee, je begrijpt ’t niet,’ zei ze, weer met een flauw lachje. ‘Misschien ben je toch een man.’

‘Ik werk in het ziekenhuis. Soms zie ik daar bloedende vrouwen binnen komen. Sommige gaan dood.’

‘Niet als ze bij mij langs zijn geweest. Dat gebeurt als vrouwen te trots of te bang zijn om naar me toe te komen om ’t fatsoenlijk te laten doen. Te bang dat ’t ontdekt zal worden. Maar we zijn allemaal zondaren, niet waar, menéér Androgyn?’

‘Stanhope.’

‘Als jij ’t zegt.’

Toen ze me voorging naar de deur zag ik een foto aan de muur hangen. Het was een groepsportret van mannen en vrouwen in uniform. De vrouw vooraan, met een scherpe blik en een puntige hoed, was ongetwijfeld madame Moreau, minstens een jaar of vijftien geleden. Ze hadden natuurlijk moeten poseren, keken met een rechte rug strak voor zich uit – soldaten, artsen en zusters, opeengepakt voor het moment, en toch oogden ze heerlijk levendig. Ze leken elk moment te kunnen schateren van het lachen, wat de foto zou hebben verpest. Het kostte ze allemaal de grootste moeite zich in te houden. Ik vroeg me af waar de foto genomen was en wie die mensen waren. Het leven van anderen, dacht ik. Ergens ver van hier, een oorlog in een ver land.

‘Dag, madame Moreau.’

Ik was nog niet bij de hoek van de straat of vier mannen kwamen uit een steegje en gingen pal voor me staan.

'Je portefeuille.'

De leider was een haantje van nog geen twintig jaar. In het halfduister leek hij helemaal grijs: gezicht, haar, jasje. De anderen waren ongeveer even oud als hij, maar ongeduriger, brachten hun gewicht van de ene voet op de andere. Toen ze me omsingelden deinsde ik achteruit. Welke kant ik ook op draaide, telkens stond er een achter me.

Mijn huid begon te tintelen. Ineens vond ik het idee om te vechten helemaal niet meer opwindend. Ik beefde zo erg dat ik er niet mee kon ophouden. Zo werden mensen vermoord, voor een paar penny's of een kledingstuk. Ik zou korter leven als man dan als vrouw. Mijn lichaam zou naakt op de snijtafel van meneer Hurst eindigen: *Vrouw, rond de vijfentwintig, meerdere verwondingen, gestorven aan bloedverlies, daders onbekend*. Hij zou me niet eens herkennen.

'Toe dan, Micky, geef 'm ervan langs,' zei een van hen terwijl hij een vuistslag nadeed met het geweld dat de ander moest plegen. 'Moet je 'm zien! Wat een slappeling. Geef 'm ervanlangs, Micky.'

Micky hoefde niet te worden aangespoord. Met zijn linkerhand trok hij me naar zich toe en gaf me met zijn rechter een dreun tegen mijn mond, een korte stoot, haast een tik. Terwijl de pijn opkwam, wankelde ik achteruit. Ik proefde bloed. Voor ik kon reageren stompte hij me in de maag en sloeg ik dubbel. Happend naar adem lukte het me mijn ogen wijd open te sperren, maar het enige wat ik zag waren zijn schoenen, die te klein voor hem waren; hij had de neus eraf gesneden; zijn tenen staken over de rand van de zool. Hij zal me in elk geval niet schoppen, dacht ik nog, precies op het moment dat hij zijn knie naar mijn wang bracht en ik iets hoorde kraken. Ik voelde iets hards in mijn mond en spoog het uit in mijn hand. Toen ik die opendeed zag ik een tand, nat van het bloed en speeksel.

Hij trok me overeind, greep me bij mijn overhemd vast en stak zijn hand in de zak van mijn colbertje om mijn portefeuille te pakken. Ik hoorde een naad van mijn overhemd scheuren. Instinctief sloeg ik mijn armen om me heen en probeerde weg te draaien.

Er klonken voetstappen op het plaveisel – iemand die wilde meegenieten van de pret.

'Wat krijgen we nou?' Madame Moreau stond midden op straat en wees met een pook naar Micky. 'Hoe haal je 't in je hoofd om mijn klanten lastig te vallen?'

Ze hief de pook, maar Micky stak snel zijn handen omhoog en zei haast jankend: 'Wist niet dat-ie een klant van u was, madame. Meestal zijn dat vrouwen.'

'Maakt niet uit wie 't is. Mijn gasten val je niet lastig. Begrepen? Begrépen?'

'Ja. Spijt me, madame.'

'Ik heb je nog uit de kut van je moeder getrokken. Was je dat soms vergeten? En nu naar huis.' Zijn vrienden gniffelden, maar ze was nog niet uitgepraat. 'En neem dat tuig mee.'

Ze knikten dommig en renden de heuvel af, ook al hielden ze genoeg in om zichzelf voor te kunnen houden dat ze niet wegvluchtten.

'Dank u,' zei ik met een dikke stem doordat mijn lip begon op te zetten. Gered door een vrouw. Ik was de zwakste man ter wereld.

Ze wees naar mijn overhemd, dat ik bij de scheur dichthield.

'Doe je colbert dicht, idioot. En maak dat je wegkomt.'

'Doe ik.'

Ze haalde diep adem. 'Er was één man over wie Maria 't een paar keer had. Een militair, zei ze. Een officier. Ze gingen altijd wandelen in 't park. Hoe die heet, weet ik niet.'

'Een militair?' Ik kon me niet herinneren dat er veel soldaten naar het bordeel kwamen. Het zat niet in de buurt van de kazerne. 'Weet u dat zeker?'

Zonder antwoord te geven of achterom te kijken beende ze terug naar haar huis.

'Wat is er met je gezicht gebeurd?' Walgend keek Greatorex me aan. Ik wist dat ik er niet uitzag, vond mezelf stom en een angsthaas. De benaming 'slappeling' zat er niet ver naast. De hele terugweg had ik gebeefd en toen een bedelaar ineens opstond van een bankje was ik me rot geschrokken.

'Het stelt niks voor.'

'Heb je gevochten?'

Niet echt. 'Gaat u nooit naar huis?'

Vlak nadat ik in het ziekenhuis was komen werken, was zijn vrouw overleden, maar hij had niet één dag verzuimd. Was er eigenlijk wel iemand die voor hem zorgde?

'Ik moet een oogje in het zeil houden.'

Ik lachte met een scheve mond. 'Ik heb geen toezicht nodig.'

'O, nee? Terwijl je zo komt opdagen? Misschien moet ik deze dienst maar met je mee draaien.'

'Ik red me wel, dank u.'

Ik begon aan mijn ronde. Het eerste wat me te doen stond was bij de kantoren langsgaan om de brieven en pakjes op te halen die daar in de bakjes lagen, maar ik had me voorgenomen ergens anders heen te gaan. Toen ik er eenmaal zeker van was dat Greatorex me niet volgde – wat me niet in het minst zou hebben verbaasd – ging ik regelrecht naar het archief.

Natuurlijk was de deur op slot. Welsh Morgan, die het archief beheerde, ging altijd klokslag zes uur naar huis, ook al stond er een hele rij mensen te wachten. Maar ik was hier twee jaar lang vrijwel dagelijks geweest en kende zijn gewoonten. Ik wist dat hij tijdens de lunch meestal te veel dronk en dat zijn assistent het 's middags in zijn eentje moest zien te rooien, en ik wist dat die assistent de straatkatten voerde die naar het achterraam kwamen. Hij beweerde dat hij dat deed om de ratten weg te houden, maar dat was geen reden om ze te aaien en ze een naam te geven. En ik wist dat Welsh Morgan en zijn assistent samen maar één sleutel hadden en dat ze die 's avonds onder de deur door schoven, waar ze alleen een heel klein stukje blauw lint onderuit lieten steken.

Binnen tien tellen was ik binnen en deed ik de deur achter me dicht.

De kasten stonden tegen de muren; de patiëntendossiers stonden in alfabetische volgorde in een kast tegen de achterwand. Bij de 'F' zocht ik naar Flowers. Er was een hele bloementuin aan Flowers en ik moest met elk dossier naar het raam lopen om te kunnen lezen wat er stond. De dossiers die meneer Hurst had aangeleverd – die ik had aangeleverd – waren niet crèmekleurig maar lichtblauw, met op de linkerbovenhoek een zwart kruisje om aan te geven dat de persoon het ziekenhuis niet levend had verlaten.

Ik voelde iets zachts tegen mijn been: een kat. Het was een joekel, één bonk spieren, met een dikke goudkleurige vacht, een platte snuit en een droevige blik in zijn ogen. Ik aaide hem en voelde randen van littekenweefsel rond zijn oren en hals. Hij miauwde en ging met zijn voorpoten tegen de archiefkast staan alsof hij erop wilde klimmen. Bovenop stond een pot met kluiven; ik wierp er een op de grond; hongerig stortte de krachtpatser zich erop.

Toen ik hem vroeg 'Hebben ze je ingesloten?' hoorde ik ook een ander geluid.

Het klonk als gesnuif, zacht gesnurk achter in de keel, het geluid van een man die slaapt. Of wakker is. Onder de tafel kon ik nog net iemand ontwaren die zich in een deken had gewikkeld. Of het Welsh Morgan was, die zijn zoveelste roes aan het uitslapen was, of zijn assistent, die zo aan de katten was gehecht dat hij geen afscheid van ze kon nemen, kon ik niet zien. Wie van de twee het ook was, hij snurkte weer, bewoog even, maar werd daarna stil.

Ik wierp de kat nog een kluif toe – zolang hij at, zou hij niet miauwen. Ik pakte het volgende Flowers-dossier en godzijdank was dat het dossier dat ik zocht. Ik hield het blaadje op in het schemerlicht en probeerde mijn eigen handschrift te lezen.

Mijn god, wat was ik goed: netjes, leesbaar, kernachtig, geen woord te veel.

> Jack Flowers. 26 jaar. Overleden 19 januari 1880. Verdronken in de rivier. In beide longen – rechter 9 ons, linker 8 ons – water aangetroffen. Gezwollen. Geen tekenen van geweld. Geen andere verwondingen. Verongelukt. Geen verdachte omstandigheden.

Het laatste wat ik in het vertrek zag waren de glanzende ogen van de kat die het licht uit de gang reflecteerden – de enige wakkere getuige van mijn misdrijf.

Maar ik had gevonden wat ik zocht: het adres van de weduwe.

10

Mevrouw Flowers bleek niet thuis te zijn.

De volgende dag ging ik tegen het middaguur op pad, nadat ik drieenhalf uur lang mijn gordijnen had vervloekt omdat ze zo doorzichtig waren en vervolgens een halfuur vergeefs geprobeerd had een deken voor het raam te hangen.

Ludgate Hill was een saaie hoofdstraat die van Fleet Street naar St Paul's Cathedral voerde. Op een hoek zat een kleine winkel, niet veel meer dan een smal raam en een deur waar SLAGERIJ DOLAN EN ZN. op was geschilderd. Een vrouw deed de deur van het slot. Ze zag eruit alsof ze haar hele leven een zeestorm had doorstaan en kon net zo goed veertig als zestig zijn, zo verweerd was haar gezicht en zo uitgedund haar haar.

'Goedemorgen.'

Ze schrok op en ging met haar rug tegen de deur staan.

'Wat mot u?'

'Woont mevrouw Flowers hier.'

'Die is er niet. Wie bent u?' Ze leek argwanend en tastte naar iets in haar schortzak.

'Mijn naam is Leo Stanhope. Ik heb mevrouw Flowers in het ziekenhuis ontmoet, na de dood van haar man. Ik heb haar het politieverslag gegeven.'

'O, god, nee.' Ze sloeg haar hand voor haar mond en haar benen leken het elk moment te kunnen begeven. 'U bent van 't armenhuis. Is ze… gaat 't niet goed met 'r?'

‘Ik ben niet van het armenhuis.’ Ze stond op het punt om in tranen uit te barsten. ‘Is mevrouw Flowers soms daar?’ vroeg ik.

Eindelijk had ze gevonden wat ze zocht: een zakmes. Maar ze bedreigde me er niet mee, ze draaide het enkel om in haar hand. ‘Die ploerten hebben ’r voor de ogen van d’r bloedeigen kinders meegenomen. Doodsbang waren ze. Een mens is tegenwoordig niet eens meer veilig in z’n eigen bed. Voor ik goed naar u gekeken had dacht ik dat u een van hun was.’

‘Bedoelt u dat ze is ontvoerd? Is alles goed met haar?’

‘Nee. Ze hebben ’r ’n klap op ’r kop gegeven, de lafbekken. Ze mag blij zijn dat ze nog leeft.’

De regen kwam met bakken uit de hemel toen het huurrijtuig me in Cleveland Street, iets ten zuiden van de Euston Road, afzette voor een pand van vier verdiepingen dat tussen een allegaartje van werkplaatsen en bedrijfjes stond. In de latei boven de deur was slechts één woord gebeiteld: WERKHUIS.

Ik klopte aan en wachtte. Uiteindelijk stak een magere, ernstig ogende vrouw van een jaar of vijfendertig met naar achteren gebonden haar, haar gezicht om de deur.

‘Ja?’

‘Is dit het hospitaal van het werkhuis?’

‘Het werkhuis is dicht, alleen het armenhospitaal is er nog. Ik ben de hoofdzuster.’ Ze streek over haar katoenen schort, iets wat ze die dag zo te zien al honderd keer had gedaan.

‘Ik kom voor een patiënt van u. Mevrouw Flowers.’

‘De bezoekdag is dinsdag.’

‘Mijn naam is Stanhope. Ik ben van de politie.’ Deze leugen ging me gemakkelijk af. ‘Het is dringend, het heeft te maken met een misdrijf, een ernstig misdrijf. Ik moet haar vandaag nog spreken.’

Ze kneep haar ogen samen. ‘U moet daar ijs op doen.’

Ik was helemaal vergeten hoe ik eruitzag. ‘Het is maar een blauwe plek. Opgelopen tijdens de uitoefening van mijn beroep.’ Ik rechtte mijn schouders; heel even was ik werkelijk trots, tot ik besefte dat ik het uit mijn duim had gezogen.

'Kom maar binnen dan.'

Door een naargeestige hal liep ik achter haar aan naar een zaal halfvol met jongens in bedden die zo dicht tegen elkaar aan waren geschoven dat de meesten er niet uit konden zonder over hun buurman te moeten klauteren. Sommige lagen op hun deken, andere eronder, dommelend dan wel verstard. Slechts een paar waren steunend op hun ellebogen of in kleermakerszit op de grond aan het kaarten of aan het bikkelen. Toch klonk er geen gelach of geroep. Hoewel de groep groot was, maakten de jongens geen enkel lawaai. Toen we langsliepen keurden ze ons nauwelijks een blik waardig.

Daarachter was nog zo'n zaal, vol met mannen en stinkend naar braaksel. De pregnante geur bleef als een brok in mijn keel steken en ik moest slikken om niet te kokhalzen. De meesten waren oud, of zagen er oud uit. De arme donder vooraan lag te kronkelen in zijn bed, waardoor hij verstrikt raakte in zijn jas. De man ernaast lag er met open mond bij; zijn huid had de kleur van vaatwater, zijn beide mouwen waren leeg.

Hierbij vergeleken was het Westminster Hospital een paleis, maar dat was voor mensen die dat konden betalen. Dit ziekenhuis was voor alle anderen.

De hoofdzuster ging me voor naar een zusterskamer met een tafel, vier verschillende stoelen en een kast die vol lag met stapels papieren.

'Gaat u maar zitten. Ik zal haar halen.'

Vijf minuten later kwam ze terug. Ik wist niet meer precies hoe de weduwe van Jack Flowers eruitzag en door het verband om haar hoofd zou ik haar helemaal niet hebben herkend, maar toen ze me verbolgen aankeek, kwam de herinnering boven.

'U weer?' vroeg ze.

We gingen tegenover elkaar aan de tafel zitten. De hoofdzuster liet ons alleen zodat ik mevrouw Flowers onder vier ogen kon spreken; we werden alleen gestoord door het gefladder van een mot die gevangen zat in een lamp en met zijn vleugels tegen de glazen kap sloeg.

'Hoe gaat het met u?' vroeg ik.

Ze nam een slok water en veegde haar mond af. 'Knokkelkoorts.'

'Een vrouw van de slagerij vertelde dat u hier was. Ze zei dat u was aangevallen.'

'U zo te zien ook.'

Ik trachtte te lachen, maar was me ervan bewust dat de poging mislukte. 'Ik wilde u een paar vragen stellen over uw man.'

Er gleed een flikkering over haar gezicht. Niet van verdriet, leek me. Eerder van angst. 'Waarom? Waarom bent u in 'm geïnteresseerd?'

'Er is nog iemand overleden. Ik vroeg me af of er verband is tussen de twee sterfgevallen.'

'Wat voor verband?'

Ik betrapte me erop dat ik vooroverboog over de tafel. 'Ze heette Maria Milanes. Of Mills. Zegt die naam u iets?'

'Hoe kan er een verband bestaan als de dood van Jack een óngeluk was?' Ze kneep haar ogen samen. 'Dat hebt u zelf gezegd.'

'Ja, maar –'

'Is die vrouw verdronken?'

'Nee.'

'En u denkt dat Jack haar om zeep heeft geholpen?'

'Absoluut niet. Uw man was al dood toen zij stierf.'

Ze wendde haar gezicht af en keek uit het raam, naar de regen en de achtergevels van andere panden. 'Het slaat nergens op wat u zegt.'

De hoofdzuster kwam terug met een druipnatte zak van neteldoek. 'Hou deze tegen uw gezicht.' Bij het zien van mijn aarzeling tuitte ze haar lippen. 'We hebben niet veel ijs meer en ik ben het speciaal voor u gaan halen.'

Ik deed wat ze me opdroeg, hoewel het ijs ondanks de kou al bijna was gesmolten en het water langs mijn hals sijpelde, wat me rillingen bezorgde.

Tegen mevrouw Flowers zei de hoofdzuster: 'Als deze meneer ervoor zorgt dat je veilig thuiskomt, mag naar je huis, Rosie. Je kunt gerust zijn, hij is van de politie.'

'Ik red 't wel in m'n eentje,' zei mevrouw Flowers. 'Het is klaarlichte dag.'

'Toch is het beter dat er iemand met je meegaat,' hield de hoofdzuster vol. 'Je hebt een behoorlijke klap gehad.'

'Ik ga met alle plezier met u mee,' zei ik. 'U kunt me volledig vertrouwen.' Ik dacht dat ze misschien bang voor me was na die verwonding die ze onlangs had opgelopen, maar ze grinnikte slechts.

'Beloof me dat u haar helemaal naar huis brengt,' zei de hoofdzuster tegen mij.

En zo stonden we even later zij aan zij voor het armenhuis, zij met een verband om haar hoofd en ik met een ijszak tegen mijn kin. Gelukkig nam de regen af.

'U kunt wel gaan, hoor,' zei ze. 'Nergens voor nodig dat u me thuisbrengt.'

'Dat heb ik beloofd. We kunnen naar Euston Road lopen en daar een rijtuig nemen.'

'Goed idee,' zei ze, maar toen ik naar de Euston Road liep, ging zij de tegenovergestelde kant op en liep naar het zuiden. Ik moest rennen om haar in te halen.

'Ik dacht dat u een rijtuig zou nemen,' zei ze terwijl ze haar verband recht trok. Dat was verkleurd; op de plek waar haar bloed in het verband was getrokken zat een bruine vlek. Of misschien was het bloed van een ander, van de vorige die het verband om had gehad. Alleen al bij het zien van de vlek begon mijn schedel te jeuken.

'We kunnen ook gaan lopen als u dat liever wilt,' zei ik terwijl zij haar pas versnelde. 'Maar om op mijn vraag terug te komen: kende uw man iemand die Maria heet?'

'Zijn tante heet Maria. Of misschien Marion. Ze woont in Norwich en heeft zes kinderen en twee kleinkinderen. Allemaal jongens, ook dat nog.'

Ik slaakte een zucht. 'Deze Maria was jong. En ze woonde hier in de stad.'

Mevrouw Flowers keek naar me op. Ze moest trouwens naar iedereen opkijken; ze was nog geen 1 meter 50 en leek volledig opgebouwd uit kussens, behalve haar gezicht – dat was smal, bezat geen enkele zachte ronding en had een bittere trek. 'Mannen,' sneerde ze, alle wijsheid die ze in haar leven had opgedaan samenvattend in één woord.

'Pardon?'

'Was 't een mooi meisje, die Maria? Volgens mij zet u voor haar wel een tandje bij om meer over d'r te weten te komen, maar voor mijn Jack hebt u dat niet gedaan. Over hem hoefde u immers niets te weten? U hebt me alleen verteld dat-ie in de rivier is gevallen en dat was dat. Ik denk dat u kieskeurig bent in wie u wel helpt en wie niet.'

Ze volgde een zigzagroute door de zijstraten en toen we bij de Princess Louise-pub de hoek omsloegen rende ze zowat. Hoelang was ik nog opgescheept met dit recalcitrante mens?

'Mevrouw Flowers,' zei ik. 'Of, Rosie, zo heet u toch? Mag ik u Rosie noemen?' *Rosie Flowers? Lieve hemel. Alsof ze het al niet moeilijk genoeg had.*

'U noemt me mevrouw Flowers, maar nog liever noemt u me helemaal niets; zo zal ik u namelijk ook noemen.'

'Mevrouw Flowers, de vorige keer dat we elkaar spraken heb ik u te goeder trouw verteld wat de schouwarts mij had verteld en dat was dat er geen sprake was van verdachte omstandigheden. Alleen ben ik daar nu niet meer zo zeker van.'

Koppig zwijgend liep ze door en tussen twee stilstaande karren stak ze Oxford Street over. Door de regen was het verkeer vast komen te staan en de tolgaarder die uit zijn hokje was gekomen, liep met zijn hoed diep over zijn oren getrokken langs de rij om munten en verwensingen van de koetsiers in ontvangst te nemen.

Eindelijk schudde ze haar hoofd. 'Ik ken geen Maria. Maar dat wil niet zeggen dat hij er geen kende.'

Dat ene zinnetje sprak boekdelen, maar ik ging er niet op in.

'Hoe bent u verwond geraakt, mevrouw Flowers? De vrouw van de slagerij zei dat u bent aangevallen. Had dat iets te maken met Jack, denkt u?'

'Dat mens moet d'r mond houden.'

'Bent u naar de politie gegaan?'

Ze snoof.

Tegen de tijd dat we bij haar woning in Ludgate Hill aankwamen, deden mijn voeten zeer.

Ze draaide zich om naar mij. 'Hier woon ik, u hebt u aan uw belofte gehouden. Goeiedag.'

Ik keek naar de naam op de deur: SLAGERIJ DOLAN EN ZN. 'Is dit uw winkel?'

Ze knikte en zwol zo van trots dat ze bijna tot aan mijn kin reikte. Haar ogen waren appelgroen. 'Ik heette vroeger Rosie Dolan en de zoon in de naam is m'n vader. Nu zou de winkel Dolan en Dochter moeten heten, maar hij werkt nauwelijks meer en ik peins er niet over om de zaak Slagerij Flowers te dopen. Bovendien is 't geen slagerij meer.'

Op het moment dat ze de deur opendeed werd ik overspoeld door een overheerlijke geur en een golf van warmte. Het rook er naar de zondagslunch in de pastorie, naar lamsbout of roastbeef met appeltaart toe, wat herinneringen opriep aan Bridget, ons dienstmeisje, dat tussen het fornuis en de oven heen en weer rende en ons met een lepel een tik op de vingers gaf als we een lik van het deeg jatten.

Met grote ogen van bewondering liep ik achter mevrouw Flowers aan naar binnen. Ze had drie kinderen en haar eigen zaak en toch was ze niet ouder dan ik, misschien zelfs iets jonger.

De vrouw met het verweerde gezicht kwam achter de toonbank vandaan gesneld en omhelsde haar innig. 'Godzijdank! Ik maakte me zo'n zorgen.'

Het was er benauwd en de winkel werd schaars verlicht door een wandlamp en de gloed van een oven die tegen de achterwand stond. Op de toonbank prijkte een overdaad aan pasteitjes, opgetast in rekken, goudbruin en zo groot als de vuist van een bokser. Goddelijk.

Mevrouw Flowers liep om de toonbank heen en ging naar achteren. Ik hoorde kinderen kreten van blijdschap slaken. Hun moeder was weer thuis.

De verweerd ogende vrouw blies haar wangen leeg en lachte naar me. 'Dank u dat u 'r terug heb gebracht, meneer. We waren me toch ongerust, m'n Bert en ik.'

'Waar hebben ze haar naartoe gebracht?' vroeg ik, de heilige onschuld spelend.

'Ze hebben 'r vastgehouwen op 'n schip bij Puddle Dock, de klerelijers. Excuseer m'n taalgebruik, maar dat waren 't. Alsof ze 't niet al zwaar genoeg te verduren heb.'

De naam Puddle Dock kon ik me slechts vaag herinneren. Waarschijnlijk was het een van de honderd kleine kades langs de Theems, waar vrijwel alles werd geladen en gelost: goederen, grondstoffen, vee, goud uit Afrika, wijn uit Frankrijk, bloemen uit Holland. Ze vormden de mond en de anus van de stad.

‘En tegenwoordig ook nog zonder man.’

Ze rolde met haar ogen en boog zich naar me toe. ‘Niet dat ze veel had aan Jack. Die stak nooit ’n vinger uit, behalve om z’n bier naar z’n mond te brengen. Maar hij kon wel aardig zijn als-ie wilde, dat mot ik ’m nageven. Hij stond dan waar u nu staat en wist de dames zo te vleien dat ze twee keer zo veel pasteitjes kochten als ze nodig hadden. Voor als het regent, zei-ie dan, maar waarom je meer pasteitjes nodig zou hebben als ’t regent is me ’n raadsel. Maar zodra de winkel dicht was, veranderde die kerel. Wat zij allemaal voor d’r kiezen kreeg, m’n hart brak ervan. Ik mag ’t eigenlijk niet zeggen en normaal zou ik ’t ook niet doen, maar dat-ie verdronken is, is niet ’t ergste wat er kon gebeuren. Laten we ’t er maar op houwen dat niemand ’m zal missen.’

Mevrouw Flowers kwam terug met haar jongste kind op haar heup, een jongetje van een jaar of twee. Hij had zijn armen om haar hals geslagen en drukte zijn gezicht, dat onder het kwijl zat, tegen haar verband.

Ik tastte in mijn zak naar een paar muntjes. Ik kende een truc: ik kon tien muntjes van één penny op de bovenkant van mijn wijsvinger laten balanceren en ze met een draaibeweging opvangen met dezelfde hand. Kinderen vonden dat geweldig. Maar ik had geen tien penny-muntjes, alleen wat ander kleingeld, en dat liet ik hem zien. Terwijl ik de muntjes uit de lucht graaide zette hij grote ogen op en toen ik mijn hand opendeed en hij ze daar allemaal in zag zitten, lachte hij alsof dit het mooiste was wat hij ooit had gezien.

‘Heel leuk,’ zei mevrouw Flowers droogjes. ‘Maar als u niets koopt, kunt u maar beter gaan. We hebben veel te doen.’

Ze deed een schort voor en begon de pasteitjes op de rekken te herschikken alsof het van het grootste belang was dat ze keurig op een rij lagen, terwijl ze ondertussen het kind vasthield, een behendigheid die aan hekserij grensde.

‘Als u nog één vraag wilt beantwoorden, koop ik er drie; een voor mezelf, een voor mijn huisbaas en een voor zijn dochter. Het kan geen kwaad dat die leert hoe een pasteitje hoort te smaken.’

Ze haalde haar schouders op. ‘Vraag maar.’ Ik koos een schapen- en een nierpasteitje, plus een met zoete appel voor Constance. ‘Twee shilling en drie pence,' zei ze. Dat was pure afzetterij, hoe heerlijk ze ook waren, maar ik had het er met plezier voor over.

'Goed, wat ik u wilde vragen is dit: Bent u, of Jack, ooit in Southend-on-Sea geweest?'

'Da's alles? U wilt weten of-ie in Southend-on-Sea is geweest?' Met een scheef lachje waar haar hele gezicht van oplichtte, trok ze haar wenkbrauwen op. 'Eh, ja, Jack en ik zijn daar ooit een weekeinde geweest, voor de geboorte van m'n eerste.'

'Negen maanden ervoor,' mompelde de verweerd ogende vrouw, wat haar op een scherpe blik van mevrouw Flowers kwam te staan.

'En hij had daar altijd een ansichtkaart van bij zich?'

Ze aaide haar kind over zijn bol en hij duwde zijn gezichtje tegen haar schouder, waar een smeer snot op achterbleef. 'Da's vraag numero twee.'

'Ik heb ook meer dan één pasteitje gekocht.'

Ik was de voorwaarden van onze overeenkomst aan het oprekken, maar dat scheen haar niet te storen. 'Goed dan, als u er wijzer van meent te worden: hij keek er graag naar. Hij zei dat Southend-on-Sea de mooiste plaats was waar-ie ooit was geweest, maar als je bent opgegroeid in Smithfield Market zoals hij, is élke plek algauw bijzonder. Daarna kregen we Robbie en zijn we nooit meer weg geweest. Wat kan 't u trouwens schelen?'

'Ik wil achter de waarheid komen. Zegt het woord *hope* u iets? Dat had hij op een fles bier geschreven. Hoopte hij soms dat het hem zou lukken van de drank af te blijven?'

Ze rolde met haar ogen. 'Nee, eerder 't tegendeel en bovendien kon hij alleen z'n eigen naam lezen en schrijven. En *hope* zegt me niets, behalve dat ik 'n hoop ellende heb. En nu moet u gaan, u houdt me van m'n werk.'

Zonder te weten of zij wél kon lezen, schreef ik mijn naam en adres op een briefje. Waarschijnlijk zou het linea recta de haard in gaan. 'Voor als u nog iets te binnen schiet. En denkt u dat u nu veilig bent of bent u bang dat ze terug zullen komen?'

Ze haalde een korte, zware bijl onder de toonbank vandaan en wees ermee naar mij. 'En boven heb ik nog een knuppel. Die leg ik hier ook neer. Ik ben erop voorbereid.'

Daar twijfelde ik niet aan. Ondanks haar 1 meter 50 zag ze er vervaarlijk uit.

Op weg naar Puddle Dock at ik mijn schapenpasteitje. Het deeg was knapperig, de jus rijk en zoet en het vlees zo mals dat het uit elkaar viel. Ik kwam haast in de verleiding het appelpasteitje ook te verorberen.

De zon was tevoorschijn gekomen en ik zag mensen glimlachen en zelfs schateren toen ik langs St Paul's Cathedral kwam. Op een afstand oogde die altijd bleek en puur, maar zoals met zo veel zaken, zag hij er van dichtbij veel groezeliger uit.

Ik gaapte – ik was nog niet aan de nachtdiensten gewend. Heel erg vond ik het niet, het had iets weldadigs om naar het ziekenhuis te gaan terwijl de meeste mensen hun dag erop hadden zitten, en lekker onder de dekens te kruipen als anderen hard aan het werk waren.

Onder aan de heuvel werd de geur van de rivier sterker. De pakhuizen stonden dicht op elkaar en omdat ze lastig van elkaar te onderscheiden waren, liep ik door Upper Thames Street naar de Blackfriars Bridge tot ik hoog aan een muur en haast onzichtbaar door de vele lagen vuil het naambordje ontdekte. De weg tussen de panden, onverhard en met diepe voren van karrenwielen, liep tot aan het water door waar hij de kade vormde. Puddle was een toepasselijke benaming: een kleine ondiepe poel. Zonder boten.

De kademeester zat in zijn kantoor een krant te lezen. Hij scheen zich op zijn gemak te voelen achter zijn bureau, maar zag eruit alsof hij zijn leven lang allerlei banen in de haven had gehad. Ik had heel wat stuwadoors gezien, meestal met een verbrijzelde schedel of een opengereten zij, een zelfs helemaal geplet door een kist van twee ton. Getuigen zwoeren altijd dat het een vreselijk ongeluk was geweest, en vaak was dat ook zo, maar niemand maakte zich er druk om dat er bij het ochtendappel een man ontbrak.

Omdat ik uit ervaring wist dat niemand me iets uit zichzelf zou vertellen besloot ik mijn toevlucht te nemen tot een list.

'Goedemorgen,' zei ik op barse, autoritaire toon. 'Ik ben rechercheur Ripley van de Metropolitan Police.'

De kademeester legde zijn krant neer en streek over de paar slierten haar die hem nog restten. 'U bent helemaal niet van de politie,' zei hij. 'Waar is uw uniform dan?'

'Ik ben rechercheur. En rechercheurs dragen geen uniform.' Ik deed mijn best om te klinken als een echte politieman: zowel arrogant als gelaten.

'Zo'n speurder? Daar heb ik van gehoord. Waar kom-u voor?'

Ik stak een sigaret op en probeerde vergeefs een kringetje uit te blazen. 'Een paar dagen geleden is een vrouw tegen haar wil hierheen gebracht. Er lag toen een boot aangemeerd. Weet u daar iets van?'

'Ik weet van niks.' Zijn blik flitste schichtig heen en weer. Zelfs met bloed aan zijn handen had hij er niet schuldiger uit kunnen zien.

'Als u het me nu vertelt, ben ik meteen weer weg, maar anders ben ik genoodzaakt uw administratie door te spitten om te kijken of er niet iets verdachts tussen zit. En dat wilt u vast niet.'

Hij veegde met zijn mouw zijn neus af en zakte onderuit. 'D'r is hier een lichter geweest, van een meter of tien. Hooguit vier dagen terug, 's nachts. Maar d'r is geen misdrijf gepleegd.'

'Hoe weet u dat zo zeker?'

'Ze hebben niet geladen. Niks.' Als alle dokwerkers ging hij ervan uit dat smokkel of, om precies te zijn, smokkel waar hij zijn deel niet van kreeg, de enige misdaad was.

'Van wie was dat schip?'

'Van 'n schriele vent. Soms heeft-ie een grotere kerel bij zich. Ze hebben handje contantje betaald.'

'Weet u hoe ze heten, of de naam van die boot?' Ik wist zeker dat er een register moest bestaan van alle schepen die aan de kades van de Theems aanmeerden.

Hij haalde zijn schouders op. 'Zoals ik zei: handje contantje. Maar één ding was niet normaal, dat kan ik u wel vertellen. Ze hadden doodskisten aan boord.'

'Doodskisten?'

'Merkwaardig, hè?' Bezorgd fronste hij zijn wenkbrauwen. 'Eerst dacht ik nog dat ze die meegenomen hadden van overzee, maar waarom zou iemand dat doen? Leek me niet te kloppen, doodskisten op 'n schip.'

Toen ik het kantoor van de kademeester had verlaten, kwam ik langs een man die tegen een muur stond geleund. Hij was sjofel gekleed als een matroos van een koopvaardijschip, maar had niet de spiermassa die de meeste matrozen ontwikkelen door hun leven lang met lading te sjouwen en aan schoten te trekken. Hij was broodmager, steels, en had een dunne snor en een lange neus die me aan een wezel deed denken. Zijn blik mijdend haastte ik me naar huis.

De schemering viel in en ik hoopte nog een uur te kunnen slapen voor ik naar mijn werk moest. De straten waren verlaten; bij iedere lantaarnpaal werd ik ingehaald door mijn eigen schaduw. Mijn voetstappen klonken hol en even meende ik achter me andere voetstappen te horen die gelijke tred hielden met de mijne. Waarschijnlijk was het slechts een echo. Ik trok mijn hoed dieper over mijn voorhoofd en versnelde mijn pas, maar de echo bleef klinken.

Toen ik in Little Pulteney Street aankwam, was de echo geen echo meer. Ik hoorde iemand ademen. Het licht in de apotheek was uit; ik moest via de achterdeur naar binnen en dat betekende dat ik door het steegje moest. Maar voor ik dat had bereikt draaide ik me plotseling om. Ik hoopte dat het een onschuldige vent was die me gewoon voorbij zou lopen, maar was bang dat het weer zo'n schurk was die het op mijn portefeuille had gemunt.

Geen van beide was het geval. Het was de wezelachtige man van de kade.

Hij krabde over zijn wang en keek omhoog naar het bovenste raam. 'Wist niet dat 't nog bestond. Mijn pa woonde in Bridle Lane, we kwamen hier vroeger kompressen halen als-ie last had van zijn been. Woont u hier? Huurt u hier een kamer?'

'Volgt u me?' Mijn stem klonk hoger dan mijn bedoeling was.

'Ik wist dat u geen echte rechercheur was.'

Hij scheen zich volkomen op zijn gemak te voelen en plukte aan de afbladderende verf van het etalagekozijn.

'Wat wilt u?'

'U een vriendelijke waarschuwing geven, dat is alles. Bemoei u niet met andermans zaken.'

Ik rechtte mijn schouders en dacht aan Constance, die waarschijnlijk aan het koken was, terwijl Alfie de dagomzet telde. Voor ons huis zou me niets gebeuren.

'Ik bepaal zelf wel wat ik doe.'

'Ach, dat is nu net het verkeerde antwoord. En ik ben nog wel achter u aan gekomen om u een vríéndelijke waarschuwing te geven.'

Toen hij een stap naar me toe deed ging ik opzij in een poging langs hem heen te glippen en naar het drukke Piccadilly te vluchten. Ik deed alsof ik naar links wilde maar ging naar rechts en dook onder zijn uitgestrekte arm door; ik voelde zijn vingers op mijn kraag maar hij greep me niet vast. Ik viel niet – dankzij de balletlessen die ik tegen mijn zin had gehad – maar struikelde en voelde zijn hand op mijn schouder toen hij me naar achteren trok. Ik draaide me om en verkocht hem een dreun tegen zijn mond. Dat deed allejezus zeer. Ik dacht dat mijn hand eraf zou vallen. Hij wankelde achteruit, betastte zijn lip en keek naar het bloed op zijn vingers.

'Dat was niet zo slim. Ik weet waar u woont.'

'Wie bent u?'

'Slechts een boodschapper. Bemoei u voortaan met uw eigen zaken, als u het goed voorhebt met uzelf. Bepaalde mensen, belángrijke mensen, willen niet dat u uw neus in hun zaken steekt. U bent gewaarschuwd.'

Toen hij wegliep bonkte mijn hart in mijn keel.

11

'U bent niet goed bij uw hoofd,' zei rechercheur Ripley toen ik geopperd had dat hij de kademeester zou ondervragen.

Het was de dag erna, halverwege de ochtend, en we zaten in de bedompte wachtkamer van het hoofdbureau van politie in Whitehall, omringd door mensen die aangifte wilden doen, familieleden van criminelen, dronkaards die langzaam weer nuchter werden en armelui die enkel binnen waren gekomen om te ontsnappen aan de kou. Alleen de mensen die voor een aangifte kwamen maakten zich er druk over dat het allemaal zo lang duurde en liepen zo nu en dan naar de baliemedewerker om hem, gewapend met de beschrijving van hun gestolen bezittingen, op hun aanwezigheid te attenderen en hun verontwaardiging te uiten over de groeiende criminaliteit in de stad.

Ripley stond me hier te woord om duidelijk te maken dat hij me onbelangrijk vond en dat wat ik ook te zeggen had niet de moeite waard was om me mee te nemen naar zijn vochtige kantoor. Hij droeg hetzelfde pak als altijd, dat hoognodig gestreken moest worden en zijn overhemd zat onder de restanten van zijn laatste maaltijd. De visventer naast me, die naar wulken en azijn stonk, was beter gekleed dan hij.

'Ga naar huis, meneer Stanhope. Wat is er trouwens in godsnaam met uw gezicht gebeurd? Heeft iemand uiteindelijk toch de verleiding niet kunnen weerstaan om u een dreun te verkopen?'

Ik reageerde niet op zijn vraag. 'Die boot moet er iets mee te maken hebben. Een ongure vent is me gisteren helemaal vanaf de kade gevolgd. Hij zei dat ik mijn neus niet in andermans zaken moest steken.'

'U had zijn raad moeten opvolgen.' Ripley schudde zijn hoofd. 'U zei dat de boot weg was. Dus is er geen bewijs.' Hij stond op en rekte zich met een grimas uit. 'Te lang gezeten, niet genoeg gelopen. Mijn vrouw zegt dat ik een slechte houding heb, maar volgens mij komt het van al dat zitten. Vroeger was ik altijd op de been, liep ik elke dag kilometers. Tegenwoordig vul ik alleen nog maar formulieren in. Ik had naar mijn zuster moeten luisteren en een schildersbedrijf in Doncaster moeten beginnen.'

'Doncaster? Komt u daar vandaan?'

Ik weet niet waarom ik dat vroeg; waarschijnlijk omdat ik iets meer te weten wilde komen over de man die me aanzag voor een moordenaar.

Hij fronste zijn wenkbrauwen en zoog lucht tussen zijn tanden door. 'Oorspronkelijk. Daarna heb ik in Nottingham gezeten en nu zit ik hier. Drie jaar in deze troep.'

'Is het zo erg?'

'Moord is moord. En een lijk is een lijk. Dat is overal hetzelfde. Het verschil met een kleine stad is dat we daar altijd wisten wie het had gedaan en waar ze woonden. Zelfs als ze het niet wilden bekennen, wisten we het. Maar hier gebeurt het overal en nergens. Hier tast je in het duister, weet je geen ene moer. En als je iets wilt ondernemen heb je toestemming nodig van je superieuren, van die heren die nooit van hun leven de gaten in hun schoenzolen hebben gelopen.'

'Ik begrijp het,' zei ik snel. 'Dezelfde heren die u hebben gezegd dat u me vrij moest laten.'

'Ja, helemaal goed, meneer Stanhope, u hebt het in de smiezen. Ja, díé heren. Iemand had ze verteld dat u het niet had gedaan en dus kreeg ik de opdracht u vrij te laten.'

'Waarom gaan we dan niet op zoek naar de ware moordenaar? Ga met me mee naar de kade en praat met de kademeester. Geen formulieren, maar een wandeling. Kom, dan gaan we nu meteen.'

Hij schudde zijn hoofd. 'Verleidelijk, maar we hebben al een verdachte vastzitten.'

'Wie dan?'

Hij lachte zijn afgebrokkelde tanden bloot, maar gaf geen antwoord.

‘U kunt mensen niet blijven opsluiten tot ze bekennen. U hebt bewijs nodig.’

‘We hebben genoeg om haar verdorven gedrag te bewijzen, geloof me maar.’

‘Verdorven gedrag?’ Ik had geen idee over wie hij het had. Het bordeel was natuurlijk illegaal, maar hij moest iedere dag langs tientallen van dat soort tenten komen. Een bordeel was nauwelijks verdorven te noemen. Maar toen viel het muntje. ‘Madame Moreau.’

‘*Louisa* Moreau, ja. Die mevrouw Brafton, de bordeelhoudster, heeft ons alles over haar verteld. We zijn naar haar huis geweest, Cloake en ik, en hebben het van onder tot boven doorzocht. Het lijkt verdomme wel een slachthuis.’

Ik moest aan de warme kamer in Cripplegate denken. ‘Wat hebt u gevonden?’

Ripley keek me peinzend aan. Het was aan hem te zien dat hij twijfelde of hij het me zou vertellen of dat het me niets aanging. Uiteindelijk snoof hij en strekte hij zijn rug weer. ‘Genoeg dingen waarmee ze het meisje kan hebben vermoord. Een pook, een knuppel en een deegroller zo groot als uw arm.’

‘Die vind je in elk huishouden. Bovendien, waaróm zou ze Maria hebben vermoord?’

‘Die Maria was met kind geschopt en Moreau wilde dat verhelpen, maar het ging mis. Of iets in die geest. Maar met hun beroep kunnen dat soort meiden dat toch verwachten? Ze hebben een slecht bestaan en leven kort.’

‘Heeft ze bekend?’

‘Ze zei dat ze de laatste was die de meid heeft gezien. Het merendeel van de tijd zit ze er zwijgend bij. Ze krijgt nog last van haar rug van al dat zitten, en ik kan het weten. Hoewel, binnenkort zal ze meer last hebben van haar nek, bedenk ik nu.’

Nadat hij weg was bleef ik nog even op de bank zitten en dacht na. Zou madame Moreau haar echt hebben vermoord? Ik probeerde me een voorstelling te maken van dat moment, die lange vingers die zich om een knuppel sloten, de kracht waarmee ze hem neer liet komen op Maria’s schedel. En dat gezicht, hard, doorgroefd en vertrokken van de inspanning. Was het zo gegaan? Misschien was ze ertoe in staat, maar waarom? Wat voor reden had ze om Maria te vermoorden?

Zelfs nadat ik die gedachte van me had afgeschud, bleef het beeld door mijn hoofd tollen. Ik kreeg het niet stil.

Op weg naar de uitgang kwam ik langs de deur die toegang gaf tot de cellen waar ik had vastgezeten. De somber kijkende bewaker kwam net naar buiten en ik zag de tralies van de cellen en het hoge raam. Zou madame Moreau daar ook zijn?

In een opwelling greep ik de deur vast zodat hij niet dichtviel en glipte ik naar binnen.

Misschien had ze iets met de moord op Maria te maken, misschien ook niet, maar ik wilde haar hoe dan ook spreken.

In de eerste cel zaten twee mannen, geen van beiden mijn vroegere medegevangenen; die zouden wel naar de gevangenis zijn overgebracht, nam ik aan. Deze twee keken me vanonder hun wenkbrauwen nors aan.

De vrouwencel was van die van de mannen gescheiden door een stenen muur, waarschijnlijk om hun wat privacy te bieden; hij onttrok hen in ieder elk geval aan het zicht, maar haalde niets uit tegen de stank of de ongepaste opmerkingen die de mannen naar hen schreeuwden. Madame Moreau had echter iets over zich, een soort aangeboren gestrengheid, waardoor haar zulk schunnig commentaar bespaard bleef.

Met gebogen hoofd en haar armen om haar knieën geslagen zat ze op de grond. Haar zwarte met grijs doorschoten haar, dat er zo indrukwekkend uit had gezien de laatste keer dat ik haar had gesproken, was losgeschoten uit haar bonnet en hing neer op haar schouders. Met het luttele respect dat ik nog voor haar kon opbrengen bleef ik een poos zwijgend staan in het besef dat ze in gebed was verzonken, maar omdat ik daar helemaal niet mocht zijn werd ik op een gegeven moment ongedurig, en ik schraapte mijn keel.

'Madame?'

Ze keek op; ik deinsde achteruit. Haar gezicht was gezwollen en ter hoogte van haar jukbeenderen paars en groen verkleurd, één oog zat halfdicht en haar lippen waren kapot en bloederig. Onder haar rok, die bij de zoom was gescheurd, staken witte, blote voeten uit, en in haar handen had ze een rozenkrans, waarvan ze de kralen door haar vingers liet gaan.

'Ik weet niets,' mompelde ze. 'Waarom laten jullie me niet met rust?'

'Ik ben bij u thuis langs geweest, weet u nog wel? Ik ben Leo Stanhope. Wat is er met u gebeurd?'

Toen ze geen antwoord gaf, wachtte ik en spitste ik mijn oren om geluiden buiten het cellencomplex op te vangen, een teken dat iemand binnen zou komen, maar ik hoorde alleen de zware stemmen van de mannen in de aangrenzende cel.

'Madame,' probeerde ik nog een keer. 'Ik heb geen kwaad in de zin. Ik wil u alleen een paar dingen vragen.'

'Ik heb 't niet gedaan,' zei ze nauwelijks luider dan een fluistering. 'Dat zeg ik al de hele tijd. Ik weet niet wie 't heeft gedaan, maar ik was 't in elk geval niet. Waarom geloven jullie me niet?'

'Ik werk niet samen met de politie. Hebben zij u dit aangedaan?'

Ze raakte haar wang aan met haar vinger en keek om zich heen alsof ze een spiegel zocht. De laatste keer dat ik haar had gezien, was ze groots geweest, de koningin van haar domein, die met geheven pook de straatrovers had weggejaagd. Maar hier, in deze cel, was ze uitermate broos en klein.

'Ik leg geen bekentenis af. Ik heb nooit iemand een haar gekrenkt.' Ze stak haar rozenkrans omhoog. 'En ik verhang mezelf ook niet, ook al denken ze dat misschien. Het is maar een katoenen koordje. Vertel ze dat maar.'

'Ik mag hier eigenlijk niet zijn. De politie weet het niet. We zijn met z'n tweeën, dit blijft onder ons.'

'Ga alsjeblieft weg.'

Ze begon weer te bidden, ook al betwijfelde ik of God luisterde. Ik besefte dat het onbezonnen van me was om met een vrouw te praten die wist wat ik was en reden genoeg had om te zorgen dat de politie haar aandacht naar een ander verlegde. Ze kon me zo verraden. Maar om een of andere reden geloofde ik niet dat ze dat zou doen.

'Madame,' zei ik. 'Als ik de waarheid kan achterhalen, komt u misschien vrij. Ervan uitgaande dat u onschuldig bent, natuurlijk.'

'Maar ik ben niet onschuldig.' Ze speelde met haar rozenkrans, trok eraan om te kijken hoe sterk hij was. 'Ze weten wat ik doe. Ze zeggen dat ik er een heleboel heb vermoord. Al die ongeboren kinderen die opgegroeid zouden zijn en op hun beurt ook kinderen hadden gekregen en ga zo maar door – duizenden en duizenden die door mijn toedoen nooit zullen leven. Ze zeggen dat dit m'n verdiende loon is, of ik Maria nu heb omgebracht of niet.'

'Vindt u dat zelf ook?'

'Soms. Maar bij wie kunnen ze anders terecht? Meisjes van twaalf die door hun vader 't huis uit zouden zijn gezet, ook al heeft-ie 't hun zelf aangedaan. Ongetrouwde vrouwen en rijke dames die nooit door hun man zijn aangeraakt en meisjes als Maria, die hun broodwinning kwijt zouden raken en misschien nog wel meer. Wegen die tegen elkaar op, denkt u, die kinderen die nooit zijn geboren en de vrouwen die ik heb gered?' Ze hief haar kin op en zette zich schrap in afwachting van mijn antwoord; in het licht dat door het hoge raam naar binnen viel, kreeg haar gezicht een groenige gloed.

'Ik wil alleen meer weten over Maria.'

'Ik heb 't ze eindeloos verteld: ik ben geen moordenares.' Met een sprankeling van haar oude ik in haar ogen keek ze me voor het eerst recht aan. 'Maar als ik de smeris te pakken krijg die me dit heeft aangedaan, zou ik nog weleens van gedachten kunnen veranderen.'

'Als u het niet hebt gedaan, madame Moreau, dan moet een ander het gedaan hebben. Misschien die militair over wie u het laatst had?'

'Dat doet er niet meer toe. Ik heb de politie over 'm verteld, maar ze waren er niet in geïnteresseerd. Ze hebben 't niets eens genoteerd.' Ze glimlachte bijna, maar het zag er pijnlijk uit. 'Het is te laat. Ik krijg hier de strop voor, ook al zou ik haar nooit kwaad doen. Ik ken Maria al van de tijd dat ze langs een regenpijp omhoog kon klauteren om door een raam naar binnen te glippen en haar zakken vliegensvlug vol te proppen met alles wat ze maar te pakken kon krijgen. En al van eerder, toen ze nog maar een baby was en ze in 't stro onder mijn tafel speelde, da's meer dan eens gebeurd, heel vaak zelfs. Haar ma was niet vies van gin en ging met verkeerde lui om, maar da's nu natuurlijk allemaal verleden tijd, 't arme mens.' Ze keek me ernstig aan, duwde haar haar terug onder haar bonnet en herkreeg iets van haar eerdere hooghartigheid. 'Da's de waarheid, maar die willen ze niet horen, en volgens mij jij ook niet, trouwens. Want jij leeft zelf toch ook niet naar de waarheid? Je bent niet echt, je bent één grote nepper. Heb jij ze verteld dat ik 't heb gedaan?'

'Nee. De rechercheur zei dat Elizabeth Brafton u heeft beschuldigd.'

Ze trok haar wenkbrauwen omhoog. 'Elizabeth? Wel heb je ooit. Toen ik 'r leerde kennen was ze de wasvrouw van 't bordeel. Ze had kapsones, gedroeg zich alsof ze heel wat was, maar in die tijd was zij degene die 't zaad van de mannen uit de lakens moest wassen en 't bloed uit de onderbroeken van de meisjes. Moeilijk voor te stellen, hè, van een vrouw die net als jij een keurige opvoeding heeft gehad. Maar toen haar man stierf had ze 't moeilijk en 't is nog altijd beter dan verhongeren, nietwaar? We konden 't destijds goed met elkaar vinden. Ik vertelde haar dat die tent een goudmijn was, vanwege de locatie. We zouden er samen iets geweldigs van maken en toen is zij namens ons tweeën met dat idee naar meneer Bentinck gegaan, maar ze hebben me erbuiten gehouden. Hij gaf haar de leiding. Sindsdien zijn we niet meer bevriend.'

Toen er een geluid buiten het cellenvertrek klonk, een stoel die over de grond schraapte, besefte ik weer dat ik daar niet mocht zijn. Ik moest opschieten.

'Heeft u een boot, madame Moreau? Of mag u iemands boot lenen?'

'Een boot? Op de rivier bedoel je?'

'Een boot van een meter of tien, die bij Puddle Dock een tijdje aan de kade heeft gelegen.'

'Wat zou ik met een boot moeten? Daar heb ik 't geld niet eens voor. Ik ben maar twee keer op een boot geweest, naar Frankrijk en weer terug, en beide keren was ik zeeziek. Ik ben zelfs met een van de kapiteins getrouwd, maar hij had een zwak gestel. Een schotwond in de borst. Hij was ziekelijk.'

'U was verpleegster.'

'Echtgenote, verpleegster en weduwe. Het leven van een vrouw in een notendop.'

'Hoe zit het met die militair? Die ene die Maria kende? Kunt u me iets meer over hem vertellen?' Ze wendde haar hoofd af en begon weer met haar rozenkrans te friemelen. Uit frustratie gaf ik een klap tegen de tralies. Het geluid galmde door het vertrek. 'Waarom wilt u niets vertellen? Of hebt u soms liever dat ze u ophangen?'

Ze kroop overeind en zocht steun bij de tralies, onze handen raakten elkaar bijna. 'Ik heb 'r nog gezien voor ze stierf.'

'Welke dag was dat?'

Ze dacht een paar tellen na. 'Vrijdagmiddag. Ik was thuis, zat te breien, samen met Berthe, die een paar huizen verderop woont. Ik dacht dat 't een van haar meisjes was die aanklopte, maar 't was Maria.'

Vrijdag. Twee dagen nadat ik haar voor het laatst had gezien.

'Waarom kwam ze naar u toe?'

'Ik had 'r al eerder geholpen. Deze keer had ze er lang mee gewacht en was 't geen routineklus. Ik zei dat ze wel bij mij kon blijven slapen; normaal gesproken bied ik dat nooit aan, maar zoals gezegd: ik kende d'r moeder toen die ze nog op een rijtje had.'

'Dus ze is bij u blijven slapen? Wanneer is ze weggegaan?'

'De volgende dag, 's ochtends vroeg. Ze zei dat ze rond 't middaguur zou terugkomen. Ik had gebakken vis en worteltjes voor ons, maar ze kwam niet opdagen. En daarna hoorde ik dat… je weet wel… wat er was gebeurd.'

'En u weet zeker dat ze van plan was terug te komen?'

'O ja. Ze zei dat ze plannen had. Ze had mooie kleren bij zich in d'r tas.'

'Kleren die je draagt om naar het theater te gaan?'

'Daar heeft ze nooit iets over gezegd. Ik dacht dat ze een afspraakje had met haar militair, daarom heb ik 'm genoemd. Die meiden kunnen dat bestaan niet eeuwig volhouden. Ze zijn net appels; heerlijk als ze rijp zijn, maar voor je 't weet worden ze rimpelig en zijn ze niet lekker meer. Een beurse appel wil niemand. Daarom zorgen de slimme meiden ervoor dat een aardige vent verliefd op ze wordt.' Die opmerking leek onaangenaam veel op de woorden van Jacob. 'Hij had 'r een brief geschreven. Daar bleef ze maar verdrietig naar kijken. Meiden bewaren dat soort brieven, in dat opzicht zijn ze sentimenteel.'

'Weet u wat erin stond?'

'Nee, ze heeft 'm me niet laten zien. Maar ik wist dat er iets aan de hand was.'

Ik merkte dat ik de tralies stevig omklemde. 'Hoe bedoelt u?'

'Soms krijg ik een gevoel, pijn in mijn botten. En toen had ik dat gevoel ook. Ik had 't, maar sloeg er geen acht op. Als ik 'r die ochtend niet weg had laten gaan, zou ze nu nog in leven zijn.' Ze zweeg even en bracht haar vuisten naar haar mond. Ze huilde, besefte ik. 'Ik was bezig met een vrouw die net langsgekomen was en Maria was al weg voor ik iets kon zeggen. Ik had nooit gedacht… Ik had achter d'r aan moeten gaan. Niet veel later hoorde ik dat ze dood was.'

'En de brief van die militair? Waar is die nu?'

'Nog bij mij thuis, denk ik, in d'r tas. Dat heb ik de politie ook verteld. Da's 't enige wat ik weet, echt waar.'

Die brief moest ik lezen.

Er klonken stemmen aan de andere kant van de deur en iemand duwde de klink naar beneden. Ik keek om me heen, maar de deur was de enige uitweg en ik kon me nergens verstoppen. Als ze binnenkomen glip ik gewoon langs ze heen, dacht ik. Maar madame Moreau stak haar armen tussen de tralies door en greep me vast bij mijn mouw.

'Beloof me: als je iets ontdekt, vertel 't ze dan, vertel ze de waarheid. Ik wil niet opgehangen worden.'

'Natuurlijk. Als ik iets ontdek wat u vrijpleit, vertel ik het ze, maar als ik erachter kom dat u het wél op uw geweten hebt, dan zal ik lachend toekijken als ze u ophangen.'

Ze liet me los en ik was bijna bij de deur toen brigadier Cloake binnenkwam.

Zodra ze hem zag, deinsde madame Moreau achteruit, weg van de tralies, en ging ze in elkaar gedoken in een hoekje zitten.

Cloake streek zinloos over zijn rossige stekelhaar. Zijn ogen waren bleekblauw, als de lucht op een wolkeloze winterochtend. Een huivering trok langs mijn ruggenwervel.

'Wat doet u hier?' brulde hij tegen me. 'Wie heeft gezegd dat u hier mocht komen?'

'Rechercheur Ripley,' loog ik, terwijl ik langs hem heen op de deur afstevende.

Ik voelde zijn hand op mijn arm, hij oefende er een lichte druk op uit, maar die kon zo overgaan in een ferme greep.

‘Daar heeft Ripley me anders niets over verteld.’

Ik draaide me om en besloot in de aanval te gaan. ‘Waarom is haar gezicht zo toegetakeld, brigadier? Wie heeft dat gedaan?’

‘Ze stribbelde tegen.’

‘U dient het recht te handhaven.’

‘O, die krijgt heus waar ze recht op heeft,’ sneerde hij.

‘Maar stel dat ze de moord niet heeft gepleegd? Dan hebt u haar voor niets in elkaar geslagen en is de ware dader nog op vrije voeten.’

Hij verstrengelde zijn vingers en liet zijn knokkels kraken; het klonk alsof er potloden doormidden werden gebroken. ‘Dat zou u ook kunnen gebeuren, als u begrijpt wat ik bedoel.’

Zelfs de grootste imbeciel zou begrijpen wat hij bedoelde. Gevoel voor subtiliteit behoorde niet tot zijn positieve karaktertrekken. Ik was echter zo boos dat ik roekeloos werd en mijn gezonde verstand me in de steek liet.

‘U zou zich moeten schamen.’

Hij draaide zich om naar madame Moreau en roffelde met zijn knuist op de tralies. ‘Kijk me aan, mens. Je krijgt heus een eerlijk proces. En gauw ook. En dan krijg je de strop.’

12

Op zondag, mijn vrije dag van die week, sliep ik de hele middag. Ik werd pas wakker toen Constance me om zes uur riep voor het avondeten, wat voor mij het ontbijt was. Ze beweerde dat ze een schapenpastei had gemaakt, maar het slappe deeg en draderige vlees leken in de verste verte niet op de culinaire hoogstandjes van mevrouw Flowers.

Mijn mond was nog steeds pijnlijk en eten kostte me moeite. Gezien de frons op het gezicht van Constance bood ik geen aangename aanblik. Ze loste wat salicocide op in een kopje water en gaf het aan mij. 'Opdrinken,' zei ze. Ze duldde geen tegenspraak. Als ze ooit trouwt, is zij degene die de broek aan heeft en zit haar arme echtgenoot onder de plak, vermoedde ik.

Na het eten ging ik met een pet op en mijn jas strak om me heen getrokken op pad. Ik miste mijn bolhoed, maar wilde anoniem zijn. Vanavond zou ik mijn eerste misdrijf plegen, of, om preciezer te zijn, mijn eerste misdrijf sinds ik gekleed in een broek was weggelopen van huis.

Ik had er nooit over nagedacht hoe je een inbraak pleegt. Hoe pak je zoiets aan? In toneelstukken zijn inbrekers altijd ruwe, kwaadaardige kerels die in de laatste scène worden overmeesterd door de held. Moest ik een sjaal voor mijn gezicht doen en een koevoet onder mijn jasje meenemen? Dat leek me geen goed idee. Inbrekers moeten vooral niet opvallen en niets leek me zo verdacht als rondbanjeren met een koevoet onder mijn oksel. Hoe kwam ik trouwens aan zo'n ding?

Uiteindelijk besloot ik een kaars, lucifers en een korte pook mee te nemen. Die laatste wikkelde ik in een doek, waarom wist ik niet precies, maar het leek me merkwaardig om met een metalen staaf over straat te lopen. Ik was niet uit het juiste hout gesneden voor een loopbaan in de criminaliteit.

Toen ik bij halte Moorgate Street uitstapte zette ik er flink de pas in en snelde ik schichtig voorbij elk steegje en elke openstaande deur. Op wat kinderen na die in de opgedroogde modder speelden, was Finsbury Street verlaten. Een meisje hinkelde op de grindtegels. Haar haar wipte op en neer terwijl ze haar sprongen telde: een, twee, spring, drie, vier, draai. Dat deed ik vijftien jaar geleden ook, bedacht ik. Ik was goed in dat soort spelletjes. Niemand kon van me winnen.

De ramen van madame Moreaus huis waren donker en de woning maakte een verlaten indruk. Drie deuren verder was een steegje dat schaars werd verlicht door de gloed van de stad. Ik haalde diep adem, versterkte mijn greep op de pook en liep het steegje in.

Bij de T-splitsing aan het einde, waar het steegje uitkwam op het pad achter de huizen, klonk uit de binnenplaats links van me een dierlijk gekreun. Ik verstijfde en haalde stilletjes de pook uit de handdoek, voor het geval dat. Weer klonk er gekreun, daarna een plop, een scheet en stromend vocht, gevolgd door nog meer onregelmatig geplop, begeleid door de uitstoot van lucht, als een sputterende pomp. De veroorzaker van het lawaai slaakte een diepe zucht en snoot zijn of haar neus; daarna klonk er geritsel en het geluid van kleding die omhoog werd gesjord. Met een klap ging de deur van het privaat open en een paar tellen later was ik weer alleen.

De schutting van mevrouw Moreau was hoog en de poort was aan de binnenkant vergrendeld. Ik stak mijn arm er zo ver mogelijk overheen maar kon niet bij de grendel. Ik gluurde door een gaatje waar ooit een knoest in het hout had gezeten, en zag een schamel binnenplaatsje, niet groter dan de achterkamer van Alfie. Tegen een uitbouwtje lag een stapel hout en er was een stenen privaat met een houten dak.

Ik probeerde me aan de schutting op te trekken, maar kwam met mijn neus niet eens tot aan mijn knokkels. Mijn armen waren niet sterk genoeg. Ze hadden over de kracht moeten beschikken waar een als man geboren man zo moeiteloos gebruik van maakt, even moeiteloos als ik een herinnering boven kan halen of de volgende zet in een schaakpartij kan bedenken. Ze hadden stevig, gebronsd en behaard moeten zijn. Maar het waren slappe dingen en zonder extra hefkracht zou ik me er nooit mee over de schutting kunnen hijsen.

Ik speurde het pad af en ontdekte een poortje dat niet op slot zat. Op het plaatsje stond een omgekeerde, oude badkuip vol gaten. Met een vertrokken gezicht vanwege het gekras en gebonk waarmee hij over de grond schraapte, sleepte ik hem mee terug, klom erbovenop en hees me zo ver mogelijk over de schutting van madame Moreau. Mijn voeten bungelden even in de lucht en daarna tuimelde ik voorover en belandde ik aan de andere kant met een doffe smak op de grond. Ik kwam voorzichtig overeind en controleerde of ik niets had gebroken. Mijn kleren zaten onder het zand en mijn handpalmen waren geschaafd, maar verder was ik ongeschonden.

Ik vouwde mijn handen rond mijn ogen en tuurde door het raam naar binnen. Aanvankelijk leek het binnen volslagen donker, maar na een tijdje begonnen zich vormen af te tekenen: een fornuis, borden en een sauspan waar nog de restanten van een maaltijd in zaten. De politie had madame Moreau meegenomen zonder haar de gelegenheid te bieden af te wassen. Op haar eigen manier was ze een pietje precies en de aanblik die haar kamer nu bood was haast nog schokkender dan haar toegetakelde gezicht op het politiebureau.

Met de handdoek ter bescherming om mijn arm gewikkeld hief ik de pook. Ik haalde uit om het raam in te slaan, maar hield vervolgens in.

Als ze zo plots was meegenomen, zou de achterdeur dan misschien nog van het slot zijn?

Ik deed de klink naar beneden; de deur ging open.

Ik stond er versteld van dat dit zo'n grote opluchting voor me was. Een niet gesloten deur is haast als een uitnodiging en betekende dat ik het huis kon verlaten zoals ik het zou aantreffen, minus de tas van Maria welteverstaan. En als die militair daadwerkelijk de moordenaar was, zou ik mevrouw Moreau er een dienst mee bewijzen. Ze zou me er zelfs voor bedanken als ze daar ooit nog de kans toe zou krijgen.

De kamer rook naar oud eten en dode planten. Het haardrooster was wit van de as. Ik stak mijn kaars aan, een plomp, kort stompje dat meer rook dan licht verspreidde. Hij siste en sputterde als theaterpubliek dat een booswicht het toneel op ziet komen.

De kooi van het vinkje lag op zijn kant op de grond en het gele vogeltje hupte en fladderde onrustig rond. Ik hing de kooi terug en duwde een paar nootjes tussen de tralies door. Het vinkje viel er meteen op aan, pikte erin en kraste er met de zijkant van zijn snavel overheen. Ik overwoog hem vrij te laten om te voorkomen dat hij zou verhongeren, maar dan zou het beestje hoogstwaarschijnlijk ten prooi vallen aan de eerste de beste kat die hij tegenkwam. Ik besloot hem wat water en nog vier nootjes te geven.

'Niet allemaal gelijk opeten,' fluisterde ik. 'En niemand vertellen dat ik hier ben geweest.'

De voorkamer was een puinhoop. Ripley had me verteld dat ze het huis grondig hadden doorzocht en dat hadden ze zeker, kennelijk zonder zich druk te maken over de staat waarin ze het achterlieten. De laden waren omgekeerd en op de grond geworpen, de kolossale behandeltafel lag bezaaid met oude kranten, onaffe breiwerkjes, lege fotolijstjes, een kapotte kom, verroeste messen en andere metalen instrumenten waarvan ik de functie niet kende en ook niet wilde kennen, plus een hele doos vol met vetkaarsen die zo ver waren opgebrand dat er slechts een stompje van over was. Gooide het mens dan nooit iets weg? Ik bewaarde nooit iets, behalve mijn schaakspel, een paar boeken en de zilveren roosvormige broche die ik van mijn moeder had gekregen. Wat heb je aan bezittingen als je elk moment genoodzaakt kunt zijn de benen te nemen? Dan moet je ze toch achterlaten.

Maria moest op die tafel hebben gelegen en naar het gestuukte plafond hebben gestaard om zichzelf af te leiden van madame Moreaus bezigheden. Ik kon me er geen voorstelling van maken hoe invasief dat moet zijn geweest. Alle keren dat ik het bed met Maria of een ander had gedeeld, was mijn lichaam onbezoedeld gebleven. Ik was de meest ervaren maagd uit de geschiedenis.

Had het pijn gedaan? En had ze gehuild zonder dat ik er was om haar te troosten?

Ik zag nergens een tas liggen. Ik ben heel slecht in zoeken; ik heb ooit tien minuten lang mijn kamer afgezocht naar mijn hoed, terwijl die al die tijd op mijn hoofd stond. Wat voor tas was het trouwens? Ik zag mijn met kraaltjes opgesierde tas voor me waarin ik vroeger mijn boeken mee naar school nam, maar voor hetzelfde geld zag die van Maria er heel anders uit. Hij kon elke kleur hebben. Hij kon ook meegenomen zijn door de politie, hoewel me dat onwaarschijnlijk leek; ze waren op zoek geweest naar het wapen waarmee Maria was vermoord, niet naar een tas met dameskleding.

Tussen de voor- en achterkamer was een steile trap, waarvan de bovenste treden in duisternis waren gehuld. Ik popelde om naar boven te gaan.

'Wat is daarboven?' fluisterde ik tegen het vinkje, maar dat had het te druk met het verorberen van een nootje om antwoord te geven.

Behoedzaam liep ik naar boven. Ik probeerde eerst elke trede uit of hij kraakte, zonder te weten waarom. Er was immers niemand die me kon horen. Op de kleine overloop waar de deuren van de slaapkamer voor en achter op uitkwamen, bleef ik staan om op adem te komen. Ik besloot eerst naar de slaapkamer aan de voorkant te gaan.

Het was alsof ik het koor van een vervallen kerk binnen stapte. De wanden waren rood en blauw geschilderd en Jezus hing aan een kruis te lijden voor mijn zonden, zoals ik onder de Zijne had geleden. Voor de ramen hingen verschoten fluwelen gordijnen die pasten bij de sprei van haar hemelbed, en aan de muur ertegenover was een schilderij van exotisch fruit in een eikenhouten lijst. De kaptafel in de hoek stond vol flesjes en potjes, maar alle laden lagen omgekeerd op de grond: ondergoed en onderjurken, allemaal door de politie betast en bekeken. Ze hadden zich totaal niet om haar privacy bekommerd, maar, zo bedacht ik, dat deed ik nu ook niet.

Buiten waren de kinderen nog steeds aan het spelen. Ik hoorde geklap: een, twee, spring, drie, vier, draai, steeds sneller en sneller, tot je een tegel mist of struikelt.

In een hoek stond een enorme mahoniehouten kledingkast, waarvan de kwasten me argwanend leken aan te kijken. In de spiegel zag ik de angst op mijn gezicht. Er hingen drie jurken in de kast, waaronder de japon die madame Moreau op de begraafplaats had gedragen. Daaronder stond, weggestopt achter een paar plompe schoenen, een geborduurde reistas met hengsels. Ik had hem eerder gezien, in Maria's kamer, aan een haak in de deur. Net toen ik hem wilde openmaken, hoorde ik beneden een geluid.

Ik blies de kaars uit en zittend op het bed met Maria's tas tegen mijn borst gedrukt, wachtte ik in stilte.

Een moment dacht ik dat ik het me had verbeeld, maar toen klonk onmiskenbaar het geluid van een raam dat werd dichtgedaan en het gefladder van het vinkje in zijn kooi. Iemand probeerde vergeefs geruisloos te zijn. Al mijn zintuigen werden geprikkeld. Het verkeersrumoer in de City Road klonk als kanongebulder, mijn ademhaling als een oorverdovende orkaan. Ik pakte de pook, glipte stilletjes onder het bed en ging languit op het kleed liggen.

Er klonken voetstappen op de trap. De deur ging open en er verschenen een paar schoenen – kleine schoenen voor kleine voeten. Het was slechts een kind, een klein meisje, misschien een van de meisjes die buiten hadden gespeeld. Een liedje neuriënd liep ze door de kamer. Ze deed de kledingkast open en wroette erin.

Daarna doken de contouren van een gezicht ineens in mijn blikveld op, ondersteboven, met gekrulde haarlokken die neerhingen op het kleed. Ze kneep haar ogen samen om te kunnen zien of er echt iemand lag. Er was niet veel licht onder het bed. Ik bleef roerloos liggen, maar ze bleef turen.

'Wat doet u daar, meneer?' vroeg ze.

'Me verbergen.'

'Voor wie?'

Gezien de omstandigheden leek 'voor jóú' een belachelijk antwoord en daarom koos ik een andere tactiek. 'Jij woont hier niet.'

'U ook niet.' Onweerlegbare logica.

Ik schoof onder het bed vandaan. Het meisje was een jaar of zes en had een benig, verfrommeld gezicht, verward rood haar en een open, onderzoekende blik. Ze keek naar de tas en deed een stap naar de deur, zodat ze er elk moment vandoor kon gaan als dat nodig mocht zijn.

'Een meneer heeft me drie pence gegeven,' zei ze. 'En ik krijg nog eens drie pence als ik hem vind.'

Mevrouw Moreau en ik waren de enigen die van de tas en de brief af wisten... En de politie.

Door een spleet tussen de gordijnen tuurde ik naar buiten. In het steegje aan de overkant stond een man. Hij droeg donkere kleding en bewoog zich niet, blijkbaar wilde hij niet opvallen, maar die poging werd tenietgedaan door zijn glanzende hogehoed. Toen hij uit het donker stapte en omhoogkeek naar het raam, ontwaarde ik in het schemerlicht een breed gezicht, opgesierd met een baard en een weelderige snor. Het was geen politieman.

'Heeft hij gezegd dat je een tas moest zoeken? Een tas zoals deze hier?'

Ze knikte. Even kreeg ik de aanvechting om haar de tas te geven, want anders zou ze met lege handen naar hem terug moeten en misschien zou hij haar dan wat aandoen.

Maar ik kon het niet.

'Als je er gewoon vandoor gaat, krijg je van mij een shilling,' zei ik. Godzijdank was de man een krent. 'Zes pence nu en nog eens zes pence als hij weg is. Akkoord?'

Ik hield een muntje van zes pence op; het meisje keek van het muntje naar mij en weer terug, en leek een inschatting te maken van haar opties. Ze zou naar beneden kunnen rennen om de man te roepen, maar dan zou ze die extra zes pence mislopen.

'De achterdeur is niet op slot,' zei ik.

Hebberigheid won het van het risico. Ze griste het muntje uit mijn hand en schoot weg. Beneden klonk een zachte klik van de deur die werd dichtgedaan.

Ik gluurde weer door het raam naar buiten; zich verbijtend beende de vent ongeduldig heen en weer. Ik wist niet of ik weg moest gaan of blijven. Als ik wegging, zou hij me misschien horen, maar als ik bleef, kwam hij misschien naar binnen en zat ik in de val.

Ik wachtte vijf minuten, mijn oren gespitst; een kar die ratelend door de straat reed joeg me de stuipen op het lijf. Toen ik weer naar buiten durfde te kijken zag ik tot mijn grote opluchting dat de man de heuvel afliep naar de stad.

Aan het begin van het steegje bleef ik even staan en ik keek naar links en naar rechts of ik het meisje zag. Ik wilde het bijna opgeven, maar precies op dat moment dook ze op; ze bleef net buiten mijn bereik staan voor het geval ik mijn eerste betaling terug zou eisen.

Ik haalde een muntje van zes pence uit mijn zak en hield het op in de lucht. Op die afstand leek het even groot als de maan en scheen het die te verduisteren: een zwart schijfje omhuld door een spookachtige gloed. Ik pakte nog een muntje van zes pence en liet dat samen met het andere op de bovenkant van mijn vinger balanceren en deed mijn trucje: ik wipte ze omhoog en plukte ze in één vloeiende beweging weer uit de lucht. Er verscheen nog geen zweem van een lachje op haar gezicht. In plaats daarvan keek ze me met onverholen wantrouwen aan tot ik haar een van de muntjes gaf. Toen ik haar het andere ook toestak, verscheen er wel een grijns op haar gezicht.

'Dit krijg je als je belooft dat je niemand vertelt dat ik hier ben geweest. Afgesproken? Helemaal niemand.'

'Beloofd. Dank u, meneer.'

'Ben je...? Ik wist niet wat ik wilde vragen. Ben je veilig? Ben je gezond? Ik kreeg de aanvechting haar mee te nemen naar het huis van Alfie en haar een fatsoenlijk maal voor te zetten, maar nog voor ik dat kon voorstellen ging ze er al met haar buit vandoor.

In de ondergrondse maakte ik de tas open en bekeek ik de inhoud: Maria's kleren en haar ondergoed. Haar geur overweldigde me, voerde me terug naar haar kamer, waar ik op haar bed toekeek terwijl zij haar japon ophing en de zoom gladstreek. Even sloeg ik mijn handen voor mijn gezicht. De vrouw tegenover me wendde haar blik af.

Ik voelde ook iets kouds van metaal in de tas: een ring met twee sleutels. Ik hield ze omhoog en schoot bijna in de lach. De sleutels waren van mij. Ze waren de laatste avond, de laatste keer dat ik haar had gezien, in haar kamer uit mijn zak gevallen. Ze had ze aan mij willen geven. Ze was wél van plan geweest naar het theater te komen. Wat was het toch een lieve, lieve meid.

Onder in de tas vond ik nog iets, iets stevigs, geen kledingstuk. Toen ik het eruit haalde stokte mijn adem: het was die afgrijselijke pop die ik de laatste keer tussen haar parfums en zalfjes op haar kaptafel had zien staan; een mislukte imitatie van een baby, doodgeboren, bespottelijk. Ik was verbaasd geweest – ze had me nooit sentimenteel geleken. Maar dit was geen oude versleten pop; deze was nieuw, en duur.

Jane had vroeger in de kamer die we deelden een verzameling poppen gehad. Een paar waren van mij geweest, maar omdat ik er niets mee had, duurde het niet lang voordat zij zich die toe-eigende, ze een naam gaf en ze in de strikte hiërarchie van haar genegenheid een plaatsje toewees, waarbij alleen de mooiste, allerfraaiste en gehoorzaamste het heiligdom van haar hoofdkussen bereikten. Getekend door verwaarlozing haalde niet één afdankertje van mij die gewijde plek en moesten ze genoegen nemen met een mindere plaats op de ladekast of de boekenplanken, maar dat was nog altijd beter dan dat ze in mijn deel van de kamer op de grond rondslingerden tussen boeken, puzzelstukjes en trieste, vereenzaamde schaakstukken.

Met mijn duim en wijsvinger voelde ik aan het haar van de pop, dat uit de gaatjes in haar schedel stak en haar gezicht omlijstte. Ik dacht dat het paardenhaar was dat met een warme tang in de krullen was gezet om kleine meisjes aan te sporen het te borstelen.

Tegen mijn zin vielen de puzzelstukjes op hun plek: Maria was in verwachting geweest en baby's geef je een pop cadeau. Die had ze zelf alvast gekocht of ze had hem gekregen van iemand die wist dat ze zwanger was. Hoe het ook zij, ze had hem trots een ereplaatsje gegeven op haar kaptafel, zoals Jane haar lievelingspoppen een plaatsje op haar hoofdkussen had gegeven. En als dit waar was, moest ze er blij mee zijn geweest dat ze zwanger was. Geen enkele vrouw die daar ongelukkig over is zou een pop in haar slaapkamer dulden. Wat was er dan veranderd? Waarom was ze dan toch naar madame Moreau gegaan?

Er was echter iets anders wat me nóg meer bezighield: de brief van de militair. Ik had veel moeite gedaan om die te pakken te krijgen – ik had me wederrechtelijk toegang verschaft tot het huis van madame Moreau en had er zelfs achttien pence voor overgehad. Ik móést weten wie die militair was.

Ik wroette door de kleren in haar tas. Ook al meende ik dat ik dat zeer grondig had gedaan, ik deed het voor de zekerheid nog een keer.

Maar er was geen brief.

13

Op mijn kamer kamde ik alle zakken en plooien van Maria's japon, onderrok en ondergoed uit. Ik spreidde ze uit op de grond en ging ertussen liggen, eerst met gespreide armen, vervolgens in foetushouding; snikkend trok ik haar naar me toe en verborg ik mijn gezicht in haar kleren.

Daarna ging ik met de pop in mijn handen op mijn bed zitten. Omdat ik die oogjes die me aankeken niet fijn vond, keerde ik het gezichtje van me af, maar dat had iets onaardigs, dus stopte ik de pop in een lade, wat nog gemener was, want nu leek het een straf. Ineens bedacht ik dat ik Jane jaren geleden mijn poppen misschien had laten inpikken omdat ze van haar dan tenminste nog wat liefde kregen die ik hun niet kon geven.

Maria had mij nooit een geschenkje gegeven. Ik zou het geweldig hebben gevonden als ik een haarlok van haar had gehad, samengebonden met een lint en opgeborgen in een doosje dat ik altijd bij me zou dragen. Heimelijk wenste ik dat ik een lok van haar haar had afgeknipt toen ze op de snijtafel van meneer Hurst lag, maar dat zou nep zijn geweest, geen echt geschenk.

Maar wat was er eigenlijk wél echt aan Maria geweest? Ze had dingen voor me verzwegen en me halve waarheden verteld, wat nog erger was. En het waren geen wensdromen, maar concrete dingen: een zwangerschap en een militair. Was er eigenlijk wel iets waar ze eerlijk en open over was geweest? Misschien was ze even nep als de pop.

En toch hield ik van haar. Ook al was het niet meer dan verliefdheid, of nog erger, dánkbaarheid. Ik hield van haar, omdat ze de enige was die het niets kon schelen wat ik was. In haar ogen was ik een man als alle andere mannen. Wellicht heb ik de ware Maria niet gekend, maar zij kende mij wel, dat weet ik zeker.

Ik had genoeg gesnotterd. Ik nam een besluit en stopte de pop terug in de reistas. Ook al had ik verder niets van Maria, ik wilde het ding niet om me heen hebben. Ik kon het maar beter aan iemand geven die er wel van zou houden.

Na mijn dienst in het ziekenhuis en vier uur slaap stommelde ik de volgende dag tegen het einde van de ochtend naar beneden, waar Alfie in de winkel met een mechanisch ding, een soort boor, aan het frutselen was. Zijn onderarmen, die uit zijn opgestroopte mouwen staken, waren stevig en pezig; niemand zou het in zijn hoofd halen hem tegen zich in het harnas te jagen.

'Heb je een verdacht iemand zien rondhangen? Een schichtige vent met een spits gezicht als een wezel?' vroeg ik.

'Nee.' Hij keek me met gefronste wenkbrauwen aan en streek met zijn vingers, die glansden van de olie, door zijn haar. 'Waarom vraag je dat?'

'Hij hing hier voor het huis rond. Ik vertrouwde het niet.'

'Ik zal erop letten.'

Bij het horen van mijn stem kwam Constance de winkel binnen. 'Natriumnitraat!' riep ze, waarop Alfie grinnikte. Hij wist het antwoord, ik niet. Mijn hersenen waren verweekt.

'Moet jij niet naar school?'

'Ik help vader met zijn machine. Maar ik heb best tijd om op uw kosten thee te gaan drinken met taartjes erbij,' zei ze met een brede grijns.

'Alleen als ik een verkeerd antwoord geef. Goed dan. Tegen koorts?'

Ze verkneukelde zich. 'Helemaal mis.'

'Spijsverteringsklachten?' Ik wist dat het fout was. Dat antwoord kwam alleen bij me op doordat ze over taart begon. 'Ik vind dat ik naar het laatste raadsel vaker mag raden. Dat lijkt me niet meer dan redelijk.'

'Dat had u maar moeten bedenken toen u de spelregels bepaalde.'

Ze wist dat ik het niet zou raden. Bij het vooruitzicht dat ze een taartje zou krijgen, likte ze al langs haar lippen, de arme meid. Onwillekeurig deed ze me aan het straatkind denken dat ik in het huis van madame Moreau was tegengekomen. Half zo jong als Constance en nog geen kwart zo zwaar drong ze als een rat uit de sloppenwijken huizen binnen met het risico dat ze naar het werkhuis werd gestuurd of erger. En waarvoor? Die man zou hoogstwaarschijnlijk zijn geld hebben teruggestolen en haar een pak rammel hebben gegeven op de koop toe.

'En?' wilde Constance weten.

Ik zuchtte. Ik was het spel beu. Ik was alles beu.

'Maagzweren!' zei ik vol vuur ook al had ik er niet veel vertrouwen in. 'Ooit moet het toch een middel tegen maagzweren zijn?'

'Nee, dat is het niet,' zei ze stralend. 'Natriumnitraat helpt bij hartklachten!'

'Goed dan. U hebt gewonnen, mejuffrouw Smith.' Formeel schudde ik haar de hand. 'Als je vader je kan missen gaan we terstond naar de banketbakkerij zodat jij een aanslag kunt doen op mijn spaargeld om je te buiten te gaan aan taart en room en jam.'

Nooit van mijn leven had ik iemand zo verrukt zien kijken.

Constance had een grote voorliefde voor chique etablissementen zoals dat in Regent Street met de naam *Celine's* in een zwierig handschrift op de etalageruit geschilderd. Het was er warm en knus; de tafeltjes hadden een zinken blad en het geurde er sterk naar koffie. Ze bestelde verschillende taartjes en gluurde mij over de menukaart aan om zich ervan te vergewissen dat ik geen bezwaar had tegen haar hebberigheid.

Nadat ik een pot thee had besteld voelde ik de spanning uit mijn schouders wegvloeien. Sinds ik uit Cripplegate was weggegaan had ik ze de hele tijd opgetrokken gehouden, besefte ik.

Als betoverd keek Constance naar de vergulde spiegels en de keurige, efficiënte serveersters, alsof ze in een sprookje terecht was gekomen.

'Op een dag ga ik naar Parijs,' verkondigde ze.

'Waarom? Is het daar dan zo anders dan hier?'

'Dat weet ik niet. Daarom wil ik er juist naartoe.'

Ik keek om me heen – naar het in Franse stijl geklede personeel en naar de afbeelding van een Parijs stadsaanzicht aan de wand, en naar de Engelse mensen die Indiase thee dronken en op Italiaanse koekjes knabbelden.

'Het zal er wel niet als hier zijn.'

'Ja, daarom!'

Ze leunde achterover en terwijl we op de taartjes wachtten, daalde haar stemming.

'Vader maakt zich grote zorgen,' zei ze uiteindelijk.

'Waarom denk je dat?'

'Hij zit de hele dag met zijn neus in het kasboek.' Ze wond het tafelkleed om haar vingers. 'Ik weet dat het geld bijna op is.'

Alfie had me ooit verteld dat de apotheek heel goed draaide toen Helena, zijn vrouw, nog leefde, maar dat de omzet sindsdien was teruggelopen, ook al deed hij nog zo zijn best. Ik had zijn vrouw nooit gekend – ze was zes jaar eerder overleden – maar hij zei dat ze een echte dame was, een voormalige onderwijzeres, intelligent en recht door zee. Hij zei ook dat Constance haar evenbeeld was, wat Constance altijd aan het blozen bracht, ook al had ze me ooit bekend dat ze zich haar moeder nauwelijks kon herinneren en waren er geen foto's van haar in huis.

'Ik heb hem aangeboden de huur vooruit te betalen.'

'Maar dat kunt u zich ook niet veroorloven. U moet proberen uw oude baan terug te krijgen. Het heeft geen zin om bij de pakken neer te zitten. Hebt u het al geprobeerd?'

'Natuurlijk,' loog ik.

Maar ondanks haar leeftijd – ze was pas elf jaar – liet ze zich niet van de wijs brengen. 'Dat moet u echt doen, hoor. En snel.'

'Maak je nou maar geen zorgen over geld.' Ik probeerde haar geruststellend toe te lachen. 'Je vader heeft iets nieuws bedacht en hij is ervan overtuigd dat het een succes wordt.'

'Dat weet ik. Hij heeft vaker van die ideeën. De vorige keer besloot hij fotograaf te worden en heeft hij onderdelen besteld om een camera te bouwen. Ze liggen nog steeds buiten, in de doos waarin ze geleverd zijn. En de keer daarvoor heeft hij zich in de kunst van het glasblazen verdiept.'

'Je hoeft je er niet druk over te maken. Hij doet er alles aan om goed voor je te zorgen.'

‘Maar iemand moet zich er toch druk over maken, meneer Stanhope.’

Ze keek een beetje beschaamd, ook al had ik mijn opmerking niet vermanend bedoeld. En misschien had ze gelijk dat ze zich zorgen maakte. Als de apotheek op de fles ging, zou Alfie voor een ander moeten gaan werken en zou hij het schoolgeld voor Constance niet meer kunnen betalen. De armenschool zou haar op haar elfde niet meer aannemen en dan zou zij ook moeten gaan werken, waarschijnlijk in een fabriek. Dat was geen fijn vooruitzicht. Ooit had ik gehoopt dat ze gouvernante zou worden tot me te binnen schoot dat mijn vader mij dat ook had toebedacht, omdat hij er weinig fiducie in had dat ik een man aan de haak zou weten te slaan. Ik nam me heilig voor erop toe te zien dat Constance haar eigen weg zou kunnen gaan.

De serveerster kwam met een dienblad aangelopen en zette een gebloemde theepot, twee porseleinen kopjes en schoteltjes en een schaal vol taartjes neer. Ik zag Constance ernaar kijken, met ogen zo groot als schoteltjes. Omdat ik zag dat ze probeerde beleefd te zijn schoof ik een taartje naar haar toe.

‘Toe dan.’

Ik probeerde thee te drinken, maar die was te heet voor mijn gehavende mond en dus keek ik dorstig en zwijgend naar Constance. Ze at met de grootste zorg, zodat er van iedere hap niets verloren zou gaan. Om de kruimels op te vangen hield ze het bordje onder haar kin en veegde dat vervolgens met een natte vinger schoon.

‘Ik heb iets voor je,’ zei ik. ‘Ze is niet nieuw, maar ik dacht dat je het leuk zou vinden.’ Ik pakte de pop en bewoog haar heen en weer waardoor het hoofdje begon te wiebelen alsof de nek gebroken was.

‘O,’ zei ze met volle mond. ‘Dank u. Ze is prachtig.’

Toch scheen ze niet echt enthousiast. ‘Of ben je inmiddels te oud voor poppen?’

‘Ik heb al mijn poppen van vroeger nog.’ Ze deed haar best om dankbaar over te komen, wiegde de pop en bekeek haar kleertjes. ‘Ik weet al hoe ik haar zal noemen. Ik noem haar... hé.’ Ze keek in de hals van de jurk. ‘Er zit daar iets.’

Ze haalde er een tot een klein vierkantje opgevouwen velletje papier uit. Ze streek het glad en ik zag dat het een velletje blauw schrijfpapier was, dat bij de vouwen haast doorzichtig was alsof het vaak was gelezen en weer opgevouwen.

'Laat eens zien,' zei ik, maar ze hield het buiten mijn bereik.

'Het is een brief. Aan iemand die Maria heet. Was de pop van haar?'

'Ja. Mag ik het nu hebben?'

'Van majoor Augustus Thorpe. Een officier!' Haar blik vloog over het velletje. 'O, die arme Maria. Hij heeft haar hart gebroken. Wie is ze?'

'Iemand die ik… die ik kende. Maar dat gaat jou niet aan.'

'Maar het is zo droevig. Waren ze verliefd?'

'Nee. Mag ik hem nu eindelijk hebben?'

'Is ze verhuisd?'

'Nee.'

'Waarom wil ze de pop dan niet meer hebben?'

'Jezusmina, geef me die brief nou, Constance!'

Om aan te geven dat ze beledigd was legde ze hem tussen ons in op tafel.

Ik wist niet waarom ik zo geërgerd was. Ik had haar de brief rustig moeten laten lezen; zij had hem tenslotte gevonden en ik had er net zomin recht op als zij. Het was mijn bedoeling geweest van dit uitje een feestje voor haar te maken en nu had ik dat vergald. Een poosje zaten we te zwijgen terwijl ik mijn tong in het gat tussen mijn kiezen stak om het pijnlijke tandvlees rond de holte af te tasten.

'Ik moet hem lezen,' zei ik.

'Goed dan,' zei ze ijselijk beleefd.

Ik pakte de vervloekte brief.

Hij was geschreven in een recht en sierlijk handschrift en was van goed gesneden briefpapier; een beschaafd heer.

Augustus Thorpe (majoor), St George's Barracks, Londen.
16 januari 1880

Lieve Maria,

Het doet me pijn dit te schrijven en toch moet ik het doen. Dat ben ik mijn familie en mijn regiment verplicht.

Het is niet mijn wens je te kwetsen, maar ik kan niet meer met een gerust geweten met je afspreken zoals we de afgelopen maanden hebben gedaan. Door de positie waarin je verkeert is dit onmogelijk geworden. Ik weet zeker dat je zult begrijpen waarom.

Ik wens je al het goeds, voor nu en voor altijd.

Augustus

En dat was dat; kort en krachtig.

Majoor Augustus Thorpe. Ik had nooit van hem gehoord. Soms kwam ik weleens klanten in het bordeel tegen, verfoeilijke, gierige mannen die in hun zakken naar kleingeld tastten alsof ze hun schoenen hadden laten poetsen. Soms had ik ze ook gehoord, kreunend als wroetende varkens of mompelend over hun vrouw die de godganse dag op hen vitte, of over hun moeder van wie ze nooit liefde hadden gekregen.

Ik had Maria veel brieven geschreven, minstens twintig, op goedkoper papier, maar met langere zinnen en veel bijvoeglijke naamwoorden, te veel bijvoeglijke naamwoorden, zoals *prachtig* en *vreugdevol* en *eeuwig*, mijn favoriete woord dat ik het vaakst gebruikte. *O, prachtige, vreugdevolle, eeuwige liefde.* Toen ik verliefd werd op Maria was ik niet beschroomd geweest; ik was als een blok voor haar gevallen. Wie was deze Augustus Thorpe, met zijn stijve formaliteit, die het over haar *positie* had alsof het een speling van het lot was, iets wat hij niet had kunnen voorzien? Het enige predicaat dat hij scheen te kennen was *onmogelijk*.

Mijn keel snoerde dicht. Ik had Maria alles over mezelf verteld, maar zij had mij niet eens haar echte naam verteld. En nu dook die militair ineens op, met wie ze *de afgelopen maanden* intieme wandelingen had gemaakt in het park. Misschien was hij wel degene van wie ze had gehouden. Het was immers zijn brief die ze gekoesterd had en zo vaak had gelezen dat hij bijna was doorgesleten. Het was zijn brief die ze onder de kleertjes van de pop had verstopt, niet de mijne.

Waar waren mijn vurige, bloemrijke brieven vol bijvoeglijke naamwoorden?

Die waren verdwenen.

Die nacht was ik prikkelbaar en met mijn hoofd niet bij mijn werk; pas op weg naar huis besefte ik dat ik de post voor dokter Anderton bij dokter Anderson had afgeleverd. Maar dat kon ik niet meer verhelpen en het was hun eigen schuld dat hun namen zo veel op elkaar leken.

Ik had die ochtend vreselijk slecht geslapen, hooguit drie uur, en zat nu in mijn eentje in de achterkamer. Constance was naar haar school in Dean Street en Alfie paste op de winkel en was zijn apparaat in elkaar aan het zetten. Er waren vier mannen voor nodig geweest om het naar binnen te sjouwen.

Ik zat graag in de achterkamer. Die was altijd weer anders: opgetaste voorraaddozen die langzaam leeg raakten, stoffige potten met chemicaliën die in krullen over de rand kolkten, onze voetstappen kriskras op de grond, alsof de kamer een uitbeelding was van ons dagboek.

Die ochtend stond er ook de zinken tobbe die meestal op het plaatsje stond. Alfie vond het heerlijk om te baden. Onzichtbaar in de wasem, op de oplichtende askegel van zijn sigaar na, vertelde hij schunnige verhalen over zijn leven als militair, en hij moest dan zo hard lachen dat hij er bijna in bleef. Ik benijdde hem om die wastobbe; ik moest me op mijn kamer met een doekje boven een kom wassen. Als kind genoot ik altijd van het ceremonieel waarmee het water in de ketel werd opgewarmd, van het geluid waarmee het in de tobbe werd gegoten, en van de geur van zeep en van mijn moeder die Jane zo krachtig afdroogde dat je zou denken dat ze haar huid eraf probeerde te wrijven. Ik kon uren in de tobbe blijven zitten, met mijn hoofd net boven het grijze water uit of ondergedompeld in die nevelige, stille wereld, terwijl mijn haar voor mijn ogen dreef. Onder water kon ik mezelf zijn. Niemand kon daar boos op me worden. Niemand kon me daar vertellen dat ik mijn nagels beter moest verzorgen of dat ik netjes recht moest zitten met mijn knieën tegen elkaar.

Maar mijn kindertijd lag achter me en ik had geen moeder meer om me te zeggen dat ik de modder van mijn knieën moest boenen. Ik was inmiddels een man en moest mijn eigen weg kiezen.

Madame Moreau had Maria misschien vermoord. Ik kon althans niet met zekerheid zeggen dat ze dat niet had gedaan. En toch geloofde ik het niet. Niet echt. Ze leek om Maria te geven en er was nog iets anders:

om de aandacht van háár af te leiden had ze de politie over mij kunnen vertellen. Dat had ze zo kunnen doen. Maar ze had het niet gedaan. Dat sprak in haar voordeel.

Toch was er een gerede kans dat ze zou worden opgehangen. Niet behept met veel verbeeldingskracht was de politie allang blij een vrouw met een Franse naam te hebben gevonden die door haar beroep vermoedelijk niet op enige sympathie van het volk hoefde te rekenen. Ripley en zijn kompanen zagen haar liever hangen. Dan was de zaak gesloten en konden ze zich de moeite besparen om te achterhalen wat er werkelijk was gebeurd. En een majoor van het Britse leger zouden ze al helemaal niet ondervragen.

Ik schonk een kop thee in en vouwde mijn handen om de pot, die eigenlijk te heet was, maar ik sloot mijn ogen en hield hem vast tot mijn huid begon te branden.

Zou Thorpe de verwekker van Maria's kind kunnen zijn geweest? Alleen al van die gedachte werd ik misselijk. Maar als het zo was, dan was zijn brief waarin hij haar afwees waarschijnlijk de reden waarom ze naar madame Moreau was gegaan. Met een dikke buik zou Elizabeth Brafton niets aan haar hebben.

Ik moest die Thorpe spreken. Maar hoe?

Ik zag de brief voor me die ik zou kunnen schrijven: *Geachte majoor Thorpe, de prostituee bij wie u regelmatig langsging is vermoord en ik verdenk u ervan de dader te zijn. Zouden we deze aangelegenheid alstublieft kunnen bespreken? Hoogachtend, iemand van wie u nooit heeft gehoord.*

Ik nam een slok thee. Hoe ik ook mijn best deed, ik kon maar één andere strategie bedenken, maar dat was werkelijk het gruwelijkste idee dat ik ooit had gehad. Alles liever dan dat. God, smeekte ik, als U ook maar iets meer in me ziet dan een speeltje om uw wrede fantasieën mee uit te leven, breng me dan alstublieft op een ander idee.

14

Mijn zus Jane woonde in een huis van drie verdiepingen in Maida Vale, ten noordoosten van de apotheek, op nog geen uur lopen. Ik ging er niet vaak heen. Van alle mensen met wie ik omging was zij de enige die me kende van de tijd dat ik nog geen Leo was en daar wilde ik liever niet aan worden herinnerd. Zij evenmin.

Er werd opengedaan door een negerin met een mopmuts.

'Ik kom voor mevrouw Hemmings.'

'Aan de deur wordt niet gekocht,' zei ze met een zwaar accent terwijl ze de deur al dichtdeed.

'Ze is mijn zuster.'

Duidelijk niet overtuigd, nam ze me van top tot teen op. 'Wacht dan maar even.'

Ze sloot de deur en ik gluurde door het gebrandschilderde glas de hal in. Er stond een tafel waarvan ik zeker wist dat die in ons ouderlijk huis in Enfield had gestaan. Het leven ging Jane gemakkelijk af. Ze wilde precies hetzelfde als wat onze ouders haar hadden toebedacht en dat had haar verzekerd van hun liefde: een mooi huis met een erker en portiek, en een aardige man met een goede betrekking. En het allerbelangrijkste van al: zo veel kinderen als één baarmoeder maar kon voortbrengen.

Het behoeft geen betoog dat mij nooit een meubelstuk was geschonken. Zij was hun dierbare dochter, en ik was niemands zoon.

Even later deed Jane zelf de deur open, maar het lachje dat om haar mond speelde bestierf. 'O, ben jij het,' zei ze. 'Ik dacht dat het Ollie was.'

'Mag ik binnenkomen?'

'Howard is niet thuis.' Ze was een respectabele vrouw en wilde niet dat de buren zagen dat er een man bij haar naar binnen ging terwijl haar echtgenoot van huis was. Ik had haar man nooit ontmoet, blijkbaar was hij bankier in de City. 'Wat kom je doen? Ik heb je al eerder verteld dat je geen geld meer van me krijgt.'

'Daar kom ik ook niet voor.'

Typisch iets voor haar om me daaraan te herinneren. Toen ik op mijn eenentwintigste schulden had, misdadig gedrag vertoonde en vlak daarvoor vernomen had dat mijn moeder was overleden, had ik in geldnood gezeten. Tot wie anders had ik me kunnen wenden dan mijn zus? Ze deed nu wel alsof ik haast een onbekende voor haar was, maar vijftien jaar lang hadden we uit vrije wil een slaapkamer gedeeld. 's Avonds hadden we in het pikkedonker liggen praten tot er in de wereld enkel nog haar stem was, zo dichtbij dat hij in mijn hoofd had kunnen zitten. Als ik een nachtmerrie had, kroop ik tegen haar aan, als ze met haar kleren mijn deel van de kast dreigde te confisqueren, vocht ik als een leeuwin, als ze pliés oefende klapte ik, en aanspraak makend op mijn laatstgeborenerecht anderen te tergen, had ik haar vrijwel iedere ochtend ruw uit haar slaap gehaald door de gordijnen open te gooien. Ze was de eerste aan wie ik had verteld dat ik in werkelijkheid een jongen was en de eerste die me te verstaan had gegeven dat ik niet zo stom moest doen.

In het huis begon een baby te huilen. Jane stapte de hal weer in. 'Cecily!' Ik hoorde de dienstbode sussende geluidjes maken.

'Weer een?'

Er bleek uit hoelang ik niet bij mijn zus langs was geweest. Bijna een jaar, dacht ik.

'Ja. Een meisje. Nu hebben we er van elk twee.'

De onomstotelijkheid van de sekse van haar kinderen hing tussen ons in.

'Je ziet er goed uit,' zei ik. Dat was ook zo. Ze was bijna even lang als ik, verzorgd, mollig en fraai gekleed. Maar ik kende haar geheim, zoals zij het mijne kende.

'Dat kan ik van jou niet zeggen. Doe je tegenwoordig soms aan boksen?'

'Nee, gewoon een blauwe plek.' Ik had gehoopt dat die inmiddels weggetrokken was.

'Werk je nog steeds in het ziekenhuis?' Ook dit was een beladen vraag, een herinnering aan haar eerdere generositeit. Nadat ze me geld had geleend, had ze me verteld dat een neef van een vriendin van haar zijn baan als jongste knecht in het ziekenhuis had opgezegd en dat die betrekking vrijgekomen was. Dat was het enige wat ze had gedaan, maar op grond van haar gedrag zou je haast denken dat ze me het baantje persoonlijk had bezorgd. Volgens mij had ze dat niet uit zusterlijke genegenheid gedaan, maar om ervoor te zorgen dat ik de middelen had om haar de lening terug te betalen, hoewel ze toch werkelijk niet om het geld zat te springen.

'Ja, ik ben nog steeds de assistent van een chirurg,' loog ik. 'Ik heb woonruimte en vrienden. Ik heb een goed leven.' Als je dan toch liegt, kun je het beter goed doen.

'Weten ze wat je bent, Lottie?'

'Ze weten dat ik een man ben, en ik heet Leo.'

Het gehuil hield aan. Ik had mijn nieuwe nichtje graag gezien, maar de uitnodiging bleef uit.

'Er was ooit een paus Leo die Attila de Hun voor Rome heeft tegengehouden, wist je dat?'

'Nee, dat wist ik niet.'

'Hij heeft de eenwording van de katholieke kerk bewerkstelligd.' Of ze dat positief vond, was me niet helemaal duidelijk, maar ze vervolgde: 'Je bent als Charlotte gedoopt, maar noemt jezelf nu geen Charles. Waarom niet?'

'Ik wilde een nieuwe naam. Bovendien werd ik altijd Lottie genoemd, nooit Charlotte.'

Dit wist ze zelf ook heel goed. Uiterlijk leek ze akelig veel op mijn moeder, maar ze dacht als mijn vader. En zo dacht ik zelf ook, eerlijk gezegd. Er waren niet veel dingen waar we het over eens waren, maar onze denkwijze was hetzelfde; eendere weefgetouwen die verschillende stoffen produceerden.

‘Is het je nooit opgevallen dat de naam Leo veel op Lottie lijkt?’ vroeg ze. ‘Een L, een E en een O, drie letters die hetzelfde zijn. En er ontbreken drie letters: een T, een I en nog een T. Interessant, hè? Je naam is half zo lang en er ontbreekt maar een tit.’

Ik liet me niet zo gemakkelijk van mijn stuk brengen of provoceren. Ze had slechts een fractie van haar geheim prijsgegeven: van alle mensen die ik kende was zij simpelweg het intelligentst. Ik had artsen, juristen en priesters ontmoet, maar niemand kon aan haar tippen. Als kind had ik een poos fanatiek geschaakt, als het maar even kon speelde ik dat spel – met mijn moeder, mijn buren, de koster of een parochiaan, en ik maakte ze allemaal in. Ik won ook van Oliver, of dwong hem in elk geval zo in het nauw dat hij de stukken van het bord maaide en wegstormde, maar tegen Jane had ik nooit op gekund. Zij won altijd met twee vingers in haar neus, terwijl ze ondertussen een boek las en ik tegenover haar zat te knarsetanden en furieus naar het bord staarde.

Ik vroeg me af of ze Howard, haar bankier, ooit had laten merken hoe intelligent ze was. Om een of andere reden betwijfelde ik dat. Eeuwig zonde. We waren beiden veranderd, maar ik was geworden wat ik altijd had moeten zijn, terwijl zij haar ware aard begroef.

‘Hoeveel boeken hebben jullie?’ vroeg ik plots.

‘Een hele bibliotheek vol,’ antwoordde ze. Ondanks de defensieve toon klonk er een lichte geamuseerdheid in door. Dit spelletje deden we vroeger heel vaak: de boeken in een huis tellen. Wanneer het er minder dan twintig waren deden we het gezin af als een stelletje onwetende sufkoppen. Als kind waren we geen lieverdjes.

‘Mag je ze lezen?’

‘Als ik daar de tijd voor heb.’ Als Howard niet thuis was, bedoelde ze waarschijnlijk. ‘Ben je langsgekomen om het over mijn leesgewoonte te hebben?’

‘Nee. Ik ben gekomen om je hulp te vragen. Ik ben op zoek naar een zekere Augustus Thorpe.’

Ze haalde haar schouders op. ‘Is dat alles? Nou, dat is makkelijk. Ik heb nooit van hem gehoord. Echt, Lottie, ben je helemaal hierheen gekomen om te vragen of ik van alle mannen die in Londen wonen toevallig net die éne ken, terwijl de kans daarop vrijwel nihil is? Wat een idiote smoes.'

'Ik ging er ook niet van uit dat jíj hem kende. Ik hoopte dat Oliver hem zou kennen. Augustus Thorpe is majoor in de St George-kazerne. Oliver is daar toch nog steeds gestationeerd? Ik moet die Thorpe dringend spreken. Zou je het Oliver alsjeblieft willen vragen?'

Ze trok haar wenkbrauwen op en zei niets. Alleen de wind die door de bomen langs de rand van het trottoir woei en het klip-klop van paardenhoeven op Edgware Road was te horen. Verder was het stil in de laan. In het huis had het huilen van mijn nichtje plaatsgemaakt voor het fluiten van een theeketel.

Er dook een jongetje in de deuropening op. Aanvankelijk herkende ik hem niet, maar daarna besefte ik dat het Walter moest zijn, de oudste, die in mijn gedachten nog steeds een mollig, roze wezentje was dat nauwelijks kon praten. Maar nu was hij, lieve hemel, alweer acht of negen jaar, met keurig geborsteld haar, een lange kin en blauwe ogen waar geen enkele herkenning uit sprak.

'Dag,' zei ik.

'Ga naar binnen,' zei Jane tegen hem terwijl ze mij aankeek met de blik die ik maar al te goed kende van onze kinderjaren: *verraad niet wie je bent*. Wat wisten haar man en kinderen eigenlijk van mij? Ik was er zeker van dat de naam Leo nooit viel, maar de naam Lottie, zou die ook nooit vallen? Was tante Lottie dood of had ze nooit bestaan?

Ik tastte in mijn zak naar het briefje dat ik meegenomen had. Ik had te veel schaakpartijen van mijn zus verloren om onbeslagen ten ijs te komen. 'Dit is mijn adres,' zei ik. 'En mijn achternaam is Stanhope, voor het geval je dat mocht zijn vergeten. Hij moet naar mij vragen. En dit is de naam van de man: majoor Augustus Thorpe.'

Ze pakte het briefje niet aan. 'Je moet niet bij mij zijn, maar bij Ollie.'

'Je weet dat die niet met mij wil praten.'

Een hele tijd geleden had ik geprobeerd met hem in contact te komen, maar mijn brieven waren ongeopend geretourneerd.

Ze slaakte een zucht. 'Waar gaat het trouwens om? Waarom moet je die man spreken?'

‘Er is een jonge vrouw vermoord en hij kende haar. De politie heeft al iemand opgepakt, dus is hij geen verdachte, maar ik wil hem een paar vragen stellen.’

‘Vermoord? Waar ben jij in godsnaam in verzeild geraakt?’ Ze deed een paar stappen achteruit en pakte de deur al vast.

‘Toe, Jane. Ik zou je nooit in gevaar brengen, het enige wat ik wil is dat Oliver deze man vraagt contact met me op te nemen. En gebruik alsjeblieft al je overredingskracht, voor de gerechtigheid van een jonge vrouw die is vermoord.’

Toch nam ze het briefje nog steeds niet aan. ‘Waarom zou ik? Wij hebben hier niets mee te maken.’

Nu was het mijn beurt om mijn schouders op te halen. ‘Ik kan natuurlijk vanavond terugkomen om het nog een keer te vragen. En morgen weer, als het nodig mocht zijn.’

Ze wist wat ik bedoelde: mijn neefjes en nichtjes zouden dan hun oom ontmoeten en ik zou me ook aan Howard kunnen voorstellen. Ik was ervan overtuigd dat hij heel nieuwsgierig zou zijn naar de zwager van wiens bestaan hij nooit had gehoord.

Ik was het natuurlijk niet echt van plan, want door haar gêne zou ik achter de tralies kunnen belanden. Mijn ervaring was echter dat dreigen de enige manier was om iets van haar gedaan te krijgen.

Eindelijk pakte ze het briefje aan. Eén keer had ik haar dan toch schaakmat gezet.

‘Ik zal het Ollie vragen maar ik kan niet beloven dat ik hem zover krijg dat hij het doet.’

‘Maar je belooft dat je je best zult doen.’

‘Dat wel. Maar dit is de laatste keer dat ik je help. Je mag niet meer langskomen. We hebben buren en personeel. We genieten aanzien. Je bent hier niet welkom. Begrepen? Niet meer langskomen.’

‘Je bent mijn zuster, Jane.’

‘Je hebt het allemaal aan jezelf te danken, *Leo*, dus geef de schuld niet aan mij. Ik hield van Lottie en zal altijd van haar houden. Ik mis mijn zus elke dag.’

Een moment deed ik er het zwijgen toe en stond ik als een onbekende bij haar op de stoep. Ik was vastbesloten niet te huilen. ‘Als je dat wilt, goed dan. Stuur me maar een telegram. Hij mag zeggen waar en wanneer we afspreken. Ik zal zorgen dat ik er ben.'

Ze knikte en ging het huis in. 'Dag,' zei ze, en ze sloot de deur.

Ik was er gewend aan geraakt Jane niet elke dag of elke week te zien, niet elke dag of elke week aan haar te denken, maar er was een tijd geweest dat ik haar stem beter kende dan de mijne, en te weten, zéker te weten dat ik die nooit meer zou horen, deed pijn.

Ik voelde me leeg, alsof ik snakte naar eten, maar dat niet verdroeg. Al na een dag sloeg mijn hunkering echter om in wrok en vervolgens in woede. Ik was haar vertrouweling geweest toen ze bekend had dat ze onze vader haatte en een hekel had aan zijn belerende toon; alles wat we zagen en elke plaats die we bezochten veranderde in een les, compleet met Bijbelcitaten en al, gevolgd door een overhoring, alsof ons leven een metafoor was voor zijn protestante geloof in plaats van andersom. Maar het was me nu wel duidelijk: wat bij mij heel diep zat, was bij haar slechts als inkt op haar vingers, die er zo was af te wassen.

Uiteindelijk had ze zijn kant gekozen.

Toen ik op mijn bed lag en de slaap niet kon vatten moest ik toch aan de zomers in de pastorie denken, aan de keren dat we met zwierende armen door de tuin hadden gedanst, en de rododendrons, de pioenrozen en de lijsters in de vogelhuisjes van onze vader hadden gezegend. We pakten de jonkies op en keken naar hun kleine, roze snaveltjes die ze open- en dichtdeden. Het was alsof wij ze het leven hadden geschonken.

Ik had de gewoonte aangenomen te helpen in de apotheek voor ik naar het ziekenhuis ging. Het was een slappe tijd voor de zaak, zoals Alfie het noemde, maar slap als een touw dat binnenkort zou worden strakgetrokken, ook al had ik niet het idee dat er ook maar iemand een ruk aan zou geven. Op vrijdag had ik achter in de middag slechts drie klanten geholpen: een bejaarde vrouw die arsenicum nodig had tegen de ratten, een leerlooier die het laatste pak zout kocht en juffrouw Horner van de brouwerij, die carbolgaas kwam halen voor een knecht die een vat op zijn voet had laten vallen en wiens huid helemaal openlag, van zijn kleine teen tot aan zijn grote, beweerde ze.

Ondertussen bestudeerde Alfie hoe hij zijn nieuwe machine moest gebruiken. Het was een monsterlijk ding: een stoel met een voetpomp en allerlei apparatuur, die hij midden in de winkel had geplaatst. Het gedrocht was zo groot dat je er niet omheen kon. Hij oefende zijn nieuwe ambacht op een ingelegde varkenskop. Het was afschuwelijk: de stank van varkensvlees en azijn, het piepen van de pedaal, het brommen van het apparaat en, het allerergste, het indringende gieren van de boor op tandglazuur.

'Tandheelkunde is niets meer dan een technische vaardigheid,' legde hij uit terwijl hij de boor weglegde en een tang ter hand nam. 'De machine doet al het werk. Je moet er alleen voor zorgen dat je niet uitschiet en de zachte delen van de mond raakt.'

Hij hoopte dat zijn nieuwe onderneming meer welgestelde klanten naar de apotheek zou lokken. Ik vermoedde echter dat hij er het tegenovergestelde mee zou bereiken en dat een klant die voor medicijnen kwam rechtsomkeert zou maken bij het zien van een man die een in een stoel vastgeklemde varkenskop foltert.

Net toen ik op het punt stond om mijn jas te gaan halen om naar mijn werk te gaan rinkelde de winkelbel.

Ik herkende de man onmiddellijk. Dit was de vent die voor het huis van madame Moreau had staan wachten, de man die het meisje eropuit had gestuurd omdat hij zelf het lef niet had om daar naar binnen te gaan. Van dichtbij was te zien dat hij een jaar of dertig was en een rechte houding had, onmiskenbaar een militair, ook al was hij niet in uniform. De aanblik van het varken deed hem bleek wegtrekken, maar hij vermande zich.

Toen Constance de winkel in kwam, nam hij haar van top tot teen op. 'Bent u juffrouw Pritchard? Er is me gevraagd naar dit adres te komen.'

Ik wist meteen wie hij was. Ik hoorde de toon van de brief: *Door de positie waarin je verkeert is dit onmogelijk geworden.* De pompeuze blaaskaak. Ik kon me nauwelijks voorstellen dat hij Maria had gekend, laat staan dat hij om haar had gegeven.

Hij snoof en keek om zich heen; de apotheek scheen hem niet te bevallen. Hij ging ongetwijfeld naar de grotere zaken in Regent Street of

Park Lane, of liet een apotheker met een kist vol medicijnen opdraven, die hem het respect betoonde dat hem als majoor toekwam.

Maar zo zat Constance niet in elkaar. Ze deed me aan mezelf denken.

'U moet zich vergissen. Er woont hier geen juffrouw Pritchard.'

Hij trok zijn wenkbrauwen op. 'Kapitein Pritchard heeft me verteld dat dit het adres van zijn zuster is. Ik geloof dat ze Lottie heet, volgens mij een afkorting van Charlotte.'

'Weet u zeker dat hij het over zijn zuster had?' liet ik me ontvallen. 'Niet over een man?'

Hij keek me aan en vroeg zich overduidelijk af waarom ik me ermee bemoeide. Vermoedelijk had hij me voor een klant gehouden. Of hij had me niet eens opgemerkt; dat leek me nog aannemelijker.

'Wat bazelt u? Ik weet heus wat me is verteld. Is juffrouw Pritchard hier of niet?'

Nee, dacht ik. Die is hier echt niet.

Alfie, die nog steeds met zijn tang in de varkensbek wroette, vroeg: 'Ken jij iemand die zo heet, Leo?'

'Zou kunnen,' zei ik. 'Waar gaat het over? Kunt u me dat misschien vertellen?'

Thorpe schudde zijn hoofd. 'Kapitein Pritchard zei dat ik er verder met niemand over mocht praten. Dat zei hij expliciet. Het gaat om een gevoelige kwestie.'

'Gevoelig?' vroeg Constance, nieuwsgierig als altijd. Weer nam hij haar van top tot teen op. Als hij dat nog een keer doet, dacht ik, poot ik hem in die stoel neer en dan zullen we weleens zien of hij die boor weet te waarderen.

'Dank je, Constance,' zei ik. 'Als ik je hulp nodig heb, laat ik dat wel weten.'

Met op elkaar geklemde lippen beende ze weg.

'Kan ik een boodschap doorgeven aan juffrouw Pritchard?' vroeg ik aan Thorpe.

'Waar woont ze?'

'Het spijt me, maar zonder haar toestemming kan ik haar adres niet zomaar aan iemand geven. Welke boodschap moet ik overbrengen?'

Hij dacht een moment na. 'Zeg haar maar dat ik haar wil spreken.

Maar niet hier.' Vol walging keek hij naar de stoel. 'Aanstaande zondag, om twaalf uur in St James's Park, op de brug over het meer. Mijn naam is Thorpe. Majoor Thorpe.'

Plots klonk er gewrik en gekraak en wankelde Alfie grijnzend als een idioot met een varkenstand tussen zijn tang naar achteren.

'Hebbes!' riep hij uit.

Geschokt liep Thorpe naar de deur, maar zich realiserend dat hij paniekerig overkwam, haalde hij diep adem en hernam hij zich.

'Zorg dat ze de boodschap krijgt. Zondag om twaalf uur.'

Zodra hij weg was ging ik naar boven, waar ik me op mijn bed wierp en naar het plafond staarde.

Wat heb ik gedaan? Hoe kan hij Lottie ontmoeten als ze niet bestaat?

15

Het was zondagochtend en Alfie en Constance waren naar de kerk. Helena was daar zeer strikt in geweest, had erop gestaan dat ze er elke week, ongeacht de omstandigheden, heen gingen en Alfie had die gewoonte voortgezet. Hoewel hij het nooit met zo veel woorden tegen me had gezegd, had ik toch het idee dat hij net zomin als ik godvrezend was en alleen naar de kerk ging om de wens van zijn overleden vrouw te eerbiedigen. Ook hij had redenen te over om zich van de Almachtige af te keren.

Ik was op mijn kamer en hield een pruik in mijn handen.

Aanvankelijk was ik van plan geweest om zelf naar de afspraak met Thorpe te gaan en hem te overreden met mij te praten. Maar hij had specifiek naar Lottie gevraagd. Zou hij überhaupt wel bereid zijn om met een ander te praten?

Ik vroeg me af of iemand zich voor Lottie zou kunnen uitgeven. Thorpe zou het verschil niet zien, want hij had haar nooit ontmoet. Maar wie zou dat kunnen?

Ik dacht aan Audrey. Die zou het misschien opwindend vinden en een vergoeding, hoe klein ook, zou haar welkom zijn. We zouden van tevoren kunnen oefenen wat ze moest vragen. Maar Audrey was een straatmus en Lottie een duifje, de dochter van een predikant; een majoor zou daar niet intrappen.

Tot mijn eigen verbazing kwam mevrouw Flowers in me op, hoewel ik geen moment meer aan haar had gedacht. Maar dat idee keurde ik af

– haar accent was bijna even sterk als dat van Audrey en bovendien bezat ze een typische eigenschap: ze veinsde niet. Ze was recht door zee, op het botte af. Ik verwachtte niet dat zij zich overtuigend voor een ander zou kunnen uitgeven.

En zo bleef er slechts één iemand over van wie ik dacht dat die welbespraakt was en overtuigend genoeg voor Lottie kon doorgaan. Dat was de reden dat ik een pruik voor mezelf had gekocht.

De winkel in Floral Street had me doen duizelen: lange rijen houten hoofden met vrouwenpruiken in allerlei stijlen. Ze hadden iets verwarrends, deden me aan opgezette dieren denken. Ik kon niet beslissen wat voor pruik ik moest kopen. Moest hij lijken op het haar dat ik vroeger had, onopvallend bruin met een lichte slag? Ik hield me voor dat de pruik slechts een attribuut was, een doelgerichte vermomming; of hij esthetisch verantwoord was, deed er niet toe. Thorpe zou heus geen misdaad bekennen vanwege een pruik. Ik moest gewoon de goedkoopste aanschaffen en weer weggaan. Maar verstard door besluiteloosheid bleef ik staan.

De onderdanige winkelbediende, die zelf een volle, weelderige haardos bezat, hielp me niet uit mijn dilemma. 'Misschien deze, meneer?' Hij toonde me een stijf geval dat je je alleen op het hoofd van de koningin kon voorstellen. 'Hij gaat lang mee en is redelijk geprijsd.'

Ik had de fout gemaakt om ter plekke de leugen te bedenken dat ik een pruik wilde voor mijn oude tante om haar beginnende kaalheid te verdoezelen.

Uiteindelijk koos ik er een die op mijn vroegere haar leek. Waarom ik dat deed wist ik niet en nog voor ik de winkel uit was had ik er al spijt van. De winkelbediende vond mijn keuze overduidelijk ongeschikt en bleef met alternatieven aankomen, zelfs toen ik de zaak al uit liep. 'De tante van meneer zal er zo goed mogelijk uit willen zien voor haar leeftijd, en de pruik die meneer heeft uitgekozen is veel te jeugdig. Meneer zou een andere moeten overwegen. Als de pruik eenmaal is gedragen kan hij niet meer worden geruild.'

En nu was ik alleen in huis en zat ik in mijn kamer van het ding te walgen. Het was alsof ik iemands schedel in mijn handen had, mijn eigen schedel. Ik voelde een verlammende haat jegens Jane omdat zij me in deze positie had gebracht. Ik was ervan overtuigd dat zij erachter zat, uit boosaardigheid, om me dwars te zitten. Mijn broer was niet geslepen genoeg om zo'n list te bedenken. Bovendien lag het niet in zijn aard: hij hield zijn blik altijd op de horizon gericht en stevende daar recht op af. Dat hij in dat opzicht zou zijn veranderd, betwijfelde ik.

Ik kon me echter geen uitstel meer veroorloven. Ik had mijn windsel al gewassen en te drogen gehangen, mijn kamer opgeruimd en opgehard kaarsvet van mijn plank geschraapt. En Alfie en Constance zouden zo thuiskomen.

Ik deed de pruik op en trok hem strak over mijn schedel. Hij zat onaangenaam, kleefde aan mijn huid. Als ik mijn hoofd krachtig heen en weer schudde, zwiepte het haar van de ene naar de andere kant en toen ik vooroverboog, viel het rond mijn gezicht op een manier die ik me vaag herinnerde.

Zonder dat Alfie het wist had ik gezichtspoeder meegenomen uit de apotheek. Het zou hem niet kunnen schelen dat hij een pot minder had en zes pence extra. De poeder was koud en kriebelde, maar camoufleerde mijn blauwe plek. Ik kleedde me volledig uit en ging naakt in het midden van de kamer staan. Iedereen die me zou hebben gezien had me voor een vrouw gehouden.

Ik had al besloten dat ik Maria's kleren zou dragen en had ze zo goed en zo kwaad als het ging schoongemaakt met een sponsje. Ik spreidde ze uit op het bed: een onderjurk, een bonnet, de japon en een hansop, een kledingstuk dat ik nooit eerder had gedragen. Ik hees me eerst in de hansop, trok hem over mijn boezem die ik voor het eerst in tien jaar niet had ingesnoerd, en knoopte hem dicht. Het was een eenvoudig kledingstuk en zat best aangenaam. Ik had er geen hekel aan – hoe zou ik dat ook hebben gekund, wetende dat het van Maria was geweest? Maar gekleed in het ding had ik wel een hekel aan mezelf: aan mijn smalle taille, aan mijn witte, ontblote borstbeen, aan mijn tengere schouders en magere hals. Aan alles.

Ineens kreeg ik de neiging de hansop van mijn lichaam te rukken en het hele plan te laten varen – dan ging er maar niemand naar Thorpe toe, dan moest ik maar vergeten dat ik ooit had willen weten waarom Maria was gestorven. Een hele poos zat ik op mijn bed. En toen daagde het me ineens; ineens wist ik wat ik moest doen. Ik pakte mijn windsel en rolde het op tot een worst die ik in het kruis van de hansop propte. Het was belachelijk wat ik deed: een nep-pik voor een pik-loze man die deed alsof hij een vrouw was. Het sloeg nergens op. Maar zolang ik dat ding daar maar tegen mijn dij voelde drukken, zou het me eraan herinnering wie ik werkelijk was.

Ik haalde diep adem en pakte de japon. Die was roomwit, eenvoudig en mooi, met plooitjes, kant om de hals en een strik op de rug. De jurk stond me niet, maar ik had geen andere. De snit was gebaseerd op een queue de Paris en die had ik niet. Maria moest die zelf hebben gedragen toen ze wegging bij mevrouw Moreau. Waarschijnlijk had ze hem ook gedragen toen ze stierf en misschien was hij zelfs samen met haar het graf in gegaan. Die gedachte vrat zo aan me dat ik in mijn hand moest knijpen om tot mezelf te komen.

Ik keek om me heen of er iets in mijn kamer was dat als queue de Paris kon dienen en probeerde het uit met kleerhangers, maar besloot uiteindelijk een opgevouwen handdoek te gebruiken die ik met een riem boven Maria's onderjurk vastbond. Het ding zat niet aangenaam en kon elk moment losschieten. Waarom dosten vrouwen zich in godsnaam met dit soort onzinnige attributen uit?

De japon paste me echt niet. De stof hing neer van mijn schouders, flodderde om mijn boezem en viel aan de achterkant over mijn geïmproviseerde queue de Paris. Hij was ook iets te kort. Mijn moeder zou de zoom hebben uitgelegd en het lijfje flink hebben ingenomen, maar mijn naaivaardigheden beperkten zich tot knopen en lijken. Daarom trok ik de onderjurk maar iets naar beneden in de hoop dat ik er fatsoenlijk genoeg uitzag.

Dat de japon van Maria was maakte het makkelijker, alsof zij en ik samen in een complot zaten. Hij rook zoetig, naar haar. Ik sloeg mijn armen om mijn lijf, omhelsde de jurk en ik kon me bijna voorstellen dat Maria mij ook omhelsde.

Behendig schikte ik de japon goed bij mijn taille en streek het kanten roesje rond de hals glad, rituele handelingen die gemakkelijker bij me bovenkwamen dan ik voor mogelijk had gehouden. Ik rommelde door mijn lade en vond het enige voorwerp dat ik, afgezien van een paar boeken, uit mijn tijd als Lottie had bewaard: een broche die ik voor mijn elfde verjaardag van mijn moeder had gekregen, een zilveren roos op een gewelfd steeltje met een piepkleine doorn. Ik speldde hem op mijn jurk.

Ik had er een hekel aan om in de spiegel te kijken, maar omdat ik wilde controleren of alles goed zat, ging ik naar Alfies slaapkamer waar ik met gesloten ogen voor zijn spiegel ging staan. Ik telde terug van tien en aangekomen bij drie, deed ik mijn ogen open.

Daar stond Lottie, in levenden lijve, met haar lange kin, onbeholpen houding en haar friemelende vingers, die niet wisten wat ze met zichzelf aan moesten. Ik had haast met haar te doen. Om haar taille te benadrukken zette ze haar handen in haar zij. Ik keek haar verbolgen aan, zij keek verbolgen terug.

Als mijn moeder me had kunnen zien, zou ze denken dat haar kleine meisje was teruggekeerd. Het was een ongemakkelijke gedachte. Zou ik er echt aan onderdoor zijn gegaan als ik nog een paar jaar langer een jurk was blijven dragen om haar te plezieren? Was mijn geslacht zo kwetsbaar dat ik het niet nog wat langer had kunnen verbergen onder gezichtspoeder en onderjurken?

'Waarom zou ik?' zei ik hardop. 'Waarom moet ik er anders uitzien dan ik ben?'

Maar ook al had ik gelijk, ik voelde me niet beter. Ook al kon ik het nog zo goed rechtvaardigen, ik was er niet bij geweest toen mijn moeder stierf.

Ik raapte mijn eigen kleren bij elkaar en propte ze in de reistas, vervolgens ging ik naar de keuken. Daar haalde ik uit de lade het grootste mes, wikkelde het in een doek en stopte het bij mijn kleren in de tas. De dag ervoor had ik het een uur lang gewet tot het glanzend en vlijmscherp was.

Even voor elven kwam ik in St James's Park aan. Ondanks het blauwe korte jasje dat ik voor vijf shilling en zes pence – een halve week huur – had gekocht bij de lommerd in Drury Lane, huiverde ik. De verkoper had me verzekerd dat het van de beste kwaliteit wol was gemaakt. Ik had geen tijd gehad om met hem in discussie te gaan; het jasje verdoezelde in elk geval wel het slecht zittende lijfje van mijn jurk en een deel van de zelfgemaakte queue de Paris, die niet op zijn plaats wilde blijven zitten en de neiging had naar beneden te glijden. Tijdens de korte wandeling van de apotheek naar het park had ik het ding tot twee keer toe terug op zijn plek moeten duwen en ik hoopte maar dat hij nu wel zou blijven zitten. Ik had ook een hoed met een brede rand gekocht, die beter bij de jurk paste dan Maria's dunne bonnet.

Ik had een uur om te oefenen me als vrouw te bewegen.

Het park was wonderschoon en ik was het meest onbeholpen wezen dat er rondliep. Op de promenade langs het meer probeerde ik te lopen als een vrouw, maar ik struikelde steeds over Maria's onderjurk. Ik besefte dat ik veel te snel ging; vergeleken bij de drentelende dames die ik inhaalde leek ik haast te hollen. Toen ik mijn pas aanzienlijk inhield, lukte het me wel overeind te blijven.

Het meer, omgeven door een zwarte reling, lag te schitteren in het park en mensen met parasols flaneerden als kralen aan een halssnoer langs de oevers. Aan één kant was een eilandje met een huisje en afrasteringen van gaas waarachter statige ooievaars en pelikanen behoedzaam hun weg zochten tussen kwakende ganzen en eenden door. Ik had Maria hier mee naartoe willen nemen na de Opera Comique, in de hoop dat het een gewoonte zou worden. Ik had arm in arm met haar willen lopen, en van tijd tot tijd met haar op een bankje willen gaan zitten om te praten over ons leven samen, hoe dat zou zijn. Ik had gewild dat we net als andere mensen zouden zijn. Wat een dwaas hersenspinsel.

Halverwege, bij het smalle gedeelte, werd het meer overspannen door een brug die zo laag was dat er alleen roeiboten onderdoor konden. Dit was de plek waar ik om twaalf uur met Thorpe had afgesproken. Eerlijk gezegd had het me verrast dat hij op Olivers verzoek was ingegaan. Hij was een majoor uit een familie van stand en Maria was een overleden prostituee die naar eigen zeggen in een theater was geboren. Waarom had hij ermee ingestemd?

Op de brug ging ik door met oefenen; voetje voor voetje liep ik over het gladde hout. Heel wat mannen lieten hun blik over mijn gezicht gaan, en niet enkel over mijn gezicht. Zelfs als ze in het gezelschap van een vrouw waren bekeken ze me, alsof ik deel uitmaakte van een tentoonstelling die ze bezochten. Ik vroeg me af of ik me ooit zo gedroeg. Ik dacht van niet. Ik riep vrouwen zeker niet na, legde geen hand op hun arm om ze op een dobberend waterhoentje te attenderen zoals ik een man zag doen. Wat een zelfvertrouwen! Waar haalden ze dat toch vandaan? En hij vergiste zich in de vogel, het was geen waterhoentje maar een meerkoet. Ik corrigeerde hem evenwel niet, omdat ik dacht dat een dame zich ingetogen diende te gedragen en wel zover dat ze zelfs gruwelijke onwetendheid liet passeren.

Na een uur was ik zenuwachtig en zo moe dat ik besloot iets te gaan drinken. Door Birdcage Walk liep ik naar een theesalon van de Aerated Bread Company, waar het zelfs op zondag druk was. Met mijn hoofd in mijn handen ging ik in het privaat zitten en na vijf minuten moest ik inderdaad gebruikmaken van die voorziening en was ik gedwongen me volledig uit te kleden, zonder te weten wat ik met de onmogelijke hansop aan moest. Nadat ik mijn behoefte had gedaan, deed ik de ceintuur strak om mijn middel zodat de queue de Paris niet naar beneden zou glijden, ook al kon ik daardoor nauwelijks ademen.

Doorgaan voor een vrouw was merkwaardig lastig, vooral omdat ik het juist moeilijk vond om voor een man door te gaan. Het leek absurd dat noch het een noch het ander me gemakkelijk afging.

Toen ik terugkwam in de theesalon werd die vrijwel geheel bevolkt door mannen. Een jongeman knipte met zijn vingers en met een brede grijns wijzend naar een bordje attendeerde hij me erop dat de damestheesalon beneden was, met de toevoeging dat hij het fantastisch zou vinden als ik me liever bij hem en zijn gezelschap aansloot. Toen ik zijn uitnodiging afsloeg, scheen hij uitermate verrast.

Tegen de tijd dat ik eindelijk met een kop thee in mijn hand beneden in een schemerig hoekje zat waar niemand me kon zien, trilde ik zo erg dat ik het kopje haast niet stil kon houden. Als ik mijn ogen dichtdeed was ik wie ik altijd was, maar als ik ze weer opendeed werd ik geconfronteerd met het haar rond mijn gezicht en de kanten ruches op mijn jurk.

Ik bekeek mijn handen. Dat waren dezelfde handen die ik altijd had gehad, dezelfde vingers, dezelfde rozige, spitse knokkels. Ik voelde nog steeds dezelfde pijn in mijn pols, overgehouden aan de keer dat ik de man met het wezelachtige gezicht een dreun had verkocht, en ik voelde nog steeds de druk van mijn nep-pik in mijn hansop. Ik was nog steeds mezelf.

Ik tastte in de tas en voelde door de stof waarin ik het mes had gewikkeld, met mijn duim aan de punt. Die was geruststellend scherp. Ik schudde mijn hoofd. Het was van de gekke dat ik door Jane's list mijn mannelijkheid had moeten afleggen.

Ik haalde diep adem en duwde mijn knieën tegen elkaar. Ik was vastbesloten om ter ere van Maria mijn vrouwenrol zo goed mogelijk te vervullen.

Om vijf voor twaalf stond ik op de brug te wachten. Klokslag twaalf uur kwam Thorpe vanaf de noordkant van het park in vol militair ornaat aangelopen: rood jasje, epauletten, witte riem, zwarte broek met een scherpe vouw, zwarte laarzen en een indrukwekkende zwarte muts. Het wemelde van de ouders met kinderen die naar de eendjes op het meer keken, maar ze gingen allemaal voor hem opzij. Zijn houding leek dit af te dwingen: geheven hoofd, rechte rug, vastberaden tred.

'U moet juffrouw Pritchard zijn.'

'Ja. Aangenaam kennis te maken, majoor Thorpe.' Ik was me bewust van de klank van mijn stem. Die had ik geoefend door te neuriën in een hoger register.

Hij nam zijn hoed af en maakte een zeer lichte buiging. Hij leek mij of Maria's japon niet te herkennen, hoewel dat laatste niet verbazingwekkend was. Zelf zou ik de jurk evenmin hebben herkend.

'Noem me alstublieft Augustus. Ik ken immers uw broer. En mag ik u Lottie noemen?' Hij glimlachte en bood me zonder een antwoord af te wachten zijn arm aan.

De laatste keer dat ik als iemand van de vrouwelijke sekse door het leven ging was ik vijftien jaar geweest, maar zelfs toen had geen enkele jongen me ooit zijn arm aangeboden. Ik had iets wat hun tegenstond, misschien het feit dat ik lang was voor een meisje, of dat ik gekke bekken trok als ze onzin uitkraamden. En moest je me nu zien: wandelend met deze heer alsof het de gewoonste zaak van de wereld was, liet ik me door hem als een dame naar het paleis van de koningin leiden. Mijn moeder zou trots als een pauw zijn geweest.

Onder zijn uniform voelde ik de cadans van zijn tred, een intiem contact dat me deed huiveren. Die hand had wellicht het wapen vastgehouden waarmee Maria was vermoord. Toen ze stierf had dat vriendelijke gezicht wellicht toegekeken, met opeengeklemde kaken en parelend zweet op het voorhoofd van de inspanning die de doodsklap had gevergd.

De tas met het keukenmes hing zwaar aan mijn pols.

'Het is een prima kerel, uw broer,' zei Thorpe. 'En hij is de beste schutter van het regiment. Hij heeft ooit met een andere kerel gewed dat hij een porseleinen kruik van een afstand van veertig meter kon raken. En het lukte hem nog ook. Bij het tweede schot vloog het oor eraf. In de mess moest de vent ter plekke een guinje betalen, terwijl uw broer uit die kruik zonder oor dronk. Ongelooflijk toch?'

'Hij heeft het altijd leuk gevonden om op dingen te schieten.'

'En een andere keer, in India was dat, raakte hij een koelie die zich in de bosjes probeerde te verschuilen, van een afstand van wel... ziet u die bomen daar? Zo ver weg was het. Pang, en die koelie ging met een blik van verbazing neer. Zoiets had ik nog nooit meegemaakt.' Thorpe drukte zijn elleboog even tegen zijn zij, waardoor mijn hand zijn jasje raakte, maar het leek geen avance, eerder een onwillekeurige reactie, veroorzaakt door de herinnering. 'We hebben twee jaar samen in Bombay en Pesjawar gezeten. Dan leer je een kerel wel kennen. Dan word je wapenbroeders. Maar hij heeft het nooit over u gehad. U bent toch niet zijn tweelingzuster?'

'Nee, dat is Jane. Ik ben jonger.'

'Ja, precies. En die andere kerel die ik heb ontmoet – die kerel die de boodschap heeft overgebracht?'

Ik haalde mijn schouders op. 'Gewoon een kennis. Oliver moet zich hebben vergist in het adres.'

'Dus u tweeën hebt geen...?'

'O, nee.' Ik lachte en deels was dat oprecht. 'Helemaal niet. Ik ken hem helemaal niet zo goed.'

We slenterden langs het meer, het grind op het pad knerpte onder onze schoenen. Ik werd ongeduldig, wilde tot de kern komen, maar Thorpe bleef hardnekkig over koetjes en kalfjes praten.

'En wat doet u zoal, Lottie?'

'Nou, ik verdiep me in een moord, de moord op dat meisje, juffrouw Milanes. Puur uit nieuwsgierigheid, als amateur. Ik weet dat het macaber klinkt.'

'Ongebruikelijk is het zeker.' Mijn moeder zou zijn beleefdheid 'beschaafd' hebben genoemd, wat inhield dat hij altijd precies de juiste opmerking wist te maken, maar nooit iets interessants zei.

'U kende juffrouw Milanes, als ik me niet vergis, majoor Thorpe?'

'Augustus, alstublieft.' Hij wendde zijn hoofd af; ik had het idee dat hij een antwoord voorbereidde. 'Hoe bent u trouwens aan mijn naam gekomen?'

'Die heb ik van mevrouw Moreau,' loog ik. 'De vrouw die van de moord wordt verdacht.'

'U hebt haar ontmoet? Jeetje. Maar goed, dat zegt niets, toch? Ze kan zomaar een naam hebben genoemd, de eerste de beste die bij haar opkwam.'

Ik glimlachte welwillend en voelde zijn gespannenheid door zijn mouw. 'Er was een brief. Van u aan juffrouw Milanes.'

Hij liet mijn arm los en geleund tegen de reling staarde hij over het meer naar Trafalgar Square en de kazerne. Ik zag de spanning in zijn kaken. Hij was verkrampt. 'En u hebt die brief gezien?'

Ik wist dat ik voorzichtig moest zijn. Die brief was het enige pressiemiddel dat ik had. Als ik ontkende dat ik hem had gelezen, had ik niets meer om hem in verband met Maria te brengen en zou hij zo gesloten blijven als een oester. Maar als ik zei dat ik de brief in mijn bezit had, zou hij ongetwijfeld eisen dat we hem terstond gingen halen.

'Ik heb hem heel even kunnen inzien.'

Hij liet zijn hoofd in zijn handen rusten. 'U zult me wel een geweldige idioot vinden.' Hij zweeg een poos en ik dacht dat hij vertoornd was, maar toen hij eindelijk sprak klonk hij vrij kalm. 'Ik heb hier helemaal niets mee te maken. Ik wist niet... u weet wel... Ik wist niet wat ze was. Ze was zo'n lieftallig, echt zo'n lieftallig meisje. We hebben een paar keer hier afgesproken. Ik had geen enkele reden om haar ervan te verdenken dat ze...'

Het grindpad strekte zich voor ons uit. Op dit pad had Maria arm in arm met deze heer gelopen. Ik droeg haar kleren en trad letterlijk in haar voetspoor. Het werd me bijna te machtig. De aanvechting om weg te rennen was zo sterk dat mijn voetzolen er zeer van deden. Ik moest echter blijven om de waarheid te achterhalen.

'U bent bedrogen,' opperde ik.

'Ja, precies.' De herinnering scheen hem nog steeds pijn te doen. 'Ze vertelde dat haar vader bankier was geweest tot hij grote tegenslagen kreeg en haar moeder was niet zo lang geleden overleden. Als ze daaraan dacht huilde ze tegen mijn schouder. Maar het waren allemaal leugens. Ze was helemaal niet de vrouw die ze leek te zijn. Zodra ik erachter kwam, heb ik het contact met haar verbroken, maar het was onverstandig van me om haar te schrijven. Dat weet ik inmiddels. Ik zou die brief heel graag terug hebben. Ik heb het geprobeerd, maar tot nu toe… Zeg, gaat het wel goed met u?'

'Ja, dank u. Mijn ogen prikken alleen van de pollen.'

'We kunnen wel naar een theesalon gaan als u dat liever wilt,' opperde hij, plotseling bezorgd. 'Er zijn een paar leuke tenten in de buurt.'

'Nee, dank u. Het gaat wel. Dus u hebt haar niet lang gekend?'

'Heel kort zelfs. Ik zat met de kerels in India en we zijn pas – wat zal het zijn – vijf maanden geleden teruggekomen. Ik was gewond, niets ernstigs, een koelie had op me geschoten. Een centimeter of twee meer naar links en… Maar Britse officieren laten zich niet gemakkelijk doden.' Hij glimlachte, maar het was een gekunsteld, werktuiglijk lachje. 'Dat was de koelie die door uw broer is neergeschoten. Als hij hem al met zijn eerste schot had geraakt, was het misschien anders afgelopen.'

Dus Thorpe was gewond en angstig teruggekeerd naar Engeland en Maria had hem getroost. Ik kon me in hem verplaatsen en voelde een steek van verdriet.

'En hoe bent u achter de waarheid gekomen?'

Hij keek me schuin aan. 'U bent wel zéér direct.'

'Het spijt me.' Ik voelde dat ik rood aanliep. Ik haalde diep adem en glimlachte naar hem. Mijn moeder zei vroeger altijd: als je iets wilt zeggen, glimlach dan en formuleer het als een vraag, dan vindt niemand je vrijpostig. 'Zoals ik al zei verdiep ik me in deze zaak. Vindt u ook niet dat deze meisjes beter beschermd moeten worden, beter dan de politie nu doet?'

'Vergeeft u mij, maar ik ben het niet met u eens. Het klinkt allemaal wel mooi en aardig, maar ze was een leugenaarster, een bedriegster. Ze wilde trouwen en ik speelde ook met die gedachte. Nu lijkt dat idee onvoorstelbaar.'

De arme dwaas. Hij dacht waarschijnlijk dat híj háár had verleid. Ik wilde dat graag zeker weten, maar dat soort vragen werden dames niet geacht te stellen. Ik beet op de binnenkant van mijn wang. Thorpe had niets in de gaten, hij ging te veel op in zijn eigen drama om ook maar iets op te merken.

'Ze speelde het zeer overtuigend, begrijpt u? Maar goed, ik had het natuurlijk met mijn vader over haar. Die is rechter. En toen hij wat onderzoek had gedaan naar haar, was het afgelopen.'

'Tot ze werd vermoord.'

Hij draaide zich naar me om en keek me aan. Hij stond net iets te dichtbij. Ik stak mijn kin vooruit en tastte in de tas. De lap om het mes was losgeraakt en ik voelde het harde koude lemmet. Ik zou het mes zo in hem kunnen steken. Mijn vingers tastten naar het heft en sloten zich eromheen.

Hij haalde diep adem. 'Ja, precies. En nu weet die vrouw mijn naam en heeft ze misschien mijn brief. Ik hoopte dat u hem had, of zou weten waar hij is.'

'Het spijt me, maar nee. Maar als madame Moreau snel schuldig wordt bevonden, zal uw naam misschien helemaal niet worden genoemd tijdens het proces. Misschien wordt u er wel helemaal buitengehouden.'

Hij sloeg zijn armen om zich heen en knikte. 'Dat moet ik dan maar hopen. In India hadden we haar opgehangen. Daarmee was de kous af geweest. Maar ze hebben in elk geval wel de juiste persoon te pakken. Deze keer zitten ze wel goed.'

'Hoe bedoelt u?' Ik trappelde van ongeduld, maar hij aarzelde en ik besefte dat ik weer eens te direct was. 'Tenminste, als u het niet erg vindt om het uit te leggen?'

'Helemaal niet.' Hij ging rechtop staan, blij dat het nu om een minder heikel onderwerp ging. 'De politie is niet competent. Ze denken niet na. Ze hadden al iemand opgepakt, een onschuldige sukkel die in het

Westminster Hospital werkt en blijkbaar smoorverliefd op haar was. De rechtszaak zou alle kranten halen. U kunt zich waarschijnlijk wel voorstellen wat een schandaal dat zou zijn geworden: een ziekenhuis met een goede naam, een crime passionnel – het zou allemaal bekend zijn geworden en mijn naam zou ook worden genoemd. Mijn vader heeft ze gezegd die sul op vrije voeten te stellen en in plaats daarvan dat verschrikkelijke mens te arresteren. Om het af te doen als een zaak van het plebs, om het zo te zeggen.'

Mijn maag draaide om. *Het afdoen als een zaak van het plebs.* Het had maar een haartje gescheeld: de vader van Thorpe had er alleen voor gezorgd dat ik was vrijgelaten om te voorkomen dat de naam van zijn zoon in de krant zou verschijnen. En waarschijnlijk had hij nog gelijk ook: de assistent van een chirurg die zijn beminde vermoordt zou romantisch gevonden kunnen worden terwijl een engeltjesmaakster die een hoer doodt geen opzien zou baren. Het proces zou hooguit een paar dagen duren en het verhaal zou waarschijnlijk niet eens de kranten halen.

Thorpe nam me weer bij de arm en voerde me mee over het pad. Er kwam ons een stelletje tegemoet, en de vrouw – knap, jong en gekleed in een fraaie japon – knikte me toe. Het was een veelzeggend gebaar van herkenning, de bevestiging dat we het goed voor elkaar hadden want we lieten ons allebei het hof maken door een man van stand die graag met ons door het park flaneerde. Ik werd onpasselijk.

Thorpe gaf een zacht klapje op mijn hand. 'U hebt die Moreau gezien, dus weet u ook wat voor vrouw ze is. Ze is afgevoerd naar de Newgate Prison en dat is haar verdiende loon.'

Ik voelde dat ik bleek wegtrok. 'Newgate?' Ik kon er echter niet lang bij blijven stilstaan. 'Majoor Thorpe –'

'Augustus, alstublieft.'

'Augustus. Hoe hebt u juffrouw Milanes eigenlijk leren kennen?'

Hij zweeg een paar tellen voor hij antwoord gaf en staarde naar een wilg die met zijn slappe takken in het water hing. 'Een beer van een vent die ik op de club heb ontmoet vertelde me over haar. Hij zei dat ze een fatsoenlijk meisje was, respectabel, maar hij wist dat het niet waar was.'

Er was maar één man die dit kon zijn geweest. 'Heette hij soms James Bentinck?'

Hij knikte bedachtzaam. 'U bent goed op de hoogte. Ik had moeten weten dat hij niet te vertrouwen was. Hij beweerde familie te zijn van de Cavendish Bentincks, maar dat is kul. Hij is geen heer, hij is een opgeblazen blaaskaak die op verfoeilijke wijze zijn geld heeft verdiend en toch omgaat met mensen van stand, met mensen die beter zijn dan hij. Het bleek dat hij de eigenaar was van de tent waar zij... in dienst was. Dat geloof je toch niet? Het is een verachtelijke vent.'

We waren terug bij de brug. Er kwamen geen vragen meer bij me op, mijn hoofd was leeg. Ik wist niet wat ik had verwacht. Waarschijnlijk dat hij zou breken van berouw, of onbewust een essentiële aanwijzing zou geven, waardoor zijn schuld onomstotelijk zou komen vast te staan: een spatje bloed, een woord dat hij zich liet ontvallen, een opmerking waaruit bleek dat hij wist hoe haar levenloze lichaam eruit had gezien. Maar het liep anders.

Hij wilde de brief terug, en misschien waren er andere brieven. Wellicht had hij zijn vaderschap erkend of haar ten huwelijk gevraagd. Misschien was hij naar haar toegegaan om haar te confronteren met de waarheid, was hij in woede uitgebarsten, had hij geschreeuwd, gesmeekt, haar schedel ingeslagen, was hij met bebloede handen op zijn knieën gegaan, had hij gezegd dat het hem speet, haar gesmeekt haar ogen open te doen en had hij haar daarna bevend opgetild en naar de rivier gedragen.

De tas hing nog steeds zwaar aan mijn pols. Ik zou hem kunnen vragen me thuis te brengen door de achterafstraatjes. Daar kon ik doen alsof ik moest hoesten en als hij dan bleef staan om te kijken of het wel goed met me ging, kon ik het mes in zijn hals steken. Dat zou hij nooit verwachten, niet van een vrouw. Als hij schuldig was, was dat de enige manier om hem te kunnen straffen. Als... als... als. Maar ik wist het niet zeker. Ik wilde dat het waar was, maar had geen absolute zekerheid.

Ik had bijna met hem te doen. Het meisje aan wie hij zijn brief had gestuurd was een prostituee, en het meisje van wie hij hoopte dat ze die brief zou vinden, zou hij nooit meer zien. Want dat was geen meisje.

Ineens vond ik het frisjes en miste ik mijn overjas. En mijn hoed. Niet dit dwaze, slappe geval dat niet warm was, maar mijn degelijke bolhoed die door het vele dragen naar mijn hoofd was gaan staan en meer bij me hoorde dat deze pruik ooit zou doen.

'Ik moet gaan,' zei ik. 'Ik kom zelf wel thuis.'

'Natuurlijk. Maar zou u genegen zijn nog eens met mij uit wandelen te gaan? Morgen misschien?'

Ik deed mijn mond open maar de woorden bleven steken in mijn keel. Het duurde even voor ik er een zin mee kon vormen. 'U bedoelt dat u genóten hebt van dit gesprek?'

'Wel, het was... zeker interessant om u te ontmoeten. En ik wil graag op de hoogte blijven van de zaak voor het geval – u weet wel – voor het geval u iets te weten komt over mijn brief. Die wil ik namelijk heel graag terug.'

Het was niet verstandig om hem af te wijzen. Misschien zou ik hem nog vragen willen stellen of de politie erbij willen halen om hem te laten arresteren. Of – wie weet – hem toch nog willen neersteken.

'Niet morgen, Augustus,' dwong ik mezelf te zeggen, 'maar misschien woensdag? Zelfde tijd, zelfde plaats?'

Hij knikte. 'Uitstekend. Tot dan.'

Op het moment dat ik wilde weggaan, pakte hij mijn hand en drukte er een kus op, een vormelijkheid die ik helemaal was vergeten. Ik moest me inhouden om zijn smerige vocht niet af te vegen aan het gras. Hij liet me los en blijkbaar zonder het te beseffen sloeg hij opnieuw zijn armen om zich heen en beende weg naar de kazerne; zijn rode jasje was nog heel lang te zien voor hij in de verte verdween.

Doodmoe strompelde ik door het park terug naar de theesalon van de Aerated Bread Company en ging ik weer naar hun privaat. Ik deed mijn hoed en pruik af, maakte de broche los, stapte uit Maria's japon en onderjurk en haalde met een zucht van verlichting de handdoek weg die als queue de Paris had gediend, ervan genietend dat ik eindelijk weer gewoon kon ademhalen. Vervolgens trok ik de hansop uit. Ik voelde me als een slang die zijn huid afwerpt. Naakt veegde ik de poeder van mijn gezicht.

Daarna piste ik, heerlijk en lang.

Boven was de vent die met zijn vingers had geknipt en me aan zijn tafel had uitgenodigd er nog steeds, maar hij zag me niet. Op weg naar de uitgang gaf ik met mijn heup een duwtje tegen zijn kopje, waardoor de thee op zijn broek stroomde. Hij sprong op van zijn stoel.

‘Excuses,’ zei ik, en ik snelde naar buiten voor hij me terug kon roepen om de schade te vergoeden.

Het was druk; op de stoepen en in de straten, overal waren mensen aan het genieten van de frisse lucht, in zoverre die ooit fris was in Londen. Ik keek om me heen, naar de hoge gebouwen en de lange, rechte straten, naar de rijtuigen en karren, naar de puinzooi van de stad. Ik spreidde mijn armen, ging wijdbeens staan en schraapte luid mijn keel. Iedereen liep me gewoon voorbij. Niemand sloeg acht op me.

Ik deed mijn pet op en als de dankbaarste man ter wereld ging ik naar huis.

16

Thuis wierp ik me meteen op mijn bed, maar ik kon het gezicht van Thorpe niet uit mijn hoofd zetten. Op mijn hand die hij had gekust meende ik nog steeds zijn ruwe baard te voelen. Ik kreeg er braakneigingen van.

Ik probeerde ergens anders aan te denken, aan madame Moreau die in Newgate zat.

Ik had een man gekend, Angus McCoy, die ooit drie maanden in Newgate had gezeten op verdenking van fraude. Een tijdje daarvoor hadden we besloten samen op commissiebasis kookboeken te verkopen aan welgestelde families in Knightsbridge en Kensington, maar zijn kelder liep onder, waardoor de hele voorraad verloren ging. De uitgever geloofde ons verhaal echter niet, of beweerde het in elk geval niet te geloven, waardoor ik gedwongen was Jane om een lening te smeken, want anders had ik mijn deel van de schuld niet kunnen betalen. McCoy had echter geen zus in goeden doen en was in afwachting van zijn proces overgebracht naar Newgate. Toen hij vrijkwam was hij nog maar een schim van de man die hij was geweest.

Als madame Moreau Maria daadwerkelijk had vermoord, was ik blij dat ze naar Newgate was gestuurd. Dan verdiende ze het. Maar ik kon het eigenlijk nog steeds niet geloven. Ik kon me niet voorstellen dat ze een vrouw ook maar iets zou aandoen.

Ik vermaakte me met een partijtje schaak, waarbij ik zowel met wit als met zwart speelde en probeerde te doen alsof ik niet wist wat de volgende verpletterend slimme zet van mijn tegenstander zou zijn. Ik merkte echter dat ik om de haverklap vergat wie er aan zet was en staarde naar de wijnkurk die de witte koningin verving; ik had het aan haar afwezigheid te danken dat ik me het schaakspel had kunnen veroorloven. Ik dacht na over Elizabeth Brafton, die zichzelf de koningin van het bordeel waande, maar geen mede-eigenaar was. Zou zij Maria hebben vermoord? Ik kon geen enkel motief bedenken waarom ze dat zou hebben gedaan, maar misschien was er ook helemaal geen motief. Misschien was ze gewoon door het lint gegaan. Ze had Maria nooit gemogen, althans, dat dacht Maria.

En hoe zat het met James Bentinck? Hij was zeker tot moord in staat en het was wel heel erg toevallig dat Jack Flowers, die voor hem had gewerkt, ook dood was. Misschien had Bentinck Jack vermoord en misschien was Maria erachter gekomen, en misschien had de inbraak in het mortuarium er ook iets mee te maken en... Dat was wel heel erg veel *misschien*. En er was geen bewijs. Zelfs al zou Bentinck Maria dood hebben gewild, dan nog betwijfelde ik of hij dat eigenhandig gedaan zou hebben. Hij zou zoiets hebben opgedragen aan Hugo, die vroeger bokser was geweest en nog altijd gevaarlijk was. Maria had hem dan wel bejegend alsof hij een oude hond was, zo vertrouwd en geruststellend dat hij nauwelijks opviel, maar hij was ook hondstrouw aan Bentinck, en als die hem had gezegd dat hij haar moest vermoorden, zou hij die opdracht blindelings hebben uitgevoerd.

Hugo was echter niet mijn hoofdverdachte. Dat was Thorpe. Thorpe was volgens mij furieus op Maria geweest toen hij erachter kwam dat hij was bedrogen. Hij had een sterk motief: hij wilde die brief per se terug en hij zat in het leger, dus wist hij hoe hij moest doden. Of het nu een crime passionnel was geweest of dat hij uit zelfbescherming had gehandeld, hij stond boven aan mijn lijstje.

Maar de politie zou geen genoegen nemen met vermoedens. Ik moest bewijs in handen zien te krijgen.

Ik ging weer liggen, sloot mijn ogen en viel eindelijk in slaap, met een hoofd vol vragen die smeekten om een antwoord dat ik niet had.

Badend in het zweet schrok ik wakker uit een nachtmerrie waarin ik gezichtspoeder op had en een bonnet droeg.

Omdat ik wist dat ik niet meer zou kunnen slapen pakte ik *Oliver Twist*, maar ik keek naar de woorden zonder ze te lezen. Uiteindelijk sleepte ik me naar beneden en at ik in de winkel een kaasbroodje.

'Iemand zwaait naar u,' zei Constance terwijl ze me een por gaf en haar wenkbrauwen optrok. Blijkbaar dacht ze dat mijn sociale leven eindelijk opbloeide.

Tot mijn verbazing zag ik mevrouw Flowers met haar handen om haar ogen gevouwen door de etalage naar binnen turen. Ze droeg een blauwe jas die ze tot de hals had dichtgeknoopt en een donkerpaarse hoed. De jonge weduwe had nu al de rouw afgelegd.

Ik deed de deur van het slot om haar binnen te laten. Met een onzekere blik keek ze naar de tandartsstoel die in het midden van de winkel ongebruikt, maar glorieus stond te pronken. Nadat Alfie de varkenskop van al zijn tanden en aardig wat gepekeld vlees rond de kaak had ontdaan, had hij hem weggehaald en pas toen had Constance erin toegestemd om met een dichtgeknepen neus de stoel en de instrumenten schoon te maken. Die glansden nu en er hing alleen nog een weeë geur van bederf.

'Goedemiddag, meneer Stanhope,' zei mevrouw Flowers. 'Ik hoop dat u het niet erg vindt dat ik langskom. Ik wil u graag een paar vragen stellen.'

Ik besefte dat ik haar eerder niet op haar best had gezien. Het was haar niet meer aan te zien dat ze net haar man had verloren en kortgeleden aangevallen was. Ze was verrassend knap: een scherpe blik achter een bril en een expressieve mond die de aandacht trok.

'Natuurlijk niet,' zei ik, hoewel ik bedacht dat ik niet dáár, met Constance binnen gehoorsafstand, met haar wilde praten. Het was beter dat we naar buiten gingen, ook al zou ik dan vreselijk vroeg op mijn werk komen. Het was nog geen halfvijf. 'Ik stond op het punt naar mijn werk te gaan, maar misschien wilt u met me meelopen?'

Buiten was het koud en het regende niet, maar er was een gelige mist neergedaald op de stad. Het was de mist waar in de kranten dagelijks over werd geklaagd, maar waar Londenaren tegelijkertijd merkwaardig trots op waren. Trots, dat hun stad zulke krachtige walmen kon uitademen dat de inwoners gelig en bleek opdoemden uit de nevel, een excuus mompelden en weer verdwenen alsof ze er nooit waren geweest.

'Geneest uw wond goed?' vroeg ik beleefd toen we door het doolhof van steegjes liepen die zuidwaarts naar het ziekenhuis leidden.

Ze duwde haar hoed recht. 'Het ziet er niet fraai uit onder dit ding, kan ik u verzekeren. Ik heb een kale plek en zal er een litteken aan overhouden. Maar verders mag ik niet klagen.' Pas nadat we Coventry Street overgestoken waren, waar het verkeer vrijwel vaststond, sprak ze weer. 'Waar ik u over wilde spreken: de politie heeft in verband met de moord op die hoer iemand gearresteerd, een of andere vrouw. Wist u dat?'

'Ja. Ze is naar Newgate gebracht.'

Mevrouw Flowers fronste haar wenkbrauwen. 'Wat ze ook gedaan heeft, dat wens ik 'r niet toe. Het leven is in die gevangenis verschrikkelijk.'

'Ze zal er niet lang zitten. Ze zal snel worden ophangen.'

'Dus u denkt dat ze schuldig is?'

'Dat weet ik niet.' Ik was het zo gewend geheimen voor me te houden dat het mijn tweede natuur was geworden, een instinct, en het vergde grote wilskracht om vrijuit te praten. 'Mevrouw Flowers, wist u dat uw man voor James Bentinck werkte en… wat voor zaak die heeft?'

Ze keek naar haar handen en ik had onmiddellijk spijt van mijn vraag. Ik ging zo op in mijn eigen beslommeringen dat het niet bij me opgekomen was dat ze beschaamd moest zijn, dat het vreselijk was om zoiets te moeten toegeven.

'Daar ben ik achter gekomen, maar 't fijne weet ik er niet van. Dat wilde ik niet.' Ze keek naar me op. Tot dat moment had ik me niet kunnen voorstellen dat ze ooit huilde. 'Maar ik begrijp waar u op doelt en ik denk hetzelfde als u: hij kende die hoer.'

Ik vond het onaangenaam dat ze Maria zo noemde, maar ik kon het haar niet kwalijk nemen. Ze praatte openhartig over haar echtgenoot en daarmee ook over haar huwelijk.

'Waarschijnlijk hebben ze elkaar weleens ontmoet, ja.'

'U hoeft er niet omheen te draaien. Ik wist heel goed hoe hij was. Met vrouwen die 'm niet aanstonden ging hij niet om en alleen vrouwen bij wie hij meteen de rokken omhoog wilde doen, stonden 'm aan. En hij vond 't ook niet beneden z'n stand om daar wat centen aan te spenderen, mijn centen trouwens, zuurverdiend met m'n pasteitjes.'

Nadat ze haar zegje had gedaan, liep ze zwijgend door. Ik overwoog haar bij de arm te nemen, maar toen ik de uitdrukking op haar gezicht zag, keek ik daar wel voor uit.

'Ik geloof dat er een majoor bij betrokken zou kunnen zijn,' zei ik uiteindelijk. 'Hij kende Maria Milanes. Volgens mij was hij verliefd op haar, maar stak zijn vader er een stokje voor. Die majoor heeft haar een brief geschreven om hun vriendschap te beëindigen en nu wil hij die brief met alle geweld terug. Zijn naam is Thorpe. Heeft uw man het ooit over hem gehad?'

Ze schudde haar hoofd. 'Nee. Hij was met aardig wat mensen bevriend, maar ik betwijfel of daar een majoor bij was. Hij trok vooral op met pandjesbazen en bookmakers.'

Ze haalde diep adem en keek me weer schuins aan. Ik besefte dat ze me peilde. Tot nu toe had ze het gesprek gevoerd alsof ze deeg kneedde en nu wilde ze dat uitrollen en bakken.

'Dat ik gekomen ben, meneer Stanhope, is omdat ik u om een gunst wil vragen. Ik wil dat bordeel bezoeken.'

'Pardon?' Ik was ervan overtuigd dat ik haar niet goed had verstaan, en anders moest die klap op haar hoofd haar hersenen in de war hebben gebracht. 'U kunt toch niet naar een bordeel, mevrouw Flowers.'

'Ik doe wat me goeddunkt, meneer Stanhope.'

'Maar waarom? Het is waanzin.'

Ze zweeg even en vouwde haar handen samen. 'Ik moet ze spreken. Ik denk dat Jack iets doms heeft gedaan en geld heeft gejat. Typisch iets voor hem.'

'En u denkt... vergeef me, maar u denkt dat hij daarom is omgebracht?'

Ze beet op haar lip en knikte. 'Dat lijkt me heel aannemelijk. En nu denken ze dat ik dat geld heb, maar dat is niet zo.'

'Hebben ze u daarom aangevallen? Uw winkelhulp zei dat ze u hadden meegenomen naar Puddle Dock, naar een schip.'

Onwillekeurig bracht ze haar hand naar haar hoofd. 'Alice moet 'r mond houden en bovendien was ’t geen echt schip, gewoon zo’n boot die de rivier op en af vaart.’

‘Ik ben naar Puddle Dock geweest. De kademeester was omgekocht en liet niets los waar ik iets aan had. Heb u de man die u heeft gevangengenomen gezien?’

‘Ik had ’m nog nooit gezien. Mager. Akelige vent. Ongeveer van uw lengte.’

De wezel. ‘Ik denk dat ik hem heb ontmoet.’

‘In ’t begin was-ie best vriendelijk, maar daarna begon-ie vragen te stellen over Jack. Hij wilde weten of die me iets had verteld en of ik hun geld had. Ik had geen idee waar-ie ’t over had. Jack gaf me nooit een cent. Meestal was-ie met z’n vrienden aan het zuipen in de kroeg en als-ie dan thuiskwam was-ie niet in de stemming om te praten. Maar die vent nam geen genoegen met m’n antwoord, en bleef maar vragen: waar is de poen, waar is de poen? Ik heb ’m verteld dat ik daar niks van wist, maar hij zei dat belangrijke mensen ’t terug wilden. Als ik ’t niet vertelde, zei-ie, zou ’t niet goed aflopen met m’n kleintjes.’ Haar gezichtsuitdrukking was koud en hard als porselein. ‘Terwijl hij me mee naar z’n rijtuig sleurde, bleef-ie maar vragen: waar is de poen? Toen hij me op die boot vastbond, heb ik ’m enorm geknepen, dat mag u best weten.’

‘Verschrikkelijk. Hoe bent u ontsnapt?’

‘Toen ik om hulp schreeuwde, zei-ie dat ik daarmee op moest houden, maar dat deed ik niet. Ik was niet van plan ’t ’m gemakkelijk te maken. Toen werd-ie boos en heeft-ie me een klap op m’n hoofd gegeven. Waarschijnlijk dacht-ie dat ik kassiewijle was want hij probeerde me overboord te werken. Ik heb ’m toen een trap tegen z’n klokkenspel gegeven en ben de straat op gerend. Daar hebben mensen me opgevangen en naar het ziekenhuis gebracht.’

‘Hebt u iets ongewoons gezien op de boot? De kademeester zei dat er doodskisten aan boord waren.’

‘Doodskisten? Lieve hemel.’ Ze huiverde en sloeg haar armen om zich heen. ‘Nee, die heb ik niet gezien.’

‘En u weet echt niet waar hun geld is?’

Als blikken konden doden, was ik er geweest. ‘Denkt u nou echt dat ik m'n kinderen in gevaar zou brengen? Mijn god, ik had het 'm meteen verteld. Da's juist 't probleem! Hij kan elk moment terugkomen, wanneer hij maar wil de winkel binnen komen lopen. Ik maak me constant zorgen. Wat ze mij aandoen, kan me niet schelen, maar van m'n kinderen moeten ze afblijven. Daarom moet ik naar dat bordeel, want dan kan ik die mensen vertellen dat ik niks van hun geld af weet.'

Toch begreep ik het nog steeds niet helemaal. 'Maar als uw man geld van ze heeft gestolen, waarom hebben ze hem dan vermoord? Dat slaat nergens op. Ze zouden hem toch juist in leven hebben moeten laten zodat hij ze kon vertellen waar het was?'

'Ik heb geen idee.'

Ik bleef staan en keek haar aan terwijl de mensen om ons heen liepen. In de mist waren het vage schimmen, we leken alleen op de wereld.

'U kunt daar echt niet heen, mevrouw Flowers. U bent een respectabele vrouw.'

Ze snoof. 'Respectabel! Ik slaap met een knuppel naast m'n bed. En gisteren heb ik 'n jongen een spies op de keel gezet terwijl-ie alleen maar een varkenspasteitje wou hebben. Vertel me niet wat ik wel en wat ik niet mag doen. Daar heb ik m'n buik vol van.'

'Ook goed. Mijn mening doet er kennelijk niet toe, maar wat wilt u precies?'

'Ik wil 't adres van die tent. Ik ben naar het politiebureau geweest om 't te vragen, maar daar haalden ze er een of andere zelfingenomen smeris bij die weigerde 't me te geven. Voor m'n eigen bestwil, zei-ie.'

Ripley die zowaar eens verstandig was geweest; daar had ik graag bij willen zijn. 'Van mij krijgt u het ook niet.'

Weer snoof ze. 'Mannen. Jullie denken 't altijd beter te weten. Ik kom er wel op een andere manier achter. Dag, meneer Stanhope.'

Ze draaide zich om en verdween in de duisternis. Ik bleef staan waar ik stond, maar werd door de stroom voetgangers die tegen me opbotsten meegevoerd naar het ziekenhuis.

Ik keek om. Zelfs als ik mevrouw Flowers in de mist had kunnen ontwaren en haar meegenomen had naar het bordeel, had mevrouw Brafton ons nooit binnengelaten, niet zolang ze dacht dat ik Maria had vermoord.

Ik liep Whitehall uit. Het was niet mijn schuld dat mevrouw Flowers zo irritant koppig was.

Ik hield mijn pas in.

Keek nog een keer om.

Verdomme.

Ik ging achter haar aan en nog geen meter of veertig verderop zag ik haar op een muurtje zitten.

'Mevrouw Flowers! Ik dacht dat u weg was.'

Ze wendde haar blik af. 'Eerlijk gezegd weet ik niet waar ik heen moet. Wilt u 't me nu geven of niet?'

'Ik denk echt dat het onverstandig van u is, mevrouw Flowers. Als Jack geld van het bordeel heeft gestolen, loopt u groot gevaar. En wat hebben uw kinderen eraan als hun moeder dood is?'

'Of ze maken me af en dan worden ze opgevoed door Alice en Albert, of ik leg 't met ze bij, dat zou veel beter zijn. Maar in beide gevallen is 't dan voorbij en daar gaat 't om. M'n kinderen hebben al genoeg te verduren gehad.' Ze deed haar bril af en veegde tranen uit haar ogen. 'U hebt geen kinderen, hè? U weet niet wat 't is om kinderen te hebben. Eerlijk gezegd ben ik blij dat Jack dood is. Is dat niet vreselijk?'

Ze keek naar de grond en herpakte zich. 'Vroeger was 't een lieve jongen, met een charmante lach en goeie manieren. Hij heeft me het hof gemaakt. We gingen samen uit dansen.' Bij die herinnering moest ze glimlachen en wiegde ze zachtjes heen en weer. 'Hij was heel aardig voor iedereen, maakte altijd grapjes. Als-ie er 'n paar op had was-ie de gangmaker, zong-ie in de pub, en kwam daarna weer thuis. Maar ik kan een haaibaai zijn en dan werd-ie boos. Hij zei dat ik 't ergste was wat 'm was overkomen en als-ie een kwaaie bui had kreeg-ie losse handjes.'

'Wat vreselijk.'

Ze haalde haar schouders even op. 'Ach, 't hoort erbij. Maar toen-ie ook de kinderen begon te slaan, pikte ik 't niet meer.' Haar stem brak. 'Robbie is pas vijf, het arme mannetje, en Lillian nog geen vier. Hij heeft haar ooit buiten westen geslagen; ze kwam pas bij toen ik 'r naar de dokter droeg. Toen ze d'r ogen opendeed kon ik wel janken van opluchting. Ik wil dat ze voortaan veilig zijn.'

De kerkklokken luidden. Mijn behoedzame kant zei dat ik de tijd niet had en dat het misschien gevaarlijk was. Maar mijn roekeloze kant zei dat ik een heel uur had om heen en weer te gaan en dat ik dan trots zou zijn, ook al was het nog zo dwaas.

'Goed dan, mevrouw Flowers, omdat u er zo op aandringt. En ik breng u er zelf heen.'

'Rosie, als u 't niet erg vindt,' zei ze, ook al leek ze niet zeker te weten of dat wel verstandig was. 'Ik voel me geen Flowers meer, als ik dat al ooit heb gedaan. Rare naam, trouwens, Rosie Flowers. Iedereen noemt me Rosie.'

17

Weer wilde ik met een fraai rijtuig gaan, maar Rosie kneep haar lippen op elkaar en wilde er niets van weten.

'Half Moon Street?' zei ze schimpend. 'Mankeert er soms iets aan uw benen?'

Het was inmiddels pikdonker en het was gaan regenen. Met een rijtuig zouden we tien minuten sneller zijn en zouden we het bovendien drooghouden, maar met dat soort argumenten hoefde ik bij haar niet aan te komen.

'U beseft dat ze ons waarschijnlijk weg zullen sturen?' zei ik. 'De laatste keer dat ik Elizabeth Brafton heb gesproken kregen we ruzie. Wat ik toen heb gezegd zal ze me niet vergeven hebben.'

'Arme ziel,' zei Rosie. 'Het moet vreselijk voor u zijn dat een hoerenmadam kwaad van u denkt.'

'U begrijpt het niet. Ze is intelligent, ontwikkeld en heeft ervaring. U moet haar niet onderschatten.'

Rosie snoof. 'Ze zal 't wel niet makkelijk hebben als ze al die talenten hier niet kwijt kan.'

'Veegt u met alles wat ik zeg de vloer aan?'

'Grote kans, als u onzin blijft uitkramen.'

Terwijl we naar het huis toe liepen, voelde ik even een bekend gevoel van opwinding bovenkomen, dat algauw plaatsmaakte voor een soort verdoving. Een ander meisje zou nu in Maria's kamer zijn, een ander meisje zou nu aan Maria's kaptafel zitten en haar haren borstelen met

Maria's borstel en vermoedelijk Maria's kleren dragen. Het wekte geen woede bij me op, maar ik voelde me ontregeld, alsof de tijd voor mij langzamer verstreek dan voor anderen.

'Ik denk dat het geen goed idee is.'

'Dan gaat u toch naar huis?' zei Rosie. 'Ik zal u niet tegenhouden. Maar ik heb rust nodig. Constant in angst zitten dat mijn kinderen iets overkomt, daar kan ik niet mee leven.'

Ze bleef staan en deed de kraag van haar jas omhoog, zodat haar gezicht goeddeels verhuld werd voor de voorbijgangers, liep de treden naar de deur op en klopte bij het bordeel aan alsof het voor haar de gewoonste zaak van de wereld was.

Hugo deed open, zijn brede postuur nam al het licht weg. De eerste keer dat ik hem zag, verwachtte ik dat de kamer zou overhellen en alle meubels zijn kant op zouden glijden.

'O, bent u 't, meneer Stanhope,' zei hij met een vluchtige blik op Rosie. 'Geen vacatures.'

'Nou moet u eens goed luisteren –' begon Rosie, maar ik onderbrak haar.

'Dit is mevrouw Flowers, een respectabele weduwe. We zijn hier om met mevrouw Brafton over een belangrijke kwestie te spreken. Het heeft te maken met Maria Milanes.'

Hugo wreef over zijn kaak, waardoor zijn stierennek rimpelde en keek over zijn schouder naar binnen. 'Als u niet wilt dat u iets overkomt, kunt u maar beter naar huis gaan.'

Binnen hoorde ik een beweging en even later stak mevrouw Brafton haar hoofd om Hugo's enorme gestalte.

'Het is goed,' zei ze. 'Voor meneer Stanhope maak ik een uitzondering.'

'Madam –' zei Hugo, maar ze duwde hem opzij.

'En u bent?'

'Rosie Flowers,' zei Rosie met een flauw lachje. 'Als ik me niet vergis hebt u Jack, mijn echtgenoot, gekend.'

Mevrouw Brafton knikte, maar leek een beetje in verwarring. Ze ging ons voor naar de ontvangstkamer en gebaarde dat we moesten gaan zitten. Met haar hoed nog altijd keurig recht op haar hoofd nam Rosie plaats op het puntje van een leunstoel. De kamer was nog precies hetzelfde als de laatste keer dat ik er was geweest. Alles kwam op je af, van alles was te veel: te veel rood in het behang, te veel kaarsen op de schoorsteenmantel, een te sterke geur van rozenwater en te veel meubels. Ik keek naar de schaal met een wilgenpatroon op het dressoir en stelde me voor dat Maria boven op me zat te wachten. Ik hoorde haar haast lachen.

Mevrouw Brafton zag er als altijd onberispelijk uit. Ook al was ze de veertig ruim gepasseerd, als ze haar zagen, hadden sommige klanten liever haar dan een van de meisjes, had Maria ooit verteld, maar bij mijn weten was ze nooit met iemand naar boven gegaan, behalve met de Kolonel natuurlijk.

Hugo kwam binnen, maar ze stuurde hem weg om het dienstmeisje te vragen thee brengen, waar we wel aan toe waren.

'Wat gezellig,' zei ze naar ons beiden glimlachend in een poging hartelijk te doen. Dat verraste me; ik had verwacht dat ze me weer vijandig zou bejegenen. Ze ging op de bank zitten maar stond vrijwel meteen weer op en leunde met een arm op de schoorsteenmantel zoals mijn vader 's avonds vaak deed als Jane pianospeelde. Godzijdank had niemand geprobeerd ook nog een piano in de kleine kamer te proppen, hoewel ik het idee had dat het niet veel had gescheeld.

'Eigenlijk ben ik u excuses verschuldigd, meneer Stanhope,' zei ze tegen me, ook al leek ze het tegen het vloerkleed te hebben. 'Voor de vorige keer. Tijdens de begrafenis. Maar heb er alstublieft begrip voor, ik was van streek, was mezelf niet. Het was een grote klap.' Ze wendde zich tot Rosie. 'Een van onze meisjes is vermoord, zoals u misschien weet, en we waren ontroostbaar. Louisa Moreau. Wie had dat gedacht? Ik was geschokt toen ik het hoorde. Niemand begreep het.'

'Daarom zijn we gekomen,' zei Rosie. 'Mijn Jack is ook dood, maar dat heb ik achter me gelaten. Wat gebeurd is, is gebeurd, zeg ik altijd. Ik weet niet waar-ie zich mee bezighield en hij heeft me niets nagelaten. Niet één cent, niks.'

Mevrouw Brafton vertrok geen spier. 'Dat is heel spijtig. U zult het wel zéér moeilijk hebben.' Ze hield haar hoofd scheef en keek meelevend. 'Ik vond het heel erg toen me ter ore kwam dat u uw man hebt verloren. Maar we moeten sterk zijn. Het leven gaat door.'

'U hebt helemaal gelijk,' zei Rosie flink. 'Ik wist dat Jack bordelen bezocht, dat-ie naar de hoeren ging. En misschien heeft-ie ook iets stoms uitgehaald, dingen gepikt die niet van hem waren. Maar daar weet ik niks van. En hoe-ie aan z'n einde is gekomen, interesseert me ook niet. Ik heb drie kleintjes en een pasteitjeswinkel die ik draaiende moet houden; wat mij betreft laten we 't verleden rusten en ga ik door met m'n leven. Als echtgenoot stelde die vent eerlijk gezegd toch niet veel voor. Meestal was-ie dronken en hij had nog een kwaaie dronk ook. En hij was ook niet moeders mooiste en snugger al helemaal niet.' Ze zweeg even. 'God hebbe zijn ziel,' voegde ze eraan toe alsof ze vond dat dit hoorde.

De blik van mevrouw Brafton ging naar Rosies hoed, die paars was, niet zwart, en geen voile had. 'Ik heb uw man nauwelijks gekend, mevrouw Flowers.' Met een scherpe blik naar mij zei ze: 'Maar alle mannen hebben zo hun geheimen, nietwaar?'

Rosie en ik keken elkaar aan. Ze wilde vrede sluiten maar kreeg geen poot aan de grond.

Het dienstmeisje kwam binnen met de thee en mevrouw Brafton zette behendig de kopjes en schoteltjes neer. Met vaste hand schonk ze de thee in. Er klonken voetstappen in de hal en een jong ventje stak zijn hoofd om de deur, nog geen tel later verscheen hij helemaal in de deuropening. Als ik me ooit had afgevraagd wie er op zondagmiddag een bordeel bezocht, wist ik dat nu: hij was hooguit een jaar of veertien, droeg een broek die niet eens tot aan zijn enkels reikte en een overhemd waar zijn polsen uitstaken, en hij grijnsde van oor tot oor.

'Volgende week, zelfde tijd,' riep hij vrolijk naar mevrouw Brafton en daarna hoorden we de voordeur dichtslaan en Hugo mopperen dat hij slechts een kwart penny fooi had gekregen.

Hoe was het om te zijn zoals hij? Waar haalde hij dat bravoure vandaan?

Rosie zat er stilletjes bij en koesterde haar kopje in haar handen. Ik kon aan haar zien dat het joch haar mening over het mannelijke geslacht niet had veranderd. 'Ik wil gewoon met rust gelaten worden en pasteitjes bakken,' zei ze uiteindelijk. 'Niemand wil toch z'n deuren moeten sluiten in verband met een sterfgeval?'

‘Precies,’ beaamde mevrouw Brafton. ‘Onze klanten gaan voor.’

Ik betwijfelde of deze gedachtewisseling ze een stap verder bracht. Ik schraapte mijn keel, maar Rosie keek me met samengeknepen ogen aan en wendde zich weer tot mevrouw Brafton, vast van plan het gesprek voort te zetten.

‘Vertelt u eens, hoe bent u deze zaak begonnen? Wat is ’t verhaal erachter?’

Mevrouw Brafton leek in haar nopjes met deze vraag. Ook al had ze altijd haar meisjes en klanten om zich heen, toch was ze eenzaam, besefte ik.

‘Ik ben acht jaar geleden begonnen. Toen hadden we alleen nog maar de begane grond en de eerste verdieping en verhuurden we de zolderkamers aan studenten. Er werkten toen nog maar een paar meisjes, maar twee daarvan staan me nog heel goed bij: Ada en Ethel. Die hadden in alle tenten tussen hier en Portsmouth gewerkt, bij sommige waren ze zelfs teruggekomen. Geloof het of niet, maar hun klanten stonden voor ze in de rij, en iedere man die bij ze wegging nam zijn pet af voor de volgende die aan de beurt was. Paupers waren het, allemaal. De chique heren met een goedgevulde portefeuille die in Mayfair in een koud bed sliepen, lieten zich niet zien. Onze klanten behoorden tot het gepeupel dat in de havens en fabrieken werkte.’

‘Wat hebt u daaraan gedaan?’ vroeg Rosie.

‘Ik kon er niets aan doen, niet in het begin tenminste. Mevrouw O’Leary bestierde destijds de zaak, een forse Ierse vrouw met rode wangen. Nancy Gainsford kende haar van vroeger. Ik zorgde toen voor het eten en de was en zo. Natuurlijk is de zaak van meneer Bentinck en zijn we allemaal bij hem in dienst.’ Ze knikte naar me. ‘U hebt meneer Bentinck gezien, meneer Stanhope. Hij was zo vriendelijk om tijdens de begrafenis van Maria een woordje te spreken; het was een hele eer voor haar dat hij kwam. Hij is familie van de Cavendish Bentincks, moet u weten. Een zeer voorname familie. Zeer voornaam.’

‘Dat heb ik gehoord.’

‘Mevrouw O’Leary was gewend om de zaak op een bepaalde manier te bestieren – de klanten hoefden maar een paar penny’s te betalen. Dat was ze gewend en op zich was er ook niets mis mee, maar het was een rómmeltje, het had geen klásse. En toen kwam ze op een dag met een nieuw meisje aanzetten. Een deerniswekkend wicht met een mismaakt gezicht, zonder tanden, zonder boezem, en ze kondigde aan dat dit meisje, ik weet niet meer hoe ze heette, Binty of Bunty of zo, heel geschikt was voor het *arbeidersvolk*. Alsof we al niet het gepeupel bedienden. En toen was voor mij de maat vol.

Ik ben naar meneer Bentinck gestapt en heb hem gezegd dat ik veel meer geld kon verdienen met klanten van stand. Nancy Gainsford vond het maar niets, kan ik u vertellen. Die is diep in haar hart altijd volks gebleven. Ze is niet eens een echte boekhoudster, maar gewoon secretaresse en daar mag ze blij mee zijn. Maar James, meneer Bentinck bedoel ik, is een man met visie. En hij heeft veel connecties: hij kent rechters, mensen bij de politie, niet alleen hier maar zelfs in Brussel!' Ze liet haar stem dalen en fluisterde: 'Hij kent zelfs leden van de Belgische koninklijke familie, heb ik gehoord.'

'En wat gebeurde er toen?' vroeg Rosie, die dat gerucht overduidelijk met een korreltje zout nam.

Mevrouw Brafton had niets in de gaten; ze zweeg voor het dramatische effect en genoot van haar verhaal. 'Hij zei dat ik een maand de tijd kreeg om te bewijzen dat ik gelijk had. Ik bonjourde Bunty of hoe ze ook heette, en Ada en Ethel en alle anderen eruit en haalde bekoorlijke meisjes binnen, beschaafdere meisjes. En ik verhoogde de prijs. Nou, wat er toen gebeurde! Het kwam bijna tot een opstand. Sommige klanten kwamen al jaren en behandelden mevrouw O'Leary als hun moeder. Die gaf hun vaak korting, dat geloof je toch niet? En ineens moesten ze twee shilling betalen voor iets waar ze voorheen maar zes pence voor hadden hoeven neertellen en daar waren ze niet blij mee. Het duurde niet lang voor ze wegbleven en na een maand hadden we helemaal geen klanten meer. Niet één. Meneer Bentinck kwam langs met Hugo, en ik dacht... Meneer Bentinck en ik zaten op één lijn, maar mijn plan was volkomen mislukt. Ik was van slag. Maar meneer Bentinck zei tegen Hugo dat hij wat timmerlui en schilders en zo moest regelen om de zaak op te frissen zodat hij er als nieuw uitzag. "Elizabeth," zei hij tegen me, "als we klanten van stand willen trekken, moeten we ook een huis van stand hebben." Zoals ik zei: een man met visie.

En toen druppelden er nieuwe klanten binnen, echte heren uit de buurt, die waardeerden wat we te bieden hadden en bereid waren te betalen voor discretie. Vanaf dat moment heb ik de zaak uitgebouwd tot wat hij nu is.' Ze gloeide van trots. 'En weet u, meneer Stanhope? De Kolonel was de eerste die hier kwam. Zijn vrouw was vlak daarvoor overleden en, ach, u weet hoe het gaat.' Zich herinnerend tegen wie ze sprak, aarzelde ze even, maar ze vervolgde haar verhaal. 'De arme ziel, maar dat is inmiddels lang geleden.'

'En wat is er met mevrouw O'Leary gebeurd?' vroeg ik.

Mevrouw Brafton bewoog haar kaken alsof ze een stukje kraakbeen tussen haar tanden voelde en dat met haar tong probeerde weg te halen. 'Die is naar Nancy Gainsford gegaan, heeft haar op haar knieën gesmeekt om haar de leiding over de zaak terug te geven. Ze vertelde wat een verfoeilijk mens ik was met mijn nieuwerwetse ideeën en mijn snobisme, zoals zij het noemde. Maar natuurlijk kon Nancy meneer Bentinck niet overhalen en dus moest mevrouw O'Leary weg. Ze is aan de drank geraakt en in de buurt van Stepney Way dood aangetroffen in de goot. Het was een goed mens, maar ze had totaal geen ambitie.'

We dronken onze thee op en het leek tijd om te gaan. Ik knikte naar Rosie, die haar schouders ophaalde en haar lippen op elkaar klemde. Ze had een beroep willen doen op de moordenaar van Jack, om wie dat ook was te vragen haar en haar kinderen met rust te laten, maar was geen stap verder gekomen. Mevrouw Brafton had behendig de rol van de rouwende werkgeefster gespeeld en het was niet te zeggen of ze meer wist dan ze zei.

Ik wist nog maar één vraag te verzinnen, maar ik betwijfelde ten zeerste of ze die zou beantwoorden.

'Mevrouw Brafton, zegt de naam Augustus Thorpe u iets?'

Ze kruiste haar armen. 'Discretie gaat voor alles, dat is de gulden regel waar ik me hier aan houd. Dat zult ú ongetwijfeld begrijpen.' Ze keek even naar het dressoir en daarna nadrukkelijk naar de klok op de schoorsteenmantel die bijna schuilging achter de kaarsen. 'Maar goed, ik wil u niet langer ophouden.'

Terwijl we opstonden draaiden mijn hersenen op volle toeren. De laatste keer dat ik in deze kamer was geweest, had ze me een reprimande gegeven omdat ik te lang gebleven was. Dat was op mijn laatste avond met Maria. Ik was hierheen gekomen met theaterkaartjes op zak en met mijn hart op mijn tong, en was weggegaan zonder achterom te kijken naar Maria's raam, uit angst het silhouet van een andere man achter haar gordijn te zien. Wat kleinzielig leek dat nu. Ik was ervan uitgegaan dat we alle tijd van de wereld hadden; het was totaal niet bij me opgekomen dat ik haar de week erop niet zou zien.

Het afsprakenboek, dacht ik. *Het afsprakenboek!* Dat was het ankerpunt van mevrouw Brafton, een manier om orde in de chaos te scheppen. Daarom had ze zich die dag zo aan me geërgerd. Het afsprakenboek hield de schijn op dat ze de leiding had over een soort herenclub, niet over een marktkraam voor geile, eenzame, vertwijfelde mannen. En mijn god, ik was dat allemaal.

Ik moest iets bedenken om mevrouw Brafton de kamer uit te krijgen.

'De laatste keer dat ik hier was, heb ik volgens mij een boek laten liggen. *Barnaby Rudge*. Dat zou ik heel graag terug hebben, als u het niet erg vindt.'

'Een boek? Het spijt me, alle spullen van Maria... de meisjes hebben haar kleren en zo onderling verdeeld. Een boek kan ik me niet herinneren.'

'Het heeft een grote sentimentele waarde voor me.'

Ze glimlachte en wees naar de deur. 'Als het opduikt, zal ik het u laten weten.' Het was duidelijk dat ze ons weg wilde hebben.

'Het spijt me,' zei ik alsof ik de hint niet begreep. 'Maar ik zou het heel graag nú terugkrijgen. Het is een beetje versleten; misschien dachten ze dat het waardeloos was, maar ik zou het heel erg vinden als ik het niet terugkreeg.'

Mevrouw Brafton slaakte een zucht en krabde op haar hoofd. 'Ik kan het wel even gaan vragen.'

Zodra ze weg was, slaakte Rosie ook een zucht. Ik legde een vinger op mijn lippen en maakte de lade van het dressoir open. Vloeipapier, pennen, inkt en losse velletjes papier, volgekrabbeld in een vlot, vloeiend handschrift. Ik ging er snel doorheen, maar het waren alledaagse notities zonder betekenis: boodschappenlijstjes *(ham, kaas, spruitjes)* en geheugensteuntjes *(gootsteen lekt)*.

‘Wat doet u nou?’ fluisterde Rosie.

Er was een afgesloten houten doosje waar iets in rammelde en rinkelde als geld. Daaronder lag het zwarte, lederen afsprakenboek. Ik haalde het uit de lade en sloeg het open.

‘Hier staan alle namen in,’ fluisterde ik terug. ‘Bijgehouden per dag en het gaat maanden terug. De naam van elk meisje, met daarachter de klanten die ze heeft gehad, in volgorde van hun komst. Onder aan elke bladzijde staat zelfs de omzet van die dag. Gisteren was die drie pond, twaalf shilling en tien pence.’

‘Leg ’t terug,’ zei Rosie met een boze blik. ‘Dadelijk komt ze erachter dat er iemand in gekeken heeft en dan weet ze dat wij ’t zijn geweest. Ik ben gekomen om rust te vinden. Leg ’t meteen terug of ik ga gillen.’

De naam van Maria stond op elke bladzijde op dezelfde plek, helemaal bovenaan. Ze was altijd de hele dag door bezet. Elke afspraak op woensdagavond zeven uur, die voor mij alles had betekend, was teruggebracht tot: *L. Stanhope, vijf shilling.*

Op andere dagen en tijdstippen stonden natuurlijk andere namen. De naam van Jack Flowers kwam ik tweemaal tegen, de eerste keer was zijn naam voluit geschreven, de tweede keer stond er enkel *Jack* genoteerd voor op maandagmiddag vier uur, met daarachter in hoofdletters: *GRATIS.*

‘Kijk eens.’ Ik liet het Rosie zien. ‘Ze kende uw echtgenoot. Ik vind het heel naar voor u.’

‘Nergens voor nodig. En leg dat ding onmiddellijk terug of ik ga brullen, ik zweer ’t je.’

‘En hij mocht voor niks,’ zei ik. ‘Hij hoefde niet te betalen.’

‘Typisch iets voor hem, de vrek. U hebt nog tien seconden.’

Ik hoorde geluiden boven, zware voetstappen op de overloop. Ik bladerde terug, terug in de tijd. Op één pagina stond bij zondagmiddag de naam die ik zocht: *A. Thorpe, wandelen in het park.*

‘Goeie god! Augustus Thorpe! Zijn naam staat hier. Ze heeft hem genoteerd!’

‘Acht.’

‘Ik vraag me af of hij een boot heeft.’

'Waarom zou-ie? Zeven.'

Ik sloeg nog een bladzijde om. Op een woensdagmiddag was Maria's naam omcirkeld met een pijl naar een ander meisje, Tilly. In grote letters stond ernaast: *HR. BENTINCK, BIJ HEM THUIS, BURTON STREET, BELGRAVIA.*

'Kijk eens,' fluisterde ik tegen Rosie. 'Bentinck. Hij liet de meisjes bij hem thuis komen!'

'Vijf,' zei Rosie.

Ik sloeg nog meer bladzijden om en bladerde een paar weken terug. Verschillende namen kwamen regelmatig voor, maar ze zeiden me niets, tot ik op een naam stuitte waarvan mijn adem stokte. Ik kon het niet geloven en moest hem twee keer lezen om er zeker van te zijn dat ik niet gek was geworden. Het betrof een afspraak op 29 december, zeven uur 's avonds, één uur met Maria. En de maandag daarvoor en de maandag daar weer voor ook.

'Twee,' zei Rosie terwijl ze opstond.

Ik hoorde iemand de trap af komen. Ik stopte het afsprakenboek terug in de lade, maar het bleef steken. Ik rukte de lade verder open en probeerde het afsprakenboek erin te duwen, maar het stuitte op iets en de lade wilde niet helemaal dicht.

'Snel,' fluisterde Rosie.

Op het moment dat Hugo de kamer binnen kwam, draaide ik me om en met een duw van mijn achterwerk ging de lade eindelijk dicht met een knal die overal in het huis te horen moest zijn.

Hugo keek van mij naar de lade en leek net iets te willen zeggen toen mevrouw Brafton binnenkwam.

'Het spijt me, ik heb uw boek niet kunnen vinden. U moet het ergens anders hebben laten liggen. Dank u allebei dat u bent gekomen en nogmaals gecondoleerd, mevrouw Flowers.'

Voor iemand ons kon tegenhouden, snelden we het huis uit.

Terwijl we door Long Acre liepen bleef Rosie maar ratelen, maar ik luisterde niet; mijn hoofd tolde. Ik kon nog steeds niet geloven dat ik die naam echt had gezien.

Rosie pakte mijn arm vast. 'Luistert u wel? Stomme idioot. U had alles voor me kunnen verknallen. U had niet in haar persoonlijke spullen mogen neuzen.'

'Dat weet ik, maar in dat boek stonden namen en adressen. Misschien kan ik aan de hand daarvan achterhalen wie Maria heeft vermoord.'

Ik hoopte haar met die opmerking wat te kalmeren, maar bleek juist olie op het vuur te gooien.

'En mijn kinderen en ik doen er niet toe? U hebt ons in gevaar gebracht, beseft u dat wel? U bent alleen geïnteresseerd in uzelf. Mannen! Jullie zijn allemaal 'tzelfde.'

Ik was licht in mijn hoofd en het duurde even voor die laatste opmerking tot me doordrong. 'Eerlijk gezegd ben ik het daar niet mee eens.'

'Mijn god, als vrouwen 't voor het zeggen hadden zou de wereld er heel anders uitzien en nog minder stinken ook.'

'Mevrouw Brafton heeft ons onbedoeld interessante informatie verschaft,' legde ik uit. 'Ze zei dat Bentinck mensen in Brussel kent. Leden van het koninklijk huis, als we haar moeten geloven. Maria is aan de oever van de rivier gevonden, Jack is verdronken en u bent vastgehouden op een boot. Volgens mij is die boot van Bentinck. Ik vermoed dat hij in België betrokken is bij illegale handel.'

'Dat mens is niet goed snik. Zij heeft alles gedaan en die Bentinck strijkt alles op. Ze is verkikkerd op 'm, zeker weten. Vrouwen huilen zo veel om mannen dat je met hun tranen een hele zee zou kunnen vullen.' Rosie kruiste haar armen. 'En ze sprak heel onaardig over die andere vrouw. Heette ze niet juffrouw Gainsford? Wie is dat?'

'De boekhoudster van Bentinck.'

'Fraaie dame, neem ik aan?'

'O, ja, heel fraai.'

Ik moest denken aan het gesprek dat ik na de begrafenis met Nancy Gainsford had gehad. Er was een zekere spanning tussen de twee vrouwen. Mevrouw Brafton meende dat het bordeel van haar was en gedroeg zich alsof ze het hoofd van een chique school was, terwijl juffrouw Gainsford haar als een soort huishoudster behandelde.

'We moeten naar de politie,' zei ik. 'We moeten ervoor zorgen dat ze die boot doorzoeken en de administratie van Bentinck doorspitten om te kijken of daar een connectie met België in te vinden is.'

Rosie schoot in de lach, ze lachte zo hard dat ze haar bril af moest doen om de tranen uit haar ogen te vegen. 'Hoe kunt u zo onnozel zijn! Een rijke heer met connecties. Ze spugen op u.'

'We moeten het proberen.'

'Hoezo, we?'

'Alstublieft. Het legt meer gewicht in de schaal als we met z'n tweeën gaan. Ze kunnen ons niet allebei afpoeieren.'

'Dat kunnen ze wel en dat zullen ze doen ook.'

Ik haalde diep adem. Bentinck was een gevaarlijk man: *Brandstichting, mensen die in elkaar werden geslagen, werden neergestoken. Zelfs werden verdronken. En uiteindelijk bleef alleen James Bentinck over.* Maar ik had al zo veel ontdekt en ik was niet als Thorpe. Ook al had Maria leugens verteld en de waarheid achtergehouden, ik zou niet rusten tot de onderste steen boven was.

'Ik moet gaan,' zei ik. 'Als u van gedachten verandert, kom dan om zeven uur naar de apotheek.'

Ik keek haar na toen ze wegliep en al snel door de mensenmassa werd verzwolgen. Ik ging een andere kant op, naar het noordoosten, en rende zowat langs Lincoln's Inn Field toen ik in de verte een kerkklok het hele uur hoorde slaan. Ik was compleet vergeten dat ik moest werken, besefte ik, maar daar was het nu te laat voor. Dan maar een dienst overslaan. Ik wist dat ik daar niet zo laconiek over mocht doen, maar het stemmetje dat me dit influisterde werd weggevaagd door een veel harder geluid: een schreeuw, een brul van woede.

De naam in het afsprakenboek, de naam van de man die wekenlang elke maandag bij Maria was geweest – ik kon het nog steeds niet geloven, maar hij had er gestaan, zwart op wit: *Jacob Kleiner*.

18

Ik had Jacob leren kennen op de schaakclub. Hij speelde tegen Durant, een alleraardigste vent zolang hij maar niet verloor, want als dat dreigde te gebeuren werd hij agressief, begon hij te vloeken en zette hij zijn stukken met een klap op het bord. Het ging over en weer, om de beurt waren ze een poosje aan de winnende hand, tot Jacob er duidelijk beter voorstond en Durant op zijn nagels begon te bijten.

'U hebt kat en muis met hem gespeeld,' zei ik, nadat de partij afgelopen was en Durant was weggestormd naar huis.

Jacob nam een trek van zijn sigaar, zoals ik hem later zo vaak zou zien doen, en gebaarde me tegenover hem te gaan zitten.

'Om hem op te voeden,' zei hij. 'Ik probeer hem bij te brengen dat hij zich moet leren beheersen.'

'Door hem gek te maken van woede?'

'Een beetje gekheid kan geen kwaad. Zin in een partijtje?' Hij gaf me een hand. 'Maar vergeet niet dat het onbeleefd is om een oude man al meteen de eerste keer te verslaan.'

De donderdag daarop speelden we weer, net als de donderdag daarop en in de loop van de weken en maanden werd hij voor mij wat ik nooit had gehad: een vriend. Vroeger trok ik het liefst op met jongens, maar die wilden niet spelen met een meisje dat hun spel zou bederven of beter was dan zij, en al mijn vriendinnen waren me opgedrongen of ik werd verliefd op ze, zonder dat mijn liefde en lustgevoelens werden beantwoord. De knappe, blonde Sylvia en ik waren onafscheidelijk geweest tot ze verkikkerd raakte op een jongen. Toen ik niet meer naar haar toe ging, zei ze dat ik jaloers was. Ze had gelijk, en toch ook weer niet.

Maar Jacob accepteerde me als man en mocht me sowieso. Hij nodigde me uit om te komen eten en zo leerde ik Lilya kennen. Toen we op een avond te veel gedronken hadden van het verraderlijk zoete drankje dat zijn broer brouwde, bleef ik slapen in de kamer die niet meer werd gebruikt sinds hun zoon Michael uit huis was gegaan om in Norwood wetenschappelijke instrumenten te maken. Precies op het moment dat ik mijn windsel afdeed kwam Jacob met een dronken kop de kamer binnen banjeren; met open mond van verbazing bleef hij stokstijf staan. Ik wist niet dat dit ook de kamer was waar Lilya hem naartoe bonjourde als ze hem uit hun echtelijke sponde schopte omdat hij weer eens te hard snurkte, en hij was nu eenmaal een gewoontedier. De volgende ochtend hoopte ik dat de drank niet alleen zijn maag maar ook zijn geheugen had geledigd, maar voor ik wakker werd was hij al van huis gegaan en drie weken lang zag ik hem niet. Ik ging ervan uit dat hij niet meer met me wilde omgaan, tot hij op een dag naast me kwam lopen toen ik op weg was naar mijn werk.

'Vrouwen kunnen niet schaken,' verklaarde hij en hoewel hij het bij het verkeerde eind had, sprak ik hem niet tegen. Uiteindelijk stortte ik mijn hart bij hem uit en vertelde ik hem alles en daardoor werd onze vriendschap nog hechter, iets wat alleen zeer eenzame mensen overkomt.

Maar dat was nu afgelopen. Toen het huurrijtuig stilhield voor Jacobs winkel dacht ik: dit is de allerlaatste keer dat ik bij hem langsga.

Met opeengeklemde kaken bonsde ik op de deur, waarop hun hondje fel begon te blaffen. Ik was blij dat Lilya haar hoofd uit het raam stak.

'Wie is daar?' riep ze.

'Ik ben het. Leo.'

Ze haastte zich naar de deur, morrelde even aan het slot en deed eindelijk met een brede glimlach op haar gezicht open. Ik stond er telkens weer van te kijken hoe knap ze was; ze was minstens tien jaar jonger dan Jacob en had een rond, vriendelijk gezicht en schrandere ogen.

'Leuk je weer te zien, Lilya.'

Ze legde een hand op mijn schouder, voelde de botten onder mijn vel en legde haar hand vervolgens op mijn gezicht.

'Je bent mager,' zei ze. 'Veel te mager. Je moet vaker langskomen dan kan ik je met worst en pannenkoeken vetmesten als een varken.'

Op de tast ging ze me behoedzaam voor door het kleine vertrek. De winkel van Jacob leek meer op een werkplaats en was slechts drie bij vier meter. Er stond een werkbank die bezaaid lag met gereedschap en de wanden gingen vrijwel helemaal schuil achter doosjes met allerlei radertjes, schakeltjes en veertjes. Lilya wist precies waar alles lag, maar Jacob was een sloddervos en liet vaak dingen op de grond slingeren waar ze op zou kunnen trappen.

Lilya was vrijwel blind. In het midden van haar gezichtsveld zag ze nog net een wazige kring, maar daarbuiten was alles donker. Ze kon de dag onderscheiden van de nacht en mensen van paarden, maar een boek lezen kon ze niet. Ze vond het fijn als Jacob haar voorlas, in het Duits of Russisch, afhankelijk van haar stemming. En ze kon nog gitaarspelen en volksliedjes zingen die me diep ontroerden ook al verstond ik er geen woord van. Koken kon ze ook nog steeds – rond haar fornuis woog, sneed en mengde ze even behendig als ze muziek maakte.

'Hij is boven,' zei ze. 'Hij doet een dutje. Als hij het eten ruikt wordt hij wakker. Je blijft toch wel eten, hè?'

Het huis van Jacob had een heel andere indeling dan dat van Alfie. De eerste etage, waar je via een smalle trap kwam, besloeg niet alleen het vloerplan van zijn winkel, maar tevens dat van de winkels aan weerszijden, en daarboven was nog een verdieping die merkwaardig was ingedeeld alsof de architect dronken was geweest en de muren lukraak had ingetekend. Ik vond het heerlijk om in de erker te zitten en uit te kijken over de daken.

Lilya kookte en zong terwijl haar hondje tussen haar voeten door glipte in de hoop dat ze een stukje kip zou laten vallen.

'Je bent stil,' zei ze uiteindelijk. 'Ik weet niet eens of je er nog wel bent.'

'Ik ben er nog.'

Toen de geur zo sterk werd dat hij zelfs haast te proeven was, kwam Jacob blootsvoets en gekleed in een slobberbroek en een overhemd waar hij zijn bretels niet overheen had gedaan, de trap af gestommeld. Zodra hij me aan de kleine tafel zag zitten, lichtte zijn gezicht op.

'Leo!' zei hij. 'Waar heb jij uitgehangen? Ik heb donderdag moeten schaken met een advocaat die zo belabberd speelde dat ik hem maar aanwijzingen heb gegeven. En hij was nog wel van de blauwe knoop! Ongelooflijk, hè? Hij hield een hele preek over hoe slecht drank was.'

Hij schonk twee kleine glazen whisky in en gaf er een aan mij. Ik haalde mijn aantekeningenboekje en potlood uit mijn zak en schreef: *Ik weet dat je Maria kende*, en draaide het boekje om zodat hij het kon lezen.

'Wat doe je?' Hij las het, trok bleek weg en haalde zijn vingers door de schaarse haren die hem nog restten. Hij keek even naar Lilya en fluisterde: 'Leo...' Ik gaf hem mijn potlood en hij schreef in zijn aantekeningenboekje: *Het spijt me.*

Alert vanwege de aanhoudende stilte, tikte Lilya met een lepel op een steelpan – kleng, kleng, kleng. 'Nee! Hardop praten, zodat ik jullie kan horen. Niet smiespelen als kleine meisjes.'

'Natuurlijk, Lilya,' zei ik, en daarna, luid tegen Jacob: 'Volgende week kom ik waarschijnlijk wel naar de schaakclub.'

En ik schreef: *Waarom?*

'Fijn,' zei hij, terwijl hij krabbelde: *Ik wilde haar leren kennen. Je had het zo vaak over haar. Het was slap van me.*

'En Lilya?' zei ik, Jacob aankijkend.

'Ja?' zei ze.

'Het ruikt goddelijk.'

Ze knikte tevreden. Deze act voerde ik vaker op. Lilya klaagde altijd dat haar knorrige echtgenoot nooit iets zei over haar kookkunst en om hem een lesje te leren complimenteerde ik haar overdreven, maar het was niet gelogen.

Jacob draaide het aantekeningenboekje weer naar mij toe: *Ik blijf altijd bij Lilya. Altijd. Ik kon de verleiding niet weerstaan om naar Maria te gaan. Ik ben een oude man.*

'Hoe gaan de zaken?' vroeg ik.

Wanneer heb je haar voor het laatst gezien? schreef ik.

Hij pakte het notitieboekje en schreef een paar seconden, langzaam en precies. *Een maand geleden. Het spijt me. Ben er vanwege jou mee gestopt.*

Ik schreef een kort antwoord en draaide het boekje naar hem toe: *Adieu.*

'Nee,' zei hij. 'Blijf alsjeblieft, Leo. Eet met ons mee.'

'Wat is er?' vroeg Maria. 'Wat zitten jullie te krabbelen en te fluisteren?'

'Ik moet ervandoor, Lilya. Dank voor je gastvrijheid.' Ik gaf haar een kus op haar wang en zij pakte me met haar handen die onder de bloem zaten vast bij mijn schouders. Ik keek in haar lege ogen. Ze had me ooit verteld dat zelfs die vage lichtkring zou verdwijnen.

'Waarom ga je ervandoor?' vroeg ze. 'Ik zie je haast nooit meer.'

'Ik heb een afspraak.'

'Met een vrouw? Ja, ik merk het aan je.'

'Je bent akelig schrander, Lilya. Je verdient een betere echtgenoot dan de man die je nu hebt.'

Ze lachte flauwtjes en wat verdrietig. 'Misschien wel, misschien niet. Maar waar jullie ook ruzie over maken, jullie moeten het bijleggen. Je moet het altijd bijleggen. Waar twee vechten, hebben twee schuld. Je hebt een vriend en vriendschap is onbetaalbaar. Maar je kunt hem niet veranderen. Hij is zoals hij is.'

'Waarschijnlijk heb je gelijk.'

'Jij bent zijn enige vriend, dus...'

Jacob liep achter me aan de trap af om me uit te laten. Samen stonden we op de stoep, ik in mijn jas en met mijn bolhoed op, hij zonder schoenen en rillend van de kou. Ik was vergeten dat hij veel kleiner was dan ik. Was hij krommer dan toen ik hem leerde kennen?

Hij legde zijn hand op mijn arm, maar ik duwde die weg.

'Je bent boos op me,' zei hij. 'Maar je wist dat ik naar dat bordeel ging. Ik heb het je zelf aangeraden, weet je nog wel?'

'Niet dat je naar Maria ging.'

'Maar ik was toch niet haar enige klant? Ze had er tientallen, misschien wel honderden. Zolang je maar betaalde was ze van jou. Ik heb geprobeerd je te waarschuwen. Dat heb ik echt geprobeerd, maar je was koppig en wilde me niet geloven. Iedereen kon haar krijgen, zelfs ik.'

‘Zelfs jij?’ Bij de gedachte dat die twee samen waren geweest werd ik onpasselijk. ‘Maar waarom heb je het nooit gezegd?’

‘Ze was anders dan ik dacht.’ Hij wipte van de ene voet op de andere om warm te blijven. ‘Ik dacht dat ze gewoon een temeier was, maar dat was ze niet. Haar moeder was Joods, wist je dat? Rachel, heette ze. Ze kwam uit Portugal.’

‘Het is niet waar!’ Ik schoot in de lach en had zelfs bijna geklapt, want ze was geweldig. Bravo! Wat een spel! Wat een actrice! Zelfs nadat het doek definitief was gevallen, wist ze ons allemaal nog steeds te betoveren. ‘En meer heb je niet te zeggen? Dat is alles?’

Jacob aarzelde en leek er nog iets aan toe te willen voegen, maar bedacht zich. ‘Je trekt het je veel te veel aan. Ze was niet van jou. Ze was van iedereen, van iedereen die haar wilde. Voor een halve kroon. Dáár gaat het om, Leo. Begrijp je dat dan niet?’

‘Nee, ik begrijp het niet. Echt niet.’

‘Je gedraagt je ineens weer als een vrouw.’

‘Adieu, Jacob.’

Ik liep weg. Hij moest zelf weten wat hij geloofde, al was het nog zo’n onzin. Dacht hij nou werkelijk dat ik niet wist dat iedere man Maria kon kopen? Dacht hij werkelijk dat ik niet telkens als ik bij haar was besefte dat ik niet haar eerste klant van die dag was en waarschijnlijk ook niet haar laatste? Ik was niet gek, tenminste, niet op die manier. Ik had haar misschien niet zo goed gekend als ik dacht, maar ik wist hoe ze aan de kost kwam.

Tegen de tijd dat ik thuiskwam was mijn woede omgeslagen in kil wantrouwen. Ik had Jacob moeten vragen of hij Augustus Thorpe of Jack Flowers kende. Was hij er misschien bij betrokken? Hij mocht agressief zijn, maar hij had me nooit gemeen of gewelddadig geleken.

Maar ineens drong het tot me door dat ik geen idee had waartoe hij in staat was.

Tot mijn verrassing stond Rosie voor de apotheek op me te wachten. Uit haar gekruiste armen en geërgerde houding meende ik op te maken dat ze vond dat ik te laat was.

‘Fijn dat u toch nog gekomen bent,’ zei ze. ‘Godzijdank is ’t niet koud, want anders was ik nog doodgevroren.' Vanonder haar hoed keek ze me aandachtig aan. 'Gaat 't wel goed met u? Uw gezicht is helemaal rood.'

'Het gaat prima met me, dank u. Ik ben blij dat u van gedachte veranderd bent.'

'Ik ben niet van gedachte veranderd. Ik ga niet met u mee naar de politie. Ik ben gekomen om u over te halen dat niet te doen. U brengt niet alleen u eigen in gevaar, maar mijn kinderen en mij waarschijnlijk ook. Ik vertrouw de politie voor geen meter.'

'Wacht. Ik ben zo terug.' Toen ik de deur dichtdeed, hoorde ik haar luidruchtig sputteren.

Ik rende naar boven en verwisselde het windsel dat doorweekt was van het zweet. Toen ik wegging riep Constance me na: 'Wie is die mevrouw, meneer Stanhope? Een vriendin van u?'

Ik reageerde niet.

Toen ik weer buiten stond was Rosie nergens te bekennen. Ik keek links en rechts de straat uit, maar zag alleen een zwart luxerijtuig waarvan het portier openstond en de lantaarns brandden en dat kraakte op zijn wielen. Toen Hugo eruit klom helde het rijtuig over. Achter hem zag ik het gezicht van Rosie, bleek van angst.

'Meneer Stanhope,' zei Hugo. 'U kunt maar beter met ons meegaan. Meneer Bentinck wenst u te spreken.'

'Alleen als u mevrouw Flowers laat gaat,' zei ik. 'Ik ga met alle plezier met u mee, maar haar moet u laten gaan.' Ik maakte me zo lang mogelijk. 'Ik meen het.'

'Ik heb de opdracht gekregen u allebei op te halen.'

Het liefst had ik de benen genomen. Mijn voeten bereidden zich er al op voor – ik voelde haast hoe de kasseien onder me door gleden terwijl ik roepend om hulp naar Whitehall rende en Great Scotland Yard in glipte. *Ze hebben haar meegenomen. Jullie moeten nú meekomen. Als jullie snel in actie komen kunnen we haar nog redden!*

Het klonk haast edelmoedig, maar het was en bleef een vlucht.

Ik haalde diep adem en klom in het rijtuig. Niemand zei iets. De koetsier liet de teugels neerkomen op het achterwerk van het paard en we reden weg.

19

Het rijtuig was eigenlijk te smal voor drie passagiers; ik schoof zo ver mogelijk bij Hugo vandaan, mijn heup drukte onaangenaam tegen de post van het portier. Rosie zat aan de andere kant van hem met haar gezicht van me afgewend. Ik kneep mijn handen samen, maar ze bleven trillen. Ik kreeg ze niet stil.

'Waar gaan we heen?'

Hugo lachte geforceerd. 'Naar het huis van meneer Bentinck. En gedraag u als we daar zijn, want hij is een echte heer.'

Rosie wierp me een blik toe, die ik geruststellend probeerde te beantwoorden, maar haar gezicht bleef strak.

Het was druk in Piccadilly en we schoten niet op. De stoepen waren zo vol dat de mensen in de goten liepen en we rakelings langs hen heen reden waardoor ik ze had kunnen aanraken. Bij Green Park stond een man met een bord op zijn rug onder een lantaarnpaal folders uit te delen aan voorbijgangers. Een jonge agent, die zijn handen diep in zijn zakken had gestoken, sprak lachend met hem. Hij stond nog geen tien meter bij ons vandaan en ving mijn blik toen ik hem aanstaarde.

Ik zou hem kunnen roepen, dacht ik. Ik kon hem vragen naar ons toe te komen en ons te helpen. Maar zou hij me geloven? Bovendien wist Hugo waar ik woonde. Sterker nog, hij wist waar Rosie woonde.

Eindelijk maakten we vaart en reden we over de houten planken die op het wegdek lagen om het lawaai van paardenhoeven en rijtuigen te dempen, naar Belgravia. Ik keek naar de huizen – chic, statig, goed onderhouden en symmetrisch, met massieve stenen muren en zware deuren, glas-in-loodramen en donkere treden naar het souterrain. Wie wist wat zich achter deze gevels afspeelde?

Hugo had gezegd dat ik me moest gedragen. Dat wees er toch op dat we zouden praten? Niet dat er geweld zou worden gepleegd. Nóg meer geweld wilde ik niet. Ik deed mijn ogen dicht, wilde dat ik thuis in mijn bed lag en dat ik er nooit aan was begonnen om te achterhalen hoe Maria aan haar einde was gekomen. Als ik dit tegen Bentinck zou zeggen, zou hij me misschien geloven en ons laten gaan. Misschien.

De koetsier trok aan de teugels; mijn maag keerde zich om.

Burton Street was een aaneenschakeling van keurig verzorgde identieke panden achter zwarte hekken. Hoewel de portieken waren opgesierd met trotse pilaren, staken de woningen magertjes af bij de grootse, statige huizen aan Grosvenor Square en Mount Street, ook al vormden ze nog altijd een wereld van verschil met de naargeestige steegjes en de lawaaierige fabrieken in de sloppenwijken.

De dienstbode die opendeed nam ons onverholen verveeld op, zonder respect te betonen, waartoe ze vanwege haar beroep toch verplicht was.

'Deze kant op,' zei ze. We liepen achter haar aan, gevolgd door een zwaar ademende Hugo.

De hal was smal maar opgesierd met een spiegel aan de ene wand en schitterende schilderijen van gespierde paarden en jachthonden aan de andere. Kroonluchters strooiden ijspegels van licht op de muren.

Juffrouw Gainsford stond onder aan de trap; haar hand rustte lichtjes op de bol waarmee het einde van de leuning was verfraaid. Ze droeg een oogstrelende japon: kant, platte plooitjes en strak ingenomen bij haar wespentaille.

'Meneer Stanhope,' zei ze glimlachend. 'Wat een genoegen u weer te zien.' Vervolgens stelde ze zich aan Rosie voor alsof we elkaar toevallig waren tegengekomen op straat. 'Nancy Gainsford. Ik ben de boekhoudster van meneer Bentinck en heb de leiding over de dagelijkse gang van zaken. Ik heb vernomen dat u onlangs uw man hebt verloren. Gecondoleerd.' Haar blik schoot langs Rosies kleding: geen zwarte handschoenen, geen voile, maar een paarse hoed met een zwarte strik aan de zijkant, die er op het allerlaatste moment nog snel op leek te zijn gespeld.

'Aangenaam,' zei Rosie zuur.

'James is in de tuin, maar het is ijskoud buiten. Zullen we eerst maar even naar de bibliotheek gaan?'

Ze ging ons voor naar een klein vertrek met boekenkasten die van de grond tot aan het plafond reikten. Genoeg boeken om een leven lang te kunnen lezen: Pope, Dickens, Carroll en Collins, Samuel Smiles, Gerard Manley Hopkins en het complete oeuvre van Shakespeare in alfabetische volgorde. Ik vroeg me af of ze er enkel stonden om indruk te maken. Bentinck leek me geen boekenman. Ik was nooit eerder in zo'n bibliotheek geweest en heel even popelde ik om Maria te vertellen hoe fantastisch het was.

'Je kunt gaan,' zei juffrouw Gainsford tegen Hugo.

Hij fronste zijn wenkbrauwen en kruiste zijn armen. Zijn tederheid was alleen voor zijn bijen bestemd. 'Meneer Bentinck heeft gezegd dat ik ze naar hem toe moest brengen.'

'Ik roep je zo.' Ze gebaarde naar de deur. 'Hup, wegwezen!'

Evenals de vorige keer stond ze iets te dicht op me en keek ze me met opgeheven kin in de ogen. Ik kreeg een aanvechting die ze vermoedelijk bij elke man opriep en waar elke man zich tegen moest verzetten: haar in je armen nemen en kussen.

'Waarom hebt u ons hier laten brengen?'

'Excuses voor de wijze waarop u bent opgehaald. We wilden u slechts spreken. James doet zijn best om zich als een heer te gedragen, maar ons bedrijf brengt met zich mee dat we met mensen van allerlei slag moeten omgaan.' Ze ging op een kleine leunstoel zitten; Rosie en ik namen plaats op de bank. 'We hebben de zaak onlangs uitgebreid, een nieuwe onderneming opgezet waarmee we zakendoen op het vasteland.' Ze glimlachte Rosie hartelijk toe. 'Uw echtgenoot werkte weleens voor ons, mevrouw Flowers. Maar goed, u hebt veel navraag gedaan en daar... daar voelen we ons niet gemakkelijk bij. Het zijn moeilijke tijden. Ik weet zeker dat u het zult begrijpen.'

'Uw onderneming interesseert me niet,' zei ik. 'Ik wil alleen weten wat er met Maria is gebeurd.'

'Ja, en daar hebt u Elizabeth Brafton over gesproken, als ik me niet vergis. Ik ben benieuwd wat ze u heeft verteld.'

Ik wist niet precies wat ik moest zeggen. Juffrouw Gainsford bejegende ons als geëerde gasten, maar wat zou er gebeuren als ik haar geen antwoord gaf?

'Niets bijzonders,' zei ik bedachtzaam. 'Ze denkt dat madame Moreau de moord heeft gepleegd.'

'Ach ja. Die afschuwelijke vrouw. Ze verdient de strop, vindt u ook niet?'

'Als ze schuldig is.'

'Daar is toch geen twijfel over mogelijk? Maria was zwanger, zoals u waarschijnlijk weet. Ze is naar mevrouw Moreau gegaan om het weg te laten halen en toen moet er iets fout zijn gegaan. De beunhaas.' Met haar hand op haar borst nam ze wel een minuut de tijd om tot zichzelf te komen, maar ondertussen keek ze me indringend aan. 'Heeft Elizabeth nog iets anders over Maria verteld?'

'Nee. We hadden het over de begindagen van het bordeel. Ze zei dat ze klanten van stand had binnengehaald.'

Het gezicht van juffrouw Gainsford werd hard. 'Ja, dat klopt, maar het is niet het hele verhaal. Op dat punt zijn we het niet eens. Ik heb haar talloze keren gezegd dat ze meer klanten moet trekken, veel meer klanten, ook als ze iets minder betalen. Honderd mannen die elk een shilling betalen leveren meer op dan een stuk of tien mannen die een halve kroon neertellen, begrijpt u?'

'Natuurlijk.'

Ik keek even naar Rosie, die er met grote ogen bij zat, maar ik wist net zomin als zij waar dit gesprek heen ging.

Juffrouw Gainsford keek naar buiten. Het gras werd beschenen door kunstlicht en we hoorden een grommend geluid en de dreun van een bal die werd weggetrapt.

'Maar goed, James wacht buiten op u,' zei ze.

Ze rinkelde met een belletje dat op de tafel naast een ovaal bas-reliëfportret van een vrouw stond. Er waren schilfers af en her en der was het glazuur gebarsten, wat vlekken had veroorzaakt, maar de uitdrukking op het lieve, mollige gezicht was nog steeds te zien. Juffrouw Gainsford zag me ernaar kijken en raakte met haar vinger de wang van de vrouw aan, streelde haar haast.

'Prachtig, hè? De overleden vrouw van James. Als tieners waren ze al verliefd op elkaar. Ze is jaren geleden overleden. Ruim voordat ik James leerde kennen.'

'Waaraan is ze gestorven?' vroeg Rosie; ik zag het wantrouwen in haar ogen.

'Ze is overleden in het kraambed. Ze was zwak, was er nog niet klaar voor.'

Rosie trok haar wenkbrauwen op. 'Wie is dat wel?'

Ik pakte het portret op. De beeltenis was zo helder en lieflijk dat ik dacht dat de vrouw tegen me zou spreken. Aan de onderkant stond een naam en ik kneep mijn ogen samen om hem te lezen. Toen me dat uiteindelijk was gelukt, wist ik dat het toeval moest zijn.

'Ze heette Hope,' zei ik. 'Hope Bentinck.'

'Ja, Hope. Ik neem aan dat haar ouders gelovig waren. James heeft dit portret laten maken ter nagedachtenis aan haar.'

Er kon toch zeker geen verband bestaan tussen deze vrouw die al jaren geleden was overleden en een woord dat geschreven was op een fles bier van een verdronken man? Dat kon niet. En toch... die fles was tijdens de inbraak in het mortuarium kapotgesmeten. Was dat ook toeval?

'James heeft het nooit meer over haar,' vervolgde juffrouw Gainsford. 'Het is lang geleden; hij was toen een ander mens.'

'Is hij echt familie van de Cavendish Bentincks?'

Juffrouw Gainsford wendde haar blik af en keek naar de in leer gebonden boeken. Ik zag iets in haar blik wat ik niet kon benoemen. Iets narrigs. 'Daar weet ik niets van,' zei ze. 'Hij vertelt het wel graag. Toen ik hem leerde kennen zei hij altijd dat hij misschíén familie van ze was, daarna dat het haast niet anders kon en nu dat hij het is. De waarheid is als klei, je kunt haar elke vorm geven die je wilt en daarna wordt ze hard.'

Hugo verscheen in de deuropening. 'Deze kant op,' zei hij, waarna hij een stap achteruit deed en ons voorliet om naar buiten te gaan.

James Bentinck stond in zijn onderhemd op het gazon en zat onder de modder. Hij had een lamp neergezet en plaatste een rugbybal op de grond en maakte zich op om die naar een groot houten schot te schieten dat hij had aangebracht om te voorkomen dat de bal in de tuin van de buren zou belanden. Boven ons in de duisternis fonkelden sterren; talloze, meer dan ik kon tellen. Alsof iemand met een schot hagel gaatjes in de donkere hemel had geschoten.

Bentinck stak een vinger op om ons tot stilte te manen, nam een aanloopje en knalde de bal tegen het schot. Het klonk alsof er een pistool afging; de bal kaatste af, schoot tollend de hoogte in. Bentinck sprong naar voren om hem te vangen, maar de bal glipte door zijn handen en stuiterde de struiken in.

'Verdraaid!' Opgelaten keerde hij zich naar ons om. 'Stanhope, niet? Ik zal je maar geen hand geven.' Hij hield zijn handen omhoog om te laten zien dat ze onder de modder zaten. 'En de lieftallige mevrouw Flowers, neem ik aan. Speel je rugby, Stanhope?'

'Niet meer sinds ik van school af ben.' Dat was natuurlijk een leugen, maar ik wist wel iets van de basisregels.

'Cricket dan?' Hij wierp een denkbeeldige bal naar een denkbeeldig wicket en zelfs ik kon zien dat hij een belabberde bowler was. 'Daar is 't het weer niet voor, hè?' Hij grinnikte en gaf me met zijn modderige handen een klap op mijn schouder en deed toen alsof hij zo hard tegen een bal sloeg dat die het veld uit zou vliegen. 'Ik heb nog ooit in een ambtenarenteam gespeeld. Wist je dat?'

Ik schudde mijn hoofd. Wat een absurde vraag.

Weer mepte hij een denkbeeldige bal het veld uit terwijl wij stonden te rillen.

'Goed!' riep hij uiteindelijk terwijl hij zijn handen afveegde aan een handdoek. 'Ik hoop dat hij je het leven niet zuur heeft gemaakt.' Hij knikte naar Hugo, die iets leek te willen zeggen, maar Bentinck schonk hem geen aandacht. 'Je hebt navraag gedaan over dat snolletje van je, hoe heet ze ook alweer?'

'Maria Milanes,' antwoordde ik, ook al wist ik zeker dat hij haar naam niet was vergeten.

'Ach ja. Die meid had een goed stel hersens. Kon uren naar mijn plannen luisteren. En ze barstte van de ideeën. Ze dacht dat mannen ook naar de zaak zouden komen zonder het met de meiden te doen, dat ze ook zouden komen om alleen maar naar entertainment te kijken. Dansen en zingen en zo. Zou jij naar zo'n tent gaan?'

Hij sprak zoals ik dat zou hebben verwacht van een generaal die aanvalstactieken bespreekt met een officier.

'Nee.'

'Ik ook niet.' Hij lachte luid. 'Vrouwen begrijpen dat niet, hè? Maar goed, die lichtekooi is nu dood, vermoord door die – hoe heet ze ook alweer – dat Franse mens, en... Ach.' Hij keek naar het huis. Juffrouw Gainsford stond met een eigenaardige uitdrukking op haar gezicht in de deuropening. 'Nancy, wat is er?'

'James, ik wil graag –'

Hij schudde zijn hoofd. 'Nee, daar hebben we het eerder over gehad. Ga naar binnen, duik in de boekhouding, dit gaat je niet aan. Het moet gebeuren.'

Ik keek Rosie aan en als op commando renden we tegelijk naar het huis en duwden juffrouw Gainsford opzij. We renden door de hal; ik probeerde de voordeur open te maken maar die was op slot. Rosie probeerde het ook, trok aan de klink, maar de deur wilde niet open. Ik stoof naar een andere deur en trok Rosie met me mee, maar we kwamen in een kleine kamer waar alleen een bureau, een stoel en een brandkast met een raar hangslot stonden.

Op het moment dat we ons omdraaiden kwam Hugo binnen, gevolgd door Bentinck.

Ik deed een stap naar hem toe, maar Hugo verkocht me een dreun en sleepte me met zijn arm om mijn hals de hal in. Ik probeerde me los te wurmen, maar hij versterkte zijn greep.

'Rustig blijven,' zei hij. Hij dwong me op mijn knieën en duwde iets in mijn mond, een fles die naar kattenpis stonk. Rosie riep iets, maar ik kon niet omkijken omdat Hugo mijn hoofd aan mijn haar achterover rukte. Hij hield de fles schuin omhoog en al die tijd dacht ik: niet slikken, niet slikken, en terwijl ik dat dacht slikte ik en proefde ik een smerige smaak in mijn keel. Een moment staarde ik naar het gekleurde glas van de voordeur, naar een paraplu aan een haak en naar een paar bruine laarzen op de deurmat.

En toen viel ik.

Zwart water spoelde over me heen; ik zonk erin weg, mijn armen dreven naar boven terwijl ik naar beneden zakte. Ik had kunnen schoppen maar dat deed ik niet. Ik gaf me er gewillig aan over. Mijn longen vulden zich, ik voelde de bittere kou en de zwaarte in mijn lichaam, en als ik het had gekund zou ik hebben gelachen. Ik sloot mijn ogen en wegdrijvend van de oever liet ik alles los.

Er kwam nog één gedachte bij me op voor mijn geest als een druppel bloed in water oploste: Godzijdank. Nu kan ik ermee ophouden.

20

Het geluid hield maar niet op: tinkel, bonk, tinkel, bonk, tinkel, bonk. Het was een wijzer van een weigerachtige klok, die steeds naar de volgende seconde probeerde te springen. Bonk, tinkel, bonk, tinkel. Het was een jol die tegen een pier stootte, met vallen die tegen de mast tinkelden. Tinkel, bonk, tinkel, bonk. Het was een bedelaar met maar één goed been die zijn hele hebben en houden in een karretje achter zich aan sleepte.

Het geluid bleef maar doorgaan. Ik stopte mijn oren dicht, maar toen klonk het nog luider.

Ik zat op een harde stoel, de scherpe rand sneed in de achterkant van mijn benen, maar de stoel viel om en ik belandde op de grond en staarde naar de rozet aan het gebarsten plafond, dat grauw was van het stof. Ik viel nog steeds. Ik stak mijn handen uit om de val te breken, maar het kleed gleed weg en ik dreef, even later was het kleed er weer, zweefde het dreigend boven me en ik vloekte luid toen er plotseling aan mijn pols werd gerukt terwijl ik nog zweefde. Ik werd in mijn ribben geraakt, hing naar beneden, bungelde als een marionet. Ik hoorde muziek. Een vrouw zong een wiegeliedje dat ik kende van mijn kinderjaren, ze zong in het ritme van het gebonk en getinkel en soms huilde ze. Ik merkte dat ik met haar mee neuriede.

Er kwam een wezen de kamer in en daarna nog een. Ze maakten geluiden, maar ik kon ze niet goed horen. Ik was ervan overtuigd dat het wolven waren die op hun achterpoten stonden. Een van de wolven boog zich over me heen en snuffelde aan me; ik zag zijn zwarte lippen en snuit en een vlieg die over zijn vacht kroop. Ik schoof naar achteren en de vlieg vloog op, streek neer in mijn ooghoek en zoog aan me met zijn rimpelige bekje. Ik probeerde hem weg te jagen, maar hij bleef zitten. Ik voelde het kriebelen van zijn pootjes op mijn oogbal.

Water plensde in mijn gezicht. Het was koud, sijpelde in mijn haar en drong mijn neus binnen, waardoor ik moest hoesten. Ik streek over mijn voorhoofd en rolde opzij, maar er werd nog meer water over me heen gegoten, weer een beker vol. Het vormde plasjes op de vloerplanken en droop door de kieren heen, lekte door het plafond onder ons en zou een vlek achterlaten en dan zouden ze hun ondoordachtheid betreuren. Dat zou ze leren, als er een vlek ontstond. *Ondoordacht, ondoordacht, ondoordacht.*

De wolven gromden even tegen elkaar en toen waren ze weg; de vlieg vloog achter ze aan. Op het getinkel en gebonk na was alles een moment stil.

Mijn rug was pijnlijk en mijn pols schrijnde ondraaglijk en ik wilde slapen. Laat me nou slapen. Mijn schouder deed zeer en ik besefte dat iemand zijn schoen tegen me aan duwde in een poging me bij kennis te brengen. Tegen mijn wil dreef ik naar boven. Aan de oppervlakte waren rimpelingen en het schijnsel van een lamp en gezichten die boven me hingen: weer de wolven – smalle kaken, spitse oren.

Een van hen sprak: 'Jezus. Zorg dat hij blijft leven. We hebben hem nodig.'

De ander, korter en dikker, met minder vliegen op zijn vacht, knikte. 'Over een uur is hij weer helemaal bij z'n positieven, meneer.'

De eerste wolf schopte me weer. 'Laat me weten wanneer hij bijgekomen is.'

De dikke wolf gromde. 'En wat doen we met haar?'

'Zij gaat morgen naar de boot. En zorg in godsnaam dat ze haar mond houdt.'

Ik was al bijgekomen, maar liet het niet merken. Als je je stilhoudt, laten ze je met rust. Wolven zijn ongetrainde honden: ze komen op bewegingen af. Ik zonk weer weg in het zwarte water, luisterde naar het gebonk en getinkel, dat soms zacht, soms luid klonk, en naar dat afschuwelijke, lieflijke gezang. Tot haar stem wegstierf werd ik gedragen door het zwarte water.

Toen ik mijn ogen opendeed waren de wolven weg. Ik was in een zolderkamer, helemaal boven in het huis; het zwakke licht dat door het venster naar binnen viel, wierp rechthoeken op de muur. Mijn hoofd stond op barsten. Iets in mij was opgestaan en duwde tegen mijn schedel om eruit te kunnen. Ik moest mijn kaken op elkaar klemmen en mijn oren dichtstoppen om het binnen te houden. Braaksel kwam omhoog; ik draaide op mijn buik en kotste.

'Het gaat over,' zei iemand. 'Ze hebben 't mij ook gegeven. Zo dadelijk voel je je beter.'

De wolven hadden mijn schoenen meegenomen. Ik probeerde te gaan zitten, maar werd tegengehouden door mijn pols; die was gekluisterd. Ik volgde de keten; hij zat met een hangslot vast aan de smeedijzeren sierkrullen van een ledikant. Ik trok en trok tot mijn huid bijna openlag en spoog zelfs op het metaal om het gladder te maken, maar ik kreeg mijn pols niet los.

'U doet uzelf alleen maar pijn,' hoorde ik iemand zeggen. Ik besefte dat het Rosie was, die op het bed zat; net als ik was ze daaraan vastgeketend. 'Ik heb het ook geprobeerd, maar het werkt niet.'

De enige andere meubels in de kamer waren een kledingkast met een spiegel en een stoel die omgekeerd naast me lag. Ik wilde hem overeind zetten, maar mijn armen waren te zwak, dus bleef ik maar liggen; ik wilde dat het zwarte water terug zou komen. Langzaam keerde het geluid dat ik eerder had gehoord terug.

Rosie wiegde heen en weer. Zittend op het bed wiegde ze naar voren en naar achteren, met haar armen om haar knieën geslagen en telkens als ze wiegde bonsde het ledikant tegen de muur en tinkelde de keten om haar enkel – naar voren, naar achteren, naar voren, naar achteren, bonk, tinkel, bonk, tinkel. En terwijl ze wiegde, zong ze. Het leek haar te troosten.

'Het spijt me,' zei ik. 'Het spijt me dat u hier bent. Het is allemaal mijn schuld. Maar ik moest weten wat er met Maria is gebeurd.'

'Da's geen excuus, er blijkt alleen maar uit dat u om niemand anders geeft.'

'Het spijt me. Het spijt me echt.'

Ze wendde haar blik af, keek naar de muur en deed er het zwijgen toe. Ik lag op mijn rug op de grond en het enige wat ik hoorde was haar ademhaling, en zo nu en dan een rijtuig, ver weg, zo ver weg dat het in een ander land leek.

Ik bad, maar kreeg de woorden niet snel genoeg over mijn lippen. Daarom bad ik in mijn hoofd, ik bad zo hard dat ik dacht dat ik zou barsten: O God, red Rosie alstublieft. Alstublieft, red Rosie. Het is mijn schuld. Zorg dat ze teruggaat naar haar kinderen. Als u ook maar iets om ons geeft, red Rosie dan alstublieft.

Achter de deur klonk een geluid en ik begon weer te rillen. Ik trok mijn colbertje strak om me heen.

'Er komt iemand aan,' fluisterde Rosie. Allebei bleven we roerloos liggen.

De deur ging open en iemand deed het licht aan. Het schijnsel brandde door mijn oogleden heen.

'Ze zijn bijgekomen, meneer.' Het was Hugo. 'Ik heb ze horen praten.'

Hij stootte met zijn voet tegen mijn been en ik deed mijn ogen open; aan de rand van mijn gezichtsveld lichtten vonkjes op als vuurwerk aan de horizon.

'Het stinkt hier,' zei Bentinck. Hij knikte naar Hugo, die met een diepe zucht de kamer uit liep.

Bentinck deed het raam open en zette de stoel overeind. 'Ga zitten, Stanhope.'

'U moet me laten gaan,' zei Rosie. Met haar handen in haar schoot ging ze op de rand van het bed zitten en liet haar voeten bungelen. Ze hadden haar ook de schoenen uitgetrokken. 'Ik wil hier weg.'

Bentinck tastte in zijn zak en haalde er een pakje tabak en een pijp uit die hij probeerde aan te steken. 'Verdomme,' mopperde hij. 'Hij moet nat zijn geworden.'

'Alstublieft, laat me naar huis gaan. Ik heb kinderen die hun moeder nodig hebben. Ik wil naar ze toe. Ik zal m'n mond houden. Van mij krijgt niemand iets te horen. Bovendien, wie zou mij nou geloven? Toe, laat me gaan.'

Hij lachte haar vaderlijk toe. 'Het spijt me, mijn beste, het spijt me echt, maar ik heb verantwoordelijkheden. Ik kan onze nieuwe onderneming niet in gevaar brengen.'

Juffrouw Gainsford had het ook over hun nieuwe onderneming gehad. Ze had gezegd dat ze zaken deden op het vasteland. Wat voor zaken, vroeg ik me af.

'Het was úw boot waarop mevrouw Flowers is vastgehouden,' zei ik langzaam. 'Bij Puddle Dock.'

Bentinck leek onder de indruk. 'Klopt, helemaal goed, Stanhope. En we willen niet dat iemand dat rondbazuint, want dan loopt alles in het honderd. Daarom gaat u naar België, mevrouw Flowers, op onze kosten. Maar het wordt wel een enkele reis.'

'België?' zei Rosie toonloos. 'Daar kan ik niet heen. Ik heb drie kinderen.'

'Toevallig ook dochters? Hoe oud zijn ze?'

Rosie trok wit weg, maar balde haar vuisten. Vol afschuw realiseerde ik me wat Bentinck met die boot vervoerde.

'Ménsen,' zei ik. Ik kreeg het woord nauwelijks over mijn lippen. 'Uw nieuwe onderneming handelt in mensen. U ontvoert mensen.'

'De meeste mensen kopen we. Van werkhuizen, fabrieken, weeshuizen, hoerenkasten, vaders die van hun dochters af willen. En soms zijn het keukenmeiden. Daar is in Brussel vraag naar. Van heren van stand, van heren die tot de hoogste klasse behoren. En die een bijzondere voorkeur hebben. En ze zijn rijk, zo rijk als u en ik samen nooit zullen worden: goud, juwelen, paleizen, zelfs hele landen in Afrika bezitten ze, en ze willen geen hoeren waar al ik weet niet hoeveel mannen overheen zijn gegaan. Ze willen jonge maagden.' Hij was zichtbaar trots, alsof hij het over een grootse onderneming had die fijn linnen en beeldhouwwerken exporteerde. 'Die kunnen ze daar niet krijgen zonder de aandacht te trekken. De wetgeving is er veel strenger. Het is een kwestie van vraag en aanbod en voor de juiste meisjes krijgen we een prima prijs. Zolang ze maar knap, jong, en vooral nog maagd zijn.'

Rosie keek Bentinck recht aan en sprak alsof ze het tegen een imbeciel had. 'Ik ben een weduwe met drie kinderen.'

Hij haalde zijn schouders op. 'O, maar als we ruimte overhebben, verschepen we ook gewone meiden. Het is zonde om de boot niet helemaal vol te stouwen. Dat soort vrouwen zijn natuurlijk niet voor de allerhoogste heren bestemd, maar die heren hebben mensen voor zich werken die op hun beurt ook weer mensen voor zich hebben werken en ga zo maar door, dus onder aan de keten is ook vraag genoeg. U past goed in het plaatje, mevrouw Flowers. Maakt u zich daar maar geen zorgen over.' Hij probeerde opnieuw zijn pijp aan te steken en uiteindelijk kringelde er blauwgrijze rook uit omhoog en blies hij de rook langzaam uit. 'Niets zo lekker als dit.'

Hugo kwam terug met een emmer en dweil en begon de vloer schoon te maken; de bittere stank van gal maakte plaats voor de bittere stank van loog. Mijn ogen gingen ervan prikken.

'Ik ga niet,' zei Rosie ferm terwijl ze haar vingers op haar schoot verstrengelde.

'U hebt helaas geen keus. We geven u gewoon weer wat chloraal, dan merkt u er niks van.'

Ik moest aan het spelletje van Constance denken. Chloraal... was is dat? En toen wist ik het weer. Zonder erbij na te denken zei ik: 'Chloraalhydraat heeft een bedwelmende werking. Je valt ervan in slaap.'

'Precies. Maar het is wel gemeen spul. Je krijgt er nare dromen van, is me verteld.'

'Ik ga gewoon terug,' zei Rosie.

Bentinck nam een trek van zijn pijp en zette een meelevend gezicht op. 'Dat zal niet gaan, mijn beste. U kunt niet terug.'

'Waarom doodt u me dan niet meteen?'

Hij fronste zijn wenkbrauwen, leek verbijsterd. 'Ik ben zakenman, mevrouw Flowers, geen moordenaar.'

'Rechercheur Ripley weet waar we zijn,' zei ik uitdagend.

Hij gaf me een klap op mijn schouder. 'Ha! Je begrijpt het nog steeds niet, hè Stanhope? Zelfs als dat waar zou zijn, wat ik betwijfel, maakt het niet uit. Want voor jou hebben we ook een plannetje bedacht. Jij wordt een medeplichtige. Van die vrouw die Maria heeft vermoord, dat Franse mens, hoe heet ze ook alweer? Fransen zijn niet te vertrouwen, dat heb ik altijd al gezegd.'

'Madame Moreau,' zei ik. 'Maar ze is niet Frans, haar echtgenoot was een Fransman.'

'Het doet er niet toe, Stanhope! Begrijp je het dan niet? Zij krijgt de schuld en jij bent haar medeplichtige. Je bent al een keer eerder gearresteerd en de politie weet dat je haar gesproken hebt, dus is het een uitgemaakte zaak. Je gaat net als zij naar Newgate, of...' Hij deed een denkbeeldige strop om zijn nek en trok een gezicht alsof hij stikte. 'Begrijp je? We hoeven je helemaal niet te doden, dat doet het gezag voor ons. Wel zo gemakkelijk.' Hij grinnikte en keek ons aan alsof hij verwachtte dat we meelachten om zijn grap.

'Maar wat voor motief zou ik hebben?'

Hij haalde zijn schouders op. Ik had het idee dat hij daar helemaal niet over had nagedacht omdat hij er zeker van was dat zijn plan zou werken en dat er geen vragen zouden worden gesteld. Waarschijnlijk had hij gelijk.

'Jij hebt dat kind bij haar verwekt en hebt haar meegenomen naar dat Franse mens...' Dat ze geen Française was, wuifde hij weg. 'Misschien wilde je dat de hoer stierf om je goede naam te beschermen. Of misschien ging het fout en heb je dat willen verdoezelen. Maar waar het om gaat is dat ze je ooit hebben vrijgelaten, maar je net zo makkelijk weer in de bak kunnen gooien.'

'Dat ik ben vrijgelaten komt door rechter Thorpe. Ik betwijfel dat die u nog wil helpen nadat u hebt geprobeerd zijn zoon met een prostituee te laten trouwen.'

Bentinck lachte vals. 'Er zijn nog andere rechters. Het zal heus niet moeilijk zijn.'

Met neergeslagen ogen zat Rosie weer te wiegen, naar voren, naar achteren, naar voren, naar achteren; als een trage metronoom bonkte het ledikant tegen de muur. Ik kreeg de aanvechting haar hand vast te pakken, maar zou er niet bij hebben gekund.

'Ik ben bereid het met u op een akkoordje te gooien, meneer Bentinck,' zei ik. Tot mijn eigen verbazing klonk mijn stem vast. 'Als u mevrouw Flowers nu laat gaan, zal ik een schuldbekentenis afleggen om het u nog gemakkelijker te maken. Ik neem de schuld op me, beken alles en mevrouw Flowers zwijgt als het graf.'

Bentinck dacht even over het voorstel na en schudde zijn hoofd. 'Het is heel edelmoedig van je, maar je kunt ons geen garantie bieden. Als ze eenmaal vrij is, kun je zeggen wat je wilt. Nee, ons plan is beter. Jij gaat de gevangenis in en zij gaat met de volgende boot naar België. Opgeruimd staat netjes.'

Hij had al die tijd tegen de muur geleund en deed nu een stap naar me toe, waardoor hij binnen mijn bereik kwam. Zonder erbij na te denken haalde ik naar hem uit, eerst met mijn vuist, en toen hij achteruit sprong, trapte ik tegen zijn benen. Binnen een tel zat Hugo boven op me. Hij gaf me korte, harde vuistslagen in de hals en ik voelde pijn die van mijn keel uitstraalde naar mijn schouder.

'Ophouden!' riep Rosie, maar hij pakte mijn haar beet en rukte mijn hoofd achterover.

Ik hoorde Bentinck zeggen: 'Laat hem maar, het is 'm vergeven. De arme donder. Ik begrijp het wel. Maar als hij het nog een keer probeert, sla je hem zijn tanden uit zijn bek.'

Hugo liet me los en ik sloeg dubbel, bang dat ik weer moest braken. Ik dwong me Bentinck recht aan te kijken.

'Waarom hebt u Maria vermoord?'

Hij keek oprecht verbaasd. 'Dat heb ik niet gedaan. Waarom zou ik? Ze was goed in haar vak. En bovendien was ik niet eens hier toen het gebeurde. Ik was in Cookham, heb geregeld dat een stel hotemetoten zich konden vermaken. Een man moet zich zo nu en dan kunnen ontspannen.' Hij schoof de stoel onder het raam, ging erop zitten en keek naar de duisternis. 'Ik was juist gesteld op dat snolletje. Enorm bij de pinken en een hete bliksem in bed. Maar daar weet je alles van, niet? Ik wist niet wat ik meemaakte. Héét!'

'Ze wilde bij u weg.'

'Dat willen ze allemaal, Stanhope! Als ze oud zijn laten we ze gaan: of ze gaan bij een andere tent werken of ze trouwen met iemand of, weet ik veel, worden non, of wat vrouwen doen als ze die leeftijd hebben bereikt. We vermoorden ze niet! Er zijn zat knappe meiden of is je dat soms niet opgevallen? Knapper dan zij zelfs, met haar...' Hij tekende met zijn vinger een kring op zijn wang om aan te geven dat hij haar wijnvlek bedoelde. 'Maar Nancy zei altijd dat die iets ontwapenends had, ook al kan ik me daar niks bij voorstellen. Waarom zouden meiden nog voor me willen werken als ik ze aan het einde van de rit vermoord?'

Hij lachte. 'Ik híélp haar juist. Ze wilde hogerop komen en dat had ze in zich. Daarom heb ik haar voorgesteld aan Gussie Thorpe. Dat is een heer die wel veel geld heeft, maar niet veel hersens. Heel weinig hersens zelfs. Het zou een ideale verbintenis zijn geweest. En het mooiste was dat hij over niet al te lange tijd weer naar India zou gaan, waar hij waarschijnlijk een kogel door zijn kop zou krijgen. Dan was ze binnen een mum van tijd een welgestelde weduwe die me dankbaar was en flink bij me in het krijt zou staan.'

Mijn hoofd was nog wazig van het chloraal. De man die ons vasthield beweerde dat hij onschuldig was en ik kon geen enkele reden bedenken waarom hij zou liegen. Het was waanzin.

'Maar zijn vader kwam erachter en die stak er een stokje voor,' zei ik.

'Helaas wel, ja.' Bentinck gebaarde met zijn pijp. 'Toen ging het feest niet door, maar ze had hem wel genaaid – sorry voor mijn taalgebruik, mevrouw Flowers – en hem overgehaald zijn verantwoordelijkheid te nemen. Maar helaas niet officieel. Als de kleine ter wereld was gekomen en naar alle waarschijnlijkheid geen spat op hem leek, zou hij geschokt zijn geweest, maar dan was het te laat.'

'Ik begrijp het niet,' zei ik vertwijfeld omdat ik het niet meer wist. 'Als u Maria niet hebt vermoord, wie heeft het dan gedaan?'

'Al sla je me dood. Een of andere ploert waarschijnlijk, dat gebeurt wel vaker. Of door die madame huppeldepup, die volgens jou geen Française is. Weet je dat trouwens zeker?' Hij wachtte niet op een antwoord. 'Of misschien heb jij het gedaan en bewijzen wij de gerechtigheid een dienst.'

Ik trok zo hard aan de ketting dat ik dacht dat mijn botten zouden breken.

'Waarom moest Jack dood?' vroeg Rosie heel rustig.

Bentinck keek gemaakt ernstig, alsof ze hem ervan beschuldigde vals te spelen bij het kaarten. 'Ach, als u eerlijk bent, zult u moeten toegeven dat hij geen goede echtgenoot was, toch? Maar wel een sterke vent, en die hadden we nodig nu Hugo een jaartje ouder wordt.' Hugo bewoog even, maar zei niets en stak zijn duimen op. 'Jack hielp ons alles aan en van boord te sjouwen, en soms deed hij ook klussen in huis. Hij was betrouwbaar, tenminste, dat dachten we.' Hij nam een trekje van zijn pijp, haalde hem meteen uit zijn mond en keek geërgerd naar de kop. 'Het vervloekte ding gaat steeds uit.'

'Hij heeft u bestolen,' zei ik.

'Dat heeft hij geprobeerd. De stomme idioot. We hebben hem beneden op heterdaad betrapt. De brandkast stond wijd open en hij was zijn pukkel vol aan het proppen met ons geld. Meer dan tweehonderd pond. Dat is toch niet te geloven? Alsof het van hem was. En dat terwijl we samen van alles hadden gedaan. Ik mis het eerlijk gezegd dat hij niet meer langskomt. Soms deden we een partijtje worstelen en dan had hij zelfs het fatsoen om te verliezen.'

'Dus hebt u hem vermoord.'

Hij haalde zijn schouders op en streek weer een lucifer af om zijn pijp aan te steken. 'Het ligt toch iets anders. Hij wist wat de straf zou zijn. Door de aard van ons bedrijf kan ik de politie er niet bij halen maar ik kan het ook niet over mijn kant laten gaan dat mensen me bestelen. Hugo heeft hem wat chloraal gegeven en hem daarna mee naar de boot genomen. Daar is hij over de reling gegaan.'

Geen tekenen van een vechtpartij, dacht ik. Slapend verdronken.

'Met pukkel en al?' vroeg Rosie, die naar voren boog. 'Had hij die bij zich toen u hem verdronk?'

Bentinck verloor zijn geduld en fronste zijn wenkbrauwen. 'Zijn pukkel? Hoe moet ik dat weten? We dachten dat we hem uit de weg hadden geruimd, maar hij spoelde aan.' Hij knikte naar mij. 'En toen heeft Stanhope hier ons een dienst bewezen door tegen de politie te zeggen dat het een ongeluk was. Je bent ons zeer behulpzaam geweest.'

'Maar waarom hebt u mevrouw Flowers ontvoerd en gevraagd waar het geld was terwijl u dat al terug had?'

Bentincks gezicht betrok. Hij verstrengelde zijn vingers en haalde ze weer uit elkaar. 'Ik denk dat we u een verklaring verschuldigd zijn, mevrouw Flowers. Een paar dagen later ontdekte ik dat het geld wéér was gestolen. Heel merkwaardig. We hadden het terug gestopt in de brandkast, maar toen we het eruit wilden halen, zat er niets meer in. En we hebben het nog steeds niet gevonden. We dachten dat Jack u iets verteld moest hebben, mevrouw Flowers. Al vrij snel werd duidelijk dat u van niets wist, maar... mijn mannetje op de boot ging iets te ver. Ik heb de indruk dat hij helaas van dat soort dingen geniet, maar ik verzeker u dat ik hem die instructie niet heb gegeven. We zijn geen monsters.' Hij trok zijn jasje uit, schoof zijn bretels van zijn schouders en rekte zijn armen. 'Maar goed, genoeg gepraat.'

Hugo ging met de emmer en dweil de kamer uit en Bentinck stond op en begon de knopen van zijn overhemd los te maken.

'Wat bent u van plan?' vroeg ik, plotseling doodsbang.

'Het spijt me, het spijt me echt. Maar het moet nu eenmaal.'

'Wat moet?'

Hij trok zijn hemd over zijn hoofd en onthulde een rug die bedekt was met haar. 'Door al dat gedoe, die begrafenis, dat geld dat weg is en zo, ben ik al een tijdje niet meer aan een pleziertje toegekomen.' Hij knikte naar Rosie. 'En aangezien mevrouw Flowers het leven in gaat, moet ik zeker weten of ze daar klaar voor is.'

En met die woorden trok hij zijn schoenen en broek uit.

21

'Alstublieft,' zei ik. 'Doe het niet. Wat zou Hope wel niet denken? Wat zou uw vrouw hiervan gevonden hebben?'

Bentinck slaakte een diepe zucht en sloot zijn ogen. 'Ze zou het vreselijk hebben gevonden en me hebben gehaat, zeker weten. Ze was teerhartig.'

Hij maakte de boei om Rosies enkel los. Onbewogen keek ze toe terwijl hij met het sleuteltje klungelde. Zodra de boei af was, sprong ze naar de deur. Het was haar bijna gelukt weg te komen, maar hij pakte haar bij de enkel en trok haar op de grond. Alles wat ze maar vast kon grijpen greep ze vast; ook de dekens trok ze met zich mee.

En dat alles zonder een woord te zeggen. Zonder te janken, zonder te schreeuwen, zonder te gillen. Het gebeurde vrijwel in stilte.

'Als je haar ook maar één haar krenkt, maak ik je af,' zei ik en ik meende het.

Rosie schopte naar hem, maar hij pakte haar andere enkel beet en duwde haar benen uit elkaar zodat hij er op zijn knieën tussen kon gaan zitten. Hij deed het zonder wreedheid of woede, eerder als een taak die moest worden volbracht.

Vastgeketend aan het bed kon ik niet bij ze komen. Ik trok aan de ketting, rukte er uit alle macht aan, probeerde mijn nagels in de kieren tussen de vloerplanken te steken, maar kreeg niet genoeg grip. Het bed was te zwaar en ik was te licht, te zwak. Toen ik me achterover wierp verschoof het bed een centimeter. Daarna nog een centimeter. En ik had nog minstens anderhalve meter te gaan.

Rosie verzette zich, probeerde Bentinck te stompen en te bespuwen, maar hij greep haar polsen vast en dwong haar met zijn gewicht op haar rug. Ze slaakte een gesmoorde jammerkreet.

Witheet van woede en de brandende pijn verbijtend verschoof ik het bed nog een centimeter. Als het had gekund had ik met alle plezier mijn eigen arm afgezaagd om er Bentinck mee dood te knuppelen.

'Toe, blijf nou stilliggen, mevrouw Flowers,' zei hij. 'Dat is veel beter, echt. Het is voor ons allebei veel plezieriger als u het gewoon laat gebeuren.'

Hij stak zijn hand in zijn broek en haalde zijn pik tevoorschijn.

Dat was het moment dat ik roerloos bleef zitten.

Het werd stil.

In die ene seconde, tussen twee tikken van een klok, tussen twee hartslagen, tussen het moment dat haar ogen open waren en het moment dat ze dichtgingen, hield ik me stil. Door het laatste beetje chloraal in mijn bloed was ik licht beneveld, maar het zwarte water wilde niet terugkomen. Ik kon niet wegzinken, kon mezelf niet verliezen. Ik was er, daar, op dat moment, in die kamer, terwijl de tijd verstreek. Seconde na seconde.

'Bentinck,' zei ik rustig genoeg om zijn aandacht te trekken. 'Luister, ik ben niet wat ik lijk. Onder deze kleren ben ik een vrouw. Een maagd. Laat haar met rust en neem mij.'

Hij staarde me aan.

'Wat krijgen we nou?'

'Ik ben geboren als een meisje. Ik heb een vrouwenlichaam.'

Rosie schoof bij hem weg. Met haar blik strak op mij gericht kroop ze naar de deur.

Rennen. Rennen, Rosie. Je zit niet meer aan die ketting vast! Maak dat je wegkomt.

'Een vrouwenlichaam?' zei Bentinck. 'Daar geloof ik niks van.'

Ik rechtte mijn schouders en haalde diep adem. Mijn hoofd was leeg. Wat er ook gebeurde, het deed er niet meer toe.

'Toch is het zo.'

Hij hield zijn hoofd schuin, alsof hij enkel en alleen door naar me te kijken erachter kon komen of ik loog.

'Bewijs het dan.'

'Pas als je mevrouw Flowers hebt laten gaan.'

'Je verkeert helemaal niet in een positie om voorwaarden te stellen.'

Ik schoof naar achteren – mijn pols zat nog steeds vast aan de ketting – en Bentinck kroop achter me aan, legde een hand op mijn borst en keek me recht in de ogen. Zijn mond was slechts een paar centimeter verwijderd van de mijne maar ik huiverde niet eens.

Maak dat je wegkomt, Rosie.

Heel langzaam schoof hij mijn overhemd omhoog en stak hij zijn hand eronder. Ik voelde zijn vingers op mijn huid, voelde ze naar boven kruipen. Toen hij mijn windsel aanraakte fronste hij zijn wenkbrauwen; hij likte langs zijn lippen en stak zijn vingers onder het windsel. Hij kneep hard in mijn tepel. Ik trok een grimas, maar gaf geen kik.

Bentinck trok zijn wenkbrauwen op; ik gaf hem een kopstoot tegen zijn hoofd.

'Jezus,' riep hij uit terwijl hij zijn handen voor zijn gezicht sloeg. 'Jezus! Je hebt mijn neus gebroken!' Knipperend met zijn waterende ogen betastte hij zijn neus.

Ik probeerde weg te kruipen, onder het ledikant te glippen waar het donker was, in de hoop hem van me af te kunnen slaan, maar hij greep me vast en verkocht me een dreun tegen mijn slaap. Alles om me heen werd zwart, maar ik voelde zijn gewicht boven op me, voelde dat mijn overhemd werd opengerukt. Toen ik weer kon zien zag ik een knoop op de grond liggen, waar nog een stukje katoen aan vastzat. Ik pakte hem, klemde hem in mijn vuist en dacht: Ik mag hem niet kwijtraken. Ook al vind ik het een rotklus, ik kan hem weer aannaaien.

Wat er ook gebeurde, die knoop zou ik vasthouden.

Bentinck rukte mijn broek open en schoof hem samen met mijn onderbroek naar beneden; de rol stof die ik erin had genaaid trok hij los en smeet hem weg. Ik probeerde hem te schoppen, maar hij was te sterk en drukte me tegen de grond; zijn nagels priemden in mijn borst.

Hij staarde naar mijn lichaam en wreef over zijn gezicht, waardoor zijn vochtige pony tegen zijn voorhoofd plakte. De aderen in zijn hals waren gezwollen.

'Kijk nou toch eens. Een deerne die een man denkt te zijn. En ik dacht nog wel dat ik alles had gezien.'

Ik klemde de knoop zo stevig vast dat mijn vingers er zeer van deden. Ik dacht dat ik hem fijn zou knijpen en dat ik dan een andere zou moeten kopen, maar die zou niet hetzelfde zijn. *Ze moeten allemaal hetzelfde zijn. Moeder vond dat ze altijd alle knopen van mijn jurk moest vervangen ook al had ik er slechts één verloren.*

Hij wurmde zijn knieën tussen de mijne, graaide tussen zijn benen en met zijn onderkaak naar voren gestoken van de spanning rukte hij een paar keer aan zijn pik. Een zweetdruppel van hem belandde in mijn mond; ik proefde het zout. Bentinck pakte zijn pik weer vast en stak die in me, en stootte en stootte en terwijl hij bij me binnen drong leek mijn binnenste naar buiten te worden geperst, tot alleen mijn kleren en huid nog onder hem lagen. Ik was er niet meer. Ik was niemand meer.

En toen klonk er een ander geluid, een dreun en getinkel en vervolgens nog een dreun; Bentinck zakte boven op me in elkaar. Ik kreeg geen adem meer, maar ik wurmde mezelf onder hem vandaan; hij rolde van me af, belandde op zijn rug en keek me met wijd opengesperde ogen aan, knipperde er nog één keer mee en gaf de geest.

Bloed vormde plasjes, trok in het kleed, sijpelde tussen de vloerplanken door.

En weer hoorde ik het gedreun en gerinkel toen Rosie haar handboei boven haar hoofd liet zwieren en telkens op hem neer liet komen. Het bloed spoot uit Bentincks hoofd.

Hijgend liet ze de ketting vallen. Ze wierp me de sleutels toe en zei: 'Haal dat ding van je pols. We moeten hier weg.'

Ik hees mijn broek omhoog en deed met trillende vingers het windsel weer om mijn boezem. Versuft hanneste ik met het slot. Ik kreeg het sleuteltje niet omgedraaid. Rosie pakte de sleutels van me af en probeerde ze een voor een, maar vergeefs. We keken elkaar aan – als ik de handboei niet af kon doen, zou ik hier moeten blijven, zouden ze me naast Bentinck aantreffen, die inmiddels baadde in het bloed. Ik beefde hevig, maar Rosie pakte mijn hand vast.

'Ik laat je niet in de steek,' zei ze. 'Ik zweer 't. Wacht, misschien kunnen we 't andere uiteinde loskrijgen.'

Het andere uiteinde van de ketting was om het ledikant heengeslagen en vastgemaakt met een hangslot. De eerste sleutel die ik erin stak, draaide soepel om. Ik was vrij, hoewel ik de ketting zou moeten meesjouwen en de handboei nog steeds om mijn pols zat.

Rosie legde haar oor tegen de deur. 'Niks te horen,' fluisterde ze. 'Ben je er klaar voor?'

Toen ik geen antwoord gaf, keek ze naar me, naar mijn kapotgescheurde, bebloede overhemd, en ze slaakte een zucht. Ze maakte de kledingkast open; er hingen kleren in, dameskleren. Ze bekeek ze en wierp me een witte borstrok toe. 'Trek dit ding aan en dan je colbertje eroverheen dichtknopen.'

Ik zeeg neer op het bed, kon niet praten, kon me niet verroeren.

Rosie streek met haar hand door haar haren. 'Wacht maar,' zei ze vriendelijk. 'Laat mij maar even.'

Ze hielp me mijn colbertje en overhemd uit te trekken en trok de ketting door de mouw. Mijn huid was rood besmeurd en ik rilde van de kou. Ze deed de borstrok over mijn hoofd, trok hem over mijn windsel en knoopte tenslotte mijn colbert dicht.

'Zo,' zei ze, terwijl ze de revers tegen elkaar drukte. 'Niemand die er iets van ziet.'

Heel even raakten onze handen elkaar.

Bentinck lag op de grond. Hij ademde niet. Er was veel bloed. Het kleed was ermee doordrenkt en het was ook in de zoom van Rosies rok getrokken. De knoop die ik had vastgehouden lag in een plas bloed.

Er klonken voetstappen op de trap.

We zaten in de val.

'We moeten over de daken weg zien te komen,' zei Rosie. Ze schoof het raam open en samen keken we de nacht in. Tussen het schuine pannendak van Bentincks huis en dat van de buren was een goot. Zich stevig vasthoudend klom Rosie op de vensterbank. Haar knokkels waren wit.

De deur ging open en Hugo kwam binnen. Met stomheid geslagen keek hij ons aan. Toen hij op haar af rende liet Rosie het raamkozijn los en glipte ze de duisternis in; Hugo gleed uit in het bloed en viel. Ik volgde Rosies voorbeeld en klom het raam uit, liet me over de natte dakpannen naar beneden glijden en was dankbaar toen ik het daklood onder mijn voeten voelde.

Hugo's gezicht verscheen in het raam. Ik hoorde hem schreeuwen van woede en verdriet. Ik herkende het. Even leek hij achter ons aan te willen komen en steunend op de vensterbank hees hij zijn zware postuur omhoog. Hij tuurde naar beneden, maar vervolgens liet hij zich weer zakken. We waren alleen.

Ik kroop naar de dakrand, waar Rosie op haar hurken naar het balkon van de buren keek. De grond was diep onder ons. We bevonden ons hoger dan de hoogste bomen.

'We zullen wel moeten,' zei ze. 'Anders gaan we er sowieso aan.'

Zij ging als eerste: zich vastklampend aan de regenpijp klom ze over de rand. Voorzichtig liet ze zich naar beneden glijden, voelde de reling onder haar voeten en sprong op het balkon.

'Toe dan,' riep ze, terwijl ze haar handen naar me uitstak.

De regenpijp was koud en glibberig van de motregen. Zonder naar beneden te kijken klampte ik me eraan vast; ik schaafde mijn knokkels aan de bakstenen en voelde toen Rosies hand om mijn enkel; ze leidde mijn voet naar de reling. Ik liet de regenpijp los en zette me af; heel even stond ik precies in evenwicht op de reling, daarna voelde ik mijn gewicht vooroverhellen, kon ik op het balkon springen en stond ik naast Rosie.

'Lieve hemel,' mompelde ze en ze blies haar wangen leeg.

Ze probeerde of ze de glazen deur open kreeg; hij was niet op slot. Stilletjes als schimmen glipten we het huis in, slopen door de verlaten slaapkamer naar de overloop, liepen twee trappen af en waren net in de hal aanbeland toen er twee mensen uit de zitkamer opdoken: een vrouw en een man op leeftijd in een kamerjas, die ons met open mond aanstaarden. Maar voor ze het wisten waren we de voordeur al uit en renden we over de stoep. Pas bij de kruising met de grote weg hielden we stil. Rosie trok me mee aan mijn hand, loodste me in de regen tussen de karren en koetsen met tierende koetsiers door, en weer zetten we het op een rennen tot we eindelijk bij een parkje kwamen waar we ons op het gras lieten vallen.

Een paar minuten lagen we naar adem te happen. Ik begon aan mijn buik te trekken in een poging mijn huid van me af te scheuren; ik wilde hem afstropen zoals ik mijn windsel kon afstropen, en hem achterlaten.

'Niet doen,' zei Rosie. 'Toe, Leo, hou daarmee op.' Ze had haar hoed en bril niet meer op en haar haren plakten tegen haar hoofd. Ze rilde. 'Wat jij gedaan hebt was… Leo? Luister je wel naar me? Leo?'

Ik ging staan. Overal om me heen hoorde ik oorverdovend verkeer: ratelende wielen, paardenhoeven, schreeuwende stemmen en een denderende trein. Ook al stond ik op vochtig gras, dit was een grote stad, vol gedruis en wemelend van de mensen.

Rosie leek me vast te willen pakken maar ik deinsde achteruit en eenmaal in beweging gekomen kon ik niet meer stil blijven staan. Ik pakte de ketting met beide handen op en zette het weer op een rennen; een paar seconden dacht ik dat Rosie achter me aan rende en me riep, maar haar stem klonk steeds vager en daarna hoorde ik haar helemaal niet meer.

Hijgend minderde ik vaart en strompelde ik St James's Park in, waar ik ooit afgesproken had met Augustus Thorpe. Ik liep langs de theesalon aan de zuidkant, als een man te midden van zo veel andere mannen die ergens naar op weg waren, naar huis gingen of hun hond uitlieten; mannen met een hoed, regenjas en wandelstok, mannen met een baard en snor en borstelige wenkbrauwen.

Zonder ze ook maar een blik waardig te keuren, liep ik langs het ziekenhuis en toen rook ik het: een smerige, olieachtige stank, onmiskenbaar het open riool van Londen, de Theems, lang en donker, als een wond die de stad doorsneed. De gore lucht drong mijn neus binnen; de brug kwam in zicht.

Het water lonkte.

22

De planken van de brug waren nat en glibberig en daarom hield ik me aan de reling vast toen ik over de velden uitkeek die zich aan weerszijden uitstrekten: hoog gras en geel graan dat golfde in de wind. Het was een van de weinige regenachtige dagen aan het einde van een droge augustusmaand en de zwellende wolken aan de hemel zogen zich vol met vocht om straks nog meer regen uit te storten.

Het was de eerste dag na de vakantie en het zand zat nog tussen onze tenen. Oliver zat in het leger, maar de rest van ons gezin had drie onvergetelijke dagen doorgebracht in Margate, waar we blootsvoets over het strand hadden gelopen en met een steen onze namen in het zand hadden geschreven. We hadden ijsjes gekocht bij een kraampje en terwijl onze moeder een dutje deed op hun kamer had vader ons meegenomen naar een grot die bezaaid lag met schelpen. We logeerden in het Ship Hotel, dat een afbeelding van een zeilschip op het uithangbord had staan en waarvan het portiek was opgesierd met hangmandjes vol bloemen. Het was zo warm dat Jane en ik ons slaapkamerraam 's nachts openlieten en in slaap vielen bij het gekrijs van de zeemeeuwen en de muziek van de kiosk op de pier.

De dag erop was een zondag. Vader had erop aangedrongen op tijd thuis te zijn zodat hij zijn preek kon voorbereiden; hij moest er namelijk niet aan denken dat een ander dat zou doen, want zonder zijn wekelijkse begeleiding zou zijn kudde weleens kunnen verdwalen. Terwijl moeder en Jane de koffers uitpakten trok ik mijn mouwloze jurk en stevigste schoenen aan, pakte een touw en mijn oude boekentas, waar een exemplaar van *Barnaby Rudge* en vier zware stenen in zaten die ik had meegenomen van het strand, en vervolgens liep ik door de stad en langs de akkers naar de brug over de New River. Mijn haren wapperden in de wind, het versleten handvat van de tas sneed in mijn vingers.

Ik was hier eerder geweest. Jane en ik waren er op warme dagen een paar keer tussenuit geknepen om pootje te baden en naar de zilverkleurige visjes te kijken die alle kanten op schoten. We durfden nooit echt diep te gaan, ook al konden we allebei goed zwemmen.

Omdat ik wist dat ik instinctief zou proberen boven water te komen, bond ik de met de stenen verzwaarde tas stevig met het touw om mijn middel en klom met mijn rug naar het water op de balustrade. Het moest snel, ik mocht niet de tijd krijgen om me te bedenken.

Ogen openhouden, dacht ik. Ik wilde het zien.

Op het moment dat ik achteroverviel greep ik om een of andere reden het touw vast. Een fractie van een seconde zweefde ik door de lucht, daarna sloot het water zich boven me; in de diepte was dat zo koud dat ik het haast naar binnen hapte. Waterplanten strekten zich naar me uit. Zoals ik had verwacht probeerde ik te zwemmen; steeds koortsachtiger duwden mijn handen het water naar beneden, maar de stenen en mijn doorweekte jurk trokken me neerwaarts. Mijn vingers raakten de zachte modder op de bodem, mijn hand zonk erin weg.

Het licht boven me werd schemerig, mijn longen begonnen zeer te doen. Ik klauwde naar de waterplanten en de modder, trapte met mijn benen, trok aan de tas, zette mijn nagels in de knoop in het touw. Ook al deed ik het mezelf aan, ook al had ik er alle reden toe en kon ik het rechtvaardigen, op dat moment bestond mijn hele wereld alleen nog uit mijn longen. Eerst riepen ze, vervolgens schreeuwden ze me toe naar boven te gaan en lucht te happen. Toe, God, nog één weldadige ademhaling voor ik sterf. Maar ik kon het niet. En toen was daar die hand. Sterke vingers die me boven het water uit trokken; ik hapte naar adem en was beschamend dankbaar. Terwijl zijn hond fel blaffend heen en weer rende trok de man me op het droge.

Ik kroop ineen op het gras, lag te beven en te proesten. Mijn redder, een landarbeider van nog geen twintig jaar, schold me uit en met ogen die rood waren van het water dreigde hij me bij mijn kraag naar het politiebureau te slepen als ik niet beloofde nooit meer zoiets stoms uit te halen. Met mijn handen voor mijn gezicht geslagen beloofde ik het. Waarschijnlijk dacht hij dat ik huilde, maar ik wilde simpelweg dat hij wegging. Hij wierp mijn stenen in de rivier en stopte mijn touw in zijn zak en ging pas weg nadat hij me had gedwongen mijn belofte te herhalen.

Maar ik zou er de moed niet eens meer voor hebben gehad. Verdrinken was pijnlijker dan ik had gedacht en ik was bang voor het water, bang voor die eerste bittere slok die mijn lichaam was binnen gedrongen. Het begon weer te regenen en vol schaamte omdat het me niet was gelukt, keerde ik terug naar huis.

Maar die avond, toen het donker was in de slaapkamer en ik alleen Jane's ademhaling hoorde, wist ik dat het zo niet verder kon. Ik kon me niet blijven voordoen als een meisje en giechelen om de grapjes van mijn vader en schaapachtig mijn rokken optillen om te pootjebaden in zee. Ik kon niet blijven doen alsof ik normaal was, terwijl ik diep in mijn hart wist dat het niet klopte. En ik kon niet langer leven met het gevoel van hopeloosheid dat me beving als ik 's ochtends in de spiegel naar iemand keek die ik niet was. Het kon niet meer.

Ik ging nog liever dood dan dat ik Lottie Pritchard was.

De wind gierde over de Westminster Bridge, woei door mijn haren, liet mijn kleren wapperen en striemde regen in mijn gezicht. Het lukte me haast niet overeind te blijven en doordat ik geen schoenen aanhad, werden mijn voeten gevoelloos. De koetsier van het enkele rijtuig dat op dit late uur nog langsreed scheen zich met dit barre weer ook niet prettig te voelen en zo snel mogelijk naar huis te willen.

De handboei zat nog steeds om mijn pols, de ketting hield ik in mijn hand. Bij een van de driearmige straatlantaarns bleef ik staan, leunde tegen de balustrade en staarde naar de Lambeth Bridge, die meer naar het zuiden lag – de Theems kronkelt als een worm door Londen. Onder me, minstens vijftien meter lager, tjoekte een sleepboot onder een boog van de brug door; de rook wolkte omhoog en prikte in mijn ogen.

Ik ging schrijlings op de balustrade zitten met mijn rug naar de straatlantaarn; links van me was de stoep, rechts de diepte; de ketting hing naar beneden. Ik hoefde slechts een heel klein stukje te verschuiven en ik zou vallen. Mijn lichaam zou tegen de pijler van de brug kunnen slaan, door de vaart van de val net zo lang tegen de stenen ketsen tot ik helemaal was opengeschaafd: mijn kleding, mijn gezicht, mijn huid. Maar de kans was groter dat ik de val zou overleven, onder de boog door zou schieten, onderkoeld zou raken en stroomafwaarts in de buurt van Blackfriars of Limehouse grauw en gezwollen zou aanspoelen. Ik zou een handboei dragen en wat me nog restte aan kleren. In de apotheek zouden Alfie en Constance zich afvragen waar ik was. Uiteindelijk zouden ze naar de politie gaan, in mijn spullen neuzen en mijn windsels en menstruatiedoekjes vinden en zich afvragen wat voor iemand ze in huis hadden genomen.

Ik zou me schuldig moeten voelen omdat ik ze om de tuin had geleid, maar voelde niets. Ik was leeg.

'Pas op, m-m-meneer.' Een jonge vent met twee verschillende schoenen en een gebreide trui liep langs. Zwaaiend op zijn benen wees hij naar me met een bierkroes. 'Straks v-v-valt u nog.' Toen hij constateerde dat de kroes leeg was, wierp hij hem over de balustrade. Ik keek het ding na. Een seconde lang tuimelde hij naar beneden voor hij in de rivier belandde en tussen de schuimkoppen van de golven wat water deed opspatten. 'Gaat u sp-sp-springen, m-m-meneer?'

Toen ik me niet verroerde haalde hij een stukje papier uit zijn zak.

'In de Old K-Kent Road is nog een t-t-tent open als u nog een b-biertje voor me k-koopt. Ik h-heb 't adres.'

Buiten zijn zicht draaide ik de ketting om mijn hand, maar ik liet een stukje hangen zodat ik er met kracht mee kon uithalen. Hij zou niet weten wat hem overkwam. *Eén stap dichterbij, en je hebt een gat in je kop, mijn vriend; ik sla je tot moes. Nog één stap.*

De dronkenlap haalde omstandig zijn schouders op. 'U m-moet 't zelf weten, m-meneer. Voor mijn p-part sp-sp-springt u.'

Ik keek hem na en liet de ketting weer los, hij gleed van mijn hand en bungelde aan mijn pols.

Er waren meer mensen die me zagen, maar niemand hield stil. Ik huiverde, was door en door nat van de regen en het vochtige steen. Ik ging op mijn rug liggen en staarde een poos naar de donkerte. Ik was niet boos, ik herkende het in elk geval niet als boosheid. Ik was boos geweest op mijn vader, en op Jane en mezelf, en onlangs op Jacob en Thorpe en God mag weten op wie nog meer, maar dit was een killer gevoel van woede dat niets te maken had met gerechtigheid of gelijk hebben. Het was er simpelweg.

De opgerolde doek zat niet meer in mijn broek – die lag nog in die kamer. Wilde ik eigenlijk wel een echte penis? Een nepperd was toch zeker veel beter dan zo'n afschuwelijke gezwollen roede? Bentinck was bij me binnengedrongen, had me gedwongen te zijn wat hij wilde dat ik was; geen man of vrouw, maar een díng, een lévenloos ding. Hij had mijn lichaam gebruikt alsof het een vod was en nadat hij zou zijn klaargekomen, zou hij zich er net zo minachtend van hebben ontdaan als van een vod.

Als dat kenmerkend was voor mannen, was ik geen man.

Dan was ik nog liever dood.

Mijn hartslag vertraagde. Ik wilde dat mijn hart er helemaal mee ophield en vond het merkwaardig dat me dit niet lukte. Was dit nog steeds mijn lichaam? Kon ik niet zelf bepalen wanneer het ademde, wanneer mijn ogen knipperden, mijn hart pompte? Als ik dat niet kon, wie dan wel? God zeker niet; die had er geen enkele blijk van gegeven dat hij ook maar iets om me gaf. Hij had niet de regie over mijn hart, net zomin als hij de regie had over mijn benen die trapten terwijl ik had willen verdrinken. Die dingen gebeuren zonder vooropgezet plan, zijn het resultaat van een overlevingsinstinct dat ook de kleinste muis en zelfs mieren en slakken bezitten, dat eigen is aan al Zijn schepselen, het bewijs dat we niet beter zijn dan insecten. Of we nu leven of sterven, Hem is het om het even.

Ik gleed van de balustrade op de stoep en hief mijn gezicht op naar de regen. Mijn voeten waren ijskoud en mijn windsel sneed in mijn huid. Er zat bloed op de witte katoenen borstrok en ik klappertandde zo erg dat ik dacht dat mijn tanden eruit zouden vallen.

Tussen de straatlantaarns was een ijzeren reling. Ik hurkte neer, pakte een schakel van de ketting en schraapte ermee over de grijze verf, waardoor een verticale streep onder op de reling ontstond die niemand zou opvallen. Ik maakte hem breder en kraste er onderaan een horizontaal streepje en parallel aan de eerste streep kraste ik nog een verticale. Daar kraste ik drie horizontale streepjes tegenaan en daarnaast een cirkeltje om de naam LEO in de verf te schrijven. Ik bleef net zo lang schrapen en krassen tot het woord STANHOPE ernaast stond en mijn naam compleet was.

Dat was mijn naam: Leo Stanhope. Niet Lottie Pritchard. Niet *Charlotte*, de naam waar ik al van jongs af aan een hekel aan had gehad. Geen enkele man kon van mij iets anders maken dan ik was, hoe ze me ook misbruikten. Jaren geleden was in de New River een mens 'herboren', zoals de baptisten het noemen, hoewel bij hen geen plaats is voor een herborene die zijn jurk verpest, want die moest van zijn vader het hele kerkhof schoonvegen.

Ik was wat ik was, een jongen die de naam Lottie had gekregen en nu Leo was, en die, of hij het leuk vond of niet, verplichtingen had. Ik had van Maria gehouden en was het aan haar verplicht te achterhalen wie haar had vermoord.

Ik volgde met mijn vinger elke letter van mijn naam, voelde de harde rand van de verf en deed mezelf een belofte: ik mocht naar deze plek terugkomen – ik was er niet bang voor – maar niet voor ik wist wie Maria had vermoord.

Ik stond op en keek de kant op waar ik vandaan was gekomen.

Nog één keer diep ademhalen.

Tegen de tijd dat ik bij de apotheek aankwam brak de dag al aan. Het regende pijpenstelen en het plaatsje stond blank. De druppels kletterden op de stenen, werden opgenomen door de modder, vormden delta's, rivieren en eilandjes.

In de warmte van het huis sloeg de damp van me af en ik liet vuile voeten achter in de achterkamer, waar opmerkelijk weinig stond: geen opgetaste dozen, zelfs geen lege pakken en zakken. De kamer was helemaal leeg, afgezien van de tafel en stoelen en een tekening van Constance aan de houten lambrisering. Zoals zo vaak had Constance een kat getekend, maar haar vader deed hardnekkig alsof hij de hint niet begreep. Op een lome dag hadden we samen aan tafel gezeten met velletjes papier en kleurpotloden. Constance had geen aanleg, maar tekende ijverig mijn grote ovaal na als het lijf, en een kleiner als de kop met twee driehoekige oortjes, ronde oogjes en dunne lijntjes als snorharen. Was ik het die dat had gedaan of een heel andere man?

Ik pakte Alfies hamer en deed er wel tien minuten over om het slot van de handboei open te breken. Zodra het ding loskwam smeet ik het zo ver als ik kon over de schutting.

In de pan op het fornuis zat een bodempje water. Nauwelijks genoeg om me te wassen, maar ik durfde de kraan niet open te draaien, want die zou gaan proesten en sputteren en dan zou Alfie wakker worden. Ik nam de pan mee naar mijn kamer, kleedde me uit en waste elke centimeter van mijn lichaam – langzaam en methodisch, precies zoals ik met de lijken in de snijkamer van meneer Hurst had gedaan.

Hoewel ik nog niet helemaal schoon was – het water was op – trok ik mijn nachthemd aan en kroop ik onder de dekens. Ik was verlamd van vermoeidheid en toch kon ik de slaap niet vatten. Tot het schijnsel van de zon door de duisternis heen sijpelde lag ik wakker.

De borstrok lag nog op de plek waar ik hem op de grond had gegooid. Ik vroeg me af van wie hij was geweest. Misschien van een meisje dat vóór Rosie en mij op die kamer had gezeten, en misschien zocht iemand nu stad en land af naar háár. Was ze naar een welgestelde aristocraat in Brussel gestuurd? Afgevoerd naar een hoerenkast? Omgebracht?

De schaduwen lengden op de vloer. Buiten ratelden karren die de eerste bestellingen afleverden. Ik hoorde Ted Boyd de luiken van zijn kruidenierszaak opendoen, zag voor me dat hij over zijn baard wreef en met zijn voeten stampte tegen de kou. Zo dadelijk zouden Alfie en Constance opstaan.

Er zat niets anders op.

Zachtjes maakte ik de deur open, en ik sloop de trap af naar de winkel, waar de tandartsstoel nog steeds stond te glimmen.

De schappen waren nog maar halfvol. Normaal gesproken puilden ze uit van de pakken en potten in allerlei maten, vormen en kleuren, drie of vier rijen diep, maar nu waren er grote gaten en stonden er hier en daar verdwaalde potjes medicijnen, als kleine wachtposten. Zelfs de etalage was leeg. Constance zorgde er altijd voor dat het licht dat van achteren op de flessen viel een kleurig mozaïek vormde op de grond. Vandaag stonden er echter zo weinig dat ik de straat kon zien.

Zonder banklening en zonder klanten om zijn tandheelkunde op uit te oefenen was Alfie waarschijnlijk gedwongen geweest zijn voorraad in één keer van de hand te doen, wat hem veel geld moest hebben gekost. Ik wist dat ik me daar zorgen over moest maken, maar ik had iets anders aan mijn hoofd. Ik moest iets vinden.

Ik speurde de schappen af, niet zeker wetend of het daar stond. Ik had de hoop al bijna opgegeven toen ik hem zag: een grote, stoffige fles die nog vrijwel helemaal vol was. Hoewel het etiket was verbleekt, was het toch nog wel te lezen: *Chloraalhydraat.*

Ik nam een heel klein slokje, nog minder dan een eetlepel, deed de stop er weer op en zette de fles terug op zijn plek. Niemand zou het merken.

Het middel werkte snel. Ik lag nog niet op mijn bed of de muren van de kamer weken terug en ik zonk weg. Boven me ontvouwde zich de hemel. Ik deed mijn ogen dicht en zakte weg terwijl mijn ademhaling trager werd en het zwarte water zich boven me sloot.

23

Er zaten drie haken aan de muur van mijn slaapkamer, voor mijn jas, mijn colbert en mijn bolhoed, en nu was een van de haken leeg. Ze hadden mijn hoed afgepakt. Ik was met mijn hoed op naar dat huis gegaan en toen ik bijkwam op de grond, had ik hem niet meer op gehad. Ik was zeer gehecht aan die hoed – hij zat me als gegoten, was klein, maar had een grote bol en een brede rand.

Ik wilde mijn pet aan de lege haak hangen, maar hij lag niet op de plek waar ik hem dacht te hebben neergelegd en hoe naarstig ik ook zocht, ik vond hem niet. En toen ik weer wakker werd, zittend voor mijn kledingkast, was ik ervan overtuigd dat ik terug was geweest in dat huis en ging mijn hart zo tekeer dat ik bang was dat het zou barsten.

Ik deed het raam open om wat frisse lucht op te snuiven. De dag leek aan te breken, maar de luiken van de winkels waren al open en de mensen op straat hadden iets vermoeids over zich waaruit ik opmaakte dat het later in de middag moest zijn, niet vroeg in de ochtend. Ik had bijna de hele dag geslapen, maar toch was ik nog steeds doodmoe.

Er werd op mijn deur geklopt; ik deed hem op een kier open. Met gefronste wenkbrauwen keek Alfie naar mijn nachthemd. Ik zette mijn voet tegen de deur.

'Er is vandaag iemand voor je langsgekomen,' zei hij. 'Hij heeft niet gezegd hoe hij heette.'

'Hoe zag hij eruit?'

'Gevaarlijk. Ik zou hem mijn rug niet durven toekeren. Hij rook naar een pikbroek uit de haven.' *De wezel*. Ze wisten waar ik woonde. Dat had ik moeten bedenken. 'Hij was erop gebrand je te spreken. Ik heb gezegd dat je niet thuis was. Wat is er aan de hand?'

'Niets. Maar laat hem niet binnen. En zorg dat je een mes binnen handbereik hebt, voor het geval dat.'

'Voor het geval dat? Constance woont hier ook, hoor.'

'Vandaar dat mes.'

Hij keek me onderzoekend aan. Ik probeerde de deur dicht te doen, maar hij was nog niet klaar met me. Hij schraapte zijn keel. 'Leo, kom naar beneden. We moeten praten.'

'Waarover?'

'Over de winkel. Je zult wel hebben gemerkt dat die niet goed draait. We moeten een paar zaken bespreken.'

'Goed dan.'

Aan zijn gezicht was te zien dat ik meer had moeten zeggen of meer medeleven had moeten tonen, maar mijn hoofd deed nog te veel zeer en ik was zo boos over het feit dat ik mijn hoed kwijt was dat ik me nergens anders op kon concentreren. Ik deed de deur dicht, maar hoorde hem niet weggaan.

Ik ging weer op mijn bed liggen en luisterde naar het bloed dat in mijn oren ruiste, het geluid van mijn eigen, pompende hart. Ik droomde over een meer in Schotland, waar ik van had gehoord, en dat zo diep was dat niemand ooit op de bodem was geweest. Ook al kon je nog zo diep duiken en nog zo lang je adem inhouden, je zou verpletterd worden door de druk van het water. Wat voor vissen konden daar leven? Kleine, sterke wezens, omhuld door de schelp van een parel, met uitpuilende ogen en tanden als scheermessen.

Toen ik eindelijk naar beneden ging, zat Alfie aan tafel brood en kaas te eten; Constance zat met haar hoofd rustend op haar gekruiste armen tegenover hem. Met rode ogen keek ze naar me op.

'Er is een brief voor je.'

Alfie stak me een bruine envelop toe. 'Een man heeft hem vanmiddag gebracht. Hij zag er bedrukt uit.'

Ik scheurde hem open. Hij was geschreven op papier met een briefhoofd.

18 februari 1880

Geachte heer Stanhope,

Bij dezen bent u ontheven uit uw functie als ziekenhuisknecht, wegens langdurige afwezigheid.

Hoogachtend,

Lloyd Greatorex (afdelingshoofd Knechten)

Ik verfrommelde de brief en propte hem in mijn zak. Alfie leunde achterover in zijn stoel.

'Wat is er met je aan de hand? Heb je wel gehoord wat ik zei over de winkel? We zitten bijna aan de grond. We moeten hier weg nu we nog wat geld hebben. Het spijt me Leo, maar je zult een andere kamer moeten zoeken.'

'Goed.'

'Goed? Is dat alles wat je te zeggen hebt? Je bent de hele nacht op pad, slaapt dagenlang, een ongure vent wil je spreken, je krijgt deze brief en kijk eens hoe je eruitziet! Wat is er ver... Wat is er aan de hand?'

Ik was zijn vragen zat. 'Het gaat prima met me, dank je.'

Constance schudde haar hoofd. 'Nee, het gaat helemaal niet goed met u. Hebben ze u de zak gegeven?'

Met een nietszeggende blik keek ik haar recht aan. Ze was zeer voorlijk. Als ze zich gedroeg als een volwassene vroeg ze er om ook als een volwassene behandeld te worden. 'Het gaat je niet aan.'

Alfie sloeg met zijn vuist op tafel. Ik had nooit geweten dat hij driftig kon worden. 'Nee, je hebt gelijk, het gaat haar niets aan! Nu niet meer. Goed. Over twee weken moeten we hier weg. Alle drie! Wij gaan naar mijn zuster in Chelmsford. Ze heeft een bed voor me en Constance kan een kamer delen met haar nichtjes. Jij doet maar wat je wilt. Je pakt je boeltje en gaat weg.'

'Goed,' zei ik. 'Zal ik doen.'

Constance sprong op en keek me woedend aan; ik dacht dat ze zou gaan schreeuwen, maar ze hield zich in, stormde de kamer uit, knalde de deur achter zich dicht en stoof de trap op.

Alfie begon de volgende dag al met inpakken. Eerst zijn eigen spullen: hij sleurde dozen vol kleren en andere spullen naar de achterkamer. In een van de dozen zag ik zijn oude legeruniform, keurig opgevouwen, en in een andere zaten zijn medailles en een stapeltje brieven met een lint eromheen. Constance weigerde te helpen, zat de hele ochtend op haar kamer te mokken en kwam alleen naar beneden om haar tekening van de kat van de muur te rukken en in de vuilnisbak te gooien.

Tegen het middaguur was er zo'n dikke mist komen opzetten dat de voetgangers tastend rondliepen en tegen elkaar opbotsten. Ik stond in de winkel naar ze te kijken terwijl ik wachtte tot er iemand voor me zou komen: de politie of Hugo Cooper? Ik wist niet voor wie ik banger was.

Rosie en ik hadden een man gedood en daar zouden we niet mee wegkomen. Ik had overwogen te vluchten, maar daarmee zou ik slechts bevestigen dat ik schuldig was. Ik zou me schuil kunnen houden door weer als Lottie door het leven te gaan, maar dat wilde ik niet. Wat er ook gebeurde, ik was en bleef Leo Stanhope.

Ik was er niet rouwig om dat Bentinck dood was. Voor wat hij mij en anderen had aangedaan, had hij wat mij betreft wel duizend keer vermoord mogen worden en dan nog zou hij niet zwaar genoeg zijn gestraft. Het was rechtvaardig.

En ongetwijfeld had hij Maria ook vermoord. Dat kon niet anders. En toch... Er knaagde iets aan me. Iets zat me niet lekker. Ik mocht dan wel willen dat hij het had gedaan, maar was dat wel zo? Hij had gezegd dat hij op dat moment niet in Londen was en bovendien: waaróm zou hij haar hebben vermoord? Ik had er bezwaar tegen gehad toen de politie zich er makkelijk vanaf maakte en de meest voor de hand liggende verdachte had aangehouden, dus zo'n fout wilde ik per se niet begaan. Bentinck had zich schuldig gemaakt aan van alles en nog wat: aan moord, ontvoering, souteneurschap, en... en aan andere misdaden die ik niet wilde benoemen, maar of hij dít ook had gedaan kon ik niet met zekerheid zeggen.

Ik snakte naar een slokje chloraal, maar zou het nog niet nemen, nog niet. Ik moest wachten tot er iemand voor me kwam.

De politie had misschien eerst Rosie aangehouden. Als dat zo was, zou ze vertellen dat ze Bentinck had gedood om mij te redden en zou ik ontmaskerd worden en zou zij de strop krijgen. Bentinck was immers een bemiddeld man en zij slechts een slagersdochter. Het zou gedaan zijn met ons, met ons allebei.

Maar toen kwam er een idee bij me op dat afweek van mijn gebruikelijke strategie. Waarom zou ik niet eerlijk zijn? Of bijna eerlijk. Niet wachten tot de politie zou komen om ons te arresteren maar zelf naar de politie stappen? We zouden kunnen zeggen dat we waren vastgehouden, en vertellen over de boot en over jonge meisjes die naar België werden verscheept om de lusten van die heren van stand te bevredigen.

En om ongemakkelijke vragen te vermijden zouden we de waarheid een heel klein beetje kunnen verdraaien. Een kleine verwisseling: Rosie zou degene zijn die was gered en ik degene die de handboei op Bentincks hoofd had laten neerkomen. Dat was sowieso de meest voor de hand liggende verklaring en de enige die dat had kunnen tegenspreken leefde niet meer. Bovendien wílde ik dat ik het had gedaan, ík had het moeten doen.

Ik moest alleen Rosie zien over te halen met me mee te gaan en ervoor zorgen dat ze hetzelfde verhaal vertelde als ik.

Ik trok mijn colbertje aan, wikkelde de pook weer in een handdoek en ging op pad. Ik was blij met de mist. Wie het ook op me had gemunt, het zou lastig zijn me te vinden.

Ik had slechts een paar meter zicht. In het begin liep ik langzaam om voetgangers te ontwijken die opdoemden en weer opgingen in de mist, maar op een gegeven moment besloot ik een experiment uit te voeren. Ik deed mijn ogen dicht en liep door, het aan het toeval overlatend of ik tegen iemand op botste of de weg op zou lopen. Het was merkwaardig vredig, die wereld van klanken en geuren; zonder doel liet ik me leiden door mijn voeten. Toen begon mijn hoofd te duizelen en kwamen er allerlei onaangename gedachten in me op – gedachten aan een wolf waarvan de kop rood aanliep, zijn schouder- en borstharen stonden recht overeind en zijn dijen waar ik met mijn vuisten op inbeukte waren keihard.

Heel in de verte hoorde ik een stem waarvan ik wist dat ik ernaar moest luisteren. Hij klonk als die van mevrouw Moreau.

Ik deed mijn ogen open. Ik was alleen.

Tegen de tijd dat ik bij de winkel van Rosie aankwam, klappertandde ik van de kou. Ik wilde aankloppen maar iets weerhield me daarvan.

Het was gaan schemeren en wat ik door de etalage zag deed me aan een podium denken: naast de vrouw met het verweerde gezicht, wier naam ik maar niet kon onthouden, en een gemoedelijke oude man van wie ik aannam dat het haar echtgenoot was, omdat ze om hem heen liep te redderen, zat Rosie met haar dochtertje op schoot op een kruk. Ik hoorde ze praten, maar kon ze niet verstaan. Er was ook nog een andere, jongere man van ongeveer mijn leeftijd. Hij boog zich naar Rosie toe en kneep even in de neus van haar dochtertje om haar aan het lachen te maken. Rosie wapperde met haar hand naar hem en hij hield die heel even vast.

Voor het eerst in tijden voelde ik geen steek van jaloezie bij het zien van dat ongecompliceerde, mannelijke geflirt. Er kwam juist weerzin bij me op, hevige woede, niet alleen jegens deze vent, maar jegens alle mannen als hij, alle charmeurs, flemers, vleiers, verleiders, ontvoerders en verkrachters. Allemaal.

De jongeman keek naar buiten en kneep zijn ogen samen om beter in de schemering te kunnen zien. Ik wist niet zeker of hij me zag. Hij draaide zich om en schonk al zijn aandacht weer aan Rosie. Hij had een open gezicht, donker haar en een stoppelbaard.

Ik moest aan Jack op de snijtafel denken. Jack Flowers was een behaarde man geweest, net als deze kerel, en ongeveer even lang en even zwaar. Ze leken akelig veel op elkaar.

Ineens bedacht ik dat ik niets had gehad waarmee ik Jack had kunnen identificeren. Rosie had haar man als vermist opgegeven bij de politie en verklaard dat de man op de snijtafel haar echtgenoot was, maar we hadden haar op haar woord moeten geloven. Er was geen ander familielid van hem langsgekomen en we hadden geen enkele reden gehad om haar te wantrouwen; ze was een treurende weduwe en bovendien had meneer Hurst vastgesteld dat het een ongeluk was geweest.

Maar stel dat Jack helemaal niet was verdronken en naar de oever was gezwommen? Stel dat hij een andere man die veel op hem leek, had verdronken en hem had laten doorgaan voor zichzelf? Echt moeilijk kon dat niet geweest zijn. Stel dat ik nu naar Jack Flowers stond te kijken, die blaakte van gezondheid?

Ik probeerde me te herinneren wat Bentinck in die kamer had gezegd. Ik wilde weer wegzinken in het zwarte water, had het idee dat ik hard moest watertrappelen om boven te blijven. Bentinck had gezegd dat het geld voor de tweede keer was gestolen en nog steeds zoek was.

Als Jack Flowers daadwerkelijk zijn val in de Theems had overleefd, was hij dan misschien terug naar het huis gegaan om het geld opnieuw te stelen? En als Maria had ontdekt dat hij nog leefde, had hij haar dan misschien voor altijd het zwijgen opgelegd? Hij had de man die naar het mortuarium was gebracht al gedood, dus ik wist dat hij tot moord in staat was.

Alle puzzelstukjes vielen op hun plek. Aangezien iedereen dacht dat Jack dood was, zou niemand hem verdenken. En nu was hij rijk en kon hij gaan en staan waar hij wilde.

Nee, niet alleen hij. Allebéí konden ze gaan en staan waar ze wilden. Rosie moest ook een rol hebben gespeeld in het plan. Ze had me om de tuin geleid, was naar me toe gekomen, had me gehekeld, op het verkeerde been gezet en al die tijd had ze haar echtgenoot gedekt.

Geen wonder dat ze niet in de rouw was geweest.

Ik kreeg braakneigingen. Ineens schoot me te binnen dat ze geprobeerd had me ervan te weerhouden het afsprakenboek van Elizabeth Brafton in te kijken, waar Jacks naam in stond, en dat ze me gesmeekt had niet naar de politie te gaan. Goed, ze had me in het huis van Bentinck gered, maar daarmee had ze ook haar eigen huid gered.

De mist was zo dicht dat alle mensen van straat waren gejaagd, zelfs de straatventers en bedelaars. Ik was de enige die nog op de stoep stond en kon me niet verroeren. Ik was gekomen om Rosie ervan te overtuigen dat ze zich door mij moest laten redden van de strop, maar al die tijd had ze tegen me gelogen om me weg te leiden van de waarheid. Het werd me bijna te veel.

Hoe had ik zo blind kunnen zijn?

En nu had ik geen plan meer; er zat niets anders voor me op dan naar huis te gaan en daar te wachten tot de politie of Hugo zou langskomen.

Op het moment dat ik me omdraaide om weg te gaan zag ik aan de overkant van de straat iets bewegen, een schim in de mist, een man, zo leek het. Zeker weten deed ik het niet en ik wilde een stap naar hem toe doen, maar er kwam een koets tussen ons in en toen die voorbij was, was de gestalte weg. Misschien was hij er niet geweest. Misschien had mijn geest de deurposten en de schaduwen op een pilaar vervormd tot iets wat er niet echt was: een man in een lange jas, die naar me keek.

Ik rende over de markt naar huis. De marktlui pakten hun waren in, deden hun geldriem om, terwijl hun hulpjes de onverkochte uien en kolen bekeken, waarvan ze de goede eruit pikten en de andere op de grond gooiden. Ik was bijna in tranen toen ik de verrotte groenten vertrapte.

Tegen de tijd dat ik op Soho Square aankwam en al bijna thuis was, steeg de mist op en doken de Londenaren als mollen in de lente op. Voor de kruising stond een file en de arme drommel vooraan die een wiel had verloren toen hij door een kuil reed, kreeg van de andere koetsiers allerlei verwensingen naar zijn hoofd geslingerd.

Ik had het gevoel dat er iemand achter me stond en een tel later hoorde ik een mannenstem. 'Hé!' Ik draaide me om. Augustus Thorpe stond voor mijn neus en wees naar me. 'Zeg, bent u niet die vent van de apotheek?'

Hij was de laatste die ik verwacht had te zien. Ik had me zo beziggehouden met Rosies bedrog dat het even duurde voor ik hem kon plaatsen, alsof hij iemand was die ik jaren geleden in een andere stad had ontmoet.

'Wat is er? Volgt u me soms?'

'Nee, hoe komt u daarbij?' Hij droeg een strak uniformjasje, geen lange jas. 'Ik wilde naar u toe komen om over juffrouw Pritchard te praten. We hadden gisteren afgesproken in het park en... ik denk dat ze andere verplichtingen had. Ik zou het waarderen als u mij haar adres geeft zodat ik bij haar langs kan gaan. Wilt u dat doen?'

'Nee, het spijt me.'

'U begrijpt het niet. Ze zei... ik bedoel, ze heeft ermee ingestemd. We zijn bevriend geraakt. Ze zei dat u me haar adres kon geven. Dat het prima was.'

'Laat me met rust.'

Ik keerde hem de rug toe, maar hij legde een hand op mijn arm. Ik vond zijn aanraking weerzinwekkend. Ik, die de door kanker aangetaste lever had gewogen van een matroos die door een omvallende muur was verpletterd, die de torso van een door honden verscheurde man had vastgehouden, zodat meneer Hurst de resterende ribben kon tellen, kon de hand van Thorpe op mijn arm niet verdragen. Zelfs geen seconde.

Ik sloeg zijn hand weg, maar hij greep me vast bij mijn revers. 'Hoe durft u! Ik ben officier in het leger van Hare Majesteit en u doet wat ik zeg!'

Wat er vervolgens gebeurde kan ik niet verklaren, niet echt. Het leek alsof Thorpe en Bentinck één werden. Ik wist dat het niet zo was, en toch moest ik hem koste wat het kost van me afslaan. Ik haalde uit met mijn pook, maar hij dook weg en riep iets wat ik niet verstond. Ik haalde nog een keer uit; deze keer raakte ik zijn schouder. Vloekend greep hij naar zijn zij om een wapen te trekken, maar daar was slechts lucht.

'Dit komt je duur te staan,' bulderde hij.

Op een veilige afstand dromden mensen om ons heen om naar het handgemeen te kijken. Een van hen moedigde Thorpe aan en toen hij me met zijn kleine kraaloogjes aankeek, drong tot me door dat het de wezel was. Hij had een nieuwe jas aangeschaft sinds de laatste keer, een fraaie zwarte overjas met een fluwelen kraag, die veel te groot voor hem was. De jas woei als een dekzeil open.

Hij trok een wenkbrauw op en grijnsde naar me.

'Hé, Stanhope.'

Ik stoof op hem af maar hij sprong achteruit en haalde een kort, smal mes uit zijn zak. Ik was bang dat hij me zou belagen, maar hij keek naar de mensen om zich heen en bedacht zich.

'Ik zie u binnenkort wel weer,' zei hij en weg was hij.

Ik zag alleen maar onbekenden om me heen. Toen ik wegrende weken ze uiteen.

24

De klokken sloegen zes uur toen ik totaal uitgeput thuiskwam. Ik wilde slapen, maar dat lukte me niet. Ik zat op mijn bed en schoof afwezig schaakstukken over het bord.

Rosie en ik hadden elkaar tijdens de waanzinnige gebeurtenissen in die zolderkamer beschermd. Ze had me in de ogen gekeken en gezegd: ik laat je niet in de steek. En ik had haar vertrouwd. En misschien had ze het op dat moment wel gemeend. Misschien hadden we ons echt met elkaar verbonden gevoeld, omdat we het anders niet hadden overleefd.

Maar daarna... Jack leefde nog en Bentinck was dood, dus had het al met al goed uitgepakt voor haar.

Ik wist dat ik het de politie moest vertellen, maar Ripley had me bejegend als een bazelende idioot, en deels terecht. Ik moest zeker zijn van mijn zaak voor ik naar hem toe kon stappen.

Ik sloeg het paard van mijn denkbeeldige tegenstander en moest aan Thorpe denken. In een opwelling duwde ik het schaakstuk in de vlam van de kaars en keek toe terwijl de donkerbruine verf zwart kleurde en begon te walmen. Ik had vandaag een andere kant van hem leren kennen, hij was niet alleen onvolwassen, maar ook een bullebak die dreigde als hem dat uitkwam. Ik geloofde zonder meer dat hij in staat was iemand te vermoorden om zijn brief terug te krijgen. Maar was hij als verdachte aannemelijker dan Jack?

Toen het paard in de fik vloog, blies ik het vlammetje uit, zette het schaakstuk op mijn ladekast en pakte de kurk die de witte dame verving. Had Elizabeth Brafton zich laten leiden door jaloezie, zou ze wrok hebben gekoesterd omdat Bentinck haar jonge werkneemster zo graag had gemogen? Dat leek niet geloofwaardig. Ze was te trots om zich door woede te laten meeslepen.

Een toren stond symbool voor Hugo en de koning voor Bentinck. Die waren beiden tot moord in staat, maar ik kon geen motief voor ze bedenken. Gelaten legde ik de koning op zijn kant.

En hoe zat het met Jacob? Had hij Maria vermoord? Hij was met haar samen geweest en had daar tegen mij over gelogen. Ik wilde hem als verdachte zien, maar ik was zo kwaad op hem dat ik niet helder kon denken. Toch gaf het me een goed gevoel om de Jood, die valse raadgever, uit te beelden met de witte loper en hem naast de anderen te zetten. Het was zijn verdiende loon.

En tot slot een pion; die moest Jack Flowers voorstellen.

Ik leunde achterover en bekeek mijn kleine verzameling: paard, kurk, toren, koning, loper, pion.

'Beken,' fluisterde ik tegen ze, maar dat deden ze niet.

Hoe ik het ook bekeek, als Jack nog leefde, was hij de meest voor de hand liggende verdachte. Hij had de sterkste motieven – geld en vrijheid – en hij had al eerder iemand omgebracht.

En dat gold ook voor Rosie.

Waarom was ik toch zo zwak? Anderen waren veel veerkrachtiger dan ik; ik fladderde rond als een mus die opgesloten zit in een kamer en vloog net zo lang tegen de muren op tot ik vleugellam was.

Verdomme, Rosie. Ik dacht echt dat je een vriendin was.

's Ochtends meende ik in de apotheek een bekende tegen Alfie te horen praten, maar ik was er niet zeker van. De vorige avond had ik weer een theelepel chloraal genomen en nu lag de wereld uit het lood en leek te schommelen, alsof ik door een ruit keek die niet glad was.

Beneden zag ik tot mijn verrassing Lilya koninklijk in de tandartsstoel zitten met haar hondje trillend op haar schoot

'Is dat Leo? Kom eens hier, dan kan ik je aanraken.'

Toen ze me zachtjes in mijn wang kneep kon ze me niet zien huiveren. 'O, Leo. Ik ben zo boos op je. Ik moest wel komen, want jij komt nooit meer naar ons toe. Jacob is zó verdrietig. Hij zegt wel dat er niks aan de hand is, maar ik ken hem langer dan vandaag. We zijn al twintig jaar getrouwd. Jij was toen nog niet eens geboren.'

'Ik ben vijfentwintig.'

Ze wuifde het rekenfoutje weg. 'Ik zei tegen 'm dat-ie naar de club moest gaan, maar dat wilde hij niet. Ik zei: het is Leo, niet? En toen ging hij naar boven. Hij kwam pas weer beneden toen het tijd was om de lampen aan te steken. Wat is er gebeurd, Leo? Je moet met hem praten.'

'Er valt niets te zeggen.'

'Er valt altijd iets te zeggen. Praten is als 't water dat door de rivier stroomt. Telkens ander water, maar zonder water is er geen rivier.'

'Hoe ben je hier gekomen, Lilya?'

Ze zoog lucht tussen haar tanden door. 'Ik ben komen lopen. Mijn ogen zijn dan wel niet zo goed, maar met mijn voeten is niks mis. Zo veel heb ik voor jou en mijn man, die ouwe stijfkop, over.' Ze snoof even. 'Het ruikt hier raar. Jij ruikt ook raar.'

'Ik geloof er niets van. Je gaat nooit in je eentje op pad. Is Jacob bij je?'

'Dit ding is om tanden te repareren, toch?' Ze voelde aan het metalen onderstel van de stoel en duwde op de hendel waardoor de stoel achteroverkantelde. 'Ik heb tandpijn. Hier.' Ze wees naar haar kaak. 'Misschien kan jouw vriend 'm trekken? Hoeveel kost 't?'

'Een shilling en zes pence vooraf,' zei Alfie, die zijn mouwen opstroopte en naar haar hondje keek dat verwoed aan haar beursje knaagde. 'Daarna hangt het af van wat ik moet doen.'

'Ik zie niet zo goed,' zei ze. 'U moet me vertellen wat u gaat doen.'

'Natuurlijk.' Hij pakte een klein spiegeltje dat hij aan een steeltje had gesoldeerd. 'Uw mond open, alstublieft, en ontspan u.'

Het lukte hem nauwelijks de trilling in zijn stem te onderdrukken; ze was zijn eerste levende klant.

Ik ging naar buiten. Het was somber en bitterkoud, de mensen leken weg te kruipen in hun jas, mof en de das die ze om hun hals hadden gewikkeld. Aan de overkant van de straat stond een man met zijn hoed diep over zijn voorhoofd getrokken en zijn handen in zijn zakken te rillen in een portiek. Ik kon zijn gezicht niet goed zien, maar zag wel dat hij steeds even naar me keek.

Ik stak de straat over.

'Wat ben je toch een lafbek dat je je vrouw eropuit stuurt om een goed woordje voor je te doen.'

Jacob stampte met zijn voeten in een poging warm te worden. 'Het was háár idee. Ik ben alleen maar meegekomen om te zorgen dat ze nergens tegenaan zou lopen, hoewel zij in deze vervloekte mist beter haar weg vindt dan ik. Uiteindelijk liep zij voorop.'

'Ze zei dat ze tandpijn had.'

'Zou best kunnen. Ze zou ze het liefst allemaal laten trekken om mij te pesten.' Ik wilde weglopen, maar hij hief zijn handen. 'Wacht, wacht. Niet weggaan, Leo. Het was haar idee om naar je toe te gaan, maar ik wilde het zelf ook. Ik heb je een paar dingen te vertellen.'

'Zoals wat? En snel graag, want ik vernikkel van de kou.'

Hoe kon ik weten dat hij de waarheid zou spreken? Eens een leugenaar, altijd een leugenaar.

'Jij bent jong, Leo, je kunt het niet begrijpen. Jij speelt met het leven. Voor jou lijkt het oneindig, maar ooit kom je erachter dat het slechts één dag duurt en dat het al avond is. Voor mij is het al donker, ik hoor de klok tikken. Maria was een jonge, mooie meid. Ik wilde haar hebben, maar kon het niet. Ze lúísterde alleen maar naar me, naar mijn verhalen over mijn jeugd. Niemand wil de verhalen horen van een ouwe man die ver weg van zijn geboorteland woont, en wiens kinderen het huis uit zijn.'

'Wat een onzin. Drie van je kinderen wonen nog thuis.'

'Millicent is pas acht en de anderen zijn jongens. En jongens zijn niet geïnteresseerd in de verhalen van hun vader. Die rennen rond, slaan wild om zich heen met een stok. Maria was wel geïnteresseerd. Haar moeder was Joods, zei ze. Ik weet het, ik weet het, maar ik ben een oude dwaas en mag geloven wat ik wil. En ik wilde geloven dat ze Joods was en ik een jonge hengst die elke merrie kon dekken. Net zoals ik wil geloven dat jij een man bent, als jij dat zegt.'

'Beweer je dat je nooit het bed met haar hebt gedeeld?'

'Ik ben ongeveer even mans als jij.' Hij kuchte schor, zijn adem kwam als damp door zijn sjaal heen. 'Vervloekt weer, vervloekt land.'

Ik putte niet veel troost uit zijn verhaal. 'Goed,' zei ik zuur. 'Je hebt het me verteld.'

'Volgens mij hield ze van je… op haar manier.'

'Wat bazel je nou?'

'Die meiden, die praten niet over hun andere klanten, natuurlijk doen ze dat niet. Maar een keer was ze misselijk, echt misselijk, zo misselijk als een kat. Lilya had dat vroeger ook heel vaak. Het was wel duidelijk waar het door kwam.'

'Ik weet al dat ze zwanger was.'

'Ze zei dat ik het die Brafton niet mocht vertellen. Ik vroeg haar of ze iemand wist die het kon weghalen. Dat was gedachteloos van me, want ze zei dat ze het kind wilde houden en dat een kerel met haar wilde trouwen. Een militair, een officier. Maar toen begon ze te huilen. Ik sloeg mijn arm om haar heen, maar vroeg me af waarom ik eigenlijk voor mijn bezoekjes aan haar moest betalen.'

'Wat een ontroerend verhaal.'

'Ha! Ik zie weer een glimp van de oude Leo. Mooi zo! Ja, een heel ontroerend verhaal. Dus ik zit daar terwijl zij maar huilt en huilt. Mijn god, wat huilde ze. "Het is toch fijn dat je met een militair kunt trouwen?" zei ik. Maar ze bleef maar huilen. Tranen met tuiten.'

'Waarom vertel je me dit?'

'Ze huilde om jóú, Leo. Omdat ze heel veel om je gaf. Dat is wel duidelijk.'

Ik deed een stap naar voren en moest in mijn handen knijpen om te voorkomen dat ik hem, een oude man die niet eens zonder piepende adem een trap op kon lopen, midden op straat een dreun zou verkopen. Waar haalde hij het recht vandaan me dit soort dingen te vertellen, zeker nu ze dood en begraven was?

'Dat zegt helemaal niets.'

'Heb jij me niet zelf verteld dat ze vanachter haar raam kusjes naar je blies als je wegging? Dat zegt wel degelijk iets.'

Die laatste dag had ze geen kusje naar me geblazen. Ik was nog niet weg of er was al een andere man in haar kamer. Hij kreeg al haar kusjes.

'Dat is alles wat je me te vertellen hebt?'

'Ik was jaloers op je. Op je oude dag word je weer dwaas.' Als protest tegen de wereld zwaaide hij met zijn armen. 'Ik was zo jaloers en boos dat ik haar niet meer troostte, maar een verhaal vertelde over een hoer die ik had gekend en die in de haven van Nikolaev net de kapitein van een schip aan zijn gerief hielp, toen er een schoot losraakte die haar doormidden sneed.'

'Is dat waar?'

'Weet ik veel? Ik had het gehoord. Toch voelde ik me zo schuldig dat ik de keer erop een pop voor haar meebracht. Die had ik voor Milli gekocht, maar die geeft daar niets meer om, en omdat Maria in verwachting was, ik weet niet, het had een meisje kunnen zijn. Dat was de laatste keer dat ik bij haar was. Nu weet je alles, Leo. Echt alles.' Hij tuurde me vanonder zijn hoed aan. 'Wat is er met je gezicht? Ben je gewond? Wat is er met je gebeurd?' Hij wees naar zijn voorhoofd, en ik bracht mijn vinger naar dat van mij. Het deed zeer, de plek waar mijn huid openlag schrijnde. Ik wist niet meer hoe ik die wond had opgelopen.

'Ik ga nu. Tabee, Jacob.'

Toen ik de straat overstak, riep hij me na: 'Ze gaf om je op haar manier, Leo. Dat mag je niet vergeten!'

In de apotheek lag Lilya achterover in de tandartsstoel; Alfie stond over haar heen gebogen. Ze duwde hem weg.

'Ben jij dat, Leo? Heb je Jacob gesproken? Ja?'

'Zoals gewoonlijk heeft hij me raad gegeven.'

'Mooi, mooi. Jullie hebben gepraat en zijn weer vrienden. En volg zijn raad op. Hij is een wijze dwaas, niemand die zulke goede raad geeft als hij, ook al volgt-ie die zelf nooit op.' Alfie wilde zich weer over haar heen buigen, maar ze was nog niet uitgepraat. 'En hoe zit het met die vrouw waar je laatst heen ging?'

'Die... Die heeft een ander.'

'O, maar da's geen reden om de moed op te geven. Zo ging 't ook met Jacob toen ik 'm leerde kennen en moet je ons nu zien. Twintig jaar getrouwd. Jij was nog niets eens geboren.'

Het had geen zin om haar nogmaals op haar vergissing te wijzen. Als ze eenmaal iets dacht, was ze daar niet meer vanaf te brengen.

'Jij hebt geluk gehad, Lilya.'

Ze deed haar niets-ziende ogen dicht en drukte haar hondje tegen zich aan. 'Geluk? Misschien. Ik heb een man, maar ik weet wat hij is, ik weet waar hij heen gaat. Ik mag dan blind zijn, maar zó blind ben ik nou ook weer niet. Misschien heb jij wel meer geluk dan ik.'

'Maar ik dacht –'

Ze snoof. 'Ja, jij dacht, ik dacht, hij dacht. Dénken doen we allemaal, Leo, maar iets wéten doen we geen van allen. Roerselen van 't hart zijn als de rivier. Ze volgen allerlei bochten en soms zijn er rotsen achter een bocht. Soms. Maar soms ook niet. Dat kun je niet weten.'

'Meneer Stanhope!' De schrille stem van Constance rukte me uit mijn mijmeringen. Ik had geen idee van de tijd, wist niet eens welke dag het was. 'Meneer Stanhope! De politie is er weer!'

Eindelijk. Nu zou het allemaal snel voorbij zijn.

Beneden werd ik opgewacht door rechercheur Ripley. Pallett was met hem meegekomen en nam meer ruimte in dan strikt noodzakelijk was. Hij knikte me op een formele manier toe, alsof hij een kruising was van een butler en een beul die op het punt staat het valluik naar beneden te laten.

Aan de tafel zat Thorpe.

Ripley wees naar de lege stoel. 'Ga zitten, Stanhope. U ziet er vreselijk uit.'

'Dank u.'

'Ik begrijp dat u de majoor al eens hebt ontmoet.' Zonder hem aan te kijken gebaarde hij naar Thorpe. 'Hij heeft me dit adres en een beschrijving van u gegeven. Wacht even, ik moet die hier ergens hebben: onaangename vent, slank, donker haar, geen baard, onbetrouwbaar, opvliegend. Klinkt als een beschrijving van u, niet?'

'Wat wilt u?'

Ripley pakte een sigaret en stak die op z'n gemak op. 'Ik heb een paar vragen over een jongedame die wordt vermist. Naar het schijnt kent u haar ook.'

'Weer een geval als Maria?'

Met een grimas rechtte hij zijn rug. 'Wat is er met uw gezicht gebeurd?'

'Een beurse plek, niks ernstigs. Welke jongedame?'

Ripley bladerde door zijn aantekeningenboekje. 'Hier heb ik het: juffrouw Charlotte Pritchard, blijkbaar beter bekend als Lottie. Kent u haar?'

‘Wie?’

‘U weet verdomde goed wie,’ flapte Thorpe eruit. ‘Ik heb juffrouw Pritchard in het park ontmoet. We hebben toen nog een afspraak gemaakt, maar ze kwam niet opdagen. Toen ik u naar haar vroeg, werd u onbeschoft, ging u door het lint. U veranderde in een beest.’

Ripley slaakte een zucht en stak zijn hand op. ‘Zo kan-ie wel weer, majoor. Een simpele vraag, Stanhope: kent u juffrouw Pritchard of kent u haar niet?’

Terwijl Ripley me door de rook heen bestudeerde, kon ik niet meer nadenken. Uiteindelijk lukte het me te zeggen: ‘Ja, ik ken haar.’

‘En hebt u voor majoor Thorpe een afspraak met haar geregeld?’

‘Ja.’

Hij had zijn pen in de aanslag. ‘Mooi, dan kunnen we dit oplossen. Hoe kan ik in contact met haar komen?’

Woorden vormen lukte me niet. Ik was weer in die zolderkamer, zonder schoenen, zonder hoed, met een pols die schrijnde van de handboei. *Onder deze kleren ben ik een vrouw. Laat haar met rust en neem mij.*

Wat voor consequenties het ook zou hebben, ik zwoer dat ik nooit meer Lottie zou zijn.

Er klonk een geluid in het halletje en Constance kwam de kamer binnen.

‘Zal ik theezetten voor de heren?’

Ripley keek verrast op. Misschien was hij zo’n gastvrijheid niet gewend. ‘We stellen meneer Stanhope alleen een paar vragen over een jonge vrouw die hij kent en die wordt vermist.’

Constance keek me even aan. Ze was nog steeds boos, maar ze was ook eigenwijs en ik was bang dat ze met een leugen op de proppen zou komen om mijn huid te redden. ‘Constance –’ maar ze onderbrak me.

‘Meneer Stanhope heeft heel veel vrienden en ik denk niet dat hij kan bijhouden waar die allemaal zijn.’

Pallett lachte, maar Thorpe schoof geërgerd heen en weer op zijn stoel. ‘Wegwezen jij.’

‘Zo kan-ie wel weer, majoor,’ zei Ripley.

Maar Constance liet zich niet uit het veld slaan. 'Majoor?' zei ze. 'Bent u majoor Thorpe, die die brief heeft gestuurd? U hebt het hart van die arme vrouw gebroken.' Ze keek hem indringend aan en vroeg aan mij: 'Is zij degene die wordt vermist?'

'Nee, maar laat ons nu alsjeblieft alleen, Constance. Ik weet zeker dat je vader hulp kan gebruiken.'

Ze deed zowaar wat haar werd gezegd.

Thorpe sprong overeind. 'U hebt mijn brief?'

Ripley stond ook op, zonder er blijk van te geven dat hij een stijve rug had. 'Ga zitten, majoor. Nu.' En tegen mij: 'Wat voor brief is dat?'

Even speelde ik met de gedachte om te ontkennen dat ik iets van die brief af wist, maar dat had geen zin meer. Ik wist al wat erin stond. Ik ging naar mijn kamer om hem te halen en gaf hem aan Ripley, die hem aandachtig las en vervolgens doorgaf aan Pallett. Met de blik van een verwend kind dat begerig naar het laatste koekje op het schaaltje kijkt, zag Thorpe de brief van hand tot hand gaan.

'Die is van mij,' zei hij met een uitgestrekte hand om hem te pakken, maar Ripley stopte hem in de zak van zijn colbert.

'Het is bewijsmateriaal. Het regiment heeft tot nu toe niet echt meegewerkt, maar als ik ze deze brief laat zien, zullen ze behulpzamer zijn.'

'Ze zullen doen wat iedere weldenkende man zou doen en u de deur wijzen. Wie denkt u wel dat u bent dat u vragen over mij kunt stellen?' Hij liep rood aan. 'Ik ben officier in het Britse leger, zoon van een rechter. En u bent maar een...' Hij zocht naar het juiste woord; zijn mond vertrok van minachting '... een vervloekte onderkruiper!'

Pallett stond op, maar de majoor ging al weg. Hij sloeg de deur zo hard achter zich dicht dat ik dacht dat hij uit zijn hengsels zou vliegen. Er volgde een stilte; onaangedaan door Thorpe's vertrek stak Ripley nog een sigaret op.

'Ik heb zelf ook onderzoek gedaan,' zei ik. 'Ik weet waarschijnlijk... dat wil zeggen, ik denk te weten wie Maria Milanes heeft vermoord.'

'Fijn voor u. Maar nu even over die juffrouw Pritchard. Wat is haar adres?'

'Hebt u gehoord wat ik zei? Ik denk te –'

'Ja, ja. Ik heb u gehoord, maar één ding tegelijk. Het adres?'

Ik moest hem íéts vertellen. 'Dat weet ik niet, maar ik heb wel dat van haar zuster, Jane Hemmings.' Ik gaf hem het adres in Maida Vale. 'Ik geloof dat Lottie en Jane... van elkaar zijn vervreemd.'

Door het hardop te zeggen klonk het waarheidsgetrouw.

Ik vroeg me af wat Jane Ripley zou vertellen. Heel weinig, vermoedde ik. Zij zat net zomin op een bezoek van de politie te wachten als ik.

Ripley snoof. 'Ik zou soms ook van mijn zus vervreemd willen zijn, en helemaal van haar man.' Hij nam een trek van zijn sigaret. 'Luister. Thorpe is geen licht en normaal gesproken zou ik niets met zijn melding hebben gedaan, maar u hebt in uw omgeving wel veel vrouwen die worden vermist of blijken te zijn vermoord, meneer Stanhope.'

'Beschuldigt u me ergens van?'

Hij keek me een hele poos aan. 'Ik vraag me af of u een eigen toko bent begonnen.'

'Hoe bedoelt u?'

'U zou niet de eerste zijn die wat bijverdient door meiden voor zich te laten werken. Het begint met een wandelingetje in het park en eindigt met... ach, u weet hoe dat gaat.'

'Dat weet ik helemaal niet.'

'Dat wil ik wel geloven. Het is een vuil spel en u bent er niet voor uit het juiste hout gesneden. Maar hoe het ook zij, uiteindelijk zal ik de onderste steen boven krijgen. Dat lukt me altijd.' Hij veegde een spikkeltje talkpoeder van zijn revers, alsof dat de enige smet was op zijn verder onberispelijke pak. 'Kent u trouwens een zekere Hugo Cooper? Schijnt bokser te zijn geweest.'

'Pardon?' Het kostte me moeite hem te volgen. 'Waarom wilt u dat weten?'

'Kent u hem of kent u hem niet?'

Ik slikte moeizaam. 'Ja. Dat wil zeggen, ik heb hem ontmoet. Hij werkt in het bordeel in Half Moon Street. Hij is daar portier.'

'Het heeft er alle schijn van dat hij zijn werkgever heeft omgebracht. Er worden veel moorden gepleegd de laatste tijd.'

'Hugo?' Ik begreep het even niet. 'U bedoelt... U beweert dat Húgo James Bentinck heeft vermoord?'

'Hij heeft zijn schedel ingeslagen met een metalen ketting. In Bentincks eigen huis. De arme donder was poedelnaakt. Het was een bloederig zootje.'

Ik wist niet wat ik moest zeggen. Mijn geest gaf niet thuis en mijn hart ging tekeer. Wilde Ripley me er soms in luizen? Ik probeerde van zijn gezicht af te lezen of het een list was, maar ik werd niets wijzer.

'Waarom vertelt u me dit?' vroeg ik uiteindelijk.

'Om twee redenen. Ten eerste omdat Bentinck de tweede van die tent is die is vermoord. Dat geeft te denken, ook al is het een hoerenkast.' Hij blies een kring rook uit waar hij me doorheen aankeek. 'Natuurlijk kan Hugo Cooper dat meisje ook hebben omgebracht, maar met wat voor motief? De anderen zeiden dat hij niet in die meiden geïnteresseerd was. Het is vermoedelijk net zoiets als werken bij een chocoladefabriek. Na een tijdje kun je die zoetigheid niet meer zien.'

'Maar u weet zeker dat hij Bentinck heeft vermoord?' Ik was me ervan bewust dat ik voorover ging zitten.

'Hij was de enige die in het huis was, en de boekhoudster van Bentinck wees meteen met een beschuldigende vinger naar hem en hij heeft zelf geen betere verklaring.'

'Wat zei hij dan?'

'Nou, dat is de andere reden. Het sloeg nergens op, wat hij zei, maar hij houdt bij hoog en bij laag vol dat het waar is en hij heeft geen grote verbeeldingskracht. Hij zei dat u het hebt gedaan.'

'Ik?' Ik haalde diep adem en probeerde mijn stem onder controle te houden.

'U.' Hij leek ontspannen, haast slaperig, maar bestudeerde me aandachtig. Ik had de indruk dat hij hoopte dat ik de stilte zou verbreken met een bekentenis, maar ik had mijn hele kindertijd in de kerk doorgebracht, waar ook zo'n beklemmende stilte heerste en net zomin als vroeger was ik van plan te boeten voor mijn zonden. Uiteindelijk vervolgde hij: 'Hij zei dat u in Bentincks huis was, samen met de weduwe van Jack Flowers. Ik neem aan dat u haar kent.'

'Ja, maar dat slaat nergens op.'

'Dat ben ik met u eens. Mevrouw Flowers lijkt me een prima mens. Ze heeft pit. Ze nam het op voor haar man hoewel ze hem niet mocht. Ze deed me aan een meisje denken dat ik jaren geleden kende voor ik trouwde. We noemden haar "De Liefdadigheidsdoos" omdat ze... ach, dat hoef ik niet uit te leggen, maar dat waren me nog eens tijden.'

Pallett schraapte zijn keel en Ripley keek hem geërgerd aan. 'Wat is er? Voor de draad ermee, agent.'

'Het chloraalhydraat, meneer.'

'O, ja. Die boekhoudster...' Bij de gedachte aan juffrouw Gainsford viel hij even stil, een effect dat ze waarschijnlijk op de meeste mannen had. 'Ze vertelde dat Hugo Cooper een fles choraalhydraat op zak had. Dat is sterk spul. Je gaat ervan hallucineren, als je dat zo noemt.'

Hij wist heel goed dat je dat zo noemde. Zijn Simpelmans-act was flinterdun.

'Dat zal dan wel de verklaring zijn,' zei ik. 'Hugo was niet helemaal bij zinnen door dat spul. Hij weet niet wat hij heeft gezien.'

Ripley bewoog zijn mond alsof er een visgraat tussen zijn tanden zat. 'Precies. Maar ik vind het allemaal... te goed kloppen.' Weer schraapte Pallett zijn keel, waarop Ripley met zijn ogen rolde. 'Zeg het maar, agent. Je hoeft geen gegeneerde predikant na te doen telkens als je iets wilt zeggen.'

'Zouden we ook niet bij mevrouw Flowers langs moeten gaan, meneer? Misschien kan zij licht werpen op de zaak.'

'Een prima idee. Hebben we voor morgen meteen een lekker pasteitje en misschien nog een glas bier ook. We zien wel.'

'Morgen is het zondag, meneer.'

Ripley staarde Pallett wel tien seconden aan – de agent werd vuurrood – en zei vervolgens tegen mij: 'Goed, Stanhope, je zei dat je een idee had wie dat meisje heeft vermoord.'

'Ik versprak me,' zei ik, gebruikmakend van het beetje helderheid van geest dat me nog restte. Ik kon Rosie moeilijk de moord op Maria in de schoenen schuiven nadat ik zojuist Hugo's beschuldiging van de hand had gewezen dat zij en ik Bentinck hadden gedood. Het ging me allemaal te snel; ik had tijd nodig om alles op een rijtje te zetten. 'Ik bedoelde dat madame Moreau het volgens mij niet heeft gedaan. U denkt dat u haar op grond van haar beroep kunt veroordelen, maar –'

'Wat mevrouw Moreau doet is niet goed te praten, sterker nog, het is verboden.' Hij liet zijn sigaret op de tafel vallen, waar de peuk nasmeulde.

'U hebt geen idee wat ze doet. U denkt het alleen maar omdat ze –'

Ripley stak zijn hand op. 'Ik heb haar laten gaan. Oké? We konden niet bewijzen dat ze iets met de moord te maken had, dus heb ik haar ondanks haar beroep vrijgelaten.' Hij zweeg even, blijkbaar kwam er een onaangename herinnering bij hem op. 'De hoge piefen waren niet blij met me, zoals u zich wel zult kunnen voorstellen.'

'Ze is weer thuis?'

'Dat denk ik wel. Ik heb haar door Pallett naar huis laten brengen. Ik betreur het wat brigadier Cloake heeft gedaan. Hij heeft nu eenmaal losse handjes en is niet zo snugger. Ze had al genoeg geleden.'

'Ze had helemaal niet mogen lijden.'

'Het rechtssysteem is niet volmaakt, maar dat is de wereld ook niet. En laat de zaak verder aan ons over, goed?'

'Natuurlijk.'

Maar dat meende ik niet.

'En geen vragen meer stellen. Begrepen?'

'Ja, begrepen.'

En dat meende ik al helemaal niet.

Toen ze waren vertrokken ging ik naar de achterkamer, en ik keek naar het venster dat zich scherper of vager aftekende al naargelang er wolken voor de zon schoven. De vloer moest hoognodig worden geboend, maar door al het gedoe had Constance dit niet gedaan en Alfie had haar er niet aan herinnerd. Eigenlijk maar goed ook, want ze probeerde telkens een ander soort boenwas uit, en een keer was de vloer zo glad geworden dat we een halfuur lang stikkend van de lach van de ene kant van de kamer naar de andere waren gegleden. Die herinnering bracht een glimlach op mijn gezicht. Ik vond dit de fijnste kamer van het huis, de fijnste kamer van de hele wereld. Hier kon ik rustig zitten en nadenken.

Waarom had juffrouw Gainsford Hugo ervan beschuldigd dat hij Bentinck had vermoord? Hij was hun loyaalste medewerker en ze moest weten dat het niet waar was.

En nu Ripley en Pallett Rosie gingen ondervragen in haar winkel, zouden ze dan Jack Flowers zien? Zouden ze hen allebei arresteren?

Er was nog iets wat ik niet begreep: ik zou blij moeten zijn dat ze

Rosie misschien zouden aanhouden en toch was ik dat niet. Ondanks alles maakte ik me zorgen om haar.

Toen de avond inviel hing ik beneden rond. Ik wachtte tot Alfie klaar was zodat ik een theelepel chloraal kon slikken. Hij maakte zijn metalen geldkistje open en veegde de paar muntjes erin die hij die dag had verdiend. Het gerinkel klonk mistroostig. Hij deed het kistje op slot en liet zijn hoofd haast smekend op het deksel rusten.

Er was iets met het kistje dat aan me knaagde; iets wat ik me zou moeten herinneren. Ik herkende iets, maar kreeg er geen vinger achter wat het was.

'Hoe werkt dat ding?' vroeg ik uiteindelijk.

'Wat kan jou dat schelen?'

'Volgens mij heb ik zo'n slot eerder gezien.'

'Het is een hangslot.'

'Dat zie ik ook wel, maar er zit geen sleutel in.'

Op het eerste gezicht zag het hangslot er heel gewoon uit, maar in plaats van een gat voor de sleutel zaten er vier ringen, zoals je om een vinger draagt. Toen ik ze van dichtbij bekeek zag ik dat in elke ring lettertjes waren gegraveerd.

'Waar zijn die voor?'

Alfie schudde zijn hoofd. 'Moeten we het nu echt over hangsloten hebben, Leo? Wat wordt het volgende onderwerp? We kunnen het over het roulatiesysteem in de akkerbouw hebben of over de precieze chemische samenstelling van paraffine. Of over astronomie. Ik heb altijd al meer willen weten over de planeten.'

'Alleen over dit hangslot, graag.'

Wanhopig hief Alfie zijn handen in de lucht. 'Goed dan, jij je zin. Zie je deze ringen? Als je daar een bepaalde lettercombinatie mee vormt gaat het slot open. Ken je die combinatie niet, dan gaat het niet open. Een sleutel kun je verliezen of kan nagemaakt worden, maar dit is veiliger omdat alleen ik de lettercombinatie ken.'

'Als je je die kunt herinneren.'

'Dat is zo ingenieus aan dit ding.' Tegen wil en dank werd hij enthousiast. Hij was immers een man met passies. 'De slotenmaker kan ze instellen zoals jij dat wilt. Dus kies je een combinatie die je nooit zult vergeten.'

Dat was alles. Zo simpel was het: *je kiest een combinatie die je nooit zult vergeten.*

Hope, dacht ik. Vier letters H-O-P-E. Bentinck had ook zo'n hangslot op zijn brandkast en als lettercombinatie had hij de naam van zijn overleden vrouw gekozen, omdat hij wist dat hij die nooit zou vergeten.

Maar dit type slot had een makke die sleutels niet hadden. Jack Flowers had voor Bentinck gewerkt, had hand-en-spandiensten voor hem verricht en moet hem hebben bespied als hij de brandkast openmaakte. Waarschijnlijk had hij hem dagenlang in de gaten gehouden en telkens een letter genoteerd. Maar Jack zou niet hebben geweten dat de letters samen *Hope* vormden, want hij kon niet lezen en schrijven. Voor hem moeten het afzonderlijke vormen zijn geweest. Dus had hij ze een voor een op een fles bier nagetekend totdat hij ze allemaal had. Niemand zou vragen waarom hij die fles bij zich had, want iedereen wist dat hij van een slok hield. En toen de kans zich voordeed was hij het huis van Bentinck binnen gedrongen, had hij de brandkast opengemaakt en het geld gestolen.

Maar Bentinck betrapte hem, waarop Hugo hem drogeerde en probeerde te verdrinken. Jack overleefde het echter, ging terug naar het huis en stal het geld alsnog.

En toch... er klopte iets niet. Er ontbrak iets aan mijn redenering. Als Jack niet de drenkeling was die uit de Theems was opgevist, hoe kon het dan dat op de fles die in de zak van die drenkeling zat, het woord *Hope* stond, de lettercombinatie om de brandkast mee open te krijgen?

Ik had het idee dat ik halverwege een partijtje schaak tot de ontdekking kwam dat mijn lopers allebei op een wit vlak stonden. Eerder in het spel moest ik een ongeoorloofde zet hebben gedaan, maar ik wist niet wanneer.

Plotseling was ik niet meer zo zeker van mijn theorie over Rosie en Jack. Ik had iemand gezien die op Jack leek, maar had geen bewijs dat het daadwerkelijk Jack was. Het had iedereen kunnen zijn. En als Jack wél verdronken was in de Theems, en het wél zijn lichaam was geweest dat in het mortuarium had gelegen, dan had ik geen idee wie het geld de tweede keer had gestolen. Of wie de moordenaar van Maria was.

Ik wist zelfs helemaal niets.

Wat een verspilling. Alles wat ik had gedaan was voor niets geweest. Ik had geen inkomen, geen huis, geen vrienden, geen familie, geen Maria, geen idee. Het enige waar ik me aan kon vastklampen was mijn naam die in de verf van de brugleuning van de Westminster Bridge stond gekrast, maar ik wist niet zeker of ik daar wel naar terug durfde. Springen is niet niks.

Na een uur hoorde ik dat Alfie zijn kaars aanstak en naar bed ging. Ik sloop de winkel binnen, die donker en stil was; alleen het gezang van een dronkaard in een portiek aan de overkant was te horen.

Ik pakte de fles chloraal, haalde de stop eruit en goot de hele inhoud door mijn keel.

25

Badend in het zweet werd ik wakker. Althans, ik dacht wakker te worden. Ik wist niet zeker of ik werkelijk bij zinnen was of dat ik slechts droomde dat ik wakker werd. In het pikkedonker wilde ik mijn doosje lucifers pakken, maar dat lag niet op zijn plek. Zonder een hand voor ogen te kunnen zien lag ik op mijn bed.

De wezel had in de mist voor de winkel van Rosie gestaan, een schimmige figuur in een lange jas. Was dat werkelijk gebeurd of had ik dat gedroomd? Ik wist het niet. Ik wist zelfs niet zeker of ik in mijn eigen bed lag, of ik in mijn eigen kamer was. Ik stond op en schuifelde rond, tastend naar een deur of raam, vond de haken aan de muur en hield me eraan vast. De grond helde over, ik hurkte neer en ging vervolgens liggen. Alles bewoog. Terwijl de meubels om me heen zwierden sloeg ik mijn armen om een poot van het bed.

Jack Flowers was dood geweest en weer tot leven gekomen, en nu was hij weer dood. En als hij deze keer écht dood was, kon Rosie niet samen met hem onder één hoedje spelen. En dat betekende dat ze gevaar liep. Ik moest haar waarschuwen.

Ik dreef weer weg, viel weer, niet zeker wetend of het nog steeds nacht was of dat ik simpelweg mijn ogen had dichtgedaan.

Toen ik wakker werd beierden de klokken en scheen het zwakke licht van de vroege ochtend door het gordijn heen. Was het nog steeds vandaag?

Ik kleedde me aan en stommelde smachtend van de dorst naar beneden. Ik dronk rechtstreeks uit de kraan, plensde water in mijn gezicht en nek en genoot van de ijzige kou toen het over mijn ruggengraat liep en mijn overhemd doorweekte.

De deuren waren nog op slot. Alfie en Constance moesten nog in bed liggen. Hun dozen, die bijna helemaal vol waren en in stapels rond de tafel stonden, waren met een touw dichtgebonden waaraan een labeltje hing met een A of een C, of met een kruisje om aan te geven dat de spullen die daarin zaten weggegooid konden worden. Er waren er heel veel met een kruisje.

Via de achterdeur ging ik naar buiten en ik sloop door het steegje achter de plaatsjes. Het kronkelde parallel aan de weg en kwam bij een onopvallend hek uit op Great Windmill Street. Iemand die me wilde volgen moest het stratenplan goed uit zijn hoofd kennen.

Tijdens de lange wandeling naar Rosies winkel kwam ik weer enigszins bij mijn positieven hoewel ik me niets herinnerde van wat ik onderweg zag.

De winkel was dicht. Ik scheurde een velletje papier van mijn aantekeningenboekje en schreef een briefje. Net op het moment dat ik dat in haar brievenbus wilde doen ging de deur open. Gekleed in een fraaie jas en getooid met een mooie hoed kwam Rosie naar buiten, gevolgd door haar drie kinderen die elkaar bij de hand vasthielden, en de vrouw met het verweerde gezicht en haar echtgenoot, wiens namen ik me niet herinnerde. Geen spoor van de man die ik voor Jack had gehouden.

'Leo!'

Ik hield mijn velletje papier omhoog. 'Ik wilde dit net bij je in de bus doen.'

'Waarom?'

'Ik ben hier een paar avonden geleden ook langs geweest. Iemand hield je winkel in de gaten. Ik denk dat het de man was die je heeft ontvoerd.'

Rosie staarde me een paar tellen aan. Ze liet haar blik naar beneden gaan, heel even slechts, maar het was overduidelijk dat ze zich afvroeg waarom ze het niet eerder door had gehad. Ik was zoiets als een goocheltruc – als je eenmaal weet hoe het werkt, heeft die geen geheimen meer voor je. Uiteindelijk vroeg ze de oude vrouw: 'Alice, wil jij de kinderen meenemen? Ik moet even met meneer Stanhope praten.'

De klokken van St Paul's Cathedral beierden; ik besefte dat het zondag was. 'Jullie gaan naar de kerk.'

'Dat was de bedoeling.'

'Ik wil je niet ophouden.'

Ze nam me bij de arm en trok me het zijstraatje naast haar winkel in. 'Is alles goed met je?' fluisterde ze. 'Je bent er zonder een woord te zeggen vandoor gegaan.'

'Het gaat prima met me.'

'Wat je voor me gedaan hebt in die kamer… Ik wil je vertellen dat –'

'Ik moet ervandoor. Maar kijk uit voor die man. Hij is gevaarlijk.'

Ik wilde meteen weggaan, maar Rosie hield me nog vast. 'Ik heb er geen spijt van.' Haar stem klonk gesmoord. 'Ik zou 't zo nog een keer doen. Dat die man, die Bentinck, stierf, was zijn verdiende loon na alles wat-ie jou en mij heeft aangedaan. En hij is zelf ook een moordenaar.'

'Ja, dat klopt.' Maar de twijfel bleef knagen. 'Ik denk alleen niet dat hij Maria heeft vermoord. Volgens mij was hij niet eens in Londen. Waarom zou hij daarover liegen?'

'Wie heeft 't dan wel gedaan?'

'Dat weet ik niet.' Ik deed mijn ogen dicht, wilde geen enkele vraag meer beantwoorden, nooit meer. Ze voelden als bijensteken, beten in mijn huid en lieten weerhaakjes achter. 'Ik dacht… het doet er niet toe.'

'Wat dacht je? Vertel.'

'Iets stoms. Toen ik voor je winkel stond zag ik een man bij je. Ik dacht dat het Jack was, dat hij nog leefde. Dat was dom, weet ik nu.'

Haar reactie was zowaar eens niet scherp. 'Ja, dat was 't inderdaad. Het was Billy, zijn broer, mijn zwager.'

'Jullie leken –'

'Híj leek, ik niet. Hij is uit op de winkel, maar die krijgt-ie niet. Ik heb 't helemaal gehad met de Flowers.'

'O, dat verklaart het.'

'En wat nu, Leo?' Ze aarzelde. 'Moet ik je nog steeds Leo noemen?'

Ze keek me met een eigenaardige uitdrukking aan, anders dan ze eerder had gedaan. Ze liet haar blik over mijn gezicht gaan, en over mijn hals en handen, over mijn hele lijf, leek mijn lichaam onder mijn kleren waar te nemen. Maar ze kon niet in mijn borst kijken, waarin een mannenhart klopte.

Ik trok mijn jas strak om me heen. 'Ja, natuurlijk.'

'Ik weet namelijk niet… Ik begrijp niet wat je bent. Ben je altijd zo geweest?'

'Al vanaf mijn vroegste kinderjaren. Nog voor ik wist wat het betekende. Ik ben een man, ook al heb ik een ander lichaam.'

Ze knikte, maar fronste haar wenkbrauwen. 'Daar kan ik niet over meepraten.'

'Dat weet ik, maar je moet het geheimhouden, Rosie. Voor iedereen.' Ik klonk smekend, maar ik had geen keuze. 'Want anders sturen ze me naar de gevangenis of naar een gesticht, en daar geven ze me dan medicijnen of nog erger: een behandeling. Ze zullen proberen me te veranderen en daar zou ik aan onderdoor gaan. Begrijp je dat?'

'Hoeveel mensen weten 't?'

'Heel weinig maar. En dat moet zo blijven. Wil je het geheimhouden?'

Ze haalde diep adem en keek me recht in de ogen. 'Ja, dat zal ik doen. Da's wel 't minste wat ik je verschuldigd ben.' Ze zette haar hoed recht en lachte, ook al was het een gekunsteld lachje, een poging om alles bij het oude te laten. 'En hoe nu verder, Leo Stanhope?'

Ik leunde tegen de muur. 'Dat weet ik niet. Het lijkt allemaal zo zinloos. Ik wilde alleen achterhalen wie Maria heeft vermoord, meer niet. Om haar recht te doen. En nu is alles in duigen gevallen. Ik ben mijn vriend kwijt, mijn baan, mijn onderkomen en bijna al mijn geld.' Ik wreef over mijn gezicht. 'En ik tast nog steeds in het duister, net als in het begin. Ik denk niet dat ik de waarheid ooit boven tafel krijg.'

Ze tuitte haar lippen. 'Dat klinkt niet goed, nee.' Ze tuurde in haar tas en haalde er een klein, in papier gewikkeld pasteitje uit en gaf het aan mij. Er was een 'R' in het deeg gebakken. 'Eet deze maar. Robbie krijgt wel een stukje van z'n broertje en zusje.'

'Dit kan ik niet aannemen.'

'Eet 't nou op, idioot.'

En dat deed ik, hoe wanhopig ik ook was, en het was overheerlijk.

Kruidig lamsgehakt met prei. Je hoefde er niets bij te hebben, hooguit een thermosfles thee om het weg te spoelen.

Rosie keek me vanonder de rand van haar hoed aan. 'Dat arme meisje. God mag weten wie d'r heeft vermoord.'

'Je hebt nu meer medelijden met haar dan eerst,' zei ik met volle mond.

Nu was het haar beurt om weg te kijken. 'Ach, door schade en schande wijzer geworden, zo noem je dat geloof ik. Alleen jammer dat we waarschijnlijk nooit te weten zullen komen wat er is gebeurd en waarom.'

'Volgens mij heeft het te maken met dat gestolen geld. Maar ik heb geen idee wat de dood van Maria daarmee te maken heeft, geen flauw idee. Degene die de tweede keer dat geld heeft gestolen moet de lettercombinatie van het slot gevonden hebben op de fles bier van Jack. De inbraak was ook behendig uitgevoerd; het raam van het mortuarium was niet kapot. Niemand had iets in de gaten tot Flossie die maandagochtend op haar werk kwam.'

Rosie keek me verbijsterd aan. 'Dus je hebt geen idee wie er heeft ingebroken bij 't mortuarium? Nou, wie dat ook heeft gedaan, hij moet Jack hebben gekend. En hij moet geweten hebben waar-ie was.'

'Precies.'

'En jij en ik hebben het niet gedaan.'

'Nee.'

'Heb je 't aan iemand anders verteld?'

'Nee. Alleen aan Maria.'

Rosie haalde diep adem en schudde haar hoofd. 'Echt, ik zweer 't: mannen zijn de domste en blindste schepselen op Gods aarde, vooral als 't om vrouwen gaat. Dit bewijst voor eens en altijd dat je werkelijk een man bent, Leo Stanhope.'

We waren minstens tien minuten aan het bakkeleien. Ik zei dat het niet waar was en zij zei dat ik volgens haar helemaal niet in staat was om te beoordelen wat waar was en wat niet en dat iemand met gezond verstand me moest attenderen op iets wat zo overduidelijk was dat je er niet omheen kon. Uiteindelijk werden we het erover eens dat er maar één manier was om erachter te komen.

Ik moest met Maria's moeder gaan praten.

Ik wist niet waar ze woonde, maar wel dat ze in Bow naar de kerk ging. Ik moest er die dag nog heen, want anders zou ik nog een week moeten wachten. Aangezien Rosie de weg wist en ik niet, moest ik wel zwichten toen ze erop aandrong met me mee te gaan.

Deze keer vond ze het wel goed dat ik een rijtuig aanhield. De straten waren vrijwel verlaten en we schoten flink op toen we via Whitechapel High Street, waar de winkels gesloten waren, oostwaarts reden. Groepjes jongemannen stonden zwijgend te drinken en te kijken. Bij de brug over het kanaal hield de koetsier stil. Hij zei dat hij niet verder ging. We stapten uit en vervolgden onze weg te voet. De winkels en bedrijfjes ruimden steeds meer het veld voor schimmige steegjes en sombere huurkazernes, en zelfs die leken het toppunt van luxe vergeleken bij de naargeestige krotten en logementen verderop in Bow, waarvan de beroete muren zowat in elkaar stortten van ellende.

Ik was verbijsterd. Hier was Maria opgegroeid en toch had ze er stralend uitgezien, als een ijsvogel die over het water flitst. Misschien was dat de verklaring. Misschien had ze naar deze straten gekeken en besloten dat ze hier niet thuishoorde. Ze werd wie ze wilde zijn, telkens weer, iedere dag. En daar kon ik me in verplaatsen.

De kerk, een wit stenen gebouw achter een paar bomen bij de splitsing van de weg, werd omgeven door een armzalige begraafplaats. Van een afstand oogde de kerk als een sprookjeskasteel; de kantelen op de toren versterkten de onwereldse aanblik. Van dichtbij zag de kerk er echter even vervallen uit als de krotten eromheen en het geloof van de parochianen die binnen vrolijk zongen, was wellicht het enige wat het bouwwerk overeind hield.

We wachtten tot de dienst was afgelopen. Ons eerdere gesprek over mijn fysieke aard leek nog door Rosies hoofd te spoken en we hadden het over het weer en de dichte mist van de laatste tijd alsof we kennissen waren die nooit samen voor hun leven hadden gevochten of een man hadden omgebracht.

Eindelijk kwam de predikant naar buiten. Toen hij in de buurt van het portaal ging staan herkende ik hem als de dove oude vent die de begrafenis van Maria had geleid. Hij zag eruit als een man die snakt naar een sigaret, maar ik had geen tabak dus wachtten we op de stoep.

De kerkgangers kwamen naar buiten. De eerste was een vrouw die me tijdens de begrafenisreceptie had gevraagd of ik ooit in een gekkengesticht had gezeten.

'Is dat 'r?' fluisterde Rosie.

'Nee. Ze komt nu naar buiten.'

Mevrouw Mills was klein van postuur en had hetzelfde krulhaar als Maria, alleen dunner en grijzer. Ze hield haar handen op dezelfde manier ineengeslagen als Maria dat altijd deed en keek bijna net zo rusteloos naar de bomen en naar de zon. Haar gezicht was echter rood en ze was stakerig, terwijl Maria bleek en zacht was geweest en Maria's tred was ook anders geweest dan die van haar moeder, die met haar been trok alsof elke stap pijn deed.

Ze liep naar een bankje onder een boom en plofte erop neer. Toen we naar haar toe liepen rook ik haar al, een bijtende walm van drank en pis, waar mijn maag zich van omdraaide.

'Mevrouw Mills? Ik heb uw dochter gekend. Maria.'

Ze knikte en bleef knikken, huiverend alsof ze het koud had, hoewel het zacht was als een lentedag.

'Mijn naam is Stanhope en dit is mevrouw Flowers.'

'Bent u hem?' vroeg ze uiteindelijk.

'Wie?'

'D'r militair. De militair met wie ze gaat trouwen.'

Ze leek teleurgesteld toen ik mijn hoofd schudde. 'Nee, ik wil u alleen een paar vragen stellen.'

'Ze mot hier ergens zijn. We gaan hier altijd samen naartoe. Ze komp zo terug.'

Ze keek om zich heen, speurde de gezichten af van de parochianen die nog voor de kerk stonden, op zoek naar haar overleden dochter.

'Ik heb u gezien op haar begrafenis,' zei ik zo vriendelijk als ik maar kon.

Ze vouwde haar handen samen op haar schoot. Ze was net als Maria, die zittend op het bed naar haar vingers keek als ze praatte.

'Ze was de enigste die ik nog had. De anderen heb ik begraven moet u weten. Drie zijn 'r doodgeboren, twee hebben nog geen maand geleefd en eentje is vijf jaar geworren. Mijn kleine jongen.'

'Wat erg. Het moet in die tijd moeilijk zijn geweest om de eindjes aan elkaar te knopen. Hoe lukte u dat?'

Ze keek me aan met Maria's ogen, er zat zelfs iets van Maria's sprankeling in. 'Ik zong in Wilton's in Graces Alley, maar dat bestaat niet meer, afgefikt. Zo jammer. Maria is onder 't podium geboren, wist u dat?'

Dat was dus in elk geval waar geweest.

'Hoe was ze, als kind?'

'Een artiest. Ze kon iedereen nadoen, met accent en al, en vertelde verhalen waar je tegelijkertijd om moest lachen en huilen. Ze had me 'n fantasie! Ze wist de ouwe meneer Wilton er zelfs ooit van te overtuigen dat ze geadopteerd zou worren door 'n graaf die 'n hobbelpaard had van puur goud.'

'En was ze... stal ze in die tijd weleens dingen?'

De oude vrouw keek met een scherpe blik naar me op. 'Bent u 'n smeris?'

'Nee.'

'Goed dan. Want ik ken 't niet hebben dat de politie komt rondsnuffelen. Wat van mijn is, is van mijn.'

'Natuurlijk. Daar gaat het niet om.'

Ze snufte en een paar minuten zwegen we. Het was merkwaardig vredig. Boven ons hoofd barstte een lijster los in gezang, nog lieflijker dan een nachtegaal. Maar we konden niet eeuwig blijven. Een van de mannen van de kerk keek argwanend in onze richting.

Rosie hurkte voor mevrouw Mills neer. 'U zult wel heel trots zijn op Maria.'

'O ja zekers.'

'We willen alleen maar weten of ze wel 'ns wat stal toen ze nog heel jong was. En dan laten we u met rust.'

'Ze is slim, mot u weten. Heel anders dan ik. Ze kent alle trucjes.'

'Wat voor trucjes?' Toen het oude mens geen antwoord gaf, pakte Rosie haar hand vast. 'Vertel 't ons, alstublieft.'

'We hebben die informatie nodig in verband met Maria,' zei ik. 'Het zal haar niet schaden.'

'Dat weet ik,' zei de oude vrouw terwijl de tranen over haar wangen biggelden. 'Ik weet dat ze 'r niet meer is. Ze was de laatste die ik had.'

'Ik vind het heel naar voor u,' zei ik. 'Echt heel naar. We proberen te achterhalen wat er is gebeurd. Vertel ons alstublieft hoe ze was als kind.'

Mevrouw Mills veegde haar tranen weg en sprak zacht. 'Ze was heel behendig. Had in 'n mum van tijd 'n raam geforceerd en was weer weg voor ze zelfs maar wisten dat ze d'r was geweest. Als 'n spook. Munten als ze die kon pakken, of juwelen die ik dan op de markt verpatste. Soms 'n lint of 'n broche voor d'r eigen. Ze hield van mooie dingen.'

'En u was nooit bang dat ze zou worden betrapt?' vroeg ik.

'O, ze hebben 'r een paar keer gesnapt, maar dan had ze altijd 'n verhaal klaar; ze wond ze om d'r vinger en dan lieten ze d'r gaan. Niet te geloven, hè? Betrappen ze 'n spichtig wicht erop dat ze hun waardevolle spullen aan het jatten is, en dan weet ze zich d'ruit te kletsen. Een dame heeft haar zelfs ooit te eten en 'n halve kroon gegeven.'

De man die in mijn richting had gekeken kwam op ons af. Hij had iets van een muis, was kaal en droeg zijn zondagse kleren, of wat daarvoor moest doorgaan, en op zijn colbertje zat een medaille van de geheelonthouders. 'Wilt u iets weten?'

'Ik was bevriend met haar dochter.'

'Juist.' Hij fronste afkeurend zijn wenkbrauwen om aan te geven dat hij wist wat voor beroep Maria had uitgeoefend. 'U mag mevrouw Mills niet van streek brengen. Ze is een beetje in de war. Ze heeft al een lang leven achter zich en weet niet altijd het verschil tussen het heden en verleden.' Zijn mond vertrok. Hij wilde geen enkel misverstand het laten bestaan over zijn mening. 'En zelden Gods pad bewandeld, zij en haar dochter. Het vlees is zwak.'

Ik merkte dat ik geïrriteerd raakte. Hij was niet eens naar Maria's begrafenis gekomen, maar meende dat zijn medaille hem het recht gaf haar te veroordelen.

'Maria kon er niets aan doen.'

'We hebben allemaal een keuze.'

Ik stond op en wilde net giftig reageren, maar Rosie gaf me die kans niet.

'Nou, fijn dat u voor mevrouw Mills zorgt.'

'Wat zondagse naastenliefde, meer niet. De rest van de week zit ze in een logement.' Het was duidelijk dat hij vond dat dat haar verdiende loon was. 'We moesten maar 'ns gaan.'

Hij nam haar mee en we keken ze na. Het oude mens kon nauwelijks lopen. Het was een merkwaardig afscheid van Maria, maar ik was in dat korte, warrige gesprek meer te weten gekomen dan in alle andere gesprekken die ik had gevoerd. Ik kon zo voor me zien hoe het er tien jaar geleden aan toe was gegaan: de kleine Maria Mills uit Bow, geboren onder een podium, stelend en liegend om voor haar dronken moeder en zichzelf in hun levensonderhoud te kunnen voorzien.

Rosie had gelijk. Maria, de voormalige dievegge, was degene die ingebroken had bij het mortuarium.

De puzzelstukken vielen op hun plaats zoals een draad de opengesneden huid van een lijk samenbrengt.

De laatste avond dat ik bij Maria was waren mijn sleutels niet per ongeluk uit mijn zak gevallen. Maria had ze eruit gehaald toen ik sliep en had er bewust lang mee gewacht om me wakker te maken zodat ik hals-over-kop weg moest en ik in mijn haast niet merkte dat ik mijn sleutels niet meer had.

Ze wist dat ik de assistent van meneer Hurst was en ze wist dat Jack Flowers niet kon lezen en dat hij de letters daarom had moeten natekenen om ze uit elkaar te kunnen houden. Toen Flossie, meneer Hurst en ik weg waren, was ze naar het mortuarium gegaan en had ze geprobeerd de deur met mijn sleutels open te maken. Maar dat was niet gelukt. Ik had alleen de sleutels van de apotheek, van de voor- en de achterdeur. Ze moet het eindeloos hebben geprobeerd en toen de deur niet openging, moet ze in paniek zijn geraakt en… nee, ze had precies geweten wat ze moest doen. Ze liep om het gebouw heen en forceerde het raam in de achtergevel, zoals ze dat als klein meisje had gedaan, terwijl ze haar oren spitste of ze geen voetstappen hoorde. En toen het raam open was, glipte ze naar binnen en zag ze de lettercombinatie van Bentincks hangslot op een fles bier staan.

De arme meid. Wat moet ze wanhopig zijn geweest. Wat moet ze ernaar verlangd hebben te ontsnappen uit het leven dat ze leidde.

'Maria heeft hun geld gestolen,' zei ik tegen Rosie toen we terugliepen naar de stad. 'En daarom hebben ze haar vermoord.'

Rosie trok een grimas. 'Dus was 't toch Bentinck. Wat een verdorven vent was dat.'

'Nee, ik denk het niet. Hij zou haar pas hebben vermoord als hij zijn geld terug had, en dat had hij niet.'

'Die majoor waar je 't eerder over had, hoe heet die ook alweer?'

'Thorpe. Maar hij is de zoon van een rechter en legerofficier. Zou hij een moord plegen voor tweehonderd pond?'

Ze gaf geen antwoord. We waren al bijna in Aldgate toen ze weer iets zei. 'Leo, we moeten 't over die nacht hebben. Wat er toen met je is gebeurd.'

Ik werd kriegelig. Waarom kwam ze daar steeds weer op terug?

'Er valt niets te zeggen.'

'Jawel. Leo –'

'Ik neem de ondergrondse naar huis.'

'Leo!' Ze pakte mijn mouw beet en dwong me haar aan te kijken. 'Goed dan, ik mag je niet bedanken, maar je móét naar me luisteren. Het is belangrijk. Gebeurtenissen volgen elkaar op. Da's de natuurlijke gang van zaken. Van het ene komt het andere en zelfs als de eerste gebeurtenis nog zo afschuwelijk en verschrikkelijk is, 't ergste wat er kan gebeuren, dan nog kan er iets anders op volgen. Begrijp je me?'

'Ik heb geen idee waar je het over hebt.'

'Je wil er niet aan denken. Het is ondraaglijk, ik weet 't, maar 't is een feit. Ik heb 't zelf ook meegemaakt. Jack was...' Ze viel stil en keek om zich heen of ze ergens kon gaan zitten, een bankje of een stoeptrede, maar er was niets. Uiteindelijk balde ze haar vuisten en ging ze pal voor me staan. 'Ik heb de kleine Sam gekregen en ik ben dol op 'm. Hij is me even lief als de andere twee, misschien zelfs nog wel meer, omdat-ie de jongste is. Maar hij is niet geboren uit liefde. Begrijp je dat?'

Ik begreep het. Ik vond haar de dapperste van alle mensen die ik kende. Eigenlijk wilde ik haar hand vastpakken om haar dit te vertellen, maar iets weerhield me ervan. Als ik over die nacht zou beginnen, zou ik nooit meer ophouden. Dan zou ik verloren zijn. Er zou geen scheidslijn zijn tussen waar het verhaal eindigde en ik begon. Ik zou erdoor worden verzwolgen.

Twee op zijn zondags geklede heren kwamen ons tegemoet; hun jas was schoongeborsteld, hun schoenen waren gepoetst. Ik deed een pas opzij om ze voorbij te laten.

'Ik moet mijn trein halen.'

'Verdomme, Leo!'

Terwijl ik wegliep hoorde ik dat ze me riep, maar ze kwam niet achter me aan.

De trein bood me een genadige leegte, een stuwwal van lawaai die al mijn gedachten tegenhield.

Het chloraal van de apotheek was op, en toch werd ik geplaagd door angstaanjagende dromen. Mevrouw Heppelthwaite, de aardigste vrouw die je je maar kunt voorstellen, zingt een hoge C terwijl ik iets terug kweel en mijn vader met een rood hoofd waarop zijn aderen zich als wormen aftekenen, tegen me tekeergaat en zijn keel schor schreeuwt omdat ik mijn best niet doe. Mijn broer en zus zitten allebei in het koor, waarom ben ik niet zoals zij?

Omdat ik niet ben zoals zij, herhaal ik steeds. Dat ben ik niet. Begrijpt u het dan niet? De regels die voor alle anderen gelden, gelden niet voor mij.

Mijn lichaam was een vergissing, alsof ik een verkeerd pakketje opgestuurd had gekregen met de post. Ik had mijn lichaam verborgen, gedaan alsof ik van een ander geslacht was, mijn stem laten dalen en zo hard gelijnd dat ik geen heupen meer had, en al die tijd was het nooit in me opgekomen dat mijn lichaam me de eerste de beste keer kon verraden en voor eens en altijd zou bevestigen dat ik een vrouw was. Ik had nooit gedacht dat er één regel was die ook voor mij zou gelden.

De volgende ochtend ging ik op pad.

26

Toen madame Moreau opendeed schrok ik me dood. Ze leek tien jaar ouder, zag er afgetobd uit. Haar gezicht was bleek, haar haar gekortwiekt, en ze had het zo strak tegen haar schedel vastgespeld dat de huid van haar voorhoofd naar achteren werd getrokken. Ze droeg geen bonnet om het te verhullen – ze was dwars.

'O, ben jij het,' zei ze terwijl ze opzijging om me binnen te laten.

Ik wilde niet naar binnen, maar ik moest wel. Als ik het nu niet deed, zou ik het nooit doen, vreesde ik.

De rotzooi die de politie had achtergelaten was opgeruimd en de spullen die ze kapot hadden gemaakt waren in een hoek op een hoop geveegd. In de achterkamer zaten twee mensen aan tafel: een gedrongen vrouw met een vierkante kin en een mager meisje van een jaar of vijftien, ook al was haar leeftijd moeilijk te schatten. Ze zou ook jonger kunnen zijn geweest. Haar huid was haast doorzichtig, haar blik leeg en ze hing tegen haar grotere gezellin aan.

Madame Moreau knikte in hun richting. 'Dit is Berthe, m'n buurvrouw en een klant. Niet zijzelf, ze bestiert de hoerenkast verderop in de straat. En dit is Myrtle, een van haar meisjes. Wil je thee? Een plakje cake? Die heeft Berthe gebakken, de goeie ziel.' Haar buurvrouw leek het maar niets te vinden dat ze de cake met mij moest delen, maar madame Moreau trok zich er niets van aan. 'Maak je maar geen zorgen, Berthe, hij is 'n vrouw.'

'Wat zeg je?' zei ze.

'Ik weet dat-ie er niet zo uitziet, maar onder die kleren is-ie een vrouw. Echt waar.'

'Christus te paard.'

'Je hoeft niet te vloeken.'

'Wilt u alstublieft iets discreter zijn,' zei ik scherp.

Madame Moreau raakte haar gekortwiekte haar aan en streek het achter haar oor alsof ze nog dezelfde lokken had als voorheen. 'We zijn vrienden onder elkaar.'

Myrtle leek half te slapen, maar Berthe bestudeerde me alsof ik een museumstuk was. 'Hoe pis je? Heb je een kut?'

'Ophouden, Berthe,' zei madame Moreau. 'En laat ons alleen, alsjeblieft.'

'Ik peins er sowieso niet over om te blijven. Je moet je schamen dat je dát binnenlaat in je huis.'

'Ik krijg nog zes pence van je,' zei madame Moreau, wijzend naar Myrtle, maar Berthe mompelde iets over een rekening en ging weg via de achterdeur, het meisje volgde haar als een bijbootje in het kielzog van een schip.

Madame Moreau lachte flauwtjes. 'Excuses. Ik ken haar al heel lang, maar ze kan soms bot uit de hoek komen. Ze kwam langs in verband met Myrtle.'

'Waarom is dat meisje zo? Hebt u haar iets gegeven?'

'Ik niet. Berthe geeft haar meisjes opium om ze in toom te houden. Gedwee, zou je ook kunnen zeggen.'

'Gedwee is ze zeker.'

Madame Moreau kruiste haar armen. 'Myrtle werkt zes dagen per week en ze maken van al d'r lichaamsdelen gebruik, van ál d'r lichaamsdelen. Ik doe wat ik kan om 'r in leven te houden, maar zoals ze behandeld wordt… ze is een scharminkel, is er niet voor gebouwd. Waarschijnlijk komt ze op een dag niet meer langs en eigenlijk zou dat een zegening zijn. Zo'n miserabel leven, toch? Maar ik vergeet m'n goeie manieren. Neem een plakje cake. Berthe heeft die meegenomen om m'n thuiskomst te vieren. Volgens mij heb ik dat aan jou te danken.'

'Nee, aan de rechercheur.'

'O. Zijn ze er dan achter wie die arme Maria heeft omgebracht?'

'Nee, maar ik heb wel een idee wie het gedaan heeft en daarom...'

Ze luisterde echter niet. Het leek haar koud te laten. Ze sneed zorgvuldig de cake en scharrelde rond met het zeefje en de theeketel. Ik voelde me een kind, alsof ik op een kruk in de keuken zat terwijl Bridget theezette voor mijn ouders en roddelde met de tuinman die pauze had, waarbij ze fluisterden en naar elkaar knipoogden om te voorkomen dat ik met mijn jeugdige oortjes de sappige verhalen zou kunnen volgen. Pas jaren later besefte ik dat het niet als een compliment was bedoeld toen ze zei dat de dienstbode van de buren *een heel vriendelijk meisje* was.

'Ik zie er niet uit,' zei madame Moreau terwijl ze haar haar weer aanraakte.

'Dat valt reuze mee.'

Ik verontschuldigde me om naar het privaat te gaan en toen ik terugkwam had ze haar stoel omgedraaid naar de piano en speelde ze een verrassend vrolijk deuntje. Ik kende het niet, maar tikte met mijn vingers en voeten mee en even later ging ik helemaal op in de muziek. Een van de toetsen weigerde en maakte een dof geluid telkens als ze hem aansloeg, maar ze leek het niet te merken, want ze sloeg hem nooit over. Ik was ervan overtuigd dat die toets in haar hoofd klonk zoals hij had moeten klinken. Terwijl ik haar zag wiegen en haar handen op en neer vlogen over het klavier, vergat ik haast waarvoor ik was gekomen.

Ik had totaal geen honger. Ik was zelfs misselijk en de kooltjes in het vuur maakten me slaperig. Toch nam ik uit beleefdheid een hap van de cake; hij was heerlijk: kruimelig en met de rijke smaken van boter en aardbeienjam, minstens zo lekker als die in de tearoom waar ik Constance meer naartoe had genomen. Ingrid's heette die toch? Ik kon me nauwelijks nog herinneren dat ik daar was geweest. Het leek een eeuwigheid geleden. Celine's misschien?

Toen madame Moreau klaar was met haar spel, klapte ik, waarop ze een verontschuldigend buiginkje maakte. 'Zo goed ben ik niet. Ik ken alleen een paar moppies die ik in de loop der jaren heb geleerd. Maar de laatste tijd speel ik vaker. Roselin heeft er een hekel aan.' Ze wees naar de vink, die haar afwezigheid had overleefd. 'Maar het verzet m'n zinnen.' Haar gezicht kreeg een eigenaardige uitdrukking, of liever gezegd, verloor elke uitdrukking. 'Wat heb je jezelf aangedaan, meneer Androgyn? Geknokt?'

'Stanhope,' verbeterde ik haar zonder veel hoop. 'En het is maar een beurse plek. Niks ernstigs.'

'O nee?' Ze keek me achterdochtig aan.

'Nee...' Ik kreeg mijn stem niet in bedwang en haalde diep adem. 'Wist u dat James Bentinck dood is?'

'Dat heb ik gehoord. Ze zeggen dat die ouwe Hugo Cooper 't heeft gedaan, in een vlaag van verstandsverbijstering. Nancy Gainsford heeft nu de leiding.' Ze nam een slok thee en bestudeerde me over de rand van haar kopje. 'Ben je daarom hier?'

Ik schudde mijn hoofd. De woorden wilden niet komen. Ik kreeg ze niet over mijn lippen, zelfs haar kon ik het niet vertellen, terwijl het toch haar werk was om vrouwen te helpen. Maar ik was geen vrouw. Alleen lichamelijk.

Vriendelijk zei ze: 'Waarom ben je dan hier, meneer Androgyn?'

'Ik was bij Bentinck voor hij stierf. Ik was bij hem thuis.' Ik keek naar beneden en zag dat ik aan mijn pet trok. De naden kwamen onder spanning te staan en raakten los.

'O. Nou begrijp ik 't.' Ze zette haar kopje neer. 'Is-ie erachter gekomen wat je bent? Het is niet iemand die zich er iets van aantrekt als je "nee" zegt, hè? Dat heb ik wel honderd keer meegemaakt. Wel duizend keer. De helft van alle Londense dienstmeisjes is bij me langs geweest nadat hun jonge baas besloot dat z'n bed opengeslagen moest worden. En als het niet hun baas is dan is het wel de huiseigenaar of een oom of de nieuwe vlam van d'r moeder.' Ze pakte mijn handen vast. 'Wanneer is 't gebeurd? Een paar dagen geleden?'

Ik knikte traag.

'Dan is 't helaas nog te vroeg. Wat gebeurd is, is gebeurd. Als je zekerheid wilt, zal je moeten wachten.'

Het lukte me het woord 'alstublieft' over mijn lippen te krijgen, maar zonder geluid.

Ze slaakte een diepe zucht en gebaarde me met haar mee te komen. 'Goed dan, we kunnen 't proberen. Maar ik garandeer niks.'

In de voorkamer wierp de zon, die door de vitrages scheen, een trapezium van licht op de tafel. Ik klom erop en madame Moreau bracht met een zachte druk van haar hand mijn hoofd naar beneden. Het was verwarrend om zo dicht bij haar te zijn en de zure geur van haar patchoeliolie en zweet in te ademen. Ik probeerde strak naar de barsten in het stucwerk van het plafond te staren, maar mijn blik viel steeds op de instrumenten aan het rek en op de planken: houten lepels, een verlostang, allerlei haken en een mechanisch ding, waarvan de functie zich gemakkelijk liet raden.

'Het is zo gepiept,' zei ze terwijl ze een kussen onder mijn hoofd schoof.

'Geeft u me iets tegen de pijn?'

'Een spoeling doet bijna geen zeer. Even een steek, meer is 't niet. Echt.'

'Maar u hebt wel wat voor me?'

'Als ik de haak gebruik, geef ik de dames een beetje chloroform of chloraal, ja, om hun angst weg te nemen. En voor ze 't weten is 't voorbij.' Ze draaide zich om en knoopte haar schort achter haar rug vast terwijl ze me met een frons aankeek. 'Maar dat heb jij niet nodig.'

'Mag ik niet wat chloraal? Ik heb dit nooit eerder meegemaakt.'

'Da's geen fijn spul. Kijk maar wat 't met Hugo Cooper heeft gedaan.'

'Een heel klein beetje maar.'

Ze knipperde een paar keer met haar ogen. 'Nou, goed dan, omdat je zo aandringt.'

Ik was heel moe. Om weg te zinken in het zwarte water zou me – zelfs hier – even rust bieden. Daar was ik van overtuigd.

Madame Moreau trok de gordijnen dicht, pakte een lepel en goot uiteindelijk een armzalig druppeltje in mijn mond alsof ik een peuter van twee was. Het smaakte anders; nog steeds smerig, maar het had iets meer dropsmaak dan het chloraal van de apotheek. Ik ging liggen en deed mijn ogen dicht.

Madame Moreau boog zich over me heen alsof ik een feestmaal was waar ze zich zo dadelijk op zou storten. Ik voelde dat ze mijn broek openmaakte en hem naar beneden trok. Ze hield even stil om de rol stof te bekijken die ik erin had genaaid, voelde het gewicht van mijn neppik, bekeek de bult. Vervolgens trok ze ook mijn onderbroek tot onder mijn knieën naar beneden. Ik bedekte mezelf met mijn handen.

'Da's nergens voor nodig,' zei ze. 'Het is zo voorbij.'

Ze pakte een dunne houten stok, een hoefijzervormig metalen instrument en een kleine handpomp waaraan een zinken flesje zat met een vloeistof die naar lampenolie rook. Ze ging aan de slag. Ik had me geschonden kunnen voelen, maar madame Moreau ging zeer nuchter te werk. En bovendien ging het maar om een lichaam. Zoals Maria's stoffelijk overschot dat was begraven, ging het maar om een lichaam.

Ik voelde een rare druk tussen mijn benen en ineens een pijnscheut, waardoor ik de randen van de tafel vastpakte. Vervolgens hoorde ik haar in de kleine handpomp knijpen en voelde ik koud vocht rond mijn dijen. Ze pakte een doek en veegde me gedegen af. Toen ze overeind kwam was de doek roze.

'Klaar is Kees. Je kunt je weer aankleden.' Ze had haar theekopje meegenomen en nam er een slok van terwijl ze naar me keek. 'Je bent me trouwens drie shilling verschuldigd.'

'Voor Myrtle was het maar zes pence.'

'Maar zelfs die heb ik niet gekregen, toch?' Ze haalde haar schouders op. 'Jij kunt 't je veroorloven. En prijs je gelukkig, als ik je chloraal had gegeven had 't je vier shilling gekost.'

'Hoe bedoelt u?' Ik was suf, een beetje beneveld, maar niet meer dan dat. Ik werd argwanend. 'Wat hebt u me dan gegeven?'

'Absint. Da's ook geen fijn spul, maar 't brengt je zenuwen tot bedaren en je raakt er ook niet zo aan verslaafd. Chloraal is prima als je 't echt nodig hebt, maar 't heeft geen rustgevende uitwerking op de ziel. Je gaat er allerlei duivelse dingen van zien.'

Ik kreeg de aanvechting om op te springen en te eisen dat ze me gaf wat ze me had beloofd en te dreigen anders haar hele huis overhoop te halen om het spul zelf te vinden. Ze was verzwakt en had me niet tegen kunnen houden. Maar toen schoot me te binnen dat ze haar pook had opgeheven naar die ploert, die Micky, en de opwelling verdween.

'Zak er toch in.'

'Ik zit al in de stront, net als jij. Wij zijn maar kleine lieden. We proberen 't hoofd boven water te houden, maar de wereld is gemaakt voor hun niet voor ons. De Schrift zegt dat wij 'm daarna erven, maar wat hebben we daaraan als zij 'm hebben leeggeroofd? Leg me dat eens uit.'

Ze liep terug naar de achterkamer en liet me alleen. Ik trok mijn bretels over mijn schouders en ging naar haar toe. Ik moest haar betalen, maar wilde zo snel mogelijk weg.

Roerloos zat ze aan het hoofd van de tafel, en weer realiseerde ik me hoe oud ze was geworden, oud en vermoeid met haar prachtige zwarte haar met witte stroken dat nu kort was geknipt. En waarom? Het enige waar ze zich schuldig aan had gemaakt was dat ze vrouwen had geholpen die door het toedoen van mannen in een zekere positie waren gekomen, en ik wist precies hoe dat voelde.

'Wanneer heb je voor 't laatst gemenstrueerd?' vroeg ze met een terloopsheid die ik schokkend vond. Ik had het met niemand meer over die maandelijkse bezoeking gehad sinds Jane me vrolijk had uitgelegd wat het was. Destijds had ik met mijn armen om mijn knieën op mijn bed gezeten, ervan overtuigd dat ze loog, maar doodsbang dat het misschien toch de waarheid was.

Ik vond het moeilijk om het over mijn lippen te krijgen. 'Twee weken geleden ongeveer.'

Madame Moreau schoof een papieren zakje naar me toe. 'Slik voor de zekerheid dan maar Widow Welch. Je moet de pillen over een paar dagen innemen. Ik reken je er niets extra's voor.'

Ik gaf haar drie glanzende muntjes van één shilling. Ze stopte ze in de zak van haar schort en schonk zonder iets te vragen nog twee koppen thee in.

'Je hield van haar, hè?'

Ik knikte. Ik was licht in het hoofd en had het warm, alsof mijn huid te strak om mijn botten zat. 'Ik weet niet of zij ook van mij hield, of dat ze dat zelfs maar kon, gezien haar beroep.'

'Ach, ik weet niet of ze van jou hield en misschien wist ze 't ook niet, maar om je vraag te beantwoorden of ze kunnen liefhebben – natuurlijk kunnen ze dat. Omdat een barmeid jou een glas bier serveert wil dat nog niet zeggen dat ze zelf nooit dorst heeft. We hebben allemaal behoefte aan liefde, toch? Zelfs meisjes als Maria. Tuurlijk veranderen ze door wat ze doen. Wanneer ze voor 't eerst bij mij komen zijn ze jong en fris en hebben ze grootse ideeën, maar dat duurt niet lang. Als ze door een paar heren met losse handjes zijn bewerkt of hun keel zowat is dichtgeknepen is het gedaan met het lieve gedoe. Maar ze kunnen heus beminnen. Vaak houden ze van elkaar. Ik had gedacht dat zeker iemand als jij dat zou begrijpen, gezien 't feit dat je een vrouw bent onder die kleren.'

'Ik ben een man.'

Ze lachte veelbetekenend. 'Welke man zou naar me toe komen en over liefde beginnen? Zo'n man heb ik in elk geval nog nooit ontmoet. Die meisjes gaan de godganse dag met mannen om, worden behandeld als oud vuil. Dan heb je volgens mij behoefte aan iemand die zacht is, iemand die op een kouwe avond je bed warmt, iemand die weet wat voor leven je leidt, iemand die hetzelfde doet als jij en geen klappen uitdeelt omdat je huilt of juist niet hard genoeg huilt.'

Dat was nooit bij me opgekomen. Ik had gedacht dat alleen mánnen mijn rivalen waren in de strijd om haar liefde, maar misschien had ik geen man in de gaten moeten houden; niet James Bentinck of Jack Flowers of Jacob Kleiner of die vervloekte Augustus Thorpe. Misschien had ik me moeten richten op een vrouw.

'Dank u,' zei ik. 'Ik moet ervandoor.'

'Prima, maar pas op. Weet je nog dat gevoel dat ik soms krijg als er iets ergs staat te gebeuren, die pijn in mijn botten? Die heb ik nu ook – in verband met jou. Da's geen goed teken. Ga naar huis en blijf thuis.'

Terwijl ik haar huis uit liep, hoorde ik de pianoklanken weer. Blijkbaar kende ze alleen maar vrolijke deuntjes.

27

Tegen de tijd dat ik bij het bordeel in Half Moon Street aankwam hadden de koude wind en een korte hagelbui me wonderlijk verkwikt, alsof ik eindelijk wakker was geworden na een hardnekkige koortsaanval.

Ik tuurde door het voorraam de ontvangstkamer in waar mevrouw Brafton normaal gesproken haar klanten verwelkomde. Er waren werklui bezig. Twee waren de tafel aan het demonteren en een derde haalde de spiegel boven de schouw weg.

Toen ik op het raam klopte, keek een van hen op en riep iemand. Voor de zekerheid liep ik snel de stoeptreden af, maar dat was nergens voor nodig. De kleine Audrey deed open.

'O, u bent 't, meneer Stanhope. We zijn helaas gesloten. Maar aangezien u 'n vaste klant ben, ken ik u misschien wel van dienst zijn.' Koket trok ze haar wenkbrauwen op, maar mijn hoofd stond er niet naar.

'Nee, dank je.'

'Wat u wilt.'

Terwijl ik een pas opzij deed om een werkman met een verfkwast in zijn hand voorbij te laten en een ijzeren ledikant om de hoek van de trap zag manoeuvreren, hoorde ik dat er in de keuken werd gezaagd.

'Wat gebeurt er allemaal?'

'U heb 't toch zekers wel gehoord? Die arme meneer Bentinck is in z'n eigen huis vermoord. Ze beweren dat Hugo 't heb gedaan, maar daar geloof ik niks van. Hij aanbad meneer Bentinck. Esther denkt dat-ie is aangevallen door een beer, maar dat ken niet waar zijn, toch?'

'Lijkt me niet waarschijnlijk, nee.'

'De arme mevrouw Brafton werd zo bleek als 'n doek toen ze 't hoorde en schreeuwde 't hele huis bij elkaar. Dat was me 'n toestand! Alle heren renden zonder broek rond. Zoiets heb ik nog nooit meegemaakt. Waar komt u voor, trouwens?'

'In verband met Maria.'

Audrey slaakte een zucht en haar gezicht betrok. 'Het gaat altijd om haar, ja toch?' Ze schudde haar hoofd en dwong zichzelf te glimlachen. 'Sorry, ik weet dat u dol op 'r was. Maar iedereen maakt zich altijd druk om haar, zelfs toen ze nog leefde.'

Ik was geschokt. Ik had gedacht dat ze vriendinnen waren.

'Ze had het makkelijker, bedoel je dat soms?'

'Het zat haar altijd mee, toch?' Ze staarde naar haar handen. 'Het valt niet mee om te doen wat ik doe. Als je 't te zacht doet klagen ze, maar ben je te ruw dan gaan ze onder 't bloed naar huis. Maar goed, ik heb er wel deze mooie kleren aan te danken. Ik mag niet mopperen.'

'En jij leeft tenminste nog, Maria niet meer.'

Ik bedoelde het vriendelijk, maar ze keek me giftig aan. 'Ik vertel alleen maar wat alle andere meiden denken. Maria had kapsones, kletste de hele tijd met meneer Bentinck.'

'Had ze met een van meisjes een speciale band?'

'Zoals ik al zei, ze was nogal op 'r eigen.'

Een vent met een pot verf in elke hand kwam behoedzaam de trap af, die bezaaid was met spullen uit de kamers boven: handdoeken, kannen en klerenhangers, zelfs een kastanjebruine pruik. De schilderijen hingen scheef; dat was om een of andere reden nog het pijnlijkst.

'Waar is mevrouw Brafton?'

'Die zit op d'r kamer te huilen. Ze had 'n zwak voor meneer Bentinck en is helemaal over d'r toeren. Juffrouw Gainsford heb nu de leiding en ze zegt dat we meer poen kennen verdienen als we meer kamers hebben en we die vaker gebruiken. Ze zegt dat mannen ook voor een halfuur of zelfs voor een kwartier willen betalen. Krijgen we weer van die koperdieven en ongelikte beren, net als vroeger. De jongens verbouwen de ontvangstsalon tot peeskamer en dat gebeurt straks ook met een kamer achter en twee kamers boven. En voortaan geldt de regel: Wie 't eerst komt, die 't eerst maalt. Geen afspraken meer.'

Ze wees naar een cilinderbureau in de hal waarop ik het afsprakenboek zag liggen, dat op een paar kranten was gegooid, samen met wat potloden, pennen, een inktpot en een halssnoer van gitkralen dat ik mevrouw Brafton een paar keer had zien dragen. Ernaast stond een emmer vol prullen uit de ontvangstkamer: kaarsen, snuisterijen en het schaaltje met het wilgenpatroon, dat in tweeën was gebroken.

'Zou je zo vriendelijk willen zijn haar te gaan halen?'

Audrey schudde haar hoofd. 'Dat heb geen zin, ze komt toch d'r kamer niet uit. Er gebeurt hier van alles, maar ze heb nog geen poot uitgestoken.' Ze keek me met een sluwe blik aan en ik dacht: jij hoopt dat juffrouw Gainsford jou de leiding geeft over het bordeel. Ambitieus. 'Ze heb de ouwe kamer van Maria betrokken. U ken wel naar d'r toe gaan als u dat wil.'

Huiverend stond ik voor Maria's deur. De laatste keer dat ik hier was geweest, had ik even gewacht om van het korte uitstel te genieten voordat ze me om de hals vloog en me kuste. Dat zou nooit meer gebeuren.

Ik gaf een roffel op de deur. Omdat er geen reactie kwam deed ik hem open en ging ik naar binnen.

Alle spullen van Maria waren weg. Het bed was niet opgemaakt, de dekens lagen op de grond en mevrouw Brafton zat aan de kaptafel, waar twee flessen op stonden. De ene was leeg, de andere halfvol en er zat geen parfum in, maar gin.

Met een als uit steen gehouwen gezicht keek ze naar me op.

'Wat doet ú hier?' vroeg ze op heldere toon. Uit niets bleek dat ze dronken was.

'Gaat het wel goed met u, mevrouw Brafton?'

'Natuurlijk. Het gaat om de zaak. Dat zei hij ook altijd, het gaat alleen om de zaak.' Ze keerde me haar rug toe maar praatte door. 'Het was een geweldige man. Hij had visie, geloofde dat de wereld beter zou worden van handel. En nu is hij er niet meer.'

'Ik wilde u spreken over Maria. Het duurt niet lang.'

Ik hoorde de werklui met zware meubels tegen de muren stoten en zag voor me dat de hoeken van haar dierbare dressoir butsen maakten in het stuc, maar mevrouw Brafton vertrok geen spier. Ze schonk een bodempje gin in zo'n klein glaasje dat je zou denken dat het in een poppenhuis thuishoorde.

'Normaal gesproken drink ik niet,' zei ze. 'Maar mensen verdrinken hun verdriet nu eenmaal, nietwaar? Ik vind het niet lekker en het werkt niet eens. Drinkt u? Helpt het u te vergeten dat u een vrouw bent?'

'Ik hoef niets te vergeten. En ja, bij tijd en wijle drink ik graag een glas whisky.'

'Die heb ik niet.'

'Dat geeft niet.'

'Hoe heette u vroeger trouwens? Elsie? Mildred? Nee, u bent beschaafd, u komt uit een goed nest. Het zal wel Anne of Victoria of zo zijn geweest. Victoria Stanhope klinkt best aardig. Hoe oud bent u?'

'Wat doet dat ertoe?'

Ze sloeg het glaasje achterover en trok een vies gezicht. 'Ik begrijp simpelweg niet waarom iemand als u nog leeft terwijl een man als James Bentinck dood is.'

Haar woorden deden me niets. Als je eenmaal je huid hebt afgestroopt en opzij hebt gelegd, is er niet veel meer wat je kan raken. Toch vond ik dat geen reden om haar niet de waarheid te vertellen.

'Hij was een verdorven man, een lafaard die om niemand iets gaf, ook niet om u. Het is zijn verdiende loon dat hij dood is. Opgeruimd staat netjes.'

'Audrey!' riep mevrouw Brafton. Even later hoorde ik voetstappen op de trap en stak Audrey haar hoofd om de deur.

'Wat is er,' vroeg ze vrijwel zonder respect.

'Je moet onmiddellijk de politie gaan halen. Zeg ze dat we een crimineel in huis hebben.'

'De politie gaan halen? Hierheen?'

'Doe wat je gezegd wordt. Vertel ze dat ze een bedrieger is, een vrouw die zich voordoet als man en zich kleedt als een man. En vertel ze ook dat ze zich Leo Stanhope noemt. Vertel ze alles. Toe dan. Waar wacht je nog op?'

Audrey stoof de trap af. Ik speelde met de gedachte achter haar aan te gaan, maar wat kon ik doen als ik haar te pakken had? Ik schatte mijn kansen niet hoog in. Ze had jarenlang mannen met stokken bewerkt, was er bedreven in.

Mevrouw Brafton draaide zich weer om naar de kaptafel alsof er niets was gebeurd en schonk nog een bodempje gin in. 'Nancy Gainsford heeft het natuurlijk gedaan. Zij heeft hem vermoord.'

'Volgens de politie heeft Hugo het gedaan.'

'Onzin, hij zou James nooit kwaad doen. Hij werkte al jaren voor hem. En als hij het wel heeft gedaan, dan heeft zij hem ertoe aangezet, heeft ze James' trouwste medewerker tegen hem opgezet. Ze was jaloers op zijn succes en kon het niet velen dat wij het zo goed met elkaar konden vinden. Dat had ik heus wel in de gaten. Om zijn positie in te kunnen pikken moest ze hem vermoorden. Dat was de enige manier en dat heeft ze gedaan.'

'Ze heeft de zaak overgenomen.'

'Al het werk dat ik erin heb gestoken, en James is nog geen dag dood of zij komt zelfvoldaan binnen zeilen met dat afschuwelijke hondje van haar en zegt dat ik mijn boeltje kan pakken en morgen moet wegwezen.'

Mevrouw Brafton was een sterke vrouw en toch was ik bang dat ze zou instorten. En ik wilde nog dingen van haar weten.

'Had Maria met een van de meisjes een speciale band?'

'Niet jaloers zijn, Victoria lief. Daar word je gek van.'

'Ik probeer erachter te komen wie haar heeft vermoord. Had ze een speciale band met een van de meisjes? Of met een klant? Had ze ook vrouwelijke klanten?'

Mevrouw Brafton sloeg haar glas weer achterover en likte langs haar lippen. Deze keer keek ze niet vies, ze begon aan de smaak te wennen. 'Nancy Gainsford,' zei ze. 'Die was dol op Maria. Ze hadden een... u weet wel. Dat zie je zo vaak.'

'Nancy Gainsford? Bedoelt u dat juffrouw Gainsford verliefd was op Maria?'

Dat leek onmogelijk, maar ik herinnerde me dat juffrouw Gainsford me tijdens de begrafenis in vertrouwen had verteld over hun geweldige vriendschap en had gevraagd of Maria het ooit over haar had gehad.

Met vaste hand schonk mevrouw Brafton weer een glas gin voor zichzelf in. 'Ik stuurde Maria vaak naar James toe, maar meer voor Nancy dan voor hem. Nancy gaf haar altijd haar jurken en sieraden en ze borstelden urenlang elkaars haar, alsof ze zusters waren. Het was zielig. Bespottelijk.'

'Waarom zou ik u geloven? U hebt overduidelijk de pest aan haar.'

'Het kan me niet schelen wat u denkt. Ze was smoor op Maria en heeft James vermoord. Maar zonder hem is ze niets, helemaal niets.'

Ik liep naar het raam waar Maria had gestaan als ze kusjes naar me toe blies. Die kusjes hadden me dagen op de been gehouden, waren soms mijn dromen binnen gedrongen, maar misschien had ze aan iemand anders gedacht als ze dat deed.

'Mevrouw Brafton,' zei ik, mezelf verachtend omdat ik zo beleefd tegen haar deed. 'Wilt u me alstublieft vertellen waar ze woont?'

'Marylebone, maar daar is ze niet.'

'O? Waar is ze dan.'

'Ze hebben een boot. Die gebruiken ze voor im- en export. Hij ligt bij Puddle Dock in Blackfriars. Daar zal ze wel zijn.'

Ik zette het op een rennen, stormde met twee treden tegelijk de trap af waardoor ik onderaan bijna struikelde. Vanuit de tuin kwam een zalige, ijskoude lucht naar binnen gewaaid. De achterdeur stond open voor de werklui.

Audrey verscheen en bijna schreeuwend vroeg ik haar: 'Ben je naar de politie geweest?'

'Nee,' antwoordde ze met grote ogen van verbazing. 'Ik doe niet meer wat mevrouw Brafton beveelt.'

Ik stoof de achterdeur uit, snelde over het natte gras waarop Hugo's bijenkorven als kastelen stonden te pronken, en rende de poort uit.

Ik merkte niet dat hij een stap naar voren deed, voelde alleen een hand op mijn schouder, die me omdraaide en toen staarde ik in het gezicht van de wezel. Hij stonk naar de rivier.

'Mevrouw wacht op u,' zei hij.

Ik voelde een stekende pijn in mijn zij alsof ik was gestompt. Ik legde mijn hand op die plek; hij werd nat en ik dacht: iemand heeft iets naar me gegooid en dat is op mijn overhemd beland. Toen ik naar de grond keek, was er echter niets te zien, behalve een paar rode spatten. Ik deed mijn hand open – die was ook rood.

De wezel trok zijn vuist terug.

28

Abrupt kwam ik bij met het gevoel dat ik dreef. Met mijn rug tegen de metalen reling zat ik op het dek van een boot. Een zeil boven mijn hoofd beschermde me tegen de zon.

De pijn in mijn rechterzij, die zich naar mijn middel en borst verspreidde, was zowel hevig als zeurend. Ik beefde, of misschien kwam dat door de trilling van de sputterende motor; de rookwolken die hij uitbraakte zweefden achter het schip. Ik hoestte en schreeuwde het bijna uit van de pijn, maar het betekende wel dat de wezel mijn longen niet had geraakt.

Mijn handen waren voor mijn lijf vastgebonden met een grof touw dat in mijn polsen sneed en ze hadden me mijn colbertje uitgetrokken. Het lukte me mijn overhemd omhoog te schuiven. De wond was niet diep, zo groot als de mond van een zuigeling en er sijpelde bloed uit. Hoeveel bloed kan een mens verliezen voor hij sterft? Anderhalve liter? Meer?

Een zeemeeuw die op de vlaggenstok zat, vloog op toen iemand in zicht kwam. En daar was ze dan: Nancy Gainsford, de rust zelve, en gekleed in een eenvoudige bruine japon met een sjaal om haar schouders. Desondanks was ze oogverblindend.

Ze bekeek iets, boog zich erover en betastte de randen met haar vingers. Ik besefte wat het was.

Een lijkkist.

Naast me stond er nog een onder het zeil en op de voorplecht nog twee, de ene boven op de andere. Ze waren van goedkoop, dun waaibomenhout. Ik duwde met mijn voet tegen de kist naast me. Er zat iets zwaars in want hij was niet in beweging te krijgen. Toen ik er nog harder tegen duwde, vlijmde de pijn door me heen.

Van benedendeks kwam een man; ook al zag ik hem slechts van achteren, ik wist meteen dat het de wezel was. Alsof het schip van hem was, morrelde hij met een moersleutel aan de motor, waarop die rustig begon te puffen. Tevreden stak hij zijn duim op, vervolgens wees hij naar mij.

Nancy Gainsford keek op. Ze voelde zich duidelijk thuis op het water. Vol zelfvertrouwen slenterde ze naar me toe. Haar hals was slank en bleek. Luchtpijpen zijn verbazingwekkend smal, niet breder dan een maisstengel. Er is niet veel kracht voor nodig om ze dicht te knijpen. Ik had haar hals in de holte van mijn arm kunnen klemmen en even gemakkelijk als je pitten uit een citroen knijpt, het leven uit haar kunnen persen als de wezel niet in de buurt was geweest. En als ik had kunnen opstaan.

'Eindelijk, meneer Stanhope,' riep ze uit. 'Ik vroeg me al af of die idioot u ooit nog te pakken zou krijgen. Ik had de hoop al bijna opgegeven. Maar daar bent u dan. Ik moet toegeven dat ik onder de indruk ben.'

Ze was heel anders dan voorheen, veel achtelozer en zelfverzekerder.

'Wie zitten er in die lijkkisten? Andere slachtoffers die u hebt ontvoerd?' Ik hoorde dat mijn stem beefde.

'Wij hebben het liever over hándelswaar. Twee zussen, heel mooi, heel jong en nog helemaal onbezoedeld. De dochters van een spoorwegbeambte in Surrey die zijn schulden niet kon afbetalen. Nu zijn ze van mij; ze zullen me in Brussel een fikse winst opleveren. We hebben ze bedwelmd met chloraal, zodat ze nog uren onder zeil blijven. En dankzij de kisten komen we probleemloos door de douane. Niemand wil toch zeker een lijkkist openmaken?'

'Wat een doortrapt slechte manier om geld te verdienen.'

'Wat bent u toch romantisch, meneer Stanhope. Dat u zo veel overhebt voor een meisje dat geen moer om u gaf. Geen ene moer. Mannen lieten haar koud.'

'Maar Maria was wel verliefd op ú?'

Ze rolde met haar ogen. 'Mannen begrijpen dat soort zaken niet. Jullie denken dat het heel eenvoudig is, dat het hart van een vrouw alleen te veroveren is met een mannelijk geslachtsorgaan.'

'Mijn ervaring is dat dat het wel gemakkelijker maakt, ja.'

Ik probeerde mezelf overeind te duwen, maar mijn benen waren te zwak en ik belandde met mijn achterwerk terug op het dek. Ze stond recht voor me, nog geen twee meter bij me vandaan. Ik kon er niet bij dat haar niet was aan te zien dat ze zo kwaadaardig was. Haar slechtheid zou uit haar poriën moeten sijpelen, door de romp van het schip moeten branden en sissend in het water terecht moeten komen. Het was krankzinnig dat ik mijn emoties niet in bedwang had en zij wel.

De wezel zat op het luik van de motor te roken. Ze gebaarde naar hem dat hij moest komen en knipte met haar vingers.

Hij sprong op. 'We zijn klaar voor vertrek, mevrouw, zowel het roer als de motor. We kunnen zelfs een orkaan aan.'

'Hopelijk komt het daar niet van,' mompelde ze. Vervolgens beval ze hem op luide toon: 'Ga naar die pasteitjeszaak in Ludgate Hill en haal die mevrouw Flowers op. Doe het zo snel als je kan, maar wees deze keer in godsnaam discreet.' En tegen mij zei ze: 'Op weg naar Tilbury krijgen u en mevrouw Flowers een vreselijk ongeluk. Jullie zullen samen verdrinken, als geliefden in een laatste omstrengeling. Práchtig wordt het. Jullie zullen de voorpagina van de *Pall Mall Gazette* halen. Alle vrouwen van Londen zullen een traantje wegpinken.'

Ik merkte dat ik slaperig werd en toch ging mijn hart zo tekeer dat het bonkte in mijn keel. Op het houten dek zat een donkere vlek die ik meende te herkennen. Er kwam een beeld bij me op: een trapezium van licht dat op het naargeestige stigma op de tafel van madame Moreau viel.

'Ik zou u trouwens moeten bedanken dat u James hebt gedood. Ik mocht hem graag, maar het was tijd. Hij was er met zijn hoofd niet meer helemaal bij, werd genotzuchtig, was alleen nog maar uit op de bevrediging van zijn lusten.'

Ik knikte naar de lijkkisten. 'Is het bevredigen van mannelijke lusten niet uw handel?'

'Ja, precies: hándel. En die handel is nu van mij.'

'Waarom hebt u de politie verteld dat Hugo Bentinck heeft vermoord? U wist dat dat niet waar was.'

'Iémand moest het gedaan hebben, meneer Stanhope. De politie stelde vragen en ik kon ze moeilijk de waarheid vertellen, toch? Dan hadden ze willen weten waarom u daar was en wat we met u van plan waren geweest. Hugo was een voor de hand liggende kandidaat. Zo stom als het achtereind van een varken; hij had chloraal op zak en bleef maar doorratelen over u en mevrouw Flowers.'

'Hij heeft u beiden jarenlang trouw gediend.'

'Ja, zoals ik zei: zo stom als het achtereind van een varken. En u hoeft geen medelijden met hem te hebben, want hij heeft Jack Flowers vermoord.'

'Omdat Bentinck hem dat had opgedragen. Bent u niet bang dat hij de politie over uw handel vertelt?'

Ze haalde haar schouders op. 'Hij kan ze niets vertellen zonder zichzelf aan de schandpaal te nagelen. En bovendien denken ze dat hij verslaafd is aan chloraal.'

'Dus blijft u gewoon doorgaan met het ontvoeren van kinderen.'

'Wie denkt u wel dat u bent dat u mij meent te kunnen veroordelen? U weet helemaal niets van het leven dat ik heb geleefd. Denkt u dat ik altijd geweest ben zoals nu?'

'Iedereen was vroeger iemand anders.'

Ik dacht dat ze me zou slaan, maar ze hield zich in en vouwde haar handen. 'Toen u in de schoolbanken zat, hebben ze me gedwongen me als hoer te verkopen. Negen jaar was ik. Vindt u dat schokkend? Gainsford is niet mijn echte achternaam. Ik heb geen idee hoe ik heet. Ik heb mijn naam gekregen van de Ierse hoeren. Die hebben me vernoemd naar de straat waar ik vroeger altijd bedelde.'

Ierse hoeren. Het muntje viel. 'Mevrouw O'Leary. De vrouw aan wie u de leiding van het bordeel hebt gegeven voor mevrouw Brafton die overnam. De vrouw die zichzelf doodgedronken heeft.'

'Ze heette Maggie, niet dat James zich dat herinnerd zou hebben. Als ik honger had, gaf ze me eten. Ik mocht zelfs bij haar in bed slapen. En ze heeft me op haar manier leren lezen en schrijven, en rekenen. Vooral rekenen. Ik telde het geld en leerde hoe je daar meer van kon maken.

Ik deed al het werk en James werd rijk. U hebt zijn huis gezien, en hij heeft er nog een in Berkshire, en wat heb ik? Een souterrain in Marylebone. Dit is mijn kans. James en Elizabeth hebben de gewone man nooit begrepen. Ze gedroegen zich alsof zij de koning en koningin van de tent waren. Maar dat is nu afgelopen. Het is een hoerenkast, geen herenclub. Mannen komen maar voor één ding en ze zouden het nog met een schaap doen als dat een bonnet ophad.'

Ze hief haar kin op, waardoor onder haar kaaklijn een wit litteken zichtbaar werd. Haar ogen stonden fel en ik kreeg een glimp te zien van wie ze geweest was voordat ze Nancy Gainsford werd en had leren praten als een dame.

'U hield van Maria, niet?' vroeg ik. 'Het moet pijn hebben gedaan om haar met al die mannen te zien.'

Ze lachte, maar het klonk hol. 'Doe niet zo dwaas. Ze hield jullie allemaal voor de gek. Voor de een was ze een klein meisje, voor de ander een bestraffende moeder en voor weer een ander een hijgende snol. Ze kon zó' – ze knipte met haar vingers – 'van rol wisselen. Maar ze kwam altijd terug naar mij.'

Nog zo een, dacht ik. Nog zo'n pias. We strompelen allemaal door het leven dat we voor onszelf construeren. Wie kan ooit werkelijk begrijpen wat er in het hoofd van een ander omgaat?

'Maar u wist dat ze zwanger was.'

'Ach, meneer Stanhope, u denkt toch niet dat het van u was, hè?' Ze gooide haar hoofd naar achteren waardoor haar hals nog beter te zien was en lachte. 'Gaat het daar om? Lieve hemel, wat zijn mannen toch arrogant. Jullie denken allemaal dat jullie potentie groter is dan die van anderen en dat het wel met jullie te maken moet hebben als een vrouw iets overkomt. Maar die kans is niet groter dan één op vijftig. Niet groter dan één op honderd!'

Zelfs nog kleiner, dacht ik. Je moest eens weten. 'Ik denk dat Maria haar leven beu was. Ze wilde niet meer zijn wat ze was. Toen Bentinck haar in contact bracht met majoor Thorpe zag ze haar kans schoon. Ze zorgde er zelfs voor dat ze in verwachting raakte en overtuigde hem ervan dat het kind van hem was. Ze dacht dat ze met hem zou trouwen en een officiersvrouw zou worden.'

'Thorpe is zo'n dwaas,' zei juffrouw Gainsford; ze spoog het laatste woord haast uit. *Want alleen een kwijlende imbeciel wordt verliefd op een hoer.*

Ik sloeg mijn vastgebonden handen voor mijn gezicht, maar mijn vingers waren gevoelloos. Het leek alsof iemand anders me troostte. 'Vond u het niet vervelend dat ze hoopte te trouwen?'

'U hebt het bordeel vaak genoeg bezocht. Denkt u nu echt dat een huwelijk ook maar iets verandert? Maar ga alstublieft door met uw verhaal.'

'Toen het huwelijk niet doorging, was Maria wanhopig. Ze dacht dat haar kans om dat leven achter zich te laten verkeken was. Maar ze had geluk. Jack Flowers vertelde haar dat hij had ontdekt hoe hij de brandkast van Bentinck open kon krijgen, maar zei niet wat de lettercombinatie was. Die was Hope, de naam van Bentincks vrouw.'

'Is dat zo?' zei ze. 'Wat sentimenteel. En Jack dacht zeker dat Maria er samen met hem vandoor zou gaan? Hij zal haar liever hebben gevonden dan zijn vrouw, die haaibaai. Nog zo'n dwaas. Soms vraag ik me af hoe mannen zich in het dagelijkse leven staande houden.'

'Maria heeft bij het mortuarium ingebroken, vond daar zelf de lettercombinatie en stal het geld uit meneer Bentincks brandkast, zodat ze een nieuw bestaan kon opbouwen. En daarom hebt u haar vermoord. U hebt haar doodgeknuppeld.'

Het was weer gaan regenen en de donkere vlek op het dek werd nog donkerder, begon nog meer te glanzen. Maar het was slechts bloed. Niet de echte Maria, wier haar in mijn gezicht kriebelde als ze sliep, terwijl haar borst met elke ademhaling rees en daalde. Het was slechts haar bloed.

Ik wist niet wat ik moest voelen. Na al die tijd zou ik toch íéts moeten voelen: iets van woede, van haat, een nieuwe aanval van verdriet. Ik speurde mijn innerlijk af naar kokende woede, richtte mijn blik op de vlek op het dek, zodat die voor altijd op mijn netvlies gegrift zou staan. *Misschien moet ik naar die plek kruipen en daar sterven. Zou dat niet romantisch zijn?*

Maar waarschijnlijk gaf die vlek niet de plaats aan waar het was gebeurd. Misschien had hij niets met Maria te maken. Er werd met deze boot gevaren; er kon van alles zijn gemorst, misschien zou ik sterven op de plek waar een pot koffie was gevallen.

Juffrouw Gainsford keek uit over de rivier, tuurde naar de oever aan de overkant en liet haar blik het langst op de witte weggetjes rusten die zuidwaarts de stad uit leidden. De wind trok aan en de deining van de rivier werd sterker, waardoor ze zich aan de reling moest vasthouden.

Toen ze weer sprak klonk haar stem kleintjes. 'U vergist zich. Niet dat het er iets toe doet wat u gelooft, maar...' In haar ogen welden tranen op. Ze haalde diep adem. 'Ze is niet op de rivier gestorven, maar in het huis.'

Mijn blik werd ook wazig. Ik probeerde mijn tranen weg te vegen, maar mijn handen zaten onder het bloed.

'In het huis van Bentinck bedoelt u?'

'Ja. Nadat ze de brandkast had opengemaakt moet ze mij hebben horen binnenkomen. Het was ochtend en James was er niet. Ik denk... Ik denk dat ze me hoorde en naar boven rende. Ik was aan het werk en scharrelde rond; ze moet zich daar een hele poos hebben verscholen. Misschien wel uren.'

'Dus u hebt haar in dat huis vermoord en haar lichaam naar de rivier gesleept?'

Ze schudde haar hoofd. 'Nee, u begrijpt het niet. Ik was in het huis en plotseling hoorde ik haar. Ik herkende haar stem uit duizenden. Ze riep iets, maar wat ze zei verstond ik niet. Ze klonk alsof ze pijn had. Eerst dacht ik dat ze buiten moest zijn, maar toen drong tot me door dat ze boven was. Ik rende net op tijd de hal in om haar de trap af te zien vallen. Maar er was verder niemand, er was niemand anders in huis. Ze viel gewoon. Ze stond er en ik keek omhoog en ze... viel gewoon.'

Ik kon niet bevatten wat ze zei. Het sloeg nergens op. 'U denkt toch niet dat ze... nee, ze zou zichzelf nooit iets hebben aangedaan.'

'Ze sloeg met haar hoofd tegen de bol aan het einde van de trapleuning en tegen de tijd dat ik bij haar was, was ze morsdood. Ik wist niet wat ik moest doen.' Juffrouw Gainsford kneep zo hard in haar handen dat ik haar knokkels zelfs boven de wind uit hoorde kraken. 'Ze had een pukkel bij zich waar het geld in zat en dat pakte ik. Ik had er recht op, maar ik zou er het honderdvoudige voor overhebben om haar nu hier bij me te hebben. Hugo en ik maakten alles schoon en hij sjouwde haar lichaam naar de rivier om het mee te laten voeren door het getijde. Maar die gedachte vond ik onverdraaglijk. Ze had recht op een fatsoenlijke begrafenis. Daarom vertelde ik het iemand en die haalde de politie erbij. Toen ze haar afvoerden heb ik toegekeken. De rest weet u.'

In mijn geest flakkerde een beeld op als een sputterende lamp waarvan het gas bijna op is: Maria's ogen, koud en verstild in het mortuarium. *Ontstoken conjunctiva*, had meneer Hurst gezegd, maar hij had niet de moeite genomen te achterhalen waardoor ze ontstoken waren. Hij had te veel haast gehad.

En toen wist ik plots alles. Ik wist precies wat er was gebeurd. Geen zelfmoord; Maria was veel te veel aan het leven verknocht om dat te doen. Het was iets anders. Iets waarvan het gewicht me haast verpletterde.

U hebt geen kinderen, hè? U weet niet wat 't is om kinderen te hebben.

In de verte hoorde ik mensen roepen.

Juffrouw Gainsford keek langs me heen en kneep haar ogen samen. Vervolgens liep ze naar de achterplecht en ze gooide met snelle bewegingen de landvast los, waardoor het schip weer rustig op het water dreef. Toen ze terugkwam had ze een fles bij zich. Ik rook wat erin zat, kon het haast proeven. Met haar duim en wijsvinger pakte ze mijn neus beet en duwde mijn hoofd achterover. Ze was opvallend sterk.

'Genoeg gepraat,' fluisterde ze. 'Slaap lekker.'

Ze hield de fles schuin en het zwarte water stroomde mijn mond in. Ik was niet angstig, klampte me niet vast aan hoop, prevelde geen gebed. Ik zou niet lijden. De laatste gedachte die bij me opkwam voor ik mijn ogen dichtdeed was: uit deze slaap zal ik nooit ontwaken.

De stemmen zwollen aan.

'Leo! Leo! *Leo!*'

29

Het scheelde niet veel of ik zou het hebben doorgeslikt. Die bittere smaak achter in mijn keel – mijn lichaam hunkerde ernaar. Het zou zo gemakkelijk zijn om het door te slikken. Eén tel en het was gebeurd.

Maar ik hoorde Rosie nog steeds.

'Leo!' riep ze weer.

Ik deed alsof ik slikte en bezwijmde, en zakte in elkaar. Juffrouw Gainsford was weer naar de achterplecht gelopen en staarde met haar hand op de helmstok strak naar de havenmond. Het geluid van de motor nam toe en rookwolken walmden achter ons terwijl de boot deinde alsof hij al weg wilde varen.

Ik ging overeind zitten en spoog het chloraal uit. Mijn overhemd was nat en ik was duizelig. Ik stak mijn vingers in de snee in mijn zij om alert te worden, maar de pijn nam niet toe. De wond was iets abstracts geworden, een bron van pijn die losstond van mezelf.

Er renden mensen over de kade. De wezel voorop. Hij holde over het pad naar de steiger, kwam recht op ons af, waardoor ik zijn rode gezicht en flapperende jas goed kon zien. Hij keek telkens even over zijn schouder. Rosie zat hem op de hielen, met haar ene hand hield ze haar rokken omhoog en in de andere had ze haar schoenen, haar haren wapperend achter haar aan. Maar de wezel was niet bang voor Rosie. Pallett kwam de hoek om en stormde met zulke grote stappen de helling af dat zijn helm van zijn hoofd viel en over de grond stuiterde.

De wezel rende zo hard als hij kon naar ons toe. Hij zwaaide en gebaarde naar juffrouw Gainsford dat ze hem moest komen halen, maar zij liet de motor loeien en wendde de steven naar het open water. Het schip was traag, had last van zijn eigen logheid, maar de afstand groeide. Aangekomen bij de rand van de kade sprong de wezel, maar niet ver genoeg. Heel even vingen we elkaars blik, zijn mond zakte open en daarna verdween hij in de rivier.

Ik krabbelde overeind en moest me aan de reling vasthouden om te kunnen blijven staan. Doordat mijn polsen waren samengebonden viel het niet mee mijn evenwicht te bewaren en de boot deinde heviger dan ik had verwacht.

Als ik nu niet in actie kwam, zou dat ongetwijfeld mijn dood betekenen en zouden de dochters van de spoorwegbeambte in België als slavinnen worden verkocht. Ik moest iets doen maar mijn armen voelden als nat garen. Alle kracht die ik bezat ging op aan het beven.

Ben ik moedig? Is dit heldhaftigheid? Dat was misschien zo, maar zo ervoer ik het niet. Ik was vooral bang, bang voor alles. Ik handelde niet uit moed, maar uit pure wanhoop.

Juffrouw Gainsford keek achterom naar de oever. Ik vloog naar voren en probeerde tegen haar op te botsen, maar hield niet genoeg rekening met de schommeling van de boot waardoor ik op een klamp viel. Ze draaide zich om, zag me en riep misschien iets. Ik probeerde overeind te komen, maar de boot tolde en ik moest op mijn handen en voeten naar haar toe kruipen.

Ze pakte een moersleutel, een zwaar, zwart ding, hief hem op en deed een stap naar me toe. Ik had nog één kans, één laatste ademhaling.

De boot helde over en ik dook onder de moersleutel door, waarbij ik zowel tegen haar als de helmstok aan smakte. Ze woog haast niets. Een moment hingen we met maaiende armen tegen elkaar aan, daarna sloegen we overboord.

Mijn huid trok samen van de kou. Vervolgens voelde ik een hand die me onder water probeerde te houden. Ik duwde haar weg en het lukte me boven water te komen om één keer naar kostbare adem te happen terwijl ik met mijn vastgebonden handen koortsachtig het water naar beneden duwde. Weer greep ze mijn hoofd vast; ik wist niet of ze me wilde verdrinken of redden.

We waren nog steeds vlak bij de boot en het kabaal van de motor was oorverdovend. Zonder iemand aan het roer doolde de boot in de kleine haven rond. Ik probeerde trappend met mijn benen in het kielzog te komen, maar ik had geen lucht en voor ik het wist kreeg ik een geweldige klap tegen mijn achterhoofd.

Ik zonk onmiddellijk naar beneden, zakte onder de romp de donkerte en het dreunende, ronkende gebulder in. Met een ongekende kracht werd ik geraakt door iets hards; ik probeerde me er met zwaaiende armen aan vast te klampen, maar werd de diepte in geslingerd.

Daarna volgde er een vrijwel complete stilte, een weldadige warmte, een verdovende opluchting. Ik was te moe om te zwemmen en liet me meevoeren. De stroming was zacht, ik gaf me eraan over. Ik voelde haar door mijn haren gaan en me vervolgens vastgrijpen, een sterke hand greep mijn kraag vast en trok me omhoog. Ik kwam boven, hapte naar adem, maar kreeg water binnen. Het was smerig en brak, ik moest ervan kokhalzen.

En toen klonk de stem van een vrouw: 'Spartel verdomme niet meer tegen of ik geef je een klap voor je kanis.'

Ik deed mijn ogen open – het was Rosie, die samen met mij in het water lag en me naar een plek trok waar de kade omhoogliep naar de straat. De boot zwierde naar de oever toe en ik zag een kleurige flits – iemand die zich eraan vasthield: Nancy Gainsford.

Rosie en ik keken elkaar recht in de ogen. We waren nog minstens twintig meter van de oever verwijderd, zaten nog in de rand van de stroming. Ik voelde dat we werden meegesleurd. Rosie kon me niet vasthouden en tegelijkertijd boven water blijven, ze ging kopje onder. Ik stak mijn armen zo diep mogelijk naar beneden, maar ze kwam zelf weer boven, schudde haar hoofd, greep mijn hand vast en draaide zich op haar rug. Ze klemde haar kaken op elkaar, maar haar slagen werden zwakker en de afstand tot de kade werd groter. Als we de havenmond uit zouden drijven en in de stroming van de Theems terecht zouden komen, waren we verloren.

Aan Rosies gezicht was te zien dat zij dit ook wist. Toch bleef ze me vasthouden en trappen met haar benen.

Helemaal in een hoek bij de havenmond was in de kademuur een metalen ladder aangebracht die tot in het water reikte, het laatste waar we ons aan konden vastklampen voor we de rivier in zouden worden gesleurd. Hij was dichtbij, drie meter van ons vandaan. Ripley stond erboven te schreeuwen, net als Pallett, die zijn jasje had uitgedaan en vooroverboog. Rosie trapte weer met haar benen, stak haar hand uit naar de ladder; ik hield mijn adem in. Iets meer dan een meter, maar we dreven erlangs. Anderhalve meter. Twee meter.

Rosie greep mijn hand vast, maar ik trok hem terug.

We keken elkaar aan.

'Leo! Nee!'

Ik gaf haar voeten een zet, duwde haar uit alle macht naar de ladder, en mezelf de stroming in. Haar rok gleed tussen mijn vingers door toen ik werd meegesleurd.

Ik kon niet meer trappen met mijn benen. Ik hoorde haar nog één keer mijn naam roepen, daarna vulde mijn mond zich met water.

Hoestend en proestend kwam ik bij.

De vaste wal voelde weldadig.

Op mijn zij lag ik op de kade en iemand sloeg me op mijn rug, waardoor de pijn van mijn wond in grote golven door mijn hele lichaam ging.

'Hou op! Alsjeblieft.'

Rosie deed wat ik zei en schikte een verband dat strak om me heen was gebonden. Heel even dacht ik paniekerig dat ik was ontmaskerd tot ik besefte dat het mijn windsel was dat naar beneden was gegleden. Rosie was uiterst zorgzaam, bond het windsel vast onder mijn overhemd en dekte mijn schouders af met een deken.

Ik kon geen woord uitbrengen, maar dat hoefde ook niet. Rosie praatte voor twee.

'Stomme idioot,' zei ze. 'Wat voor zin heeft 't dat ik probeer je te redden als jij niet gered wil worden? Ik zou een modderfiguur geslagen hebben als deze knappe agent niet achter je aan was gedoken. Dan zou je God mag weten waar zijn aangespoeld.'

Het compliment deed Pallett blozen. Hij zat op de kade tegen een muur, met zijn voeten comfortabel rustend op de rug van de wezel.

Ik hoorde Ripley lachen. Hij was in hemdsmouwen, rookte alweer en hield Nancy Gainsford vast bij een arm. Ze was doorweekt, schriel als een dode spreeuw en haar blouse plakte tegen haar huid.

'Hoe wist u dat ik hier was?' vroeg ik.

Hij wierp zijn nog smeulende sigaret op de grond. Onuitstaanbaar. Was het nu echt zo moeilijk om hem uit te trappen zoals iedereen deed?

'Mevrouw Flowers maakt de lekkerste pasteitjes van Londen,' zei hij, knikkend naar Rosie, die haar schouders ophaalde om aan te geven dat dit geen nieuws was. 'En daarom zijn we nog een keer teruggegaan voor een lunch en een glas bier. Maar we waren de deur nog niet uit of ik zag dit vuil stuk vreten de winkel binnen stappen.' Hij wees naar de wezel. 'En dus hebben we maar een oogje in het zeil gehouden.'

'Hij zegt dat ze van plan waren ons allebei te vermoorden,' zei Rosie.

'Ik heb niks verkeerds gedaan,' kermde de wezel. 'U kunt niets bewijzen.'

Pallett voerde de druk van zijn voeten iets op.

'Voor we het wisten,' vervolgde Ripley, 'liep hij om de toonbank heen en probeerde hij mevrouw Flowers te overmeesteren met een mes. Maar ze verkocht hem een dreun met een knuppel, een fraaie mep trouwens, en toen nam hij de benen. Dus wij achter hem aan.' Met een grimas strekte hij zijn rug. 'Door mijn klachten was Pallett wat sneller dan ik.'

Pallett trok zijn wenkbrauwen op.

'Goed dat u dat gedaan hebt,' zei Rosie. 'Ook voor hun.'

Half bedekt met het colbertje van Ripley lagen twee jonge meisjes, gekleed in een dunne melkwitte jurk, diep te slapen. Geen van beiden leek ouder dan elf jaar. Ze leken aan hun verblijf in de lijkkist niets te hebben overgehouden.

'Maar goed,' zei Rosie. 'Nu is alles achter de rug.'

'Bijna,' zei ik.

Rosie en ik zaten samen op een deken op een zonnig plekje bij het hek van de werf naar een bark te kijken die Bentincks boot terugduwde naar de kade. De dochters van de spoorwegbeambte waren verward en hongerig wakker geworden en naar het ziekenhuis gebracht en Pallett en Ripley hadden de arrestanten afgevoerd met een politierijtuig.

'Wat is er?' vroeg Rosie. 'Wat is er aan de hand? Je moet naar 't ziekenhuis.'

'Ik wil de waarheid weten, Rosie. Over Jack.'

'Wat voor waarheid?'

'Je zei dat hij je sloeg. En niet alleen jou, maar ook je kinderen.'

Ze keek me aan en sloeg vervolgens haar ogen neer. 'Jack was een ploert. In 't begin sloeg-ie alleen mij, als-ie dronken was of verloren had met kaarten, maar 't werd steeds erger. Hij was ongelukkig, ging altijd om met mensen die rijker waren dan hij. Hij was wrokkig. Hij sloeg me steeds vaker en na verloop van tijd begon hij Robbie en Lillian ook te slaan. Eerst alleen met de rug van z'n hand, maar algauw met z'n vuisten en daarna met z'n riem. Op een keer pakte hij zelfs een mes en moest ik tussen hem en mijn kleintjes in gaan staan terwijl hij tierde van woede en van alles en nog wat schreeuwde. Ik dacht dat-ie ons zou vermoorden.'

'Je had het helemaal gehad met hem.'

'Ik had 't jarenlang verdragen. Toen-ie alleen mij sloeg ging 't nog wel, maar toen-ie ook de kinderen... toen-ie Sam, mijn jongste sloeg...' Ze begon te snikken. 'Hij is pas twee. Toen wist ik dat-ie ermee door zou blijven gaan, dat 't onze dood zou worden.'

Het water kolkte toen de bark probeerde de grotere boot naar de kade te duwen. Heel even konden we niet boven het kabaal uitkomen, maar het nam af en even later hoorden we weer de kreten van de zeemeeuwen die boven de oever scheerden.

'Dus besloot je hem te doden.'

Ze veegde haar tranen weg. 'Hoe ben je daarachter gekomen?'

'Toen ik je voor het eerst sprak, in het ziekenhuis, was je heel nieuwsgierig naar wat er met zijn pukkel was gebeurd. En later weer, toen... met Bentinck. Er moet iets in hebben gezeten wat belangrijk voor je was.'

Ze knikte, was weer kalm. Ze leek het haast als een verlichting te ervaren dat ze het kon vertellen. 'We hebben in de winkel arsenicum staan tegen de ratten. Dat heb ik door gesuikerde pruimen gedaan, zodat-ie 't niet kon proeven. En daar heb ik een heerlijke pruimentaart van gebakken. Die deed ik bij zijn lunchpakket en ik zwaaide hem uit.'

'Genoeg arsenicum om hem te doden?'

'O, zekers. Ik doe niet aan halve maatregelen. Mij kunnen ze arresteren en ophangen, dacht ik, maar met m'n koters komt het in elk geval goed. Alice en Albert zouden voor ze zorgen. Toen ik na de dood van Jack jou en die jonge agent in het ziekenhuis sprak, was ik ervan overtuigd dat je erachter was gekomen. Maar toen zei je wat er was gebeurd – nooit van m'n leven ben ik zo dankbaar geweest. Hij was verdronken voordat hij die taart gegeten had. Hij heeft er geen hap van genomen.'

Nee, maar Maria wel.

Meneer Hurst had te veel haast gehad om haar gedegen te onderzoeken. Bovendien had de doodsoorzaak overduidelijk geleken. Daarom had hij zich niet druk gemaakt over de ontstoken conjunctiva – het slijmvlies over de oogbol – wat een symptoom is van arsenicumvergiftiging. Een eenvoudig onderzoek van de maaginhoud met zinkpoeder en zwavelzuur zou dit hebben bevestigd. Maar waarom zou hij die moeite doen? Ze was immers maar een hoer.

Het was zo afschuwelijk eenvoudig. Rosie had een taart met gif voor Jack gebakken en die in zijn pukkel gedaan. Toen hij wegging om Bentinck te bestelen, nam hij de pukkel, waar zijn lunch nog in zat, mee om het geld in te stoppen. En toen ze hem betrapten moeten ze alles teruggedaan hebben in de brandkast: de pukkel, het geld en de pruimentaart.

En die werden door Maria gevonden. Ze stal het geld en hield zich boven schuil voor juffrouw Gainsford, en terwijl ze boven was at ze de taart. Door de verwardheid en de pijn, veroorzaakt door het arsenicum, viel ze van de trap en sloeg ze met haar hoofd tegen de bol op het einde van de leuning.

Al die tijd had ik willen weten wat er was gebeurd, en nu ik het wist, had ik er alles voor over om het niet te weten.

Ik deed mijn ogen dicht.

In de weldadige hittegolf van de afgelopen zomer hadden we samen op haar bed gelegen terwijl de zon fel en warm door het raam scheen. Maria's gezicht straalde helemaal, zo fijn vond ze het. Haar vingers waren plakkerig van het sap toen ze deed alsof ze een pruim in mijn mond wilde stoppen, maar die op het allerlaatste moment zelf opat. Ze liet zich giechelend weer op haar rug vallen en tussen het gegiechel door verontschuldigde ze zich, waarna ze het grapje herhaalde en nog harder giechelde en zich nog meer verontschuldigde tot we geen van beiden meer konden eten, praten of ademen van het lachen. Ik zag haar haar en haar handen en haar neusbrug en haar wijnvlek, haar hele lichaam, dat een en al beweging was. Ze bewoog altijd, mijn Maria.

Nergens was ze zo verzot op als op pruimen.

30

Het regende niet meer en Alfie vond het net warm genoeg om een tafel en twee stoelen op de stoep te zetten. Met een nieuwe bolhoed op hield ik mijn ogen dicht om ze rust te gunnen en probeerde ik de stijfheid in mijn zij te negeren. Ik was van plan later die dag naar de schaakclub te gaan en wilde in vorm zijn zodat ik mijn woede kon luchten door Jacob van het bord te vegen.

'Je snurkt.'

Ik deed mijn ogen open en zag Rosie, die met haar groene ogen naar me keek. Ze ging op de andere stoel zitten en schikte haar rokken. Sinds die dag in de haven had ik haar maar één keer gezien, toen ze me kwam opzoeken, maar Alfie was erbij geweest, waardoor we niet hadden kunnen praten.

'Je voelt je dus beter,' zei ze – het was een constatering, geen vraag. 'Maar goed dat 't een oppervlakkige snee was. Een hoop gedoe om niks.'

'De wond geneest. Ik ben alleen moe.'

Ze knikte en hield haar hoofd schuin omhoog naar de zon. Ze had een mooi profiel.

Ons gesprek werd onderbroken door een jonge vrouw die de apotheek verliet; de winkelbel rinkelde. Alfie kwam in zijn tandartsenschort mee naar buiten.

'Ik begrijp er helemaal niets van,' zei hij. 'We zitten helemaal vol. Er zijn zo veel dames die hun tanden willen laten verzorgen dat ik te weinig uren in een dag heb.' Hij keek achterom, naar de winkel waar Constance op haar kruk zat, en liet zijn stem dalen. 'Ik klaag niet, hoor; ik ben je dankbaar Leo, en ik hoop dat je dat aan me merkt, maar ik besef heel goed dat ik de hoerentandarts ben geworden.'

Audrey was heel blij geweest. Ze had het bordeel heropend, waar ze nu zelf de baas van was, en toen Elizabeth Brafton besloot met pensioen te gaan had ze weer voor de elegante stijl gekozen. Wiegend met haar heupen, zoals alleen zij dat kon, had de nieuwe eigenaresse me gevraagd wat ze voor me terug kon doen en toen ik haar vertelde wat ik wilde, was ze oprecht geschokt geweest. Toch had ze het in heel Londen doorverteld aan andere meiden en nu was Alfie al twee weken lang gebitten aan het herstellen en verkocht hij bovendien gezichtscrèmes, poeders en allerlei andere vrouwendingen, terwijl hij hoopte dat Constance niet zag met wat voor blik de buren naar zijn nieuwe klanten keken.

Maar als trots baasje van een jong poesje met scherpe tanden dat heel grappig achter klosjes garen aan rende die over de grond rolden, had Constance het te druk om ook maar iets op te merken. Ze had het beestje de naam Colly gegeven, naar de coleoptera's die hielpen tegen… wat het ook was. In elk geval iets anders dan maagzweren.

Alfie was zo dankbaar dat hij me kost en inwoning aanbood zonder er iets voor in rekening te brengen, dat wil zeggen, zolang het goed ging met de zaak en zolang ik herstellende was. Maar met een beetje geluk zou ik hem binnenkort weer huur kunnen betalen. Die ochtend had ik van de assistent van een zekere meneer Sweeting, hoofd Personeelszaken van het St Thomas's Hospital, antwoord gekregen op mijn sollicitatiebrief; hij liet weten dat meneer Sweeting me graag uitnodigde voor een sollicitatiegesprek over de functie van juniorknecht. Greatorex was zelfs bereid geweest een referentie voor me te schrijven, maar had erop aangedrongen zelf langs te komen om – 'voor de zekerheid' – naar mijn wond te kijken. Voor hij terug naar zijn werk kuierde hadden Alfie en ik hem weten over te halen een glas bier met ons te drinken.

Nadat Alfie weer de winkel in was gegaan om zijn volgende klant te helpen schoof Rosie ongemakkelijk heen en weer op haar stoel.

'Als je… Als je weer helemaal bent hersteld en naar de winkel wilt komen voor een praatje, ben je van harte welkom. Ik vind 't leuk om van tijd tot tijd gezelschap te hebben. Maar de pasteitjes moet je wel gewoon betalen, hoor.'

Toen ik niet onmiddellijk antwoord gaf, keek ze weg en liep ze rood aan. Ik zou het fijn hebben gevonden om te zeggen: *ja, natuurlijk*, en een middag bij haar in haar pasteitjeswinkel door te brengen en over van alles en nog wat te kletsen terwijl zij deeg kneedde en appels in partjes sneed. Maar ik kon het niet. Het zou verraad zijn.

'Dat is heel aardig, maar... Ik weet niet zeker of ik wel langs kan komen. Ik ben heel erg moe. Het spijt me.'

Ze stond op. Het leek of ze iets wilde zeggen maar zich bedacht. Uiteindelijk zei ze: 'Goed dan, wat jij wil. Maar ik kan niet de hele dag hier zitten lanterfanten. Pasteitjes verschijnen niet van eigens op de toonbank.'

'Rosie... misschien kom ik op een dag bij je langs. Als ik er klaar voor ben. Maar nu nog niet.'

Ze knikte, lachte me gespannen toe en ging weg. Ik keek haar na en zag haar bonnet tussen de voetgangers op en neer dansen tot ze de hoek omsloeg en uit het zicht verdween. Ik had besloten haar niet de waarheid te vertellen, niet te vertellen dat zij Maria had gedood. Wie zou er wijzer van worden als ze het wist? Het was beter dat ze die last niet met zich mee hoefde te dragen en gelukzalig onwetend bleef.

Ripley had Nancy Gainsford gearresteerd voor de moord op Maria. Op een of andere manier leek dat passend; Hugo en zij waren beiden schuldig, alleen niet aan de misdaden waarvoor ze de strop zouden krijgen. Het rechtssysteem was niet volmaakt, maar dat was de wereld ook niet, zoals Ripley zelf ooit had gezegd.

Ik deed mijn ogen weer dicht en koesterde me in de warmte van de zon die op mijn gezicht scheen.

De dag ervoor was ik met een huurrijtuig naar de begraafplaats gegaan om Maria's graf te bezoeken. De kerkklokken luidden; toen ik echter verder de stad uit reed nam het gebeier af, maar zodra ik langs de volgende kerk kwam zwol het weer aan, zwakte af tot ik bij de volgende kerk kwam en zo ging het maar door, zodat mijn hele rit begeleid werd door muziek.

Ik bleef een uur bij haar zitten, zonder iets te zeggen, enkel luisterend naar de vogels in de bomen en het geluid van haar stem en het bonken van haar hielen tegen het onderstel van het bed.

Dankwoord

Ik ben veel mensen voor zeer veel dingen dank verschuldigd; mijn oprechte excuses aan eenieder die meent recht te hebben op mijn dank, maar die hier niet krijgt. Ik beloof u in het volgende boek te noemen, echter wel op mijn eigen stringente voorwaarden.

Onmetelijke en eeuwige dank aan Carrie Plitt, de beste literair agent ter wereld, voor haar steun, bemoediging en deskundige begeleiding, en voor haar geloof in Leo en zijn verhaal.

Enorm veel dank aan Alison Hennessey, hoofd van de Raven Books van Bloomsbury, voor het uitgeven van het boek zoals het nu is. Alison was ook Leo's therapeut, met als gevolg dat ik de vraag *en hoe voelt hij zich daarbij* maar op mijn muur prikte om tijd te besparen. Het hele team van Raven Books is simpelweg geweldig; heel veel dank aan Marigold Atkey, Sarah-Jane Forder, Callum Kenny en Francesca Sturiale voor hun professionaliteit, toewijding en algehele uitmuntendheid. Niemand legt zo veel enthousiasme voor boeken aan de dag als zij.

Greg Heinemann ben ik erkentelijk voor het ontwerp van het fantastische omslag.

Ik ben dr. Jane Hamlin van de Beaumont Society immens dankbaar voor haar geweldige feedback, inzicht en geduld. De Beaumont Society verricht belangrijk werk door haar steun aan de transgendergemeenschap en haar advies op het gebied van transgenderkwesties. Voor meer informatie, zie: www.beaumontsociety.org.uk.

Veel dank aan Cath Harries voor het nemen van de foto waarop ik er menselijk uitzie en toch mezelf ben; een opmerkelijke prestatie.

Ook veel dank aan Jo Unwin voor zijn ruimhartige steun en advies.

Het lijkt overbodig, zelfs een cliché, om je moeder te bedanken, maar ze heeft altijd gezegd dat ik ooit een roman moest schrijven, en dat heb ik gedaan, dus bedankt mam. Ook bedankt omdat je me op de wereld hebt gezet en zo.

Mijn twee zonen, Seth en Caleb, borrelden van de fantastische ideeen. Helaas heeft het plot met de zombie en het marsmannetje deze keer de laatste versie niet gehaald, maar ik beloof dat ik voor het volgende boek een plot zal overwegen waarin Leo in een robot verandert.

En tot slot dank aan Michelle. Woorden schieten te kort om uit te drukken hoe groot haar bijdrage aan deze roman en al het andere in mijn leven is geweest, dus zal ze genoegen moeten nemen met een hoofdknikje en een kneepje in haar hand en dan gaan we weer verder met het sorteren van de was.